Ben Pastor
Der Tod der Äbtissin

metro wurde begründet
von Thomas Wörtche

Zu diesem Buch

Sie sieht aus wie eine riesige Schwalbe, die vom Himmel gefallen ist: Das Gesicht nach unten, die Arme seitwärts ausgestreckt, liegt die Äbtissin im Klostergarten. Erschossen. Ein Mordfall, der im zweiten Kriegsmonat im Jahr 1939 ganz Krakau entsetzt, verehrte doch das Volk die Frau wegen ihrer prophetischen Fähigkeiten wie eine Heilige. Der junge Wehrmachtsoffizier Martin Bora ist überrascht und völlig unvorbereitet, als er beauftragt wird, den Mordfall aufzuklären. Und das im Sinne der deutschen Besatzer – die Äbtissin darf nicht zur Märtyrerin für den Widerstand werden. In einem explosiven Polen, wo aufsässige Bauern und deren Vieh niedergemetzelt werden, gerät Bora bald selbst in das Labyrinth teuflischer Machenschaften.

»Ein Roman über einen ungewöhnlichen Ermittler in Uniform, eine unvergessliche Figur, deren stimmungsvolles Abenteuer Geschichte, Kriminalliteratur, psychologische Intrige und moralische Debatte miteinander verbindet.« *El País*

Die Autorin

Ben Pastor, geboren 1950 in Rom, studierte dort Archäologie und lehrte an verschiedenen Universitäten in den USA, u. a. in Ohio, Illinois und Vermont. Sie lebte über vierzig Jahre in den Staaten, bis sie schließlich in ihr Heimatland zurückkehrte. Sie schreibt historische Romane über das antike Rom und den Zweiten Weltkrieg. 2018 erhielt sie den Premio Internazionale Speciale Flaiano per la Letteratura, 2020 war sie für den Premio Emilio Salgari di Letteratura Avventurosa nominiert.

Im Unionsverlag ist außerdem lieferbar: *Stürzende Feuer*

Die Übersetzerin

Sylvia Höfer hat u. a. Werke von Paula Fox, Diana Preston und T. Kezich übersetzt. Sie wurde mit dem Deutschen Literaturpreis und dem Premio della Cultura della Presidenza del Consiglio dei Ministri ausgezeichnet. Höfer lebt in Heidelberg.

Mehr über die Autorin und ihr Werk auf *www.unionsverlag.com*

Ben Pastor

Der Tod der Äbtissin

Kriminalroman

Aus dem Englischen
von Sylvia Höfer

Unionsverlag

Die Originalausgabe erschien 1999 bei Van Neste Books, Richmond, Virginia.
Die deutsche Erstausgabe erschien 2006 im Piper Verlag GmbH, München.

Im Internet
Aktuelle Informationen, Dokumente und Materialien
zu Ben Pastor und diesem Buch
www.unionsverlag.com

Unionsverlag Taschenbuch 986
© by Ben Pastor 1999
Diese Ausgabe erscheint in Vereinbarung mit
Piergiorgio Nicolazzini Literary Agency (PNLA)
Originaltitel: Lumen
© by Unionsverlag 2025
Neptunstrasse 20, CH-8032 Zürich
Telefon +41 44 283 20 00
mail@unionsverlag.ch
Alle Rechte vorbehalten
Der Verlag behält sich das Recht des Text- und Data-Minings an diesem Werk vor,
was hiermit Dritten ohne Zustimmung des Verlags untersagt ist.
Reihengestaltung: Heinz Unternährer
Umschlagmotiv: PhotoAlto (Alamy Stock Photo)
Umschlaggestaltung: Sven Schrape
Satz: Fotosatz Amann, Memmingen
Druck und Bindung: CPI – Clausen & Bosse, Leck
www.unionsverlag.com/produktsicherheit
ISBN 978-3-293-20986-2

Der Unionsverlag wird vom Bundesamt für Kultur mit einem
Verlagsförderungs-Strukturbeitrag für die Jahre 2021–2025 unterstützt.

Auch als E-Book erhältlich

Für Alba, Alex, Ali, Dan, Sandro und Simona,
die Lebenden und die Toten, die ich liebe.

Das Gute ist nicht minder mächtig zum Guten als das Böse zum Bösen. Merk dir: Wenn ich auch nimmer ein böses Werk täte, dennoch: habe ich den Willen zum Bösen, so habe ich die Sünde, wie wenn ich die Tat getan hätte: und ich könnte in einem entschiedenen Willen so große Sünde tun, wie wenn ich die ganze Welt getötet hätte, ohne dass ich doch je eine Tat dabei ausführte. Weshalb sollte das Gleiche nicht auch einem guten Willen möglich sein? Fürwahr, noch viel und unvergleichbar mehr [...] Gebricht's dir nicht am Willen, sondern nur am Vermögen, fürwahr, so hast du es vor Gott alles getan, und niemand kann es dir nehmen noch dich nur einen Augenblick daran hindern; denn tun wollen, sobald ich's vermag, und getan haben, das ist vor Gott gleich.

MEISTER ECKHART

I

Krakau, Polen. Freitag, 13. Oktober 1939

Die polnischen Wörter, die mit einer Schablone auf das Schild gemalt waren, besagten: »Pass gut auf«, und was in hebräischer Schrift darunterstand, bedeutete vermutlich das Gleiche. Bunte Bilder, die die Buchstaben des Alphabets illustrierten, hingen um das Schild herum an der Wand. Für den Buchstaben L zeigte das entsprechende Bild ein kleines Mädchen, das einen Puppenwagen schob.

Plötzlich ein stechender, strenger Geruch nach zerfetztem Fleisch, der Bora so unerwartet in die Nase stieg, dass er sich von der Wand abwandte und auf die Mitte des Raumes zuging, wo ein Sanitäter mit Handschuhen und Mundschutz stand. Hinter diesem Mann strömten durch drei weit geöffnete Fenster das Licht der Nachmittagssonne und eine lauwarme nachmittägliche Brise in das Klassenzimmer.

Auf sechs Pulten, die an den Schmalseiten zusammengeschoben waren, lagen auf Wachstüchern die Toten in ihren Uniformen. An den Pulträndern war durch die Ritzen zwischen den Unterlagen Blut auf den Boden getropft. In den größeren Lachen gerann das Blut schon, und das Licht der Fenster spiegelte sich darin. Bora starrte darauf, bevor er näher herantrat und dem Sanitäter zunickte.

Er betrachtete jeden der Körper und nannte jedes Mal leise, mit ruhiger, beherrschter und angestrengt gedämpfter Stimme einen Namen. Der Sanitäter hielt einen Block in der Hand und notierte sich die Namen.

Als Bora von der dritten Leiche aufblickte, sah er an der Wand den Farbdruck mit dem kleinen Mädchen, das einen Puppenwagen schiebt. Darunter stand: *Lalę. Dorotka ma lalę.* »Wir dachten, Sie könnten sie am ehesten identifizieren, Herr Hauptmann, denn Sie haben doch im Wagen hinter ihnen gesessen.«

Bora wandte sich dem Sanitäter zu, ohne etwas zu sagen. Einen Augenblick lang ließ er seinen Blick an der schmutzigen Schürze des Sanitäters auf und ab wandern, als überlege er, was sie beide hier eigentlich verloren hatten. Und tatsächlich: Was hatten sie – tot oder lebendig – in einer jüdischen Tagesschule in der Jakuba-Straße in Krakau verloren?

Er spürte, wie ihm der Schweiß unter den Armen und am Rückgrat entlang hinunterrann.

Bora sagte: »Ja, das stimmt.«

Major Retz wartete unten im Wehrmachtsauto. Er rauchte eine Zigarre, und weil er alle Fenster hochgekurbelt hatte, war die Luft im Auto völlig verqualmt. Als Bora die Tür öffnete, um einzusteigen, schwebte ihm eine bläuliche Wolke entgegen, die beißend nach Tabak roch. Er setzte sich auf den Fahrersitz.

Retz sagte: »Also, das waren natürlich die Leutnants Klaus und Wilhelm und der arme Hans Smitt. Hätten sie ihre Erkennungsmarken getragen, hätten Sie nicht dort hingehen und sie anschauen müssen. Waren sie übel zugerichtet?«

Bora ließ den Motor an und wich Retz' Blick im Rückspiegel aus. »Von der Taille abwärts hat es sie in Stücke gerissen.« Er ließ sein Fenster herunter, und als der Wagen anfuhr, begann der Rauch abzuziehen.

Sie fuhren die menschenleere Straße hinunter auf einen Platz; Bora folgte den Wegweisern, die man während der letzten paar Tage in aller Eile über die polnischen Namen von Straßen und Brücken angebracht hatte. Retz ließ ein paar belanglose Bemerkungen fallen, und Bora antwortete einsilbig.

Das üppige klare Nachmittagslicht warf von den Bäumen und den hohen Häuserblocks, die die Straße säumten, lange Schatten. Der Himmel über ihnen war von den nach Osten fliegenden Flugzeugen mit dünnen Kondensstreifen überzogen, die an die feinen Linien eines leeren Notenblatts erinnerten.

»Das ist doch keine Art zu sterben, oder? So, von einer Mine in die Luft gejagt.«

Bora schwieg. Retz kurbelte geräuschvoll das Fenster herunter, warf den Zigarrenstummel hinaus und wechselte das Thema. »Wie gefällt es Ihnen beim Nachrichtendienst?«

Dieses Mal sah Bora auf und blickte in den Rückspiegel. Aber Retz schaute nicht in seine Richtung. Er hatte sein arrogantes, grobes Gesicht abgewandt, und Bora hörte das Rascheln eines großen Blatts Papier, das aufgefaltet wurde.

»Ich glaube, es gefällt mir.«

Ihre Blicke trafen sich. »Ja. Man hat mir gesagt, Sie seien ein Wissenschaftler-Typ.« Bora glaubte, Retz habe irgendetwas wie »wissbegierig« äußern wollen, aber er hatte klar und deutlich »Wissenschaftler« gesagt. Diese Einschätzung seiner Person verunsicherte ihn seltsamerweise. Nach erneutem Papierrascheln wurde eine nachlässig zusammengefaltete Straßenkarte aus dem Fond auf den Vordersitz geworfen.

»Unser Quartier soll sich in der Nähe des Wawel-Hügels, also in der Altstadt, befinden. Ich hatte gehofft, wir wären näher beim Hauptquartier untergebracht, Bora, aber das haben wir davon, dass wir länger auf dem Schlachtfeld bleiben als das Gros. Hoffentlich verfügt die Wohnung über sanitäre Einrichtungen und solche Sachen. Fahren Sie zum Büro, ich möchte wissen, wo genau die uns unterbringen werden.«

14. Oktober

Das deutsche Hauptquartier an der Rakowicka-Straße blickte auf einen sorgfältig angelegten Garten. Hinter dem Tor, jenseits der Straße mit den Trambahnschienen, erhob sich die graue Dominikanerkirche. Tauben flogen flügelschlagend auf ihr Dach, allein und paarweise.

Bora hörte, was Oberst Hofer ihm erklärte. Die ganze Zeit dachte er, dass sein Kommandant im Gegensatz zu Richard Retz ein introvertierter und griesgrämiger Mann war. Da Hofers Hände schwitzten, hatte er feuchtigkeitsabsorbierendes Talkumpuder in seinen Handschuhen, und deshalb waren seine Handflächen bestäubt wie Fische, die man vor dem Braten in Mehl gewälzt hat. Der Oberst war von unbestimmbarem Alter (Bora war jung genug, um das Alter jeder Person falsch einzuschätzen, die älter war als er selbst, aber noch keine weißen Haare hatte) und hatte eine kleine, fast feminine Nase mit breiten Nasenflügeln, einen weichen Mund und eng stehende Zähne. Er setzte nur dann eine Brille auf, wenn er etwas lesen musste, aber sein Silberblick vermittelte den Eindruck, dass er sie eigentlich auch für einfachere Aufgaben gebraucht hätte, zum Beispiel dann, wenn er seine Gesprächspartner ansehen musste.

Nachdem Hofer Bora am Vormittag ausführlich über all seine Aufgaben informiert hatte, nahm er ihn beim Fenster zur Seite und sagte eine Zeit lang überhaupt nichts. Er blickte starr über die Blumenbeete hinweg auf die Straße und vergaß Boras Nähe. Schließlich richtete er seine von Ringen untermalten wässrigen Augen auf den jüngeren Mann.

Seine Augen wirken müde, dachte Bora, wie bei jemandem, der nicht schläft oder schlecht schläft – etwas, was während der letzten stürmischen Wochen auf sie alle zutraf. Nur dass man das den jungen Offizieren nicht ansah oder sie sich wahrscheinlich nicht einmal wirklich müde fühlten.

Leicht neidisch kam Hofer zu einem ähnlichen Schluss. Bora stand mit frischer, untadeliger Haltung neben ihm, geschult, seinen Diensteifer nicht herauszukehren, aber doch, wie seine bisherigen Leistungen bewiesen, von großer Einsatzfreude erfüllt. Hofer konnte über diese Begeisterung, diese Lernbegierde nur den Kopf schütteln, doch man lebte in Zeiten, in denen man zu solchen Übertreibungen ermuntern und nicht davon abraten musste.

Er sagte: »Hauptmann Bora, was wissen Sie über das Phänomen der Stigmata?«

Bora ließ sich nicht anmerken, dass ihn diese Frage überraschte. »Nicht sehr viel.« Er versuchte, nicht zurückzustarren. »Es sind Wundmale wie die, die Christus am Kreuz erlitt. Der heilige Franz von Assisi hatte sie und ein paar andere Mystiker.«

Hofer wandte seinen Blick wieder der Straße zu. »Richtig! Und wissen Sie, wie Franziskus und die anderen sie bekamen?« Er ließ Bora nicht die Zeit zu antworten. »Es passierte in der Ekstase. Es war Ekstase.« Er nickte vor sich hin und kratzte mit dem Fingernagel einen kleinen getrockneten Farbspritzer von der Fensterscheibe. »Es war Ekstase.«

Hofer wandte sich vom Fenster ab und ging in sein Büro. Bora blieb zurück, um auf die Dächer der Altstadtkirchen zu blicken, die sich wie Vorderdecke ferner Schiffe links hinter den fantasielosen neuen Häuserblocks erhoben. Unmittelbar vor ihm flogen immer noch Tauben zur Dominikanerkirche und zurück und suchten nach der sonnenbeschienenen Seite des Dachs. Bora dachte zurück an Spanien, an die Zeit nur sechs Monate zuvor, an das wilde, blendende spanische Licht.

Warum hatte Hofer die Stigmata überhaupt erwähnt? Wie war er bloß darauf gekommen?

Erst nach der Abendessenszeit, als der Oberst wieder vor seinen Schreibtisch trat, fiel ihm die Frage wieder ein. Bora hatte sich inzwischen mit der Topografie von Südostpolen vertraut gemacht und stand jetzt auf, einen roten Stift in der Hand.

Hofer nahm ihm den Stift ab und legte ihn auf den Schreibtisch.

»Genug Karten gelesen für heute, Bora. Morgen gehen Sie auf Patrouille. Ihr Dolmetscher ist Johannes Herwig, ein von hier stammender Deutscher, und er wird Ihnen alles Weitere im Gelände sagen. Ein guter Mann, der Hannes – wir kennen uns schon seit ein paar Jahren. Kommen Sie jetzt! Ich möchte, dass Sie mit mir ins Zentrum fahren.«

»Ich hole Ihren Wagen, Herr Oberst.«

»Nein, nehmen wir Ihren. Ich möchte, dass Sie fahren.«

Das Wartezimmer des Klosters zu Unserer Lieben Frau von den Sieben Schmerzen war von einem muffigen Wachsgeruch erfüllt. Licht fiel durch eine Reihe von drei Fenstern herein; sie waren hoch und schmal und hatten breite, schräge Simse, von denen aus man nicht einmal auf

Zehenspitzen stehend hätte hinausschauen können. Der Raum hatte drei Türen, die alle geschlossen waren. Die Stille war so vollkommen, dass Bora das Fehlen jeglicher Geräusche wie einen Hohlraum vor den Ohren fühlen konnte.

An einer kahlen Seitenwand hing ein Kreuz mit einem bestürzend realistischen Christus in Lebensgröße, mit verrenktem, blutüberströmtem Oberkörper, mit verdrehten Augen und halb unter den Lidern verborgenen gläsernen Pupillen. Bora fühlte sich an die Leichen in der jüdischen Schule erinnert und erwartete beinahe, auf dem Boden unterhalb des Kreuzes eine Blutlache zu sehen. Doch die Fliesen waren ebenso blitzsauber wie alles andere auch. Keine Spuren an der Wand, keine Fingerabdrücke, keine Schlieren auf dem Boden. Nur dieser muffige Wachsgeruch.

Während Bora auf Hofer wartete, der in einem der Räume am Ende des Flurs verschwunden war, schritt er auf und ab. Die Stille und Ordentlichkeit des Zimmers zwangen ihm einen Vergleich mit den Trümmern und dem Lärm der vergangenen Wochen geradezu auf – niedergebrannte Dörfer, vorbeirollende, vorbeisausende Felder, die sich unter dem dahintreibenden Rauch und dem Feuer der Geschütze duckten. Bora gestand sich jetzt ein, dass er mit der Gedankenleere eines sexuellen Rausches durch die Verwüstung gestürmt war, mitgerissen und davongetragen. Umso mehr wunderte er sich über die nahezu keimfreie Friedlichkeit dieses Raums. Er hatte mehr als eine Stunde gewartet (das Licht in den Fensterchen hatte sich rötlich gefärbt und begann bereits zu schwinden), als sich eine der Türen öffnete und ein Priester hereintrat. Ihre Blicke trafen sich, und die beiden Männer begrüßten sich mit einem unverbindlichen Kopfnicken. Der Priester trug Hosen statt einer Soutane, ein ungewöhnlicher Anblick in diesem konservativen Land. Er ging an Bora vorbei, durch eine andere Tür, den Gang entlang und verschwand hinter einer weiteren Tür. Später schwebte eine Nonne vorüber und entfernte sich wieder. Das Licht in den Fensterchen färbte sich graulila, während sich draußen der Schatten des Spätnachmittags über die Straße senkte. Bora maß den Boden mit langsamen Schritten ab und versuchte, sich auf seine Gedanken und seine Langeweile zu konzentrieren. Schließlich betrat der Priester erneut das Wartezimmer.

Er sagte auf Englisch: »Oberst Hofer hat mir gesagt, dass Sie meine Sprache sprechen.«

Bora drehte sich steif um. »Ja«, und da er den amerikanischen Akzent erkannt hatte, lockerte er die Anspannung seiner Schultern etwas.

»Er hat mich hergeschickt, damit ich Ihnen so lange Gesellschaft leiste, bis sein Gespräch mit Mutter Kazimierza beendet ist.«

»Danke, aber ich komme gut zurecht.«

»Nun, wenn das so ist, dann können *Sie mir* Gesellschaft leisten.« Mit einem liebenswürdigen Lächeln setzte sich der Priester auf eine Bank mit gedrechselten Löwenfüßen. Bora folgte seinem Beispiel nicht. Er blieb stehen, die Hände auf dem Rücken.

Der Priester lächelte noch immer. Er war ein Mann in den Fünfzigern, so schätzte zumindest Bora, mit breiten Schultern, großen Füßen, großen sommersprossigen Händen und außergewöhnlich wachen hellen Augen. Wie Bora aus dem Augenwinkel sah, hätte sein Hals, der wie ein mächtiges Muskelpaket aus dem Priesterkragen ragte, eher zu einem Ringkämpfer gepasst. Die Kombination von aufmerksamem Blick und kräftiger Statur erinnerte an die Bilder jener kriegerischen Bauernheiligen, die in der einen Hand das Kreuz und in der anderen ein Schwert trugen.

Der Priester jedoch sagte in einem Ton, der nicht friedfertiger hätte sein können: »Ich komme aus Chicago, Illinois. Amerika.«

Bora warf ihm einen Blick zu. »Ich weiß, wo Chicago ist.«

»Ach ja? Aber wissen Sie auch, wo Bucktown liegt? Milwaukee Avenue?«

»Das natürlich nicht.«

»Natürlich nicht? Warum ›natürlich‹?« Das Gesicht des Priesters behielt den fröhlichen Ausdruck bei. »Bedenken Sie, dass für die meisten meiner Pfarrkinder die wichtigen Wegmarken eben Bucktown und Trinity Church sind, Six Corner, die Erinnerung an Pater Leopold Moczygemba …«

»Wollen Sie mich auf den Arm nehmen?« Obwohl Bora ihm diese Frage stellte, begann die Sache ihm allmählich Spaß zu machen.

»Nein, nein. Nun, was ich gemeint habe ... Sie und ich wären im Kriegszustand, wenn ich Brite wäre, aber ich gehöre keiner Krieg führenden Nation an.«

Das stimmte. Bora stellte fest, dass er sich immer weiter entspannte, denn er war der Warterei tatsächlich überdrüssig und nicht unglücklich, sich mit jemandem unterhalten zu können.

»Wer ist Mutter Kazimierza?«, fragte er.

Der Priester verzog den Mund zu einem noch breiteren Grinsen.

»Ich schließe daraus, dass Sie nicht katholisch sind.«

»Ich bin katholisch, aber ich weiß bis jetzt nicht, wer sie ist.«

»*Matka* Kazimierza ... Nun, *Matka* Kazimierza ist eine Institution für sich. In ganz Polen nennt man sie die ›heilige Äbtissin‹. Sie ist dafür bekannt, dass sie Ereignisse in Visionen vorhersieht und anscheinend über mystische und heilende Kräfte verfügt. Schließlich ist sie ja auch schon von einigen Ihrer Kommandeure aufgesucht worden.«

Bora fiel ein, dass Hofer jeden Nachmittag das Büro um die gleiche Zeit verließ. War er hierhergekommen, um die Nonne zu sehen, und war es ihm peinlich, sich von seinem Chauffeur zum Kloster fahren zu lassen? Bora sah den Priester lange an, der immer noch mit einem katzenhaften Lächeln dasaß. Freundliche Gesichter sah man in Krakau nicht alle Tage. Er hielt den Moment für gekommen, sich vorzustellen.

»Ich bin Hauptmann Martin Bora aus Leipzig.«

»Und ich bin Pater John Malecki. Ich bin von Seiner Heiligkeit beauftragt worden, das Phänomen der Mutter Kazimierza zu untersuchen.«

»Was für ein Phänomen?«

»Nun, die Sache mit den Wundmalen an ihren Händen und Füßen.«

Das war es also! Daher Hofers Gerede über die Stigmata. Bora war völlig verdutzt, und alles, was er herausbrachte, war: »Ach so.«

Pater Malecki fuhr fort: »Ich bin seit sechs Monaten in Krakau. Für den Fall, dass Sie sich das fragen: Ich habe mich zufällig hier befunden, als *Sie kamen*.«

Bora hatte bisher noch niemanden gehört, der mit so schlichten Worten auf den Einmarsch der Deutschen in Polen anspielte.

»Ja, Pater«, erwiderte er, leicht belustigt. »Wir sind *gekommen*.«

Für Bora war sonnenklar, dass der Oberst geweint hatte. Als sie auf die Straße hinaustraten, waren Hofers Augen gerötet, und obwohl er seine Schildmütze trug, war die Schwellung seines Gesichts noch deutlich zu sehen. Er gab lakonisch zu verstehen, dass er zum Hauptquartier zurückkehren wollte. Es war schon später Abend, aber er ging direkt in sein Büro und sperrte sich dort ein. Bora sammelte seine Papiere für die Fahrt am folgenden Tag ein und verließ dann das Gebäude.

15. Oktober

Die dreckverschmierten Flanken des Schweinekadavers lockten bereits grüne Fliegenschwärme an. Auf dem Einzelgehöft gab es wenig Schatten, weil der September ungewöhnlich trocken gewesen war und die welken Blätter der Bäume kaum Schutz vor der Sonne boten. Die Büsche, die die ungepflasterten Straßen säumten, waren staubbedeckt und so weiß, als läge Schnee darauf; es wehte kein Wind, kein Lüftchen regte sich. Die patrouillierenden Soldaten, die in der Mittagsglut blinzelten, schwärmten in alle Richtungen aus.

Bora ging zum Wehrmachtsauto zurück und versuchte, sich klarzumachen, dass auch dies zum Krieg gehörte: das Vieh derer schlachten zu müssen, die versprengten und desertierten Soldaten der polnischen Armee Unterschlupf gewährt hatten. Weit entfernt von der Spannung, die darin lag, Städte zu erobern, Haus für Haus, Tür für Tür. Jetzt kam es ihm so vor, als wären die glorreichen Tage bereits vorüber und als ginge es nun, nach der Hochstimmung der ersten drei Wochen, mit dem Krieg – der ohnehin höchstens noch einen Monat dauern würde – nur noch bergab. Er überlegte sogar schon, was er mit dem Rest seines Lebens anfangen würde.

Die Bauersfrau auf der Türstufe weinte in ihre Schürze. Geistesabwesend hörte Bora, wie der Dolmetscher ihn daran erinnerte, dass ein armer Haushalt nur selten sein einziges Schwein schlachtet. Er beugte sich vor, um vom Vordersitz des Wagens ein Klemmbrett aufzuheben, und drehte sich dann langsam zu dem kleinen Mann um, den Hofer ihm zugeteilt hatte. Wie ein geduldiger Lehrer deutete er mit seiner behandschuhten Hand nach rechts, wo auf dem spärlichen Gras eines baumlosen Hangs zwei braun aussehende Leichen ausgestreckt dalagen.

»Kommen Sie mir bloß nicht damit! Denken Sie daran, was da oben los ist!«

Boras Leute hatten etwas oberhalb des Gehöfts zwei versprengte polnische Soldaten erschossen, die, nachdem sie ein paar Schüsse auf die Patrouille abgefeuert hatten, den Hang hinaufgerannt waren. Von der ausgedorrten Wiese nördlich des Hauses kam jetzt einer der Soldaten zurück und führte eine braune Kuh an einem Strick. Hufe und Marschstiefel wirbelten eine dünne Staubschicht auf, die die hügelige Horizontlinie hinter ihnen leicht verschwimmen ließ. Die Bäuerin hörte die Huftritte. Sie hob ihr Gesicht aus der Schürze und lief mit ausgestreckten Händen auf Bora zu. »*Nie, nie, panie oficerze!*«

Verärgert stieß Bora sie zurück. Anderswo in Polen wurden Bauern getötet! Sie sollte dankbar sein, dass er keine weiter reichenden Befehle hatte.

»Es ist eine schöne Kuh«, schob Hannes nach und erboste damit den Offizier noch weiter.

Bora wandte sich an den Soldaten. »Erschießen Sie sie, Gefreiter!«

»Jawohl. Obwohl es eine Schande ist.«

Bora zog seine Walther und schoss der Kuh ins Ohr.

»Jetzt verbrennen Sie das Heu!«

Nachdem die Feuer entfacht waren, trat Bora vom Dreschboden zurück. Er ärgerte sich nicht so sehr über die Bauern wie über sich selbst. Diese Arbeit war unter der Würde eines Soldaten, jedenfalls unter *seiner* Würde, unter der Würde eines Soldaten seines Schlages. Eilends kletterte er den Hang hinauf, wo die Leichen der beiden versprengten Soldaten lagen.

Sie trugen immer noch die schmutzig braunen ausgebeulten Uniformen der polnischen Armee, waren aber barfuß. Hatten sie ihre zu engen Stiefel weggeworfen, um besser fliehen zu können? Bora kam zu diesem Schluss, weil ihre Zehen zusammengedrückt und gequetscht aussahen. Fliegen sammelten sich auf den langen, müden Gesichtern der Toten, und in ihren bleichen Augen schien trübes Wasser zu schwimmen. Die blauen Abzeichen auf ihren Kragen wiesen sie als Infanteristen aus.

Bora kauerte sich nieder, um ihre Jacken nach Papieren zu durchsuchen. Seit seinen Tagen als Freiwilliger in Spanien hatte er keine Leichen mehr angerührt – es war in Teruel gewesen, im letzten, im siegreichen Frühling. Das Erdrückende und die Kälte des Todes erstaunten ihn aufs Neue. Die Fliegen hoben von der blutverschmierten Kleidung ab und setzten sich wieder darauf. In der Ferne hörte man Artilleriefeuer, weit weg, vielleicht in Chrzanow. Es ist heiß, dachte er. Es ist heiß, und diese Männer spüren es nicht mehr, gar nichts mehr, bis Gott sie dereinst auferweckt.

Bora fand keine Erkennungsmarken und keinerlei Dokumente, die sie sicher alle unterwegs weggeworfen hatten. Aber in der Brusttasche des einen steckte eine zusammengefaltete Fotografie. Als Bora sie herauszog und auseinanderfaltete, zerbrach sie in zwei Hälften.

An der Unterschrift sah er, dass es sich um ein Schwarz-Weiß-Bild von Mutter Kazimierza handelte; sie stand mit gefalteten Händen da und betete. Um ihre Hände waren Bandagen gewickelt, und durch die Mullauflagen schienen dunkle Flecken hindurch. In der oberen Ecke rechts zeigte eine primitive Fotomontage ein eingeprägtes Herz, aus dem eine Flamme aufstieg. Ein Dornenkranz drückte auf das Herz, sodass Blutstropfen heraussickerten. Über dem Herzen schwebte eine Krone, und aus dieser Krone stieg eine Flamme empor. Darüber waren in einem Halbkreis die Buchstaben *L. C. A. N.* gedruckt. Bora drehte das Bild um und las, dass die Buchstaben für *Lumen Christi Adiuva Nos* standen. *Licht Christi, steh uns bei.* Ja, in der Tat – dem Mann, der es bei sich getragen hatte, hatte es Glück gebracht.

Gewehrschüsse am Fuße des Hangs schreckten ihn auf, aber es war nur ein Soldat, der in die Luft schoss, um die Frau von dem brennenden Heuhaufen fernzuhalten. Bora stand auf, schob das Foto in seine Kartentasche und ging hinunter.

Licht Christi. Ja, wirklich.

In dem Augenblick, als er bei der Tenne angekommen war, jagte eine in nächster Nähe wie wild abgefeuerte Maschinengewehrsalve die Soldaten auseinander. Bora duckte sich instinktiv, denn tatsächlich nahm ihm der Rauch des qualmenden Heuhaufens die Sicht.

»Achtung!«, brüllte ein Soldat, und das alles dauerte nur Sekunden, Bruchteile von Sekunden: Schüsse, Rauch, Sich-Ducken, der Schrei des Soldaten. Da machte Bora die schemenhafte Gestalt eines Mannes aus, die durch den Rauch glitt, und feuerte.

»Schießen!«, rief er. »Schießt, Leute!«

Geistergleich drehte sich der bewaffnete Mann vor den Flammen des zusammensackenden Heuhaufens ihm zu, aber Bora war schneller. Schneller auch als seine Soldaten. Zwei-, dreimal noch schoss er in die Rauchschwaden.

Aus dem Maschinengewehr kam ein letzter Schuss, himmelwärts. Der Mann sank auf die Knie, als hätte ihn ein großes Gewicht umgeworfen, und er brach in der duftenden Wiege des brennenden Heus zusammen.

Den rechten Arm noch ausgestreckt, nahm Bora den Finger vom Abzug. »Beinah hätte er uns erwischt! Habt ihr ihn denn nicht gesehen?« Er war wütend auf seine Männer, aber die Gefahr hatte ihn schlagartig in einen Zustand äußerster Beherrschtheit zurückversetzt. Er fühlte sich sogar wohler als vorher, als hätte die Gefahr seine Aufgabe hier irgendwie aufgewertet. »Durchsucht die übrigen Haufen!«, befahl er und überwachte während der nächsten fünf Minuten die Soldaten, die ihre Bajonette in das schwelende Heu stießen.

Sie hörten die Bauersfrau, die wieder auf der Türstufe hockte, laut weinen. Den Kopf zwischen den verschränkten Armen vergraben, zitterte das unglückliche Häufchen Kleider vor Angst und Kummer.

»Hannes, sag ihr, sie soll verdammt noch mal still sein!«, sagte Bora. Er drehte ihr beharrlich den Rücken zu, während die Soldaten hinter die Scheune gingen, um in der tiefen Abfallgrube und in einem Misthaufen herumzustochern, dabei aber nur die Pferdebremsen aufscheuchten.

Im Hauptquartier in Krakau litt Oberst Hofer unter Kopfschmerzen. Er versteckte den Brief von zu Hause unter einem ordentlichen Stapel Karten, damit er nur nicht in Versuchung käme, ihn noch einmal zu lesen, denn das würde ihm gewiss nicht guttun. Immer wieder wanderte sein Blick zur Wanduhr. Er verspürte einen Anflug von Groll bei dem Gedanken, dass Wehrmachtsgeneral Blaskowitz ausgerechnet um vier Uhr nachmittags vorbeischauen würde, denn die Äbtissin hatte ihm für halb fünf einen Termin eingeräumt.

Er hatte vergebens versucht, mit Blaskowitz' Adjutanten über den Termin zu verhandeln, nachdem dieser ihm mitgeteilt hatte, dass der Oberbefehlshaber den ganzen Nachmittag in Krakau verbringen würde.

»Sie müssen viel beten«, hatte Mutter Kazimierza ihn am Tag zuvor in ihrem korrekten, aus Büchern gelernten Deutsch ermahnt. »Ihre Frau muss viel mehr beten als bisher. Wie kann Christus Sie erhören, wenn Sie nicht beten? Nur ununterbrochenes Beten öffnet Gottes Pforten.«

Hofer griff in die oberste Schublade seines Schreibtischs, in der ein von der Äbtissin – für ihn nutzlos, da in polnischer Sprache – verfasstes Büchlein über geistige Übungen lag; als Einmerker diente ihm ein kleines, quadratisches, in harten durchsichtigen Kunststoff eingeschweißtes Gazestück mit einem kreisrunden Blutfleck in der Mitte.

Hofer war so verzweifelt, dass er hätte weinen mögen. »Sie können mich nur noch nächste Woche antreffen und dann nicht mehr«, hatte Mutter Kazimierza ihm am Tag zuvor beim Hinausgehen gesagt. Sein Herz hatte sich bei diesen Worten zusammengekrampft. »Warum nur noch eine Woche?«, hatte er protestiert. »Ich brauche Ihre Gebete – warum nur noch eine Woche?«

Die Nonne wollte dazu nichts weiter sagen. Mit einem »*Laudetur Jesus Christus*« gab sie Schwester Irenka ein Zeichen, den Besucher hinauszubegleiten, und so hatte er gehen müssen. Hofer seufzte bei der Erinnerung tief auf, und Tränen stiegen ihm in die Augen. Es fiel ihm immer schwerer, seine Gefühle zu verbergen. Zum Glück war Hauptmann Bora so naiv und hatte nichts bemerkt. Wie die meisten Männer seiner Generation war Bora politisch schwer einzuschätzen, doch zumindest strahlte er eine gewisse traditionelle Solidität aus, eine Seriosität, die wenig mit Parteizugehörigkeit zu tun hatte. Er wusste, wie man etwas für sich behält. Das einzige Problem mit Bora war, dachte Hofer bedrückt, dass er so unverschämtes Glück hatte.

Draußen, auf dem Lande, wehte der Geruch von verkohltem Fleisch vom Heuhaufen herüber, in dem das Feuer weiter glomm, und im gärenden Inneren des Haufens verglühte die Masse um die Leiche herum zu schwarzen, festen, torfähnlichen Klumpen.

Bora blickte von seiner Karte auf und rief den Soldaten zu, die um die Schwelle des Bauernhauses herum hockten: »Um Himmels willen, zieht ihn dort heraus! Merkt ihr denn nicht, dass der arme Teufel gleich gebraten wird?«

16. Oktober

Bora kehrte erst am Montag nach Krakau zurück. Er holte Retz im Hauptquartier der Wehrmacht ab. Retz arbeitete im Versorgungsdienst und schimpfte gerade am Telefon über irgendeine verspätete Lieferung von Bettlaken. Nach Dienstschluss fuhren sie zusammen zurück zu ihrer Wohnung.

Es war ein schönes dreistöckiges Haus an der Podzamcze, direkt unterhalb der imposanten Befestigungsanlagen des Wawel-Schlosses. Von dem zartgelben Putz hoben sich die frisch bemalten Fensterläden und die schmiedeeisernen Balkongitter ab, und Bora ahnte, dass sich an der Rückseite des Gebäudes ein schmaler Garten mit immergrünen Gewächsen entlangzog.

Bora folgte Retz die zwei Treppen hinauf bis zu einer Tür, die der Major aufschloss und die den Blick in ein elegantes Inneres freigab.

»Unser Pech, dass man uns hier untergebracht hat«, sagte Retz geringschätzig und zog den Schlüssel mit einem Ruck missmutig aus dem Schloss. Sie hatten sich auf ihrem Nachhauseweg über Oberst Hofer unterhalten, aber jetzt schien sich schon allein durch das Betreten der Wohnung seine Verachtung für das zugewiesene Quartier neu zu beleben. Da er vor Bora eingetreten war, fügte er hinzu: »Haben Sie das da draußen am Türrahmen gesehen?« Er meinte den kleinen, halb aufgeschnittenen Metallbehälter, den Bora bereits bemerkt hatte. Er schien mit der Spitze eines Messers aufgeschlitzt worden zu sein und sah nun einfach aus wie ein Stück aufgeschnittenes Metall. »Wissen Sie, was das sein soll?«

Bora sagte, er glaube es zu wissen.

»Aber wissen Sie, was es bedeutet?«

Bora wandte den Blick vom Türpfosten. »Ich glaube, man nennt es *mesusa*. Es soll etwas aus der Heiligen Schrift enthalten.«

Retz schnallte seinen Gürtel und sein Halfter ab und warf beides auf einen Stuhl. »Ich sage Ihnen: Wenn das hier nicht so hübsch eingerichtet wäre, würde mir dieses Ding da ausreichen, um eine Umquartierung zu verlangen.«

Bora war noch immer nicht über die Schwelle getreten. Er sah, dass zwar das Namensschild von der Tür entfernt worden war, dass aber der unter der elektrischen Klingel angebrachte Familienname noch lesbar war, und es war ein jüdischer Name.

Retz war ins Badezimmer gegangen. Durch die halb offene Tür war zu hören, wie Urin in die Schüssel rauschte. Er rief Bora über das Geplätscher hinweg zu: »Sehen Sie sich um – Ihr Schlafzimmer ist hinten.«

Bora nahm seine Mütze ab. Im Gegensatz zu Retz war er zum ersten Mal in ihrer gemeinsamen Wohnung. Er blickte in die Richtung eines geradeaus gelegenen Zimmers, einen mit Teppichen ausgelegten Salon, in dem er durch die offene Tür die glänzende Ecke eines Flügels erkennen konnte. Er stellte sich gleich davor und machte ein paar gewandte Fingerübungen. Retz schlenderte ihm hinterher.

»Jetzt mal zurück zu Hofer. Sie haben ihn eine Woche lang hin und her gefahren und wissen nicht, dass sein Sohn so gut wie tot ist? Er hat irgendeine fürchterliche Krankheit und ist dabei erst vier oder fünf. Späte Ehe, spätes Kind – das einzige Kind. Der Alte ist schon das ganze letzte Jahr nicht mehr er selbst. Die Ärzte haben ihm gesagt, dass sie nichts machen können, und so lebt er von einem Tag zum nächsten wie einer, der in der Todeszelle sitzt.« Retz lehnte sich mit einem spöttischen Grinsen gegen den glänzenden Rahmen der Salontür. »Na ja, ich sehe schon: Sie haben keine Probleme, sich in einem Judenhaus einzuleben.« Er beobachtete, wie Bora interessiert einen Stapel Notenblätter durchsah. »Warum spielen Sie nicht etwas? Wie wär's mit einem Schlager von Zarah Leander?«

20. Oktober

Die Stimme der Äbtissin drang deutlich durch die Tür; sie richtete sich zweifellos an eine Schwester, denn Bora konnte das polnische Wort *Siostra* heraushören. Hofer stand mit bleichem Gesicht zwei Schritte neben ihm im Klosterkorridor. Die dünne Schweißschicht auf seiner Stirn war jetzt, Ende Oktober, nicht auf die Temperatur zurückzuführen. Die Außenmauern des Klosters waren massiv und gut gegen Hitze und Kälte isoliert. Warm war es nicht. Als Hofer nervös die Knöpfe seiner Uniformjacke überprüfte, sah Bora, wie sehr seine Hände zitterten.

Deshalb und weil sonnige Tage in Krakau selten zu sein schienen, wäre Bora viel lieber draußen im Freien gewesen. Bemüht, sich seinen Ärger nicht anmerken zu lassen, hob er den Blick zu dem nächsten kleinen Fenster, durch das man ein Stück Himmel sah, das wie ein goldenes Tuch aus der kahlen Wand herausgeschnitten schien. Die Äbtissin ließ sie warten. Draußen wäre die Luft kühl und frisch, und es wäre noch hell genug, um an der Paulinerkirche vorbei zum Fluss hinunterzufahren oder weiter, über die Brücke, hinaus nach Wieliczka –

ein Ausflugsziel, das aufzusuchen Bora bis jetzt noch keine Zeit gehabt hatte. Er stellte sich vor, in der milden, tief stehenden Sonne durch altehrwürdige Straßen zu spazieren.

Hofer fuhr ihn mit einem plötzlich angespannten Ton in der Stimme so an, als könne er noch schroffer sein, ziehe es aber vor, sich zu beherrschen.

»Sie haben wohl überhaupt keine Sorgen, was?«

Bora machten diese Worte betroffen. Er hatte versucht, nicht zerstreut zu wirken, und war verlegen. Als er seinen Blick vom Fenster abwandte, schwebte ihm ein grünliches Quadrat vor den Augen – so lange hatte er in das helle Fenster gestarrt.

»Tut mir leid, Herr Oberst.«

»Das war es nicht, wonach ich Sie gefragt habe.«

»Nein, Herr Oberst.« Bora hörte durch die geschlossene Tür irgendeinen gebieterischen Befehl der Äbtissin und betrachtete immer noch Hofers verärgertes Gesicht. »Ich habe meine Pflichten«, sagte er. »Und mir fehlt mein Zuhause.«

»Sie haben keine Sorgen.« Hofer sagte das mit unüberhörbarer Bitterkeit – so, als wäre es Boras Schuld. Er sah auf seine Uhr, machte einen steifen Schritt nach vorn und erstarrte dann wieder in vollkommener Regungslosigkeit, in der verkrampften Unbeweglichkeit eines Menschen, der in der Praxis eines Arztes auf sein Urteil wartet. »Wie lange glauben Sie, dass das hier noch dauern wird?«

Bora verstand Hofer richtig. »Ich bin mir sicher, dass das Leben uns alle prüft, früher oder später.«

»Früher oder später? Früher, als Sie glauben, da können Sie Gift drauf nehmen!« Über der Tür hing ein gerahmter Druck von Adam und Eva im Paradies, und Hofer deutete mit dem Kinn darauf.

»Das da oben sind Sie.«

Bora sah höflich zu dem Bild hinauf. Adams Blöße war von einem gnädig gekrümmten Zweig bedeckt. Er hatte einen stumpfen Gesichtsausdruck und große Augen, ein gut gebauter Trottel, dem eine kokette Eva ein rotbäckiges Äpfelchen entgegenstreckte.

»Dieser Krieg wird Ihnen den Apfel geben, Herr Hauptmann.«

»Damit rechne ich. Doch ich glaube, trotzdem eine Wahl zu haben.«
»Oh, Sie werden hineinbeißen! Halten Sie sich bloß nicht für etwas Besseres! Wenn man Ihnen den Apfel hinhält, werden Sie ihn sogar im Ganzen hinunterschlingen.«

Die Türklinke wurde lautlos heruntergedrückt, ein Geraschel in Schwarz und Weiß folgte, und eine Nonne mit einem hässlichen Gesicht öffnete die Tür einen Spalt, nur so weit, dass sie durchschauen konnte.

»Bitte, Herr Oberst.« Sie forderte den Obersten auf einzutreten. »Bitte sehr. Die Äbtissin wird Sie jetzt empfangen.«

»Warten Sie im anderen Zimmer«, raunzte Hofer Bora an. Während er hineinging, erhaschte Bora einen Blick von einer anderen Frau im Dreiviertelprofil: Es war eine hochgewachsene, steif wirkende Nonne mit majestätischer Haltung, deren Augen ihm einen kalten Blick zuwarfen. Dann schloss sich die Tür wie die Abweisung selbst.

Während er von einer Nonne, die plötzlich von irgendwoher aufgetaucht war, zum Wartezimmer zurückgeführt wurde, betrachtete er aufmerksam die wenigen Bilder an den Wänden, die durch die Klarheit der blitzsauberen vorhanglosen Fenster im Flur besonders gut zur Geltung kamen. In ihren schwarzen Rahmen zeigten sie eine Kreuzwegstation nach der anderen. An einer Biegung des Korridors stand auf einem mit einem Spitzendeckchen verzierten Holzsockel eine bunt bemalte Gipsstatue der Muttergottes von Lourdes. Trotz der soliden Bauweise des Klosters brachten Boras Stiefeltritte die Metallsterne ihres Heiligenscheins zum Zittern und Klirren. Obwohl er in der letzten Woche jeden Tag, den er in Krakau verbracht hatte, hierhergekommen war, hatte Bora immer noch keine klare Vorstellung vom Grundriss des Gebäudes. Räume schienen sich überallhin zu öffnen; schmale Flure und Treppen, die nach oben und unten führten, verwirrten den Besucher so sehr, dass er froh war über die lautlos schwebende Präsenz der Nonne, die seine Schritte lenkte.

21. Oktober

Nach Dienstschluss schwelgte Retz in seinen Erinnerungen: »Sie war die tolle Nummer von ganz Polen!« Er sagte das über das Glas mit dem Hochprozentigen hinweg, das er schief in der Hand hielt. Dann richtete er den Blick wieder auf die fünfzehn Jahre alte Bühnenillustrierte, die er in ihrer gemeinsamen Wohnung auf dem Tisch aufgeschlagen hatte, und schwärmte weiter: »Erst wenn Sie sie gesehen haben, wissen Sie, was Klasse und Zielstrebigkeit ist! Sehen Sie sich das an!«

Bora schaute. Es hatte den Anschein, als hätten die Kritiker der Zwanzigerjahre tatsächlich auf Ewa Kowalska geschworen. Bora überflog die gedruckten Wörter der polnischen Zeitschrift und begriff zumindest so viel, dass ihre Darstellung der *Nora* unübertroffen war und dass die Männer sie in Pirandellos *So ist es, wie es Ihnen scheint* hinreißend fanden. Sie zeigte Stärke, technische Selbstsicherheit, Talent und so weiter und versprach eine polnische Sarah Bernhardt und Eleonora Duse in einer Person zu werden.

Aus dem, was Bora von anderer Seite gehört hatte, schien Ewa Kowalska heute, keine zwanzig Jahre später, diesen Verheißungen nicht mehr zu entsprechen. Sie hatte die Änderungen in Stil und Interpretation nicht richtig mitvollzogen und sich am Ende mit der Warschauer Theaterszene überworfen. Auf Provinzbühnen konnte sie immer noch die Primadonna spielen, und wahrscheinlich war sie jetzt nur infolge des Krieges in Krakau wieder gefragt. Sie besserte ihr Einkommen dadurch auf, dass sie nebenher Übersetzungen aus dem Französischen anfertigte. Kurz und gut, den Offizieren zufolge war es in ihrer Wohnung in der Sw. Krzyza im Winter immer noch gemütlich warm, und im Sommer gab es stets frische Schnittblumen.

Bora hörte Major Retz zu und war eigentlich begierig darauf, sie einmal kennenzulernen.

»Ich glaube nicht, dass sie sich für jemanden in Ihrem Alter groß interessieren wird«, tat Retz seine Neugierde ab.

Bora wollte darüber nicht mit ihm diskutieren. Er hatte bereits aus der merkwürdigen Ansammlung von Fläschchen und Cremes auf dem

Waschbecken geschlossen, dass Retz sich die Haare färbte, um jünger auszusehen. Deshalb fügte er nichts hinzu, was Retz als Wunsch hätte interpretieren können, in puncto Frauen mit ihm zu rivalisieren.

Retz sagte, während er sein Glas nachfüllte: »Ich treffe mich nächsten Samstag hier mit Frau Kowalska, Bora. Also sehen Sie bitte zu, dass Sie an diesem Tag erst sehr spät in der Nacht nach Hause kommen.«

»Wann, Herr Major?«

»Ach, was weiß ich. So um zwei oder drei Uhr in der Früh.« Retz grinste vielsagend. »Ich habe sie seit einundzwanzig Jahren nicht mehr gesehen.«

Das Ausbleiben einer Antwort legte nahe, dass der junge Mann irgendeinen unausgesprochenen Zweifel hegte. Retz spürte das und fügte hinzu: »Ich werde mich natürlich revanchieren, keine Sorge.«

»Es wird mir nicht schwerfallen, so lange auszubleiben, Herr Major. Es geht mir eher um die Sicherheit.«

»Sicherheit?«

»Um das Fraternisieren.«

Retz lachte. Er war mindestens Mitte vierzig, kräftig gebaut und trotz seiner groben Gesichtszüge ein gut aussehender Mann und, wie Bora in diesem Augenblick bemerkte, überaus selbstsicher.

»Weil ich mit einer Polin ins Bett gehe? Nun machen Sie aber mal halblang, Hauptmann Bora! Ich weiß, was Fraternisieren ist. Ich brauche keinen Nachrichtendienstler, der mich daran erinnert.« Retz leerte sein Glas, stellte es beiseite und korkte die Cognacflasche zu. »Was macht übrigens Ihr Polnisch?«

»Nicht so toll. Ich kann nur ein paar Sätze.«

»Na ja, dann sind Sie ja immerhin weiter als ich. Rufen Sie diese Nummer an, und machen Sie einen Termin mit Dr. Margolin aus. Natürlich weiß ich, dass er Jude ist! Was glauben Sie? Jetzt, da er und seinesgleichen nach Polen zurückverfrachtet worden sind, kann ich mir das doch zunutze machen. Jude oder nicht, er war nun mal der beste Zahnarzt von ganz Potsdam.«

»Dann wird er doch wohl Deutsch sprechen?«

»Dann hätte ich Sie nicht gebeten, oder? Polnisch spricht er! Solange Ihr Jiddisch nicht besser ist als Ihr Polnisch, bleiben Sie beim Polnischen. Sagen Sie ihm, dass ich ein Loch im Zahn habe oder zwei und dass er sich drum kümmern soll.«

Bora hatte keine Ahnung, wie man auf Polnisch »Loch im Zahn« sagte. Er wählte die Nummer des Amts, und es gelang ihm, nach der Praxis des Zahnarztes zu fragen. Das Telefon läutete lange, aber niemand nahm ab. Bora war gerade im Begriff aufzulegen, als sich endlich eine Frauenstimme meldete.

»Margolin? Jego niema w domu. Kiedy on wraca? Nie, nie mogę odpowiedziec na to pytanie. Nie wiem kiedy.«

»Nie rozumiem«, erwiderte Bora, weil er nichts verstanden hatte, außer dass Margolin nicht zu Hause war. Es dauerte zehn Minuten gegenseitiger Erklärungen, bis er begriff, dass Margolin überhaupt nicht mehr zurückerwartet wurde, weder zu Hause noch in seiner Praxis.

»So ein verdammtes Pech!« Retz schlug sich enttäuscht auf das Knie. »Jetzt muss ich zu einem unserer Zahnklempner von der Wehrmacht gehen. Wissen Sie überhaupt, wie unangenehm es ist, mit zwei Löchern in den Zähnen herumzulaufen?«

Bora, der keine Löcher in den Zähnen hatte, dachte, es sei gerade nicht der richtige Augenblick, das zuzugeben.

23. Oktober

In seinem Zimmer an der Karmelicka, wo er zur Untermiete wohnte, wachte Pater Malecki aus seinem nachmittäglichen Nickerchen mit dem bangen Gefühl auf, dass er gar nicht hätte einschlafen dürfen. Mit Herzklopfen richtete er den Blick auf das grün gestreifte Rechteck der geschlossenen Fensterläden und konnte aufgrund der Lichtmenge, die durch die Lamellen gefiltert wurde, sagen, dass es bereits nach vier Uhr war.

Er hielt den Atem an und versuchte, das Pochen in seiner Brust unter Kontrolle zu bringen. Es passte nicht zu ihm, in kalten Schweiß gebadet aufzuwachen, zumal er nicht einmal einen Albtraum gehabt hatte. Er setzte sich auf und griff nach seiner Armbanduhr auf dem Nachtkästchen.

Fünf nach halb fünf. Er gähnte, streifte sich das Metallarmband übers Handgelenk und streckte sich. Warum hatte er das Gefühl, zu irgendetwas zu spät zu kommen? Er hatte nicht viel zu tun bis zum Abend, wenn er sich dem Vespergebet der Ordensfrauen anschließen würde.

Diese quälende Angst war unbegründet. Malecki nahm einen Schluck Wasser, um seinen trockenen Mund anzufeuchten. Ein solches Unbehagen hatte er seit der Ankunft der Deutschen in Polen nicht mehr verspürt. Gewiss, die Nachrichten machten ihn jeden Tag abwechselnd traurig und fassungslos – ohnmächtig angesichts des Übermaßes an Gewalt. Diese Beklommenheit jetzt aber war keine nachempfundene Qual.

Im Zimmer war es still. Das Ticken einer Uhr direkt vor seiner Tür war alles, was diese Stille störte, bis Malecki aus dem Bett stieg und die Sprungfedern unter der Matratze ächzten. Sein Herz pochte nicht mehr, und vielleicht sollte er einfach nur das Kaffeetrinken aufgeben oder zu einer anständigen amerikanischen Zigarettenmarke zurückkehren, wenn er sie denn auf dem Markt finden würde.

Er ging zum Fenster, öffnete es und schaute die schmale, alte Straße hinunter. Es gab keinen Verkehr. Da bog, vom Stadtzentrum kommend, langsam ein Lastwagen der Wehrmacht ein. Malecki wandte stirnrunzelnd den Rücken zum Fensterbrett. Es hatte keinen Sinn, Kaffee oder Zigaretten die Schuld zuzuschieben. Die Angst war immer noch da und lauerte bedrohlich in seiner Magengrube.

Sein Priesteranzug hing schlaff im Lehnstuhl. Malecki schlüpfte hinein und begann, ihn zuzuknöpfen. Der Gedanke, im Kloster anzurufen, schoss ihm plötzlich durch den Kopf, aber er verwarf ihn sofort wieder. Wie kam er nur darauf? Dort gab es gar kein Telefon, und außerdem hatte er den Schwestern nichts zu sagen.

Durch die Bewegung des Stoffs aufgewirbelt, tanzten die Stäubchen in dem Lichtstrahl, der sein Zimmer durchschnitt.

Malecki setzte sich an den schmalen Schreibtisch und versuchte, in seinem Brevier zu lesen. Die Worte hüpften ihm vor den Augen, und die Zeilen verschwammen, bis er endlich das Buch zuschlug. Dann begann er, seiner Schwester in Carbondale einen Brief zu schreiben, kam aber nicht weit. Schließlich öffnete er die Tür und rief nach seiner Vermieterin.

»Frau Klara, gibt es irgendetwas in den Nachrichten?«

Am östlichen Ende der Altstadt begriff Bora genau im selben Augenblick, dass er Schwierigkeiten haben würde, den Wagen vor dem Kloster zu parken. Er hatte soeben am Gehsteig gehalten, um Hofer aussteigen zu lassen, als er ein lautes Getöse von Stahlketten und Motoren vom anderen Ende der Straße nahen hörte. Während das Auto noch im Leerlauf lief, reckte Bora den Hals aus dem Fenster, um nachzusehen.

Panzer! Wer auf dieser Welt konnte so dämlich sein und ausgerechnet hier mit Panzern anrücken? In dieser engen Gasse konnten sie doch gar nicht manövrieren! Nach wie vor kamen Panzer rasselnd und rumpelnd über das Kopfsteinpflaster von der vor ihm liegenden Biegung auf ihn zugerollt, dorthin, wo die Stufen zur Jesuitenkirche die Straße noch weiter verengten. Wie Dinosaurier wälzten sie sich, in eine stinkende Benzinwolke gehüllt, voran und brachten die Laternenpfähle, die Fenster und den Rückspiegel von Boras Wagen zum Klirren. Was für ein törichtes Kalkül auch immer hinter der Wahl dieser Straße stand – sie näherten sich so blind und dumpf, wie alle Maschinen wirken, deren Fahrer unsichtbar sind, und diese hier waren sich offenbar gar nicht der Tatsache bewusst, dass die scharfe Biegung vor ihnen ein Hindernis darstellen würde.

Umsichtig fuhr Bora seinen Wagen auf den Gehsteig und musste während der nächsten fünf Minuten genau wie die Panzer unter ohrenbetäubendem Lärm vorwärts und rückwärts manövrieren, um diese vorbeizulassen.

Das letzte schwerfällige Fahrzeug schob sich gerade mit seiner gewaltigen Flanke um die Ecke, als plötzlich Hofer aus dem Portal des Klosters wankte. Als er ihn so auf dem Gehsteig torkeln sah, sprang Bora aus dem Auto, denn er war sich jetzt sicher, dass Partisanen angegriffen hatten. Als der graubleiche Hofer verzweifelt gestikulierend um Hilfe bat, war Bora bereits bei ihm. Mit der Pistole in der Hand stellte er sich breitbeinig schützend vor ihn und drehte sich zur Straße, als käme die Gefahr von dort.

»Drinnen! Drinnen!« Hofers erstickte Stimme fand irgendwie den Weg aus seiner Mundhöhle heraus. Grob stieß er den jüngeren Mann vor sich her in den finsteren Vorraum. Einen Augenblick hatte Bora den Eindruck, dass geisterhafte Schatten in Kitteln jammernd um ihn herumschwebten. Dann erst erkannte er, dass es Nonnen waren, die in ihrer unverständlichen Sprache flüsterten und schluchzten.

Hofer trieb ihn weiter, und sie durchquerten schnellen Schrittes kahle Räume, kamen vorbei an schwarzen Kreuzen, langen Tischen, gestärktem Leinen, Stühlen und gingen durch einen Flur, über Stufen, und dann erwartete sie eine Flut grünen Lichts und der Geruch nach feuchter Erde.

Sie standen am Rand des Kreuzgangs. Ein vollkommenes Quadrat bewölkten Himmels öffnete sich über ihnen, und an allen vier Seiten waren die verschiedenen Grüntöne dicht stehender Bäumchen und Kübelpflanzen zu sehen.

»Schauen Sie sich das an, Bora!«

Mutter Kazimierza lag mit dem Gesicht nach unten beim Brunnen in der gepflasterten Mitte des Gartens, die Arme seitwärts ausgestreckt. Ein Teil ihres Schleiers leuchtete auffallend weiß. Er und das schwarze um ihre Beine gewickelte Gewand gaben ihr das Aussehen einer seltsamen, zu groß geratenen Schwalbe, die aus großer Höhe auf den Boden gestürzt war.

Unter ihrem langen Körper schlängelte ein roter Strich hervor und wand sich über die Ziegelsteine bis zum Rand des gepflasterten Bereichs. Der lange, gekrümmte Faden schien sich nach den Männern und Frauen auszustrecken, die in einiger Entfernung dastanden. Jenseits des Pflasterrands war er bereits von der feuchten Erde aufgesogen worden wie ein Bach, der in porösem Boden versickert.

Bora ließ seine Waffe sinken.

Zu seiner Linken begann eine der jungen Novizinnen, die beide Hände auf den Mund gepresst hielt, krampfhaft zu zucken, ohne Tränen zu vergießen. Als ein Windhauch, der für die Jahreszeit zu kalt war, über den Kreuzgang hinwegstrich, regneten von den Bäumen runde gelbe Blätter, nicht größer als Münzen, herein. Die Gruppe starrender Menschen gab keine zusammenhängenden Laute von sich, bis Hofer mit glasigen Augen vor sich hinstammelte: »Sie ist tot, sie ist tot, die Heilige ist tot.«

Mit seinem Blick folgte Bora der Blutspur bis zu dem filigranen Randmuster, das sie vor seinen Füßen bildete. Das hatte er schon in Aragon beobachtet, im Sommer zwei Jahre zuvor. Die Erde hatte die Flüssigkeit völlig aufgesogen, aber kleine schwarze Ameisen eilten darauf zu und inspizierten hin- und herflitzend das Ufer dessen, was sie angesichts ihrer eigenen Winzigkeit für ein nährendes, aber langsam austrocknendes Flussbett halten mussten.

2

25. Oktober 1939

Wie schätzen Sie als Fachmann den Gesundheitszustand von Oberst Hofer ein?« SS-Hauptsturmführer Salle-Weber hatte sich wie ein grob behauener, mit Abzeichen übersäter Baum hinter dem Schreibtisch des Obersten aufgepflanzt. Bora vermied, ihn direkt anzusehen.

»Ich diene Oberst Hofer erst seit zwei Wochen, Hauptsturmführer. Als Untergebener ist meine Meinung zwangsläufig unmaßgeblich, vielleicht sogar ohne jeden Belang.«

Salle-Weber hatte Boras Personalakte vor sich liegen und blätterte sie durch. »Seit wann sind Sie denn Hauptmann, Bora?«

»Seit drei Wochen.«

»Na, dann sind Sie jetzt ja ein großer Junge! Lassen Sie die Hierarchie mal beiseite, und geben Sie mir eine nüchterne Einschätzung Ihres Kommandeurs. Wir würden Sie nicht danach fragen, wenn wir das Gefühl hätten, Ihre Meinung sei ohne jeden Belang.«

»Ich glaube, Oberst Hofer ist sehr angespannt.«

»Sind wir das nicht alle?«

»Er hat private Gründe. Ich bin mir sicher, dass Sie darüber Bescheid wissen.«

»Alles, was ich weiß, ist, dass er keinen Schneid hat.«

Bora warf Salle-Weber einen flüchtigen Blick zu und sah dann wieder vor sich hin. »Nun, einen *gewissen* Schneid wird er wohl haben, wenn er sich doch vor zwei Jahren freiwillig nach Spanien gemeldet hat.«

»Was heißt das schon? Sie haben es auch getan, ebenso eine ganze Menge Leute von der Luftwaffe. Auch Schenck, ja, sogar Ihr unterbelichteter Dolmetscher.«

»Und obwohl wir uns auf feindlichem Gebiet befinden, legt Oberst Hofer keinen Wert darauf, eine Waffe zu tragen, so wie Sie und ich das tun. Gehört dazu denn kein Schneid?«

»Das ist doch kein Schneid! Das ist Schwachsinn!« Mit gespielter Gleichgültigkeit öffnete Salle-Weber die oberste Schublade von Hofers Schreibtisch und begann, darin herumzuwühlen. Er zog das Gebetbuch heraus. Es lag auch ein Bündel Briefe darin, das er ebenfalls herausnahm.

Bora folgte seinen Bewegungen mit dem irritierenden Gefühl, es handelte sich um seine Privatsphäre, die Salle-Weber gerade verletzte. »Geht es hier um eine Ermittlung?«

»Beantworten Sie nur meine Fragen, Herr Hauptmann. Hofer hatte vor zwei Tagen einen völligen Zusammenbruch, und das ist kaum etwas, was wir uns mitten in einem Feldzug leisten können. Sie waren bei ihm, als er durchdrehte. Seien Sie also so gut und erstatten Sie genau Bericht.«

Bora gehorchte.

Salle-Weber hörte ihm schweigend zu, machte sich aber keine Notizen; er beschränkte sich vielmehr darauf, den jüngeren Mann zu fixieren. »Sie sind ein guter Beobachter«, sagte er schließlich, nicht mit bewunderndem Unterton, sondern als reine Tatsachenfeststellung. »Das ist ein Vorteil, wissen Sie.« Endlich wandte er den Blick ab – wie Bora hatte er grüne Augen, aber in seinem Blick brannte ein anderer Eifer – und legte Hofers Sachen zurück in die Schublade. »Was bedeutet ihm diese Nonne? Was hat er sich von seinen täglichen Besuchen bei ihr versprochen?«

»Sie stand im Ruf, eine Heilige zu sein.«

Salle-Weber lachte. »Und zwar eine mausetote! Heilige – so etwas gibt es im heutigen Deutschland nicht.«

»Wir sind aber nicht in Deutschland.«

»Auch im *Generalgouvernement* gibt es keine Heiligen.«

»Ich habe auch nur gesagt, dass sie in diesem Ruf stand, Hauptsturmführer.«

»Das genügt schon! Bleiben Sie heute Abend nach Dienstschluss hier: Ich will einen detaillierten Bericht darüber, was Sie gesehen haben, als die Leiche entdeckt wurde.«

Bora fand sich mit dem Gedanken ab. »Und was passiert mit Oberst Hofer?«, fragte er, bevor er das Büro verließ.

»Nun, er wird auf seinen Posten zurückkehren, sobald er wieder Schneid hat. Sie werden ihn von jetzt an gut im Auge behalten. Was meinen Sie dazu?« Salle-Weber verschloss die oberste Schublade von Hofers Schreibtisch mit einem Schlüssel, den er in seine Tasche steckte. »Zwischenzeitlich werden Sie dem Kommando von Oberstleutnant Emil Schenck unterstellt, und ich glaube, er hat schon Befehle für Sie.«

Auf halbem Weg zum anderen Ende der Stadt trat Pater Malecki bedrückt seinen Heimweg vom amerikanischen Konsulat an. Soeben hatte er dem Vatikan die Nachricht vom Tod der Äbtissin telegrafiert und wollte am Nachmittag zurückkommen, um die offizielle Antwort zu erfahren. Fast achtundvierzig Stunden nach ihrem Tod stand er noch immer unter Schock. Da der Grund seines Aufenthalts in Polen damit hinfällig war, war jetzt alles offen. Weiter zu denken ermüdete ihn, und so ließ er es bleiben.

Niedergeschlagen ging er die Franciszkanska hinunter und bog dann in eine schmale, gewundene Gasse ein. Sie führte zur Klosterkirche, deren Fassade samt einer barocken Marmortreppe auf den Gehsteig schaute. Hier hatte er jeden Tag die Messe gelesen, weil sich der Pfarrer freiwillig zur Armee gemeldet hatte und wie Tausende andere den Weg in die Kriegsgefangenschaft gegangen war.

Malecki hatte nicht damit gerechnet, vor dem Eingang einen Wagen der Wehrmacht parken zu sehen. Da auf dem Fahrersitz ein Chauffeur wartete, vermutete er, dass er in der Kirche einen Offizier antreffen würde. Oben auf der Treppe, in einer Nische des von Pfeilern flankierten Portals, stand ein Soldat, die Maschinenpistole quer vor dem Bauch.

Bevor Malecki die Straße überquerte, beschloss er, nicht direkt an ihm vorbeizugehen. Da er in seiner Tasche den Schlüssel zu einer der

Seitentüren hatte, spazierte er, ohne auf dem Gehsteig innezuhalten, die Straße weiter hinunter, bog in die nächste Seitengasse ein und betrat dann die Kirche von der Rückseite.

»Ewa?« Das rothaarige Mädchen steckte den Kopf zur Garderobe herein, die sie im Stadttheater miteinander teilten. »Darf ich reinkommen?«

»Komm nur!«

»Jemand hat eine Karte für dich abgegeben. Hier.«

Ewa Kowalska, die gerade dabei war, ihren Seidenstrumpf vorsichtig über das Bein zu ziehen, vermied jede hastige Bewegung. »Mach den Umschlag auf, und lies sie mir vor. Von wem ist sie?«

Das Mädchen hielt sie ihr hin, damit sie sah, dass die Adresse getippt war. »Keine Ahnung«, sagte sie mit dem Anflug eines Lächelns. »Der Gefreite, der sie hier abgegeben hat, trägt jedenfalls keine polnische Uniform.«

»Sei doch nicht so prüde, Kasia. Lies sie mir vor.«

Kasia schlitzte das Kuvert auf und sah hinein. Sie spitzte die Lippen. »Oh, verdammt! Sie ist auf Deutsch geschrieben.«

In der Kirche neben dem Kloster befanden sich keine Gläubigen. Mit rotem Kopf fuhr Bora mit seiner Tätigkeit fort, die darin bestand, aus den aufgeschlagenen Messbüchern der Reihe nach die Seite mit dem Lied *Herr Gott, du Retter Polens* herauszureißen.

Pater Malecki sah mit ohnmächtiger Wut zu, während der Messner die Hände rang und »*Jaka szkoda, jaka szkoda*« stöhnte. »Wie schade!«

Verärgert warf Bora die Messbücher auf einen Haufen. »Man hat mir gesagt, dass Sie eine ganze Woche Zeit hatten, die Seite zu entfernen, und Sie haben es nicht getan. Jetzt muss ich das machen.«

Malecki beherrschte sich. »Haben Sie von mir erwartet, dass ich Seiten aus einem Messbuch herausreiße?«

»Sie hatten genaue Anweisungen, das zu tun! Es hilft Ihnen nicht, wenn Sie uns Ihre Mitarbeit verweigern. Wenn das Lied morgen gesungen wird, wird die Kirche geschlossen.«

Malecki zwang sich, ein unbedachtes Wort hinunterzuschlucken. Ihm war klar, dass der Deutsche seine Befehle ausführen würde und dass es jetzt keinen Sinn hatte, vernünftig mit ihm reden zu wollen. Die Messbücher landeten der Reihe nach auf dem Boden – manche schlugen geöffnet dort auf, andere auf der Kante. Wie rote und schwarze Schlangenzungen schnellten die seidenen Einmerkbändchen zwischen den Seiten hervor.

Malecki begann, die Messbücher einzusammeln und sie hinter dem Soldaten aufzustapeln, der sie aufschlug und Bora überreichte. Als Bora fast fertig war, fing Malecki an, auch die zerknüllten Seiten aufzulesen. Mit einem dumpfen Geräusch landete der gesporte Stiefel dicht vor seiner Hand.

»Lassen Sie das liegen, Pater! Das nehmen *wir* mit.«

Malecki zog seine Hand nicht zurück, mit der er immer noch ein Blatt festhielt. Er sah nicht zu Bora auf, sein Blick blieb vielmehr an dem schwarz glänzenden Leder haften. »Gewiss gibt es andere Dinge, die ein Offizier mit Ihrer Erziehung tun könnte, Herr Hauptmann.«

Bora ließ das letzte Messbuch vor seine Füße fallen und trat einen Schritt zurück.

Auf seinen Befehl fegte der Soldat alle zerknüllten Seiten in einen Leinensack. Während sich Malecki langsam erhob, sah er, wie sich Boras Hand ihm entgegenstreckte.

»Zwingen Sie mich nicht, Ihre Hand gewaltsam zu öffnen, Pater.«

Malecki öffnete seine Hand. Bora nahm das zerknüllte Papier an sich und überreichte es dem Soldaten. Sein höfliches Vorgehen und seine Stimme straften seine Entschlossenheit, ihn einzuschüchtern, Lügen. Aber er sagte: »Sie wissen nichts über meine Erziehung, Pater Malecki. Außerdem hat meine Erziehung nichts mit den Dingen zu tun, die ich tun muss.«

28. Oktober

Samstagmittag fluchte Salle-Weber in den Telefonhörer hinein.

»Wo?« Er zog die Telefonschnur lang, damit er auf dem Stadtplan von Krakau nachsehen konnte, der an der Wand gegenüber von seinem Schreibtisch hing. »Wo zum Teufel soll das sein? Ach ja, hier, ich sehe schon. Wie viele? Waren es unsere Leute oder die von der Wehrmacht? Tja, das hätte ich mir gleich denken können! Wie können Sie behaupten, ein SS-Verband sei unvorbereitet getroffen worden? Und noch dazu in Gegenwart von Wehrmachtsoffizieren?«

Der Vorfall löste im Lazarett, wo der Wehrmachtschirurg Oberfeldarzt Nowotny gerade zum Mittagessen gehen wollte, keinen vergleichbaren Ärger aus. Beim Hinausgehen aus seinem Sprechzimmer sah er den Offizier ein paar Schritte entfernt im Korridor stehen. Gesicht, Kragen und der vordere Teil seiner Uniform waren blutüberströmt.

Nowotny beschloss, das Mittagessen zu verschieben. »Hier rein, Herr Hauptmann!« Er winkte ihn mit dem Zeigefinger herein. »Sehen wir uns das mal an. Sind Sie schon geröntgt worden?«

Bora sagte: »Ja.«

Nachdem Nowotny ihm mit einer Lampe in die Augen geleuchtet hatte, um die Reaktion beider Pupillen zu überprüfen, und sich dabei besonders mit der linken beschäftigte, wischte er mit einem Wattebausch die Wunde hinter Boras rechtem Ohr ab, um festzustellen, ob eine innere Blutung vorlag. Bora zuckte zusammen.

»Na ja, Sie sind immerhin selbst hierhergefahren und auf zwei Beinen hereinspaziert. Sie sind also glimpflich davongekommen. Erinnern Sie sich, was passiert ist?«

Bora berichtete ihm und befolgte dabei die Aufforderung des Arztes, seine Hände ausgestreckt zu halten. Nowotny nickte und beugte sich über ihn. Dem kräftigen Mann mit ergrauendem Haar, einer gesunden Haut und seinen nachlässigen Nachmittagsbartstoppeln konnte man die gute Laune vom Gesicht und den warmen dunklen Augen ablesen. Und wenn markante Nasen tatsächlich etwas über den Charakter aussagen, dann hatte er wohl ein nüchternes, einnehmendes Wesen.

»Schütteln Sie mir die Hand. Und jetzt mit der anderen. In Ordnung. Schauen Sie geradeaus. Folgen Sie der Bewegung meines Fingers mit Ihrem Blick.« Als sei ihm gerade eingefallen, dass der Zwischenfall eine lustige Seite hatte, lachte Nowotny auf: »Alles, was ich Ihnen sagen kann, ist, dass Sie aus Preußen oder Sachsen kommen müssen, denn Sie haben einen dicken Schädel. Es ist ein Wunder, dass er nicht entzweigegangen ist. Genug geblutet hat er ja.«

Bora sagte nichts. Er hatte während der Untersuchung und Säuberung der Wunde hinter seinem Ohr eine bestimmte Haltung eingenommen, um seiner Schmerzen Herr zu werden, während Nowotny im Plauderton darauf hinwies, wie praktisch es doch sei, dass deutsche Haarschnitte das Rasieren überflüssig machten.

»Es ist ein ziemlich großes Loch, und die Wundränder klaffen recht weit auseinander. Sie müssen genäht werden, es wird also ein bisschen piksen. Was haben Sie gemacht? Sind Sie vielleicht in eine ›spontane Willkommensbekundung‹ hineingeraten?«

Gereizt hob Bora den Blick, so gut er konnte, aber sein Kopf wurde zurückgedrückt. »Halten Sie still!« Wieder quoll Blut hervor, und Bora musste die Hände zusammenlegen, um es aufzufangen, bevor es auf seine Hosen tropfte.

»Ich hoffe, Sie halten sich deswegen nicht für verwundet.«

»Nein, ich halte mich nicht für verwundet.«

Nowotny reichte ihm ein Tuch, damit er sich das Gesicht abwischen konnte, und setzte seine Arbeit fort. »Wer also bewirft deutsche Offiziere mit Steinen?«

»Das weiß ich nicht. Es hat mich von hinten getroffen. Ich habe es nicht gesehen – es sind viele Steine geflogen.«

»Hat es Festnahmen gegeben?«

»Ja, die hat es gegeben.«

Während Nowotny darauf wartete, dass ihm die Röntgenbilder gebracht wurden, wusch er sich die Hände im Waschbecken und blickte über die Schulter, als sich Bora gerade die Jacke wieder anzog.

»Sie spielen also schon seit vielen Jahren Klavier?«

»Seit meinem sechsten Lebensjahr. Woher wissen Sie das?«

»Ich habe Sie neulich abends, bei dem Empfang im Hauptquartier, spielen gehört. Schumann, oder?«

»Aus seinem a-moll-Konzert.«

»Sie haben Talent.« Nowotny signalisierte durch eine Kinnbewegung in Richtung Waschbecken, dass Bora sich waschen könne. »Ich kann Pianistenhände vom bloßen Ansehen erkennen. Sie haben eine gute Spannweite, eine gute Muskelkontrolle. Ich würde meine linke Hand dafür geben, wenn ich Schumann so spielen könnte wie Sie – auch wenn ich bezweifle, dass ich dann noch ein besonders guter Pianist werden könnte, oder?«

Bora trocknete sich die Hände ab, bevor er seinen Gürtel zuschnallte. Es klopfte an der Tür, und eine Krankenschwester spähte herein, die fleckigen Röntgenaufnahmen in der Hand. Nowotny hielt die Bilder ein paar Augenblicke gegen das Licht und studierte sie aufmerksam. Dann schüttelte er den Kopf.

»Gratuliere! Ich vermute, Sie sind beinahe ein Kandidat für ein Verwundetenabzeichen. Sie haben eine Schädelfraktur.« Er zeigte auf eine Schlangenlinie im hintersten Viertel des Schläfenbeins. »Da können wir nicht viel tun, außer Ihnen Schmerzmittel für die Zeit zu geben, wenn es anfängt, ernsthaft wehzutun.« Er reichte Bora ein Fläschchen. »Kommen Sie zu mir, wenn Sie mehr davon brauchen, um nachts schlafen zu können. Ansonsten kommen Sie Freitag nächster Woche wieder, zum Fädenziehen.«

Als Bora am Abend nach Hause zurückkehrte, starrte Retz ihn an.

»Was zum Teufel ...?« Er wandte das Gesicht von Boras blutverschmierter Uniform ab und wartete nicht auf Erklärungen. »Ziehen Sie das aus! Sofort raus aus diesem Zeug! Das ist ja widerlich! Ziehen Sie bloß dieses verdammte Zeug aus!«

Er hörte, wie Bora ins Badezimmer ging und den Hahn über dem Waschbecken aufdrehte.

»Wischen Sie das Waschbecken aus, wenn Sie fertig sind!«, rief er. »Mir wird verdammt noch mal übel, wenn ich Blut sehe, und ich möchte mir beim Rasieren den Anblick ersparen!«

Bora zog sich um, bevor er wieder zum Major ging, der im Salon saß. Jetzt erst bemerkte er die Blumen in der Vase und die Flasche Wein im Kühler.

»So ist es besser«, sagte Retz. »Erinnern Sie sich, was heute für ein Tag ist?«

»Ja, ich weiß. Ich werde lange ausbleiben, Herr Major.« Bora verspürte allmählich heftige Kopfschmerzen, sagte aber weiter nichts. Er saß im Lehnstuhl und presste die Schultern gegen die gepolsterte Rückenlehne. Als er die Augen schloss, blitzten Bilderfetzen von dem Vorfall vor ihm auf, der sich auf der Straße vom Kloster hinunter ereignet hatte. Es kam ihm vor, als nagte ein Raubtier an der rechten Seite seines Kopfes.

Retz sah ihn nicht an. »Nun, Sie warten offensichtlich darauf, dass Sie gefragt werden. Was ist Ihnen also passiert?«

Bora erzählte es ihm.

»Was Sie nicht sagen! Und wie haben wir darauf reagiert?«

»Der SD hat fünf Männer an die Mauer der Jesuitenkirche gestellt und erschossen.«

»Gott sei Dank haben wir den SD.«

Bora öffnete die Augen. Major Retz drehte die Flasche im Kühler um. »Schloss Vollrads, Jahrgang 1935. Das ist sie mir wert.«

Bora drückte den Rücken gegen die Lehne, hievte sich aus dem Stuhl und verließ das Zimmer. Infolge des Blutverlusts war er wacklig auf den Beinen und fühlte Übelkeit in sich aufsteigen. Retz' ungeduldiger Blick auf die Uhr machte die Sache auch nicht gerade besser. »Ich bin gleich draußen, Herr Major«, sagte er. »Ich muss mir nur noch einmal das Gesicht kalt abwaschen und mir überlegen, wo ich die nächsten sieben Stunden verbringen werde.«

»Darüber hätten Sie früher nachdenken sollen!«

»Jawohl, Herr Major.«

Fünf Minuten später hämmerte Retz mit der Faust gegen die Badezimmertür. »Was zum Teufel machen Sie da, Bora? Kotzen Sie mir vielleicht das Badezimmer voll?«

Bora fühlte sich zu elend, um ihm eine entsprechende Antwort zu geben. Er stützte sich am Toilettenrand ab, die Hände ineinander geklammert, die eiskalte feuchte Stirn daraufgelegt.

»Beeilen Sie sich, und wischen Sie nachher alles sauber!«

Bora musste sich noch einmal übergeben, bevor er unsicher den Kopf hob, um auf das Getrommel an der Tür zu antworten.

»Verdammt noch mal, Herr Major! Jetzt lassen Sie mich in Ruhe auskotzen!«

Das Telegramm aus dem Vatikan, unterzeichnet vom Staatssekretär, wies Malecki an, bis auf Weiteres in Krakau zu bleiben und an jeder offiziellen Ermittlung zum Tod der Äbtissin mitzuwirken.

Pater Malecki zündete sich eine Zigarette an. Es war eine deutsche Marke, die er über den Sohn seiner Vermieterin bekommen hatte, ein hellgelbes Fünferpäckchen mit dem Namen »Sondermischung« und einem Siegel der Wehrmacht. An jeder Ermittlung mitwirken. Das war leichter gesagt als getan. In dem Durcheinander nach dem Vorfall war er nicht in der Lage gewesen, festzustellen, ob polnische Behörden in den Fall einbezogen wurden. Die Deutschen waren gerade dabei gewesen, das Kloster abzuriegeln, als er am Montag zum Vespergebet eingetroffen war, und er hatte weder Hofer noch Bora persönlich gesehen, aber Schwester Irenka hatte ihm mitgeteilt, dass sie sich beide im Gebäude befanden.

Sie hatte sich über die Tragödie ausgelassen und hinzugefügt: »Der Oberst ist in einem schrecklichen Zustand. Er ist im Wartezimmer umgekippt, und der junge Hauptmann hat ihn buchstäblich vom Boden aufsammeln müssen. Wir sind entsetzt bei der Vorstellung, dass man uns die Schuld geben wird, weil ihm übel wurde – als wäre es nicht schon genug, dass wir unsere Äbtissin verloren haben!«

Fünf Tage später wusste Malecki noch immer nicht mehr, und weder bei der Kurie noch beim Konsulat hatte man ihm weiterhelfen können. Die Nachricht war nicht in die lokale Presse gedrungen, wurde aber bereits von Mund zu Mund verbreitet. Er machte sich Sorgen wegen der Notizen über Mutter Kazimierza, die er in der Bibliothek des Klosters zurückgelassen hatte: Die Aufzeichnungen waren natürlich in Englisch geschrieben, aber Bora beherrschte diese Sprache wie seine Muttersprache.

Und Mutter Kazimierza, Mutter Kazimierza – im Kreuzgang ihres eigenen Klosters erschossen! Darin lag etwas Schrecklicheres als nur der Tod allein. Mit entschlossener Miene legte Malecki die Zigarette auf der Fensterbrettkante ab. Mord. Es war Mord, natürlich. Wütend schüttelte er den Kopf. Was ist an einem Mord natürlich? Und würden die Deutschen – ausgerechnet diese voreingenommenen, herzlosen selbst ernannten Tötungsmaschinen – diejenigen sein, die in diesem Mordfall ermittelten?

Bora aß nichts, blieb aber so lange an dem Tisch in dem verräucherten Restaurant sitzen, wie er konnte, und ging dann hinaus und stieg die Stufen zur Straße hinauf.

Die Nachtluft war so frisch, dass sie eigentlich schon den Übergang zur Winterkälte ankündigte. Bald würde es Regen und Eisregen geben; das konnte er regelrecht riechen. Die Temperatur und der graue Himmel in Krakau erinnerten ihn sehr an Leipzig. Auch über Leipzig würde bald Eisregen niedergehen. Die Sterne schienen nicht, oder ihr Licht wurde vom Schein der Straßenlaternen erstickt.

Gelächter und laut deutsch sprechende Stimmen kamen aus dem Restaurant hinter seinem Rücken wie aus irgendeiner glücklichen niederen Region. Bora stand auf dem Gehsteig und sog die Nachtluft ein, als tränke er Wasser.

Er hatte Zweifel, ob er selbst nach Hause fahren konnte. In seinem Kopf pochte es so, als wollte ihm der Schädel platzen, aber es war hauptsächlich die von Nowotny verordnete Medizin, die jetzt seine Reaktionsfähigkeit verminderte. Die phosphoreszierenden Zeiger seiner Armbanduhr standen erst auf elf Uhr. Du lieber Gott, dachte er, erst elf Uhr! Er hatte keine Ahnung, was er in den nächsten vier Stunden machen sollte.

Gegen alle Vernunft stieg er in seinen Wagen und fuhr aus der Altstadt hinaus, geradeaus und über den Fluss. Er beabsichtigte, nach Wieliczka zu fahren, übersah aber die Abbiegung nach links und fand sich auf dem Weg zum Gebirgsort Zakopane wieder, als ihn eine Wehrmachtspatrouille an einer Straßensperre stoppte. Die Soldaten erklärten, warum sie ihn angehalten hatten, und Bora entgegnete nichts. Er setzte den Wagen zurück, lenkte ihn an den Straßenrand und stellte den Motor ab.

Die Soldaten zeigten sich ein wenig überrascht, dass ein Offizier sich ausgerechnet diesen Ort aussuchte, um seinen Rausch auszuschlafen, aber mehr auch nicht.

29. Oktober

Am nächsten Morgen wuschen jüdische Zwangsarbeiter gerade die seitliche Mauer der Jesuitenkirche sauber, als Malecki, der auf dem Weg zur Messe ins Kloster war, dort vorbeikam. Diese Kirche und der größere Komplex des Klosters erhoben sich an den beiden Enden derselben schmalen Gasse, als wollten sie diese über ihre ganze Länge segnen.

Alte Männer mit Armbinden schrubbten mit Bürsten und Eimern, die in der kalten Luft dampften, die Blutflecken der gestrigen Hinrichtungen von der mit heller Pastellfarbe verputzten Kirchenmauer. Seifige, rötlich gefärbte Wasserschlieren rannen bereits von der Basaltkante des Gehsteigs in den Gully. Soldaten des SD standen Wache. Malecki glaubte, sie würden ihn nach seinen Papieren fragen, und wollte sie schon aus seiner Brieftasche ziehen. Sie verlangten sie aber nicht, und so ging er mit einem Stich im Herzen an der schweigend arbeitenden Gruppe vorbei.

Als er im Kloster ankam, sangen die Novizinnen in der kleinen Kapelle. Wie geisterhafte Laute zogen ihre schrillen, dünnen Stimmen durch die Gewölbe der Korridore und Räume.

Die Nonnen scharten sich um ihn und sagten, sie hätten die Schüsse des eiligst zusammengestellten Erschießungskommandos gehört und um ihn gebangt.

»Nein, nein, ich war in der Kirche«, beruhigte Malecki sie. Er folgte Schwester Irenka in den Raum, in dem noch immer der Sarg stand, und bat darum, allein beten zu dürfen.

Zur gleichen Zeit, aber am anderen Ende der Stadt, drehte Bora den Schlüssel im Schloss herum, öffnete die Tür und lauschte, ob irgendwelche Laute aus der Wohnung kämen. Aus dem Radio plärrte ein albernes Liedchen – *Nur du, nur du, nur du.* Im Badezimmer war rauschendes Wasser zu hören, was bedeutete, dass jemand unter der Dusche stand. Die Tür zu Retz' Schlafzimmer stand weit offen, aber die Fensterläden waren noch geschlossen.

Ohne sich aus dem Vorzimmer zu rühren, versuchte Bora, herauszufinden, ob außer Retz noch eine andere Person in der Wohnung war. Er hatte über Nacht einen merklich klareren Kopf bekommen, und dafür, dass er in unbequemer Haltung im Auto geschlafen hatte, fühlte er sich eigentlich ganz wohl. Er sog die Luft ein, als könnte er so die Anwesenheit einer Frau feststellen. Ewa Kowalska hätte literweise Parfüm verwenden müssen, um den Geruch nach abgestandenem Rauch zu überdecken. Das Wasser wurde abgedreht.

Bora schloss geräuschvoll die Tür, und sofort drang Retz' Stimme aus dem Badezimmer. »Sind Sie es, Bora? Wo sind Sie so lange gewesen?«

Bora ärgerte sich so sehr, dass sich der Schmerz in seinem Kopf zurückmeldete und ihn erschreckte. »Wenn Sie fertig sind, würde ich gern ein Bad nehmen, Herr Major.«

Bevor Retz aus dem Badezimmer heraustrat, hörte Bora das Wasser im Badewannenabfluss gurgeln. Der Major war splitternackt, sein Körper rosafarben, mit Speck um die Taille, vielen blonden Haaren auf der Brust und in den Leisten. Er rubbelte sich mit einem Handtuch den Kopf trocken.

»Sie werden ein paar Stunden warten müssen. Ich habe gerade den letzten Tropfen heißen Wassers aufgebraucht.«

Vor sich hin fluchend, ging Bora in den Salon, wo sich im Kühler Wasser angesammelt hatte. Daneben thronte die leere Flasche zwischen

Gläsern auf dem Beistelltisch. Kissen waren auf der einen Seite des Sofas zusammengeballt; auf der anderen lag ein zusammengeknülltes feuchtes Badetuch und färbte den Sofastoff darunter dunkel. Auf dem Boden führten Retz' Stiefel, seine Hose und Unterhose wie eine Fährte vom Tisch zur Tür. Auf dem Tischchen stand ein Grammophon, noch eine Platte auf dem Teller, aber im Radio wurde kein *Nur du* mehr geschmettert.

Bora wartete, bis sich Retz einen Cognac eingeschenkt hatte und hinausging, um sich anzuziehen, bevor er mit zwei spitzen Fingern das Handtuch aufhob. Während er zum Fenster ging, um es zu öffnen, stieß er mit dem Fuß an ein weiteres Glas und hörte, wie es auf dem Boden kreiselte. Das Morgenlicht flutete durch das weit geöffnete Fenster. Er bückte sich, um das Glas aufzuheben, betrachtete es genau, um zu sehen, ob es irgendwo einen Sprung hatte, beugte sich vor und ließ es auf die Straße fallen.

30. Oktober

Als Oberstleutnant Schenck nach dem Mittagessen zu einem privaten Besuch kam, wusste Hofer bereits, dass man seinen Posten neu besetzt hatte. Er hegte keinen Groll gegen den drahtigen, jugendlichen Schenck und stellte das von Anfang an klar.

»Sie sind also mein Nachfolger«, begrüßte er ihn freundlich. »Eine gute Wahl. Ich habe gehört, was Sie bereits geleistet haben.«

Schenck war höflich. Er wollte sich nicht setzen und auch nicht über Hofers Zusammenbruch reden, sondern sagte, er sei gekommen, um sich mit ihm über den Todesfall im Kloster zu unterhalten.

»Wie Sie wissen, haben wir die örtliche Polizei aus der Sache heraushalten können. Es ist Ihnen doch klar, dass wir die Probleme unserer Militärverwaltung noch vergrößern würden, wenn wir es zuließen, dass eine religiöse Hysterie um diese Sache entstünde.« Er sagte das mit abgewandtem Blick, weil er Hofer nicht den Eindruck vermitteln wollte, er spreche über ihn, obwohl das für Hofer ohnehin klar war. »Offen gestanden war mein erster Impuls, den ganzen Vorfall totzuschweigen, aber mir ist bewusst, dass das hier ein extrem katholisches Land ist, und auch General Blaskowitz rät, wir sollten uns in dieser Sache bemüht zeigen. Polnischen Behörden zu erlauben, sich mit der Angelegenheit zu befassen, kommt nicht infrage, zumal wir nicht wissen, in welche Richtung die Ermittlungen gehen – wer der Täter war.« Schenck zog eine Personalakte aus der Mappe. »Sie haben einen jungen Offizier unter Ihrem Kommando, neu in der Abwehr, aber gut ausgebildet, mit bisher glänzenden soldatischen Leistungen und ein bisschen zu begabt, um ihn nur eine Kompanie über einen Graben führen zu lassen.« Schenck reichte Hofer die Mappe, und dieser nickte zustimmend. »Mir persönlich gefällt die Tatsache, dass er das Adelsprädikat aus seinem Namen gestrichen hat. In einer modernen Armee brauchen wir nicht an die Titel oder Privilegien unserer Vorfahren erinnert zu werden. Ich beabsichtige, ihm den Fall zu übertragen, und wenn Ihnen nichts Gegenteiliges über seinen Charakter bekannt ist, was ihn für diese Aufgabe ungeeignet erscheinen ließe, wird er ab morgen daran arbeiten.«

Hofer gab ihm die Mappe zurück. »Ich habe keine Einwände. Wahrscheinlich hätte ich ebenso entschieden. Ich hoffe nur, dass Sie ihn nicht endgültig aus dem Kampfgebiet abziehen.«

»O nein.« Schenck lächelte und richtete seinen hageren Körper auf. »Junge Maultiere sind dann am besten, wenn sie schwere Lasten tragen.«

Ein paar Straßen weiter lachte Kasia so sehr, dass sie den Augenbrauenstift nicht mehr gerade halten konnte, und verschmierte den dünnen Bogen ihrer linken Braue. »Und zugenommen hat er auch?«

Ewa Kowalska legte ihr den Arm um die Schultern. Sie warf einen kritischen Blick in den Spiegel, obwohl das diffuse Licht im hinteren Teil der Garderobe ihr Gesicht straff und attraktiv erscheinen ließ.

»Er ist immer noch ein guter Liebhaber, wenn er nicht zu viel trinkt.«

Ihre Blicke trafen sich. Nachdem Kasia den Deckel ihres ziemlich abgenutzten Lippenrouges aufgeschraubt hatte, rieb sie mit dem Zeigefinger etwas davon ab und tupfte es dann auf ihre Wangenknochen. Sie sog ihre Lippen ein, um die Partie, die sie mit dem Rouge schminken wollte, hervortreten zu lassen. »Da kann man leicht lachen, aber fast beneide ich dich. Deutsche Offiziere verdienen gutes Geld.«

»Geld hat nichts damit zu tun.«

»Was dann? Nostalgie vielleicht?«

Ewa zuckte die Achseln, ohne die Schultern wieder sinken zu lassen. »Ich weiß nicht. Macht.«

»Macht?«

»Macht hat etwas damit zu tun – wenn man einen Mann zurückerobert.«

»Ist er verheiratet?«

»Ja. Kinderlos, aber verheiratet. Seine Frau ist eine Sau.«

Kasia lachte wieder. »Hat er dir das gesagt, oder hast du ein Bild von ihr gesehen?«

»Weder noch. Aber ich bin mir sicher, dass sie eine Sau ist. Die meisten Weiber sind blöde Säue.«

»Aber, aber, Ewusia! Gehöre ich auch dazu?«

Ewa ging zu Kasias Stuhl und umarmte sie. »Du bist eine Ausnahme, mein Liebes. Aber du weißt: Auf die meisten trifft es zu.«

1. November

Pater Malecki sprach nicht aus, was ihm im ersten Augenblick durch den Kopf ging. Er sah Bora an, der am anderen Ende des Warteraums des Klosters stand, und musste sich zurückhalten, die Sache mit den zerstörten Messbüchern nicht zur Sprache zu bringen.

Bora blätterte durch ein lose gebundenes maschinengeschriebenes Manuskript, doch sein Blick war auf den amerikanischen Priester gerichtet. Auf seinem Gesicht lag etwas Strenges, Herausforderndes, wenn es nicht der Ausdruck einer Abwehrhaltung war.

»Mit der Untersuchung bin ich beauftragt worden, Pater Malecki. Ich habe nicht darum gebeten.«

»Oh, ich verstehe.«

Da der Priester auf das Manuskript blickte, tat Bora, als würde er jede Seite rasch überfliegen. »Einige Äußerungen der heiligen Äbtissin waren politisch bedeutsam.«

Malecki verzog keine Miene. Polen war offiziell dem Reich eingegliedert worden, und er musste vorsichtig sein. Besonders sorgsam war er darauf bedacht, nicht auf die genähte Wunde an Boras Kopf zu starren. »Sie wurden dahin gehend interpretiert, dass man aus orakelhaften Antworten alles herauslesen kann.«

»Ich würde sagen, dass ›mit Kreuzen versehene Fahnen aus dem Westen‹ uns Deutsche recht eindeutig identifiziert. Was mich erstaunt, ist, dass sie von den Trägern der Fahnen als von ›der runden Stadt und dem Widder‹ sprach. Tatsächlich heißen unsere Kommandeure von Rundstedt und Bock. Es ist bemerkenswert, dass sie das schon vor einem Jahr sagte.«

»Nun, ich sehe, dass die guten Schwestern Ihnen meine Notizen ausgehändigt haben. Was halten Sie davon?«

»Unter technischem Gesichtspunkt betrachtet würde ich sagen, auf Ihrer Schreibmaschine funktioniert das ›R‹ nicht. Sie haben, wo immer das möglich war, versucht, Wörter mit ›R‹ konsequent zu vermeiden und schreiben ›might‹ statt ›power‹, ›benevolence‹ statt ›charity‹ oder ›mercy‹. Was das Theologische anbelangt, so möchte ich mich auf keinen Kommentar einlassen. Von Mystik verstehe ich nicht genug. Doch aufgrund Ihrer Skepsis würde ich darauf tippen, dass Sie eine Jesuitenuniversität besucht haben. War es nicht der heilige Ignatius, der sagte: ›Nichts Neues‹?«

Malecki musste unwillkürlich schmunzeln. Seinen hellen blauen Augen, die tief in seinem breiten Gesicht versunken waren, war anzusehen, wie sehr es in seinem Kopf arbeitete. »Ich habe die Loyola University besucht. Und ich *bin* Jesuit.«

Bora lächelte nicht zurück. »Ich hatte einige Lehrer, die Jesuiten waren, aber Sie kennen ja uns Deutsche – unser Katholizismus hat eine Neigung zum Mönchischen. Und ich kann mich nicht sehr für Kompromisse erwärmen, auch wenn ich den Gehorsam und die Disziplin eines ›Soldaten Christi‹ durchaus nachempfinden kann.«

»So weit, so gut. Und was werden Sie jetzt tun?«

Durch eine fragende Kopfbewegung bat Bora um die Erlaubnis, das getippte Manuskript mitnehmen zu dürfen. Da er es bereits in seine Aktentasche gesteckt hatte, konnte Malecki nur noch zustimmend nicken. »Ich muss jetzt wieder an die Arbeit. Wenn Sie so freundlich sind, mich hinauszubegleiten, werde ich Ihnen noch ein paar Fragen stellen.«

2. November

Dr. Nowotny hatte Bora nicht so schnell zurückerwartet. Er fragte ihn, wie es mit seiner Wunde stehe, und machte ihm Vorhaltungen, als er von seiner Übelkeit erfuhr.

»Sie hätten mich sofort aufsuchen sollen. Wissen Sie nicht, dass Erbrechen nach einer Kopfverletzung ein sehr ernst zu nehmendes Symptom sein kann? Es hätte sich um eine intrakranielle Drucksteigerung handeln können.«

»Offensichtlich war es das ja nicht, Herr Oberfeldarzt. Der Grund, weshalb ich hier bin, hat nichts mit meinem Kopf zu tun.« Bora redete daraufhin vielleicht fünf Minuten, während deren der Arzt ihm, auf der Stuhlkante sitzend, halb fasziniert, halb amüsiert zuhörte. Als er seine Neugierde nicht mehr zügeln konnte, unterbrach er Bora.

»Was hat es also mit dieser geheiligten Nonne auf sich? Außer, dass sie tot ist? Haben wir wenigstens die Leiche?«

»Nein.«

»Also, die Leiche brauchen wir!«

Bora war die Frustration anzusehen. »Es wird nicht einfach sein, sie zu bekommen. Ich habe es in den beiden letzten Tagen versucht, aber nichts erreicht.«

»Bis zu welcher Dienststelle sind Sie vorgedrungen?«

»Ich bin bei der Kurie vorstellig geworden. Der Erzbischof hat sich sogar geweigert, mich überhaupt zu empfangen.«

»Und wie weit sind Sie auf unserer Seite gegangen?«

»Ich erwarte, heute Nachmittag etwas aus General Blaskowitz' Stab zu hören.«

Nowotny seufzte auf. »Hans Frank ist der Mann, zu dem Sie gehen müssen.«

Bora antwortete nicht. Er ließ das Thema fallen und kniff die Lippen zusammen. Nowotny hätte nicht sagen können, ob diese Reaktion damit zu tun hatte, dass er Franks Titel »Generalgouverneur« weggelassen hatte oder weil Bora diese Möglichkeit von vornherein ausschloss. Er schob sich eine Zigarette zwischen die Lippen und ließ sie locker herunterhängen.

Bora blieb stocksteif sitzen. Nowotny rauchte Murattis. Er stellte jetzt die lange, flache Zigarettenschachtel bedächtig mitten auf den Schreibtisch.

»Dies ist eine offizielle Ermittlung, Herr Hauptmann. Ohne die Leiche ...« Nowotny schnippte mit dem Finger gegen die Schachtel, und die Schachtel fiel um.

»Ich weiß. Ich werde es noch einmal versuchen.«

»Es sind jetzt verdammt noch mal zwölf Tage vergangen. Wenn sie nicht wie Jesus Christus auferstanden und von dannen gewandelt ist, sollten Sie die tote Nonne möglichst schnell herschaffen.«

Eine Stunde später sagte Pater Malecki, er könne die Freigabe der Leiche leider nicht veranlassen. Bora, dem vor Schmerzen der Kopf dröhnte, verlor langsam die Geduld.

»Ich verstehe nicht, warum Sie so zurückhaltend sein müssen. Bis jetzt ist man den Schwestern mit äußerster Höflichkeit begegnet, und jetzt kommen Sie mir mit einem Lippenbekenntnis, was Ihre Befugnisse anbelangt! Ich könnte die SS einschalten, und dann *müssten* Sie mir die Leiche ausliefern.«

Malecki hielt das für eine leere Drohung und presste die Kiefer zusammen. »Das ist wohl genau das, was Sie tun müssen.«

Beim SS-Kommando nordwestlich der Altstadt schien Hauptsturmführer Salle-Weber zunächst nicht besonders interessiert zu sein, doch dann begann er dem, was Bora ihm erzählte, aufmerksamer zuzuhören.

»Also, das ist vielleicht ein Ding! Ich würde nur gern wissen, was die Nonne angestellt hat, dass ihr jemand eine Kugel verpasst.«

»Niemand von uns weiß das. Deswegen bin ich ja hier.«

»Um ohne Rücksicht auf Verluste in ein Nonnenkloster eindringen zu können, was?«

»Ja. Die Schwestern haben die Dispens, ihre Toten im Gewölbe der Kapelle zu bestatten.«

»Also dann!« Salle-Weber wippte eine Zeit lang auf den Sohlen seiner glänzenden Stiefel auf und ab. »Sind Sie sicher, dass Sie keine anderen Gründe haben, dort reinzukommen?«

»Was für andere Gründe könnten das zum Beispiel sein?«

»Das ist ja meine Frage! Warum sollte sich irgendeiner von uns um eine Polackennonne scheren? Wir werden beizeiten selbst ein paar aus dem Weg räumen. Vielleicht gibt es aber irgendetwas Lohnenswertes im Nonnenkloster, über das die Wehrmacht Bescheid weiß.«

»Derlei ist mir nicht bekannt.«

»Wertvolle Handschriften, Messgefäße – versteckte Juden?« Salle-Weber grinste, als er bemerkte, wie ungeduldig Bora war. »Was also sonst? Die Novizinnen vielleicht?«

»Auch an denen bin ich nicht interessiert.«

Die Fäuste in die Seiten gestemmt, trat Salle-Weber vor den Stadtplan von Krakau, der an der Wand hing. »Nur weil ich neugierig bin, Bora: Wir werden die tote Nonne für Sie da rausholen.«

»Welche Methoden werden Sie anwenden, um hineinzukommen?«

»Das lassen Sie unsere Sorge sein! Wir machen das auf unsere Weise.

Warten Sie einfach draußen mit einem Sanitätswagen der Wehrmacht, und ich verspreche Ihnen, Sie kriegen Ihre Leiche, und zwar noch vor heute Abend.«

Er sah sie zunächst nur von hinten; das Mädchen auf dem Gehsteig hatte einen knackigen, runden Hintern und sehr ansehnliche Waden, selbst noch in ihren Baumwollstrümpfen. Retz fuhr nahe an den Randstein heran und kurbelte das Fenster herunter.

»*Dzien dobry*«, grüßte er sie galant. »Darf ich Sie ein Stück mitnehmen?«

Das Mädchen gab keine Antwort. Doch sie blieb stehen, und er hatte den Eindruck, sie kämpfe mit sich, ob sie einsteigen solle oder nicht.

»Danke sehr«, sagte die junge Frau in passablem Deutsch. »Sie könnten mich vielleicht zur Arbeit bringen?«

Retz öffnete ihr die Tür. »Klar, kommen Sie, steigen Sie ein. Sagen Sie mir nur, wohin, Schätzchen.«

Sie nannte ihm die Adresse. Er sah auf ihre Beine und ließ den Motor an. Ihr Lächeln verriet Bosheit und Feindseligkeit, als er fragte: »In welchem Teil der Stadt arbeiten Sie?«

Sie schob seine Hand von ihrem Knie. »An einem Ort, an dem viel los ist, Herr Major: Ich arbeite im städtischen Leichenschauhaus.«

Verwirrt stürmte Pater Malecki zum Hauptportal des Klosters hinaus. Als er sich umblickte, sah er das deutsche Stabsauto und daneben den Sanitätswagen. In der Zeit, die der Priester brauchte, um den Weg zwischen der Schwelle und dem Wagen zurückzulegen, kurbelte Bora sein Fenster hoch.

Er ließ den Priester eine Zeit lang warten, doch als sein Fahrer ihn fragte, ob er ihn wegwinken solle, sagte er: »Nein, nein«, und stieg aus dem Wagen.

Schon nach wenigen Augenblicken gerieten er und der Amerikaner in Streit. »Sie hätten uns den Leichnam ganz einfach ausliefern können. Ich habe Ihnen doch gesagt, dass wir ihn brauchen!«

»Wissen Sie, welche Strafe diejenigen erwartet, die gegen die Gesetze der Kirche verstoßen und sich gewaltsam Zutritt zu einem Kloster verschaffen?«

»Ich bezweifle sehr, dass sich die SS um solche Dinge wie eine Exkommunikation schert.«

»Ich rede von Ihnen: Sie sind katholisch!«

»Und wie Sie sehen, bin ich nicht in das Kloster eingedrungen. An Ihrer Stelle, Pater, würde ich kehrtmachen und nachsehen, wie die Dinge da drinnen vorankommen.«

Zwei Stunden später kam Salle-Weber heraus, zwei seiner Leute im Gefolge. Er hatte rote Flecken im Gesicht und rang nach Luft.

»Warum zum Teufel haben Sie mich da hineingezogen, Bora? Da drinnen ist keine Leiche!« Boras Versuch, darauf zu antworten, ignorierte er. »Der Sarg ist leer, ebenso die Öffnung in der Gewölbewand. Wir haben alles von oben bis unten abgesucht – und es ist ein verdammt großes Gebäude! Küche, Refektorium, Garten, Dachboden, Keller, Kirche, Kapelle – ich weiß nicht, was zum Teufel die mit einer verwesenden Nonne angefangen haben, aber jetzt ist es mir auch wurscht, selbst wenn sie sie in die Latrine geworfen haben!«

Bora schielte aus dem Augenwinkel auf Pater Malecki. Dieser stand ein paar Schritte entfernt und hatte dem Wortwechsel wohl nicht folgen können, machte aber eine schwer definierbare Miene, aus der Bora so etwas wie Erleichterung herauslas.

Bora kam ein Gedanke, der ihm völlig abwegig erschien, aber dennoch fragte er den SS-Mann: »Wo waren die anderen Nonnen?«

»Sie haben sich alle vor dem Altar hingekniet, diese Gänse. Die Kapelle war brechend voll. Der Sarg stand schon im Gewölbe, aber die verdammte Leiche war weg.«

»Und sie haben alle gekniet?«

»Ja, ja! Alle gekniet, das habe ich doch gesagt!«

Bora sah den Priester immer noch an und sagte dann zu Salle-Weber: »Sie hätten die Nonnen alle auffordern sollen aufzustehen.«

Salle-Weber fluchte und verschwand wieder. Dieses Mal folgte ihm Bora.

4. November

Nowotny lachte, als er die Geschichte hörte. »Sie haben die tote Nonne aus dem Sarg gezogen und sie zwischen sich knien lassen? Was für perfekte Heuchler diese heiligen Leutchen doch sind!«

»Ich bin wirklich auf die vorläufigen Resultate Ihrer Untersuchung gespannt, Herr Oberfeldarzt.«

»Das kann ich verstehen. Hier sind sie.« Nowotny reichte ihm ein Formular, von Hand ausgefüllt in winziger gotischer Schrift, die auf dem Blatt aussah wie Kratzspuren von Hühnern. »Es war eine polnische Kugel, die sie zur Strecke brachte. Sie durchschlug den linken Lungenflügel aus einer Entfernung von einem Meter oder ein wenig mehr und traf sie direkt ins Herz. Der Tod trat sofort ein, obwohl wir den Zeitpunkt des Todes bis jetzt noch nicht exakt feststellen können.« Nowotny grinste und legte die Kugel auf seinen Schreibtisch. »Ich werde noch eine Zeit lang mit ihr spielen – mit der Leiche, meine ich – und mich mit diesen Stigmata befassen und dem *wundersamen* Phänomen, dass sie nach zwei Wochen noch einigermaßen unverwest geblieben und die Leichenstarre noch nicht eingetreten ist. Wenn ich die Zeit und die richtige Ausstattung hätte, würde ich mir auch ihr Gehirn ansehen, um herauszufinden, was da drinnen so heilig war.«

Bora betrachtete das Metallstück und schob es dann, zusammen mit Nowotnys Formular, in seine Tasche. »Uns liegt bereits ein offizielles Protestschreiben des Erzbischofs vor. Ich fürchte, wir müssen die Leiche zurückgeben.«

Da Hofer nun schon einmal ins Hauptquartier gekommen war, um seine Sachen aus dem Büro des Kommandeurs zu entfernen, forderte Oberstleutnant Schenck ihn auf, sich Boras ersten Bericht anzuhören. Hofer saß da, das Gesicht auf die Hände gestützt, und lauschte die ganze Zeit über mit teilnahmsloser Miene.

»Es stimmt, dass bis jetzt keine Waffen gefunden wurden, aber das Kloster ist ein weitläufiger Gebäudekomplex mit mehr Ecken und Winkeln, als man zählen kann. Weder im Kreuzgang noch auf den

Balkonen, die auf ihn blicken, sind Patronenhülsen aufgetaucht. Immerhin habe ich herausgefunden, dass an dem Morgen des Tages, an dem die Äbtissin umgebracht wurde, Außenstehende im Kloster waren.«

»Was wollen Sie damit sagen?«

Bora wandte sich Schenck zu, der die Frage gestellt hatte. »Es sieht so aus, als sei das Dach der Kapelle im Zuge des Einmarsches beschädigt worden. Deshalb wurden Arbeiter geholt, die es reparieren sollten. Ich bezweifle sehr stark, dass wir sie jetzt noch ausfindig machen können, aber ich werde mein Bestes tun.«

Schenck zog ein langes Gesicht. »Ha! Dann besteht also die Möglichkeit, dass polnische Arbeiter eine *Heilige* umgebracht haben!«

Bora konnte sehen, dass diese Worte Hofer ärgerten, und war darauf bedacht, die Wogen zu glätten.

»Wen haben wir sonst noch als Verdächtige, Herr Oberst? ›Im Kloster haben alle die Äbtissin *geliebt*‹ haben mir die Nonnen versichert. Pater Malecki scheint von ihren mystischen Kräften nicht ganz überzeugt gewesen zu sein, aber ich bezweifle, dass seine jesuitische Skepsis ihn so weit hätte treiben können, sie deswegen gleich umzubringen. Abgesehen davon, dass er sich zum Zeitpunkt ihres Todes gar nicht im Kloster aufhielt.«

»Man könnte auch von außerhalb auf sie geschossen haben«, meinte Schenck. »Schließlich gibt es um das Kloster herum drei hohe Gebäude.«

»Ich werde die Nachbarschaft aufsuchen, um nachzusehen, von wo aus ein Schuss hätte abgefeuert werden können. Jedenfalls traf die Kugel die Äbtissin direkt in die Brust – was nicht gerade nahelegt, dass der Schuss von einem fernen Aussichtspunkt abgegeben wurde.«

Hofer, der zusammengesunken dagesessen hatte, richtete sich plötzlich kerzengerade auf, als hätten ihn die bisher gesprochenen Worte erst jetzt erreicht. »Was haben Sie gesagt? Der Priester glaubt nicht an ihre mystischen Kräfte?«

»Na ja, er ist ein offizieller Ermittler – er sollte zuallererst einmal unvoreingenommen sein.«

»Aber trotzdem: Nicht zu glauben ist doch auch schon eine Voreingenommenheit. Was meinen Sie, Bora?«

Bora wusste, dass Schenck ebenso gespannt auf seine Antwort wartete wie Hofer, und überlegte sich jedes Wort sorgfältig. »Ich weiß nicht. Ich glaube nicht, dass das, was ich über die Äbtissin denke, wichtig ist. Das deutsche Kommando will wissen, wer sie umgebracht hat, und ich versuche, das herauszufinden.«

»Aber Sie müssen an Wunder glauben, wenn Sie katholisch sind!«

Als Bora darauf schwieg, konnte sich Schenck ein Lächeln nicht verkneifen.

3

7. November 1939

Erwartungsgemäß ging Oberst Hofers Abreise schnell über die Bühne, und Bora brachte ihn schon am Dienstag zum Bahnhof, zum *Krakow Glówny*. Er selbst war auf dem Weg nach Norden, um sich die Beschwerden der Volksdeutschen über die Gewalttaten anzuhören, die polnische Soldaten auf ihrem Rückzug begangen hatten.

Hofer schien froh zu sein, dass Bora ihn begleitete. Bleich, aber gefasst, bemerkte er bitter: »Ein Haarriss genügt, und schon wirft man gleich den ganzen Topf weg.«

Und dann fügte er hinzu: »Ich sage ungern, dass ich es in Deutschland besser haben werde, Bora. Ich weiß, wie sehr sich Ihre Generation nach Expansion sehnt. Ich erwarte von Ihnen kein Verständnis.«

»Herr Oberst, hat die Äbtissin Ihnen gegenüber irgendwelche Andeutungen gemacht, dass sie um ihr Leben fürchtete oder in Kürze sterben würde?«

Hofer verlor beinahe die Contenance. »Nein.«

»Aber glauben Sie, sie *wusste* es?«

»Bitte, wir wollen nicht davon sprechen, Herr Hauptmann. Zur Aufklärung ihrer Ermordung kann ich keine sachdienlichen Hinweise beisteuern. Ich möchte lieber nicht darüber reden.« Da der Zug in Kürze abfahren würde, stieg Hofer ein. Ohne sich aus dem Fenster zu lehnen, sagte er: »Auf Wiedersehen, Bora. Wenn Sie heute mit Ihren Bauern reden, denken Sie daran, dass die Ihnen das sagen werden, was Sie hören wollen.«

Bora salutierte. »Das ist unwahrscheinlich, Herr Oberst, denn ich weiß selbst nicht, was ich hören will.«

»Hoffentlich die Wahrheit – was auch immer Wahrheit für Sie heißt.« Hofer räusperte sich. »Versuchen Sie nicht, selbstsicherer zu sein, als die Situation es erfordert. Das würde Ihnen nicht guttun.« Langsam erwiderte er Boras Salut, als fiele es ihm zu schwer, die Hand zur Schläfe zu führen, oder als bedeutete ihm die Geste nichts mehr. »Erinnern Sie sich an Adam und den Apfel!«

Der Zug setzte sich in Bewegung. Als Hofer das Stadtgebiet von Krakau verlassen hatte, befanden sich Bora und Hannes bereits auf der Straße, die sie aufs flache Land hinausführte. Und als Hofers Zug in Kielce hielt, saß Bora auf der halb zerstörten Mauer eines Bauernhofs, wo es von Fliegen nur so wimmelte, umgeben von wütenden Schlesiern, die ihm ihre Meinung sagen wollten.

9. November

War *L. C. A. N.* der Leitspruch der Äbtissin?«

Pater Malecki musste nicht auf das Foto schauen, das Bora in der Hand hielt, um die Frage zu beantworten. »Ja, das war ihre lateinische Losung. Es bedeutet so viel wie ›Licht Christi, steh uns bei‹.«

»Ja, das weiß ich.«

Die immergrünen Pflanzen draußen im Kreuzgang gaukelten den Männern einen Frühling vor; aber diese Illusion wurde, sobald sie ins Freie traten, von der niederen Außentemperatur zunichtegemacht. Bora bereute, dass er an diesem Morgen beschlossen hatte, seinen Dienstmantel nicht anzuziehen, denn in seiner wollenen Uniform fühlte er sich schon bald unbehaglich. Die Nachricht über ein gescheitertes Attentat auf Hitler am Tag zuvor hatte die Militäroberen allerdings derart in Aufruhr versetzt, dass die Frage, ob man einen Mantel anzog oder nicht, geradezu lächerlich erschien.

Malecki, der einen dicken Schal um den Hals geschlungen hatte, trug zwar nichts Warmes über seiner Soutane, hatte aber wohlweislich seine langen Unterhosen darunter angezogen.

Von dem Leichnam waren keine Fotos gemacht worden, aber Bora erinnerte sich an die Position, in der man die Nonne aufgefunden hatte. Er ging zum Brunnen und zeigte Malecki mit einem Zweig ungefähr die Stellen, an denen ihr Kopf und ihre Füße gelegen hatten.

»Wenn es nach mir gegangen wäre, hätte man sie nicht vom Fleck wegbewegen dürfen«, sagte Bora, an den Rand des überdachten Brunnens gelehnt. »Obwohl feststand, dass sie tot war, haben die Schwestern sie ins Haus gezogen und versucht, sie drinnen wiederzubeleben. Sie wollten mich nicht helfen lassen, was ich wirklich gern getan hätte.«

Malecki beobachtete, wie Bora nachdenklich die Metallkappe seines Stiefels an dem Mörtel zwischen den Ziegelsteinen rieb, wo außer einem dunklen Fleck nichts von dem Blut übrig war. In diesem Augenblick wurde dem Priester klar, dass er sich irgendwie mit Bora abfinden musste. Seine Verbitterung über die Anwesenheit des Militärs im Kloster konnte er nicht offen zum Ausdruck bringen, weil es in dieser Situation nichts gab, was seiner Kontrolle unterstand. Der Erzbischof von Krakau war bezüglich der Frage einer Zusammenarbeit mit deutschen Stellen völlig anderer Meinung als der Vatikan, aber auch er musste das für sich behalten. Deshalb beschloss Malecki, künftig anwesend zu sein, wenn der Deutsche hier vorbeischaute, in der Hoffnung, ihn etwas unter Kontrolle zu halten.

Bora wusste das und akzeptierte es fürs Erste.

»Herr Hauptmann, Sie müssen mir glauben: Sie verschwenden Ihre Zeit, wenn Sie innerhalb dieses Klosters nach Schuldigen suchen.«

»Wirklich?« Bora blickte zu ihm auf. Unter dem kurzen Schild seiner Mütze lag in seinem Blick ein Ausdruck beherrschter Feindseligkeit. »Nach dem Einschusswinkel zu urteilen, wurde der Schuss höchstens aus ein paar Schritt Entfernung abgefeuert, also von jemandem, der irgendwo zwischen hier und dort stand.« Er deutete zur Südseite des Kreuzgangs, wo ein massiver Tontopf mit einem Lebensbaum stand. »Soweit ich die Aufeinanderfolge der Ereignisse rekonstruieren kann, wurde Oberst Hofer kurz nach 16.30 Uhr in das Kloster eingelassen. Obwohl er sich nicht genau an die Zeitspanne erinnert, hat er wahrscheinlich keine zwei Minuten später den Kreuzgang betreten. Er hatte einen Termin, und wie Sie wissen, ließen ihn die Schwestern automatisch durch. Als er in den Kreuzgang hinaustrat, sah er Schwester Kazimierza hier liegen. Der Schock war so groß, dass es einige Minuten dauerte, bis er seine Sinne wieder so weit beisammenhatte, dass er hinauslief, um Hilfe zu suchen. Es war 16.45 Uhr, als er aus dem Kloster lief und mich zu Hilfe rief. Die Äbtissin ist kurz vor unserem Eintreffen umgebracht worden, Pater. Machen Sie aus dieser Tatsache, was Sie wollen.« Bora merkte, dass sich Malecki ärgerte, und fügte hinzu: »Übrigens, Pater Malecki, ich habe Ihre Kommentare sehr aufmerksam gelesen und glaube, dass einige Teile fehlen: die Geschichte der Äbtissin vor ihrem Eintritt ins Kloster und, was noch wichtiger ist, Ihre persönlichen Bemerkungen über ihren Charakter. Sie wohnen ja in der Karmelicka.« Bora zog ein Notizbuch heraus und blätterte es durch. »Nummer 17, dritter Stock. Ich gehe davon aus, dass Sie den Rest der Papiere dort verwahren. Ich habe nicht die Absicht, es an Respekt mangeln zu lassen, und habe daher der Versuchung widerstanden, selbst dort nachzusehen. Darf ich erwarten, dass Sie mir den Rest Ihrer Dokumentation noch vor morgen aushändigen? Ich habe bemerkt, dass Sie die Seiten Ihrer Notizbücher nummerieren; ich könnte also sofort feststellen, ob irgendwelche Einträge fehlen.«

»Ich verstehe.« Malecki spürte, wie seine Zähne im Mund knackten, so fest presste er die Kiefer zusammen. »Und wo soll ich sie abgeben?«

»Bringen Sie sie bitte hierher. Ich bin um 16.00 Uhr zurück, um sie abzuholen: Bis dahin hoffe ich, mit der Befragung der Schwestern beginnen zu können.« Bora ging davon. Erst nachdem er die Veranda erreicht hatte, drehte er sich um, um zu sehen, ob der Priester ihm folgte. Als er sah, dass dieser absichtlich zurückgeblieben war, kehrte er zum Brunnen zurück. Bora fixierte den Priester vielleicht eine Minute lang – was den Amerikaner möglicherweise verunsicherte, obschon Bora einen gewissen Abstand hielt, denn wie viele Soldaten vermied er, mit anderen auf Tuchfühlung zu gehen.

Als lasse er einem spontanen Gedanken freien Lauf, sagte er schließlich: »Wir können an diesem Fall gemeinsam oder getrennt arbeiten,

Pater Malecki. Dieses Angebot werde ich Ihnen kein zweites Mal machen!«

Malecki spürte, wie sein Herz raste. Plötzlich kämpften Groll und Hoffnung und seine eigene Besorgnis und Neugierde hinsichtlich des Mordes so heftig in ihm, dass er beinahe befürchtete, der Deutsche könne das Dröhnen in seinem Kopf hören. Es war einer jener Momente, in denen man sich vollkommen bewusst wird, was um einen herum existiert – Zeit und Ort und Umstände. Als würde einem für einen flüchtigen Moment Einblick in die Ewigkeit gewährt. Wozu Bora ihn aufgefordert hatte, war, mit ihm zusammenzuarbeiten – nichts weniger als das.

Er musterte Bora mit der gleichen argwöhnischen Wachsamkeit wie dieser ihn. Bora wirkte auf ihn eher wie ein Angelsachse, nicht wie ein Deutscher. Seinem Gesicht sah man die gute Abstammung an, nicht aber Unerfahrenheit; er hatte einen empfindlichen und disziplinierten, aber einen strengeren Ausdruck als die Gesichter der idealistischen jungen Priester, die Malecki kennengelernt hatte.

»Natürlich würden Sie Ihre Erkenntnisse nicht mit mir teilen, Herr Hauptmann.«

»Wenn ich es für angebracht halte, schon.«

Bora zog den Handschuh aus, um ihm die Hand zu schütteln. Malecki hatte einen Augenblick lang das Gefühl, dass dies ebenso ein Ausdruck von Gottes Lenkung sein könnte wie ein unergründlicher Kompromiss mit dem Nützlichen. Er hielt die ausgestreckte Hand eine Weile mit übermäßiger Kraft fest.

Bora verstand die Warnung und lachte. »Sie haben aber einen Händedruck wie ein Hafenarbeiter!«

»Ich habe ja auch lange genug als solcher gearbeitet.«

11. November

Seien Sie kein Spielverderber, Bora! Es ist erst das dritte Mal, dass ich Sie bitte. Beklage ich mich etwa, wenn Sie jeden Abend Ihre verdammten Stücke von Beethoven und Schumann spielen? Halten Sie sich einfach von hier fern! Kein Mensch verlangt von Ihnen, dass Sie im Freien schlafen.«

»Aber was erwarten Sie von mir, Herr Major? Was soll ich mitten in der Nacht in dieser Stadt machen? Oder soll ich Ihrer Meinung nach in einem Hotelzimmer oder in meinem Auto herumsitzen, bis der Herr Major *fertig* ist?«

»Nun gut. Dann erleichtere ich Ihnen die Sache und *befehle* Ihnen, von hier fernzubleiben, und was Sie in der Zwischenzeit anfangen, ist mir schnurzegal.«

Bora schnappte sich seinen Mantel von der Rückenlehne des Sessels und verließ die Wohnung.

Eine Stunde später wollte Oberstleutnant Schenck gerade den Offiziersklub verlassen, als Bora hereinkam. Bora salutierte. Schenck erwiderte den Salut. Er blieb auf der Schwelle stehen, Bora auch.

»Wissen Sie, wie viel Uhr es ist, Hauptmann Bora?«

»Ja, Herr Oberstleutnant.«

»Ich möchte Sie darauf hinweisen, dass ich es nicht gutheiße, wenn rangniedrige Offiziere so lange aufbleiben. Sind Sie allein?«

»Ja, Herr Oberstleutnant.«

»In diesem Fall schlage ich vor, dass Sie sich ein Glas bestellen und in Ihr Quartier zurückfahren.«

Bora ging zur Bar und bestellte einen Cognac. Im Spiegel hinter der Theke konnte er sehen, dass Oberstleutnant Schenck sich nicht von der Stelle gerührt hatte. Bora trank, zahlte und ging zurück.

Draußen begleitete ihn Schenck zu seinem Auto. Im eiskalten Regen hielt er ihm einen Vortrag über die Vorteile eines geordneten Lebens und die Notwendigkeit, mit seinen Kräften hauszuhalten in einer Zeit, da deutsche Männer an der Front und zu Hause gefordert seien.

»Insbesondere mit Blick auf die Fortpflanzung, Herr Hauptmann, müssen laxe, unstete und ungesunde Lebensgewohnheiten und Verhältnisse vom verantwortungsbewussten deutschen Mann unbedingt gemieden werden. Der Weg von einem harmlosen Gläschen im Offiziersklub zur verschwenderischen Ausschweifung – selbst zur Rassenschande – ist oft allzu kurz! Ich spreche in Ihrem eigenen Interesse, als Ihr Kommandeur und als politischer Kamerad, aus Sorge um Ihre ungeborenen Söhne und unser großes Vaterland.«

Bora fragte nicht nach, was der Offiziersklub mit seinen ungeborenen Söhnen zu tun hatte. Er dankte Oberstleutnant Schenck, versicherte ihm, dass er seinen Rat beherzigen würde, und fuhr in Richtung Südwesten davon.

An der Ecke der Sw. Sebastiana wurde die Straße ausgebessert; dort war drei Tage zuvor eine Bombe eingeschlagen. Lastwagen der Wehrmacht standen mit eingeschalteten Scheinwerfern da, auch Karbidlampen brannten. Ihr greller Schein bildete ein unheimliches Loch in der Dunkelheit, wo Nebelgespenster vor den Lichtern schwebten, und die Männer, die in diesem Dunstkreis arbeiteten, wirkten wie Höllenbewohner, die ihre ewige Strafe ableisteten. Die Männer trugen Steine – Randsteine aus dem dunklen Basalt aus Janowa Dolina – zu einem aufgerissenen Teil des Straßenpflasters.

Bora hielt an und blieb einige Augenblicke lang einfach hinter dem Lenkrad sitzen. Im Inneren des Wagens war es kalt. Regenrinnsale, vermischt mit Eiskristallen, ließen seine Sicht durch die Windschutzscheibe verschwimmen. Vor ihm zog das grelle Licht gelbe Streifen, die auf das Fenster zu regnen und dann nach unten zu verlaufen schienen. Bora streckte die Beine aus. Er musste an Retz denken. Daran, wie Retz in diesem Moment vom Wein nippte oder sich laut mit Ewa Kowalska unterhielt oder auf dem Sofa schon an seinem Hosenschlitz herumnestelte. Blut stieg ihm ins Gesicht, ein eindeutiges Zeichen eines schäbigen Neidgefühls unter dem Deckmantel der Rechtschaffenheit. Der Kopf tat ihm weh. Er fühlte sich unbehaglich und angespannt. Er spürte, wie ihm die Gänsehaut an den Schenkeln hinaufkroch und wie sich ihm die Haare aufstellten.

Einem inneren Drang folgend, stieg er aus dem Auto, als interessierte es ihn, um ein Uhr morgens Zwangsarbeitern zuzuschauen.

Die Schatten trugen Armbinden.

Bora näherte sich dem Rand des Erdhaufens, jener Stelle, an der das gebündelte Licht auf die kleine Baustelle fiel und die Feuchtigkeit vor den Lampen zu einem kalten Dunst kondensierte. Der am nächsten stehende Soldat salutierte vor ihm.

»Das muss bis morgen früh ausgebessert sein, Herr Hauptmann!«

Bora beobachtete, wie einer der Arbeiter, ein alter Mann mit hängenden Schultern in einer lächerlich deplatzierten Tweedjacke, vorbeischlurfte, und fröstelte in seinem Mantel mit dem hochgeschlagenen Kragen.

»Sind das polnische oder deutsche Juden?«

»Deutsche Juden, Herr Hauptmann.«

»In Ordnung. Machen Sie weiter!«

Der gebeugte Alte ging den Weg von dem aufgerissenen Pflaster zu einem Haufen Basaltblöcke hin und zurück, schnell auf dem Hinweg und weniger schnell mit der Last in den Händen. Er brachte den Block zu einem Mann am Rand der Grube, und dieser reichte ihn an einen dritten Mann weiter. Jüngere Arbeiter pressten ihre Steine gegen den Bauch und gingen, ohne den Rücken krumm zu machen. Der alte Mann jedoch beugte sich jedes Mal, wenn er seinen Stein bekam, tiefer.

Bora wartete, bis der Alte außerhalb des Lichtkreises innehielt, im Schatten, dort, wo die Basaltblöcke lagen, und trat an ihn heran.

»Herr Weiß!«

Nicht so sehr die Tatsache, dass ein deutscher Offizier ihn ansprach, als dass dieser eine höfliche Anrede verwendet hatte, schüchterte den alten Mann ein, dessen erste Reaktion es war, wie vorgeschrieben gesenkten Hauptes zurückzuweichen und zur Seite zu treten.

»Herr Weiß, ich bin Martin Bora.«

Andere Arbeiter kamen, um ihre Steine zu holen, rempelten dabei Weiß an und warfen verstohlene Blicke auf Bora. Weiß fasste sich und starrte zu dem Offizier hinauf. Ohne viel Federlesens ergriff Bora seine

Hände und drehte die Handflächen nach oben. Er untersuchte sie so, wie ein Lehrer kontrolliert, ob ein Schüler sich die Hände ordentlich gewaschen hat.

»Seit wann geht das schon so?«

Weiß redete die nächsten paar Minuten auf ihn ein. Man konnte seinen Atem sehen in Form kurzer, flüchtiger Wolken, die im Lichtkreis schwebten. »Ich wünschte mir nur, ich könnte diese Arbeit tagsüber tun, wissen Sie? Manchmal habe ich das Gefühl, ich werde wie Goethe zusammenbrechen und nach mehr Licht rufen. Aber morgen werden wir in ein Lager verlegt, wo es viel besser sein wird; das hat man mir jedenfalls gesagt. So wie die Dinge stehen, kann man sich wirklich nicht beklagen, wissen Sie? Und ein guter Straßenarbeiter ist schließlich genauso ehrbar wie ein guter Klavierlehrer. Alles geht vorbei, Herr Hauptmann, alles geht vorbei. Die guten Zeiten, die friedlichen Zeiten, kommen am Ende wieder. Man sollte diese Dinge als Intervalle ansehen, nicht wahr?«

Diese Dinge. Bora errötete heftig, und es war ein Glück, dass er im Dunkeln stand. Was meinte Weiß? Den Krieg? Die Rassengesetze? Die Deportation? Das Steineschleppen?

Ein Soldat hatte die Unterbrechung der Arbeitskette bemerkt und kam fluchend, das Gewehr quer vor dem Bauch haltend, näher. Bora trat in das Licht, um ihn wegzuscheuchen. Der Soldat erstarrte, erkannte den Rang und zog sich zurück.

In Wahrheit wollte Bora gar nicht freundlich sein zu Weiß, wollte kein Mitleid für ihn empfinden. Im Augenblick wollte er überhaupt nichts fühlen. Wut und Scham machten ihn egoistisch. Nicht weit entfernt lag die tote Nonne, und man erwartete von ihm, deren Ermordung aufzuklären, und dieser kleine Mann, sein ehemaliger Klavierlehrer, bat um mehr Licht. Und was war mit dem Licht, das er brauchte?

»Ich kann nicht länger bleiben«, sagte er, obwohl er natürlich hätte bleiben können, da er in den beiden folgenden Stunden nichts zu tun hatte. Aber er konnte nicht, er konnte einfach nicht. Er wollte nicht bleiben.

Malecki war in sein Zimmer in der Karmelicka zurückgekehrt, konnte aber keinen Schlaf finden. Er warf sich herum und hörte den Heizkörper stottern und zischen. Am Morgen hatte er einen Termin beim Erzbischof, und er wusste bereits, was man ihm sagen würde. Alle Unterlagen, die seine Beobachtungen zum Phänomen der Mutter Kazimierza betrafen, sollten der Kurie zur Aufbewahrung übergeben werden, bevor die Deutschen ihre Aushändigung forderten. Er würde eingestehen müssen, dass er sie bereits Bora gegeben hatte und dass alles, was noch blieb, Schwester Irenkas Aufzeichnungen der Äußerungen der Äbtissin nach ihren mystischen Anfällen war.

Es war eine Frage der Zeit, bis Bora auch diese verlangen würde, und was würde er dann antworten? Er würde den Erzbischof daran erinnern, dass die Deutschen schon einmal gewaltsam ins Kloster eingedrungen waren – ein Beweis dafür, dass eine Weigerung keine Ruhe von deutscher Seite garantieren würde.

Der Erzbischof würde fragen, wie die Äbtissin denn seiner, Maleckis, Meinung nach ums Leben gekommen sei. Er würde aufrichtig sagen: »Sie wurde beim Mittagessen zum letzten Mal lebend gesehen und dann von jemandem erschossen – von wem, das weiß ich nicht.« Wie kann eine Nonne im inneren Garten eines Ortes niedergeschossen werden, der so abgeschieden ist wie kein zweiter in ganz Krakau? Warum? Nun, vielleicht war Bora schon näher daran, dies zu enträtseln: wegen ihrer Prophezeiungen, die die Deutschen zum größten Teil noch nicht kannten.

Er war versucht, aufzustehen und einen Spaziergang durch die nächtlichen Straßen zu wagen, um die Aufzeichnungen aus dem Kloster zu holen und sie sofort und persönlich zur Kurie zu bringen.

12. November

Als Bora nach Retz rief, erhielt er keine Antwort. Im Haus war es still, obwohl die Läden im Salon offen und die Vorhänge zur Seite geschoben waren. Bora zog sich Jacke und Hemd aus und ging ins

Badezimmer, um Wasser in die Badewanne einzulassen. Mit der Hand fühlte er, ob das Wasser heiß war, und warf ein Stück Seife hinein.

Es roch nach frischem Kaffee. Wenn Retz eine Kanne aufgesetzt hatte, war vielleicht noch etwas davon übrig. Bora ging in die Küche, schenkte sich eine Tasse ein und kehrte, daran nippend, in den Salon zurück. Während er wartete, dass sich die Wanne füllte, begann er missmutig, die Schallplatten im Grammophonschrank durchzusehen.

Er suchte eine aus, legte sie auf den Plattenteller und blieb, die Tasse an den Lippen, stehen, um der Musik zuzuhören.

»Gut gewählt!« Die Stimme hinter ihm erschreckte ihn. Er drehte sich um, verschüttete dabei etwas aus der Tasse und verbrühte sich die Hand.

Ewa Kowalska stand in einem tief ausgeschnittenen Morgenmantel auf der Schwelle zum Salon. Bora versuchte verzweifelt, sein Hemd zuzuknöpfen, als ihm plötzlich klar wurde, dass er gar keines anhatte.

»Bitte, entschuldigen Sie.« Er griff nach einer Zeitschrift auf dem Couchtisch, auf der er seine Tasse abstellen konnte. »Ich wusste nicht ... ich muss mich entschuldigen ...« Er ließ seinen Blick umherschweifen und erblickte sein Hemd, das über dem Rücken des Lehnstuhls hing, und streckte die Hand danach aus.

Ewa lachte.

»Sie brauchen sich nicht zu entschuldigen. Lieber sollte ich mich dafür entschuldigen, dass ich Sie über Nacht von hier fernhalte. Sie müssen demnach Hauptmann Bora sein.«

Unbeholfen schlüpfte Bora in sein Hemd. Sie fixierte ihn, aber er wusste nicht, wie er ihren klugen und zugleich belustigten Blick deuten sollte, außer dass er sie mit seiner Respektlosigkeit offensichtlich nicht gekränkt hatte.

»Das ist aus der *Zauberflöte,* nicht wahr?«

Vielleicht weil er übernächtigt war, hatte Bora eine Art von Schwerfälligkeit an sich, die gar nicht zu ihm passte. Er nickte, musterte sie mit weit aufgerissenen Augen und verunsicherter, als es seine Gewohnheit war.

Seine Finger, die an den Knöpfen herumnestelten, waren ebenso ungeschickt wie sein ganzes Verhalten. Ihr Gesicht, ihre Augenfarbe, ihr Haar nahm er nicht so rasch wahr, wie ihm im Morgenlicht die Spalte in dem tiefen Blau ihres Morgenmantels auffiel. Irgendwie wurde sein Blick von dem samtenen Blau magnetisch angezogen. Er streifte sich gerade den rechten Hosenträger über die Schulter, als Retz mit einer Papiertüte voller Pfannkuchen hereinkam.

»Bora! Was zum Teufel …?«

Obwohl sich die Kurie im Herzen der Altstadt befand, drang kein Laut durch ihre massiven Mauern. Malecki sagte: »Er ist ein junger Doktor der Philosophie aus Leipzig. Ein Berufssoldat, sagt er, aber viel zugänglicher als die übrigen. Er wird in Sachen Sicherheit hart bleiben; trotzdem glaube ich, dass ich zumindest mit ihm reden kann.«

Der Erzbischof hörte sich, kerzengerade auf seinem Stuhl sitzend, mit einem skeptischen Stirnrunzeln Maleckis Bericht an.

»Ihr Amerikaner – lassen Sie mich das bei allem Respekt und mit Rücksicht darauf sagen, dass Sie der Sohn polnischer Eltern sind –, Ihr Amerikaner seid zu vertrauensselig. Die Deutschen sind schuld daran, dass dieses ganze Land eine einzige klaffende Wunde ist. Sie sind sehr unbedacht, wenn Sie auch nur ein bisschen Vertrauen in einen deutschen Offizier setzen – gebildet oder nicht, katholisch oder nicht.«

Malecki begriff, dass dies nicht der richtige Zeitpunkt war zu erwähnen, dass Bora derselbe Mann war, der patriotische Kirchenlieder aus den Messbüchern herausgerissen hatte. Als legeres Kind des Mittleren Westens streckte er die gekreuzten Beine aus und wurde durch einen eindringlichen Blick auf seine Schuhsohlen sofort daran erinnert, dass er gegen die Gesetze der Etikette verstoßen hatte. Er setzte sich wieder auf und stellte die Füße brav nebeneinander wie ein Schuljunge.

»Es stimmt, dass wir im Großen und Ganzen vertrauensselige Leute sind, Eminenz, aber das hat uns auch ganz schön erfolgreich gemacht.«

»Nur weil Sie so weit von Europa entfernt sind.«

»Was ich meine, ist, dass ich Hauptmann Bora womöglich in dem

Maße misstraue, wie Ihre Eminenz es wünscht. Dennoch muss ich mich mit ihm zusammentun, um diesem unglückseligen Fall auf den Grund zu gehen.«

Der Erzbischof stand auf und ging auf seinen prunkvollen Schreibtisch zu. »Haben Sie das gesehen, Pater John? Das ist eine Liste mit den Namen jener Priester und Nonnen, die die Deutschen seit ihrem Überfall umgebracht haben. Man bräuchte eine um ein Vielfaches längere Liste, wollte man die Namen all derer anführen, die in Haft gehalten werden oder über deren Schicksal wir vermutlich nichts mehr herausfinden werden. Ihr Status als neutraler Ausländer hält Sie von den tatsächlichen Gefahren fern, denen Ihre polnischen Brüder und Schwestern jeden Tag ausgesetzt sind. Sie denken – Sie werden mir verzeihen, wenn ich das sage –, Sie denken wie jemand, dem die Deutschen nichts anhaben können.«

Malecki wollte seufzen, beschloss aber, es bleiben zu lassen. »Ich behaupte, dass mein besonderer Status mir ermöglicht, die Rolle des perfekten Vermittlers zu spielen.«

»Der Hauptmann arbeitet für den Nachrichtendienst. Wissen Sie, was seine Aufgabe ist? Er schreibt wahrscheinlich nach jedem Treffen mit Ihnen einen Bericht.«

»Mit Blick auf die Äbtissin habe ich während der letzten sechs Monate genau das Gleiche gemacht.«

»Aber nicht mit den gleichen Zielen!«

Der Erzbischof hatte recht. Malecki stieß mit einem versöhnlichen Seufzer die Luft aus seinen Lungen. »Ich verspreche, dass ich mit Hauptmann Bora nicht fraternisieren werde, Eminenz. Mit Gottes Hilfe werde ich nur das tun, was dem Wohl der Kirche und dem Andenken der Äbtissin dienlich ist.«

Bora lachte aus Verlegenheit. Obwohl er keinen Zweifel hatte, dass Retz das, was er gesagt hatte, auch so meinte, wollte er es doch nicht ganz glauben. »Ich bin ein verheirateter Mann, Herr Major«, hörte er sich selbst antworten.

»Und was hat das damit zu tun?«

»Es hat mit der Tatsache zu tun, dass ich mich nicht für Frau Kowalska interessiere. Nicht so, wie Sie offensichtlich vermuten.«

»Ich brauche gar nichts zu vermuten. Ich habe Sie doch gesehen!«

»Es ist überhaupt nicht so, wie Sie glauben. Frau Kowalska hat Ihnen selbst gesagt, dass ich keine Ahnung hatte ...«

»Lassen Sie sie aus dem Spiel! Von Ihnen will ich hören, was Sie in halb nacktem Zustand in ihrer Gegenwart verloren hatten?«

Bora wollte die Geschichte mit dem Bad nicht noch einmal wiederholen. »Ich wohne hier, Herr Major. Man hatte mir befohlen, bis drei Uhr fernzubleiben, und ich bin davon ausgegangen, dass um halb acht ...«

Retz musterte ihn von oben bis unten mit boshaft-kritischer Miene. Unter der Oberfläche brodelte Zorn, unverhohlen, aber eigentlich grundlos, was ihn offenbar noch mehr verärgerte.

»Weiter gibt es nichts zu sagen. Das nächste Mal, wenn es Sie juckt, Hauptmann Bora, sehen Sie zu, dass Sie einen Ort finden, wo Sie sich einen runterholen können, statt hier den Exhibitionisten zu spielen.«

14. November

Die Bauernhäuser sahen allmählich alle gleich aus. Weiß getünchte Holzhäuser inmitten der Roggenfelder, tief durchfurchte Wege, die von einem Hof zum anderen führten, braune Kühe, Kohläcker. Gelegentliche Schüsse in der Ferne. Stabsautos des SD hupten und überholten seinen VW-Geländewagen und gaben ihm dabei Zeichen, zur Seite zu fahren, um die Halbkettenfahrzeuge und Mannschaftstransporter vorbeizulassen. In einiger Entfernung brannten irgendwelche Gebäude vor sich hin, fast ohne Flammen – nur Rauchfahnen, dünn wie Bleistiftstriche, stiegen auf. Durch sein Fernglas sah Bora geduckt daliegende Dörfer, hier und dort ein schwelendes Haus. Und vor ihm rasten immer noch Fahrzeuge von SD und SS.

Hier war es wie an den anderen Orten. Die Frau weinte, und Bora kam es so vor, als hätte er seit seiner Ankunft in Polen nichts anderes gesehen als weinende Bauersfrauen. Sie führte ihn zu einem zertrampelten Kohlacker und zeigte ihm einen Bereich, in dem die Pflanzen regelrecht zermalmt waren.

»Schauen Sie sich das Blut an!«, wimmerte sie. »Schauen Sie, das Blut!«

Bora blickte auf das Blut. »Haben sie Ihren Mann aus dem Haus geholt?«

»Nein, er hat sich hier draußen im Acker versteckt gehalten, weil er wusste, dass sie zurückkommen würden, um nach uns Volksdeutschen zu suchen.«

»Und er hat Sie im Haus allein gelassen mit versprengten Soldaten der polnischen Armee, die hier durchkamen? Ist ihm nicht in den Sinn gekommen, dass die an seiner Stelle auch Sie hätten umbringen können?«

Aber sie hätten nicht *sie* umgebracht, heulte sie. Sie hatten vielmehr das Haus durchsucht, waren hinausgegangen, hatten ihn gefunden und *ihn* umgebracht.

»Haben sie Ihnen etwas angetan?«

»Nein, aber sie haben Frau Scholz, die Straße weiter unten, genommen. Ich habe sie schreien gehört.«

Bora notierte sich den Namen. Er würde als Nächstes zum Hof der Familie Scholz gehen. »Sie haben sie ›genommen‹? Was wollen Sie damit sagen? Haben sie sie vergewaltigt, oder haben sie sie mitgenommen?«

Die Frau fing wieder an zu schluchzen. Alles, was Bora aus ihrem Gestammel heraushören konnte, war, dass die versprengten Polen die Männer der Familie Scholz getötet und die Frau als Beutestück mitgenommen hatten.

»Aber ich habe zu Gott und zu Mutter Kazimierza von Krakau gebetet. Deswegen haben sie meinen Mann und die Scholzens umgebracht und Frau Scholz mitgenommen, aber mir haben sie nichts angetan.«

16. November

Nowotny grinste, als er die Frage hörte. Er rieb mit dem Finger über die zuheilende Narbe an Boras Kopf, etwas unsanfter als nötig, um an seiner Reaktion zu sehen, ob die Stelle noch wehtat.

»Natürlich bin ich Atheist, Herr Hauptmann. Daher erwarten Sie von mir bitte keine frommen Aussagen. Wunder! Es gibt Erklärungen für die meisten sogenannten spirituellen Phänomene, einschließlich des Erhaltungszustands von Leichen und dieser mysteriösen *Blutungen*. Haben Sie zum Beispiel jemals etwas vom *micrococcus prodigiosus* gehört?«

»Nein. Eine Bakterie, nehme ich an.«

»Es ist die Bakterie, die in Brotkrümeln kleine rote Flecken bildet, wenn Sie das je bemerkt haben. Manche glauben auch, sie spiele bei dem hysterischen Zustand, der Haemidrosis genannt wird, eine Rolle.«

»Blutschweiß?«

»Genau. Haemidrosis ist eigentlich ein ›Quasi-Schweiß‹ oder Paridrosis. Es scheint sich um ein überschüssiges Serum zu handeln, das rote Blutkörperchen und die parasitische Bakterie enthält und in die Schweißdrüsen geleitet wird. Das soll nicht heißen, dass Ihre Nonne keine besondere Frau oder gar eine Heilige war – was auch immer das heißen soll –, aber für das ›Blut‹ gibt es eine wissenschaftliche Erklärung. Im Fall dieses Mädchens aus Bayern, dieser Therese Neumann, gibt es sogar Hinweise auf noch banalere Tricks, die mit viel naheliegenderen monatlichen Blutflüssen zu tun haben.« Nowotny sprach, während ihm die nicht angezündete Zigarette von der Lippe hing, und er spielte mit dem Stethoskop auf seinem Schreibtisch. »So weit zu Ihrer Frage Nummer eins. Was war noch mal Ihre Frage Nummer zwei? Ekstase, nicht wahr? Sie wollen wissen, was ein Arzt von dem Zustand sogenannter ›Ekstase‹ hält?«

»Zu meiner persönlichen Information, ja.«

»Also, ich selbst hatte nie direkt mit einem solchen Fall zu tun, aber mein Vater hat seine ersten Erfahrungen als Internist an der Salpêtrière in Paris gesammelt, wo er bei Charcot die Phänomene Hysterie und

Hypnose studiert hat. Ich würde sagen, dass wir es im Fall Ihrer Äbtissin mit hysterischer Ekstase zu tun haben, einem großen Anfall, der in sogenannten Leidensposen kulminiert. Solche Attacken können Unempfindlichkeit auf schmerzhafte Reize nach sich ziehen oder mit sich bringen – eigentlich eine selbstinduzierte Anästhesie – sowie Körperstarre, Unterbrechung des normalen Atemrhythmus et cetera. Ich stelle mir vor, dass Ihre Nonne durch diese Phasen hindurchging, bevor sie das Stadium der prophetischen Ekstase erreicht hat.«

»Das weiß ich nicht.«

»Was wollen Sie damit sagen? Haben Sie das denn nicht in Erfahrung bringen können?«

»Niemand hat Mutter Kazimierza tatsächlich in Ekstase gesehen.«

»Wieso weiß man dann überhaupt, dass sie derartige Zustände hatte?«

»Wenn der blutige Schweiß auf ihren Händen und der Stirn austrat oder sie zu erstarren begann, befahl sie allen, das Zimmer zu verlassen.«

»Und …?«

»Und wenn sie ihre Vertraute – eine gewisse Schwester Irenka – wieder hereinrief, war die Krise vorbei. Blut rann ihr angeblich an den Fingern und am Gesicht hinunter aus Wunden, die sich innerhalb von Stunden wieder schlossen, einschließlich einer Wunde an der Brust und natürlich denen an ihren Füßen. Ich habe nach Gaze oder Verbandsmaterial gefragt, das man verwendete, um das Blut zu absorbieren, aber man hat mir das rundweg verweigert. Hoffentlich ist es Pater Malecki gelungen, für seine Untersuchung für den Vatikan eine Probe zu erhalten. Ob er sie uns geben wird oder nicht, werden wir sehen. Da eine solche Probe für die Ermittlungen nicht von Belang ist, gehe ich davon aus, dass er nicht damit herausrückt.«

»Und Sie wollen mir weismachen, dass keine der Nonnen je durch das Schlüsselloch gespäht hat?«

»Nun, Pater Malecki hat immerhin zugegeben, dass er einmal während einer ihrer Attacken hinter der Tür stehen geblieben ist. Ihm zufolge hat sie einen erstickten Schrei ausgestoßen, dann hörte er den dumpfen Aufschlag eines Körpers auf den Boden. Als er wieder in den

Raum eingelassen wurde, schloss er aus der Anordnung der Blutflecken auf den Fliesen, dass sie mit dem Gesicht nach unten gefallen war, die Arme in Kreuzeshaltung ausgestreckt.«

»In einer typischen Leidenspose also.«

»Sie konnte auch zwei Tage hintereinander kniend und mit gefalteten Händen beten, manchmal im Haus, manchmal im Garten. Einmal hat sie anscheinend eine Nacht bei Schnee und Frost neben dem Brunnen im Kreuzgang verbracht. Pater Maleckis Aufzeichnungen zufolge hatte das keinerlei Folgen, nicht einmal Frostbeulen.«

Nowotny zündete sich endlich die Zigarette an. »Was denken Sie wirklich?«

»Dass es schade ist, dass wir so wenig über ihre ekstatischen Zustände wissen. Sie hat dann nicht jedes Mal geblutet, aber man fragt sich, was sonst noch physisch und überhaupt mit ihr los war.«

Mit einer Kopfbewegung stieß Nowotny Rauch aus dem Mund und sagte in jovialem Ton: »Passen Sie das nächste Mal auf, wenn Sie einen Orgasmus haben. Das ist gar nicht so unähnlich.«

17. November

Wer hat über die Prophezeiungen der Äbtissin Buch geführt, und kennen wir ihre letzte Weissagung?«

Die Zeit für diese Frage war gekommen. All die schönen Argumente, die Pater Malecki sich zurechtgelegt hatte, um Bora den Zugang zu dem Dokument zu verweigern, schienen hinfällig geworden zu sein.

»Schwester Irenka hat sie mitstenografiert. Möchten Sie in die Bibliothek gehen und sie selbst fragen? Sie spricht etwas Deutsch.«

Schwester Irenka war kaum einen Meter fünfzig groß, eine zierliche Frau mit dicken Brillengläsern und einem spitzen kleinen Mäusegesicht. Ihre Hände, die unter den Ärmeln hervorguckten, fingerten an einem Rosenkranz – kleine, nervöse Hände, weiß und wächsern, wie die Nonnenhände im Allgemeinen, die Bora schon gesehen hatte.

»Ich spreche sehr wenig Deutsch«, sagte sie mit Nachdruck. »Sehr wenig Deutsch. Bitte, sprechen Sie langsam.«

Schließlich zog sie von einem Regal einen voluminösen Ordner herunter, dessen Seiten mit den schwungvollen Girlanden stenografierter Notizen bedeckt waren. Rechts oberhalb jeder neuen Eintragung war korrekt das jeweilige Datum vermerkt. Die letzte stammte von dem Tag vor dem Tod der Äbtissin. Schwester Irenka las sie still für sich und tauschte dann einen nervösen Blick mit Pater Malecki, der am Bibliothekstisch saß. »Nichts Wichtiges an diesem Tag«, begann sie.

Bora ignorierte diese Bemerkung und fragte den Priester: »Warum will sie es mir nicht sagen? Was steht da?«

»Ich kann kein Steno lesen.«

»Dann fragen Sie sie. Ich hole sonst jemand anderen, der es übersetzt, wenn Sie es nicht tun.«

Darauf folgte eine lebhafte Diskussion zwischen Malecki und der Nonne, die ablehnend und widerstrebend klang, ja, sogar boshaft in ihrer Zurückhaltung, aber vielleicht war die Frau auch nur verängstigt.

»Sagen Sie ihr, dass es nicht von Belang ist, sollte es etwas Politisches sein«, sagte Bora schließlich. »Worum geht es denn im Wesentlichen?«

Malecki wählte seine Worte mit Bedacht. »Schwester Irenka zufolge wird vorhergesagt, dass fünf Jahre weniger drei Wochen nach dem Tag der Eintragung die ›große Stadt an der Weichsel‹ zerstört wird.«

Bora verkniff sich ein Lächeln. »Warschau? Ich dachte, das hätten wir bereits erledigt. Und außerdem – in fünf Jahren? 1944 wird der Krieg längst vorbei sein! Ist das alles, was da steht? Nichts über ihren Tod?«

Wieder beriet sich Malecki mit der Nonne, die widerwillig begann, die Seiten von hinten durchzublättern. Nachdem sie gefunden hatte, was sie suchte, sagte sie zu Bora: »Bei Jesu Geburt – wie sagen Sie? An Weihnachten, letzte Weihnachten – sagte die Mutter Oberin: ›Gott wird mich durch meinen Namen rufen.‹ Ich habe sie gefragt, was das bedeutet, *panie kapitanie,* und sie sagte: ›Wenn ich sterbe, dann durch meinen Namen.‹«

Bora sah den Priester an. »Warum? Was bedeutet ›Kazimierza‹? Das hat etwas mit Frieden zu tun, nicht wahr? Und wie lautete ihr Name, bevor sie ins Kloster ging?«

Malecki schüttelte den Kopf. »Ich würde einer so verschwommenen Aussage kein übergroßes Gewicht beimessen.«

»Ich habe nicht viel mehr, auf das ich mich stützen könnte, Pater.«

»Der weltliche Name der Äbtissin war Maria Zapolyaia. Sie war mit der königlichen Linie der Familie Batory verwandt und wählte sich ihren klösterlichen Namen nach dem Schutzpatron von Polen, der der Sohn von König Kasimir IV. war. Und Sie sind nicht weit von der tatsächlichen Bedeutung entfernt: ›Kazimierz‹ heißt auf Polnisch ›der Friedensprediger‹.«

»Na ja, sie ist nicht gerade durch den Frieden umgekommen, und Predigten haben sie auch nicht umgebracht.«

An diesem Abend ging Bora früh zu Bett. Bis ungefähr zehn Uhr hörte er in Retz' Zimmer Geplauder aus dem Kofferradio, und entweder schlief er danach ein, oder das Radio wurde abgestellt. Jedenfalls war es, als er aufwachte, ganz still in der Wohnung.

Auf seiner Uhr war es Mitternacht. Bora rückte die Kissen unter seinem Kopf zurecht und starrte in die Dunkelheit. Warum war er eigentlich aufgewacht? Er war doch so müde gewesen. Unwillkürlich begann er, die Ereignisse des Tages Revue passieren zu lassen, angefangen bei einer blutigen Konfrontation im Dorf Liszki, wo Partisanen aufgestöbert und – nach Oberstleutnant Schencks Formulierung – beseitigt worden waren, bis zu Schenck selbst, der eine Liste angeblicher Vergewaltigungsopfer unter volksdeutschen Frauen haben wollte mit Angaben zu ihrem Alter, ihrem Wohnort und der Zahl ihrer noch lebenden Kinder.

Während Bora sich auf den Bauch drehte, glaubte er ein Geräusch zu vernehmen, einem unterdrückten Lachen ähnlich, aber wahrscheinlich war es nur Retz, der beim Umdrehen die Sprungfedern seines Bettes zum Orgeln brachte. Er erinnerte sich daran, wie Malecki ihm mit ernster Miene erzählt hatte, dass er in Chicago mehrere Amateurboxwettkämpfe gewonnen habe, und musste schmunzeln. Als er das erwähnte, hatte Bora tatsächlich gelacht und gesagt: »Na, na, Pater, haben Sie etwa vor, mich mit Boxhieben zur Vernunft zu bringen?«

Wieder war das gedämpfte Geräusch zu hören, und dieses Mal spannte er die Nackenmuskeln an. Jetzt wusste er, was es war. *Nicht schon wieder,* dachte er. Aber er lauschte mit angehaltenem Atem.

Sein Zimmer und das von Retz waren durch eine gemeinsame Wand voneinander getrennt. Durch diese Trennwand hörte Bora Retz leise, aber deutlich reden. Die wispernde Stimme einer Frau antwortete, und man hörte ihr an, dass sie nur mühsam ein Lachen unterdrückte.

Bora ging zunächst davon aus, dass Ewa Kowalska gekommen war, während er geschlafen hatte. Er konnte ihre Stimme nicht genau identifizieren, weil er sie nicht lange genug sprechen gehört hatte, und es war schwer, sie an dem Gekicher und dem Geflüster wiederzuerkennen. Nach einer Weile war er sicher, dass es nicht Ewa war, die da kicherte. Es musste also eine der anderen sein.

Plötzlich war ihm warm, und er fühlte sich unbehaglich. Er setzte sich auf, hellwach. Unverkennbar kam Retz' Stöhnen durch die Wand, begleitet vom rhythmischen Gequietsche der Sprungfedern, und sosehr sich Bora auch bemühte, sich zu ärgern – es erregte ihn stattdessen.

Lautlos stieg er aus dem Bett. Im Dunkeln tastete er nach seiner Hose, zog sie an, dann schlüpfte er in sein kragenloses Hemd und knöpfte es zu. Das wiederholte Bummern des Bettgestells gegen die Wand des Nachbarzimmers brachte ihn ins Schwitzen. Er öffnete die Tür, schlüpfte hinaus und ging den Flur hinunter ins Bibliothekszimmer. Dort schaltete er das Licht an und schloss sich ein.

Die Hände tief in die Taschen vergraben, ging er eine Zeit lang auf und ab, barfuß, bald auf dem Parkettboden, bald auf dem weichen Flor des Teppichs. Nicht zu denken war die beste Strategie, und er gab sich Mühe, dachte nicht einmal an die Zeiten, als er selbst … Sie hieß Ines und hatte gequiekt, wenn er sie kitzelte. Aber Spanien war etwas anderes, und Bürgerkriege ließen einem andere Freiheiten. Die Wände um ihn herum waren mit Regalen vollgestellt, die sich unter dem Gewicht der Bücher mit deutschen und polnischen, gelegentlich auch jiddischen Titeln bogen. Allmählich verlangsamte Bora seine Schritte. Er hatte verschiedene bekannte Titel entdeckt, Klassiker, zeitgenössische Belletristik, Bücher über Kunst und Geografie. Er erkannte sogar eine Reihe von Werken über die Renaissance wieder, die um die Jahrhundertwende im Verlag seines Großvaters erschienen waren.

Zwischen zwei Regalen war auf einem gerahmten Aquarell eine wilde, bewaldete Berglandschaft zu sehen, unter der mit Bleistift »In den Bergen der Pieninen« stand. Darunter hingen, in schwarzen ovalen Rahmen, zwei Schattenrisse von Heinrich Heine und Felix Mendelssohn einander gegenüber. Zwischen den beiden anderen Büchergestellen war ein einzelner Kasten an der Wand befestigt, in dem hinter Glas eine in drei Reihen angeordnete Insektensammlung zu sehen war.

Es war unmöglich, an nichts zu denken. Boras Gedanken wanderten zu Retz zurück und zu der unbekannten Frau, wer immer sie auch war, die er den dritten Abend in Folge mit in die Wohnung genommen hatte, und er überlegte, was er morgen tun würde, ob er mit ihm reden oder einfach zur Arbeit gehen sollte. Von Unruhe gepackt, ging er zur anderen Wand, zu dem Kasten mit den auf Nadeln aufgespießten Käfern, und wieder zurück.

Es war nicht im Geringsten eine Frage von Bigotterie. Überhaupt nicht. Er war in Bezug auf Sex nicht prüde, eigentlich ging es darum, dass er nicht ... dass er doch ... Nein. Es ging nicht um Anstand, geschweige denn um die nationale Sicherheit im elementaren Sinne. Vielleicht war das, was er fühlte, nur ein Groll, weil seine Frau nicht hier war. Benedikta, die jede andere Erfahrung ausgelöscht hatte. Die ideale Geliebte. Nein, nein, es war einfach zu gefährlich.

Wieso hatte man die Frau nach der Sperrstunde überhaupt nach oben gelassen? Das würde er morgen beim Pförtner klären. Bora starrte auf die Renaissance-Bände, aber es half nichts. Er sah seine Frau vor sich, wie sie sich, unter ihm liegend, aus dem Slip schälte, begierig darauf, genommen zu werden, feucht und gierig. *Lieber Gott, lass mich nicht ausgerechnet jetzt an Dikta denken!* Bora konnte nicht genug Speichel sammeln, um zu schlucken.

Auf dem Regal, direkt vor ihm, standen García Lorcas Gedichte, triefend von weiblichem Blut und männlichem Schweiß – also tabu für ihn. Er sollte lieber nach den griechischen Klassikern greifen, die neben der lateinischen Dichtung aufgereiht waren, oder zur zeitgenössischen deutschen Prosa. Bora wusste, dass Thomas Mann ein verbotener Autor war, nahm jedoch einen seiner Romane vom Regal und ließ sich, mit dem Buch in der Hand, in den Sessel sinken. Die erste Zeile lautete: »Ein einfacher junger Mensch reiste im Hochsommer ...«

18. November

Es würde ein wolkenverhangener Tag werden, und wahrscheinlich würde es auch schneien. Pater Malecki machte vor dem offenen Fenster seine Gymnastik und spürte die belebende Kälte des Tagesanbruchs. Seine Sehnen dehnten sich, und seine Muskeln schwollen an, während er die Gewichte hob – nicht übel für einen Mann von sechsundfünfzig. Viele Jahre lang hatte er jeden Morgen während seiner Übungen den Rosenkranz aufgesagt und dann genau gewusst, dass er die Gewichte sechzigmal gestemmt und sechzig Liegestütze gemacht und zugleich auch seine Litaneien gebetet hatte. *Gloria Patri* – eins – *et Filio* – zwei – *et Spiritui Sancti* – drei. *Gloria Patri ...*

Wenn es so weit war, dachte er, würde er versuchen, bei der Befragung der Nonnen durch Bora anwesend zu sein. Die Wahl der neuen Äbtissin wurde infolge der Umstände verzögert, und jetzt waren sie hinsichtlich ihrer Entscheidungen auf ihn angewiesen, auf ihn, den amerikanischen Priester.

Malecki musste sich eingestehen, dass er in Chicago niemals einen so großen Einfluss ausgeübt hatte, dort, wo seine Pfarrkirche St. Stanislaus groß, feucht und rußschwarz wie eine Witwe zwischen den

Häusern der Arbeiter und den Fabriken des Viertels thronte. Sein großer Lerneifer hatte ihn so weit gebracht. Wer weiß, vielleicht würde er als Nächstes mit dem Papst in Rom über die heilige Äbtissin von Krakau sprechen.

Schwer atmend legte er die Gewichte ab – »A-men!« – und begann, auf der Stelle zu laufen.

Im Bibliothekszimmer verbrachte Bora die ersten Sekunden nach dem Erwachen mit der Frage, wie er mit Thomas Manns Buch auf dem Schoß in einem Sessel gelandet war. Er hatte bis zu dem Kapitel mit der Überschrift »Politisch verdächtig!« gelesen und war dann wohl eingenickt.

Seine erste Sorge war, vor Retz ins Badezimmer zu kommen, der dort immer ewig lang brauchte. Als er am Zimmer des Majors vorbeiging, hörte er nichts. Im Flur hing der Regenmantel einer Frau am Kleiderständer; die Gummigaloschen darunter sahen aus wie schlafende Mäuse.

Bora bemühte sich nicht sonderlich, um diese Zeit leise zu sein. Für das Duschen und Rasieren nahm er sich ausgiebig Zeit. Gerade trocknete er sich das Gesicht mit dem Handtuch ab, als er im Flur Damenabsätze klappern hörte. Es folgte eine Pause, dann wurde die Wohnungstür geöffnet und wieder geschlossen.

Keine Minute später drang Retz' verschlafene Stimme durch die Tür: »Wie lange brauchen Sie noch, Bora?«

4

18. November 1939

Am Morgen sagte Oberstleutnant Schenck als Erstes: »Machen Sie sich fertig. Wir fahren zur Universität und führen die Anordnungen des Erlasses vom 15. September durch.«

Bora fühlte sich unbehaglich, weil er sich genau an den Inhalt des Erlasses erinnerte. Er zog eine Mappe hervor, in der die Handschriften und Dokumente aufgelistet waren, die aus dem Universitätsarchiv entfernt werden sollten, und verließ mit dem Oberstleutnant zusammen das Hauptquartier. »Wir sollen der Liste alles hinzufügen, was in deutscher Sprache geschrieben ist oder sich auf Deutschland bezieht«, sagte Schenck zu ihm. »Sie können Latein lesen, deshalb erwarte ich von Ihnen, dass Sie mich an Ort und Stelle über lohnenswerte Ergänzungen beraten.«

Es regnete nicht mehr, aber es war kalt draußen. Bora warf einen Blick zurück auf die braun-gelbe Fassade des Hauptquartiers, der früheren Akademie der Wirtschaftswissenschaften, die mit ihren Statuen über den verblühenden Blumen in den Beeten aufragte. Ehe Schenck in den Stabswagen stieg, machte er dem Fahrer eines Militärlasters, der am Straßenrand abgestellt war, ein Zeichen, dass er ihnen hinterherfahren solle. Sobald Bora neben ihm im Auto saß, sagte der Oberstleutnant: »Na, was haben Sie denn bis jetzt alles über den Mordfall herausgefunden?«

Bora hatte die Frage erwartet und zog aus der Aktentasche, die auf seinen Knien lag, einen Schwung ordentlich getippter Blätter hervor.

»Das sind die Aussagen aller Schwestern zu den Nachmittagsstunden des Todestages von Mutter Kazimierza. Wie zu erwarten war, haben nicht alle ein überprüfbares Alibi: Eine Nonne wird für die andere bürgen, und wir wissen nichts über Zeugen außerhalb ihrer Gemeinschaft. Schwester Jadwiga ist die Einzige, die mit den Arbeitern zu tun hatte. Ihr zufolge waren sie noch mit der Decke in der Kapelle beschäftigt, als das Opfer starb. Niemand habe einen Schuss gehört, gab sie mir zu verstehen; allerdings hätten die Männer mit ihrem Gebohre und Gehämmer auch einen Riesenkrach gemacht. Und als Oberst Hofer und ich eintrafen, rumpelten draußen natürlich auch noch die Panzer herum.«

Schenck gab ihm die Papiere zurück, ohne sie sich angesehen zu haben; doch er hatte Bora aufmerksam zugehört. Zwei Jahre zuvor hatte er beim Kampf um Madrid ein Auge verloren, was kaum auffiel, denn die linke Iris, die ebenso eisgrau war wie die andere, glänzte nur dann glasig, wenn Licht darauf fiel.

»Soso. Wie viele Arbeiter waren denn da?«

»Drei. Irgendwann nach 16.00 Uhr. Schwester Jadwiga konnte es nicht genauer sagen – einer der Männer verließ einmal die Kapelle, um eine andere Spitze für den Bohrer zu holen. Den Werkzeugkasten hatten sie in der Sakristei gelassen, und der Arbeiter war ungefähr eine Viertelstunde weg.«

»Fünfzehn Minuten, um eine neue Bohrspitze zu holen?«

»Laut Schwester Jadwiga. Sie gibt zu, dass seine Abwesenheit sie zuerst ungeduldig und dann nervös gemacht hat, weil in der Sakristei silberne Kerzenleuchter und Monstranzen aufbewahrt werden. Nach ein paar Minuten ist sie dem Mann nachgegangen, um zu sehen, was er so lange machte. Sie traf ihn neben dem Werkzeugkasten an, wo er Brot und Käse futterte. Sie sagt, sie habe dann ostentativ den Schrank mit den Silbersachen überprüft, um ihm ihre Besorgnis deutlich zu machen. Es habe aber nichts gefehlt, und sie habe auch nicht weiter darüber nachgedacht, bis ich sie befragt habe.«

»Und, was beweist das?«

Bora legte eine Handskizze vom Kapellenbereich auf seine Aktentasche. »Die Kapelle liegt hinter der Hauptkirche des Klosters, die auf die Straße geht und von dort aus auch betreten werden kann. Zur

Kapelle gibt es dagegen keinen Zutritt von außerhalb des Klosters. Hier, sehen Sie, hier ist ein Eingang, der von der Sakristei zu einem Korridor führt. Eines der Fenster im Korridor blickt auf eine niedrige Mauer zwischen dem Komplex von Kapelle und Sakristei und dem Hauptteil des Klosters, wo sich auch der Kreuzgang befindet. Ich habe keine zwei Minuten gebraucht, um von der Kapelle aus diese niedere Mauer zu erreichen, dann das Dach des Kreuzgangs, und von dort bin ich leicht zu dem oberen Balkon des Kreuzgangs und hinunter zu dem inneren Garten gelangt.«

»Ihrer Ansicht nach wusste der Mann also, dass die Äbtissin im Kreuzgang war.«

»Alle wussten das. Die Äbtissin betete immer zwischen den Gebetsstunden der Sext und der Non – zwischen ein und vier Uhr nachmittags also – allein im Kreuzgang und unterbrach diese Klausur nur selten. Deshalb hatte man den Arbeitern gesagt, sie sollten während dieser Zeit mit ihren Reparaturen im Inneren fortfahren.«

Das Stabsauto und der Lastwagen standen an einer Kreuzung, wo Militärpolizei eine Kolonne von Halbkettenfahrzeugen die Kopernikus-Straße hinunterdirigierte. Das Gerumpel auf dem Pflaster zwang die Offiziere im Auto, lauter zu reden, damit sie sich überhaupt weiter unterhalten konnten.

»Welche Hoffnung besteht, auch nur einen der Männer ausfindig zu machen?«

Bora schüttelte den Kopf. »Sie hatten sich zu dem Zeitpunkt, als der Sanitätswagen eintraf, also um 17.00 Uhr, alle schon davongemacht. Damals wusste ich ja nichts von ihrer Präsenz, und ich habe auch keine verwertbare Beschreibung dieser Leute bekommen, denn ›größer als der andere‹ oder ›dunkelhaarig‹ reicht nicht aus, um sie zu identifizieren. Ich habe angefangen, mich bei Baufirmen in der Stadt zu erkundigen, aber soweit ich verstanden habe, haben die Nonnen nicht organisierte Tagelöhner, ja, sogar ungelernte Handlanger angeheuert. In diesem Fall haben sie den Pfarrer der Jesuitenkirche in ihrer Straße gebeten, ihnen eine Mannschaft zu besorgen.«

»Na, und was ist mit diesem Priester?«

»Sein Name ist Rozek, Hochwürden Rozek. Er wird seit der Steinewerferei von der SS festgehalten. Bis jetzt konnte ich nicht einmal herausfinden, wo er inhaftiert ist.«

Das letzte Halbkettenfahrzeug rollte vorbei und hinterließ einen öligen Geruch. Sobald sich ihr Wagen wieder in Bewegung gesetzt hatte, erteilte Schenck dem Fahrer den scharfen Befehl anzuhalten.

»An den Randstein, Sie Idiot! Hierher!«

Zu Boras Verblüffung schwang er sich aus dem Auto und ging auf eine unscheinbare junge Frau zu, die mit einem Kind auf dem Arm und einem anderen an der Hand auf dem Gehsteig wartete. Schenck salutierte galant und eskortierte sie über die Straße hinüber zum Planty Park. Nachdem er den eingemummelten Kindern ein paar Mal unbeholfen die Köpfe getätschelt hatte, ging er zum Auto zurück.

Er lächelte nicht und schien nach dieser Unterbrechung auch nicht besser gelaunt zu sein.

»Haben Sie Kinder?«, fragte er Bora.

»Noch nicht.«

»Ich bin seit sechs Jahren verheiratet. Ich habe vier Kinder, und meine Frau ist gerade wieder schwanger.«

Schenck gab dem Fahrer mit dem Handschuh ein Zeichen, dass er über die Sienna-Straße in die Altstadt fahren solle. Er blickte über die Schulter, vergewisserte sich, dass der Lastwagen ihnen folgte, und sagte dann: »Sie sollten so bald wie möglich damit anfangen, für Nachwuchs zu sorgen, Bora.« Schließlich richtete er seine hellen Augen, das echte und das aus Glas, auf seinen Kollegen. »Was ist mit dem Alibi der anderen Nonnen?«

»Nun, wir wissen über Schwester Jadwiga Bescheid, die bei den Arbeitern in der Kapelle war. Wenn wir annehmen, dass die Äbtissin – sagen wir einmal – zwischen 14.00 und 16.00 Uhr umgebracht wurde, dann waren während dieser Zeit zehn der Schwestern im Refektorium zur Chorprobe versammelt. Zwei waren offensichtlich dabei, in der Küche das Abendessen vorzubereiten. Die älteste, Schwester Teresa, lag krank im Bett, und außerdem ist sie taub. Zwei Postulantinnen haben gerade die Wände im Keller getüncht, und Schwester Irenka war früh aus dem Haus gegangen, um eine schmerzgeplagte Novizin zum Zahnarzt zu begleiten …«

»Stimmt das?«

»Ja, das stimmt. Das habe ich überprüft.«

Schenck grinste. »Und weiter?«

»Wir waren unten bei der Pförtnerin, die ihren Posten fast nie verlässt. Die Wände sind massiv, und ich bezweifle, dass sie viel von dem mitbekommt, was irgendwo sonst im Kloster vor sich geht. Soweit ich sehe, sind die Alibis der Schwestern akzeptabel, aber mehr auch nicht.«

»Hofer hat gesagt, es sei halb fünf gewesen, als Sie bei den Nonnen eintrafen.«

»Es war fünf nach halb fünf. Der Körper war lauwarm. Auf den genauen Zeitpunkt des Todes möchte ich mich jedoch nicht festlegen. Doktor Nowotny hat mich daran erinnert, dass Blut, wenn es der Luft ausgesetzt ist, innerhalb von fünf Minuten zu koagulieren beginnt und dass die Temperatur einer Leiche innerhalb von zwei Stunden nur um ein Grad Celsius absinkt. Ich habe ihr Handgelenk berührt, kann aber, offen gestanden, nicht sagen, wie lange sie schon tot war. Der Doktor hat mir auch erklärt, dass Hysterie« – Bora hätte sich dafür ohrfeigen können, dass er rot wurde, als er dieses Wort aussprach – »manchmal die Körpertemperatur beeinflusst, deshalb sollte ich mich als Nichtfachmann nicht auf dieses Detail verlassen.«

Im Theater am Szczepahski-Platz probten die Schauspieler.

Ewa lehnte sich mit der Hüfte an die Wand, den Hörer zwischen Ohr und Schulter geklemmt, und sagte ohne viel Überzeugung: »Ich weiß nicht, Richard. Ich könnte heute Abend zu tun haben, ich kann es einfach noch nicht sagen. Wir bereiten uns auf eine neue Inszenierung vor … Nein, es ist nichts, was dich interessieren könnte.« Sie nickte Kasia zu, die auf ihre kleine, billige Armbanduhr tippte. »Hör zu, ich muss jetzt gehen. Du kannst mich später anrufen … Ich weiß nicht, um fünf oder sechs. Bis später also.«

Kasia zog einen Zettel aus der Tasche und wählte das Amt. »Nun?«, fragte sie, während sie auf die Verbindung wartete.

Ewa zuckte die Achseln. »Ich möchte nicht darüber reden. Hast du eine Zigarette?«

»Nein, sie sind mir gerade ausgegangen ... Ja? Ja? Fräulein? Bitte, geben Sie mir folgende Nummer ...« Kasia las die Nummer von dem Zettel ab und zupfte dann an Ewas Wollärmel.

»Wart einen Augenblick. Einen Augenblick noch. Ich muss dir etwas sagen.«

An der Jagellonischen Universität warfen die gotischen Gewölbe des Collegium Chymicum die Stimmen der Männer in einem harschen, geradezu klatschenden Widerhall zurück. Bora war an dem Wortwechsel nicht beteiligt, da er auf der Leiter balancierte, um nach Büchern auf dem zwölften Regalbrett zu greifen. Als er mit einem brüchigen, in Leder gebundenen Band in der Hand hinunterstieg, sah er den betagten Professor Anders mit dem Rücken zum Steinpfeiler am Fenster stehen, ihm gegenüber Schenck mit der Liste.

Aus der Nähe besehen, ließen Anders' Löwenhaupt und weiße Mähne ihn ehrwürdig erscheinen; tatsächlich aber war er gar nicht so alt, sondern nur vorzeitig gealtert. Er rief in ausgezeichnetem Deutsch: »Ich muss protestieren, Herr Oberstleutnant! Haben Sie nicht schon genug mitgenommen? Sie haben bereits das Beste aus unserer Sammlung entfernt. Dieses hier sind keine historischen Texte, die Deutschland betreffen!«

Schenck sah hinüber zu Bora, der das Buch auf einem kleinen Tisch aufgeschlagen hatte und sich jetzt vorbeugte, um das Frontispiz näher zu betrachten.

»Hartmann Schedel«, las Bora. »Aus Nürnberg – seine *Weltchronik* aus dem Jahr 1493.«

»Nehmen Sie sie mit.«

Mit einem unvermuteten Schwung drehte sich Anders zu Bora um. »Ich hoffe, es ist Ihnen bewusst, dass dies ungeheuerlich und illegal ist, Herr Hauptmann!«, warnte er ihn. Bora vermied jeden Blickkontakt und fuhr fort, die Titel auf seiner Liste abzuhaken. Schenck lachte.

»Ja, lachen Sie ruhig!« Anders hob die Stimme. »Aber ich sage Ihnen, das ist Diebstahl! Das ist nichts anderes als Diebstahl!«

Ein leises Kleiderrascheln veranlasste Bora, den Blick doch von der Liste zu heben. Schenck hatte den Professor am Revers gepackt und ihn gegen einen massiven verglasten Bücherschrank geschoben. Hager und gestiefelt, wie er war, vibrierte er wie eine Metallfeder. »Hüten Sie Ihre Zunge, alter Mann!«

Ohne Hoffnung, sich befreien zu können, gab Anders keineswegs klein bei: »Ich soll meine Zunge hüten?« Seine Stimme dröhnte unter dem Gewölbe. »Ihretwegen? Sie sind doch nichts anderes als Diebe!«

Bei diesen Worten zuckte Bora zusammen. Schenck klatschte dem alten Herrn mit seiner behandschuhten Hand links und rechts so heftig ins Gesicht, dass dessen weißhaariger Kopf von einer Seite zur anderen gegen den Schrank schlug. Er schob den Professor in die Mitte des Raums und stieß ihn gegen den Tisch, an dem Bora saß. Bora versuchte zu verhindern, dass ein besonders fragiles Buch auf den Boden aufschlug, aber da forderte Schenck ihn bereits auf: »Lassen Sie das, Bora! Nehmen Sie, was Sie haben, und sehen wir zu, dass wir von hier verschwinden!«

Unten legten sie eine Pause ein, im Hof, in den ein blasser dünner Sonnenstrahl einfiel und tiefe Schatten in den Bogengang grub. Kisten schleppende Soldaten kamen die Treppen herunter. Schenck hatte sich wieder einigermaßen gefasst und stand jetzt, die Daumen in den Gürtel gehakt, da und überwachte den Vorgang. Aus dem Winkel seines gesunden Auges sah er, wie nervös Bora war, zeigte sich aber deswegen keineswegs beunruhigt.

»Machen Ihnen Beschimpfungen zu schaffen, Bora?«

»Ich denke, sie machen Ihnen genauso zu schaffen, Herr Oberstleutnant.«

»Mir? Wieso? Wir *sind* Diebe! Ich wollte das nur nicht einem Polacken gegenüber zugeben.«

Zehn Minuten zuvor war Pater Malecki am Anfang der Franciszkahska auf dem Weg zur Kurie aus der Straßenbahn gestiegen. Er hatte die beiden deutschen Militärfahrzeuge an der Universität stehen sehen und sich gefragt, was für neue Schikanen man sich wohl ausgedacht hatte. In einem Koffer trug er kleine Bündel blutbefleckter Mullbinden und Taschentücher, die die Nonnen nach dem Tod der Äbtissin mit deren Blut getränkt hatten – eine seltsame Last, und er wäre in Erklärungsnot gekommen, hätte ihn der deutsche Wachtposten an der Straßenbahnhaltestelle dazu befragt.

Auch der Sekretär des Erzbischofs warf einen nicht gerade begeisterten Blick in den Koffer.

»Seine Eminenz weiß Ihre zügige Arbeit in dieser Angelegenheit zu schätzen, Pater Malecki. Es gibt viele Schritte, die unternommen werden müssen, bevor wir überhaupt nur die Möglichkeit in Erwägung ziehen können, daraus Reliquien zu machen.«

Malecki stimmte ihm zu: »Märtyrertum ist ein weiterer Punkt, der eine gründliche Untersuchung erfordert.«

»Ach, gegen eine Wallfahrtsstätte in Krakau hätten wir nichts einzuwenden!«, sagte der Sekretär plötzlich leichthin. »Dann könnten wir mit Częstochowa konkurrieren.« Als der Amerikaner nicht unbedingt belustigt reagierte, gewann er seine volle Würde zurück. »Tatsächlich liegen die Dinge nicht so einfach. Die Nachricht vom Tod der Äbtissin hat sich schon von Mund zu Mund weithin verbreitet. Wir lassen sogar gerade Traueranzeigen drucken. Ihre Anhänger werden bereitwillig den Gedanken akzeptieren, dass Gott sie zu sich berufen hat. Sollte jedoch offen von Mord die Rede sein, könnten wir es mit Ausschreitungen, ja, sogar mit einem Aufstand zu tun bekommen.«

Malecki dachte an die Wehrmachtsfahrzeuge, die er bei der Universität hatte parken sehen. »Ich schätze die Chancen, dass unbewaffnete Leute eine Revolte vom Zaun brechen könnten, für gering ein.«

»Trotzdem würden die Menschen automatisch glauben, die Deutschen hätten beim Tod der Äbtissin die Hand im Spiel gehabt.«

»Wir wissen nicht, ob die Deutschen nicht tatsächlich die Hand im Spiel hatten.«

Der Sekretär führte Malecki in sein gut geheiztes Büro. Er zeigte ihm ein schwarz umrandetes Plakat mit dem Namen der Äbtissin, ihrem Geburts- und Todestag und dem Motto *L. C. A. N.*

»Morgen früh werden Sie diese Anzeigen in allen Straßen dieser Stadt hängen sehen. Wenn Sie nach den Umständen gefragt werden, unter denen die Äbtissin den Tod fand, wäre Vorsicht angebracht.«

»Ich soll also lügen.«

Den Sekretär schien es zu ärgern, dass er es aussprechen musste: »Ja, Pater Malecki: Lügen Sie.«

20. November

Schwester Irenkas Mäusegesicht legte sich in Falten. Sie schien die auf sie zukommenden Probleme mit ihrer gerümpften Nase und den zusammengekniffenen Lippen geradezu zu wittern. Sie warf einen kurzen Blick in Boras Richtung, um ihre Aufmerksamkeit sofort wieder auf das Grün des Kreuzgangs unterhalb des Balkons zu richten. Bora wusste, dass sie – sollte er auf direkte Informationen über den Mord bestehen – versuchen würde, ihm auszuweichen.

»Was sind das für Büsche?«, fragte Bora stattdessen.

Schwester Irenkas Gesichtsausdruck änderte sich nicht. »Jalowiec ist der polnische Name dafür. Das hat aber nichts mit Ihrer eigentlichen Frage zu tun.«

»Nein?« Bora machte eine kurze Pause. »Meine eigentliche Frage möchten Sie ja nicht beantworten.«

»Ich möchte schon, aber ich bin mir nicht sicher. Ich denke, ich sollte nicht.«

»Aha.« Bora beugte sich über den Balkonsims. »*Jałowiec,* nicht wahr? Auf Deutsch heißen sie Wacholder. Aus der Gattung der Zypressengewächse. Da unten, das beim Brunnen, das ist doch ein Buchsbaum, oder?«

Schwester Irenka lenkte den Blick zu der Stelle, auf die Bora zeigte. »Unsere Mutter Oberin war eine Heilige«, entfuhr es ihr, und Bora erkannte in ihrer Äußerung einen Hauch Überlegenheit oder ein plötzliches Zugeständnis einer Person gegenüber, der man ohnehin nichts erklären kann.

Er wartete einen Augenblick und sagte dann: »Ich kann mir vorstellen, dass es nicht einfach ist, mit einer Heiligen unter einem Dach zu leben.« Er sah mit gerunzelter Stirn angestrengt in sein Notizbuch, als ob darin etwas interessanter wäre als die Sache, um die es gerade ging. Hinter der Unbekümmertheit, mit der er die Seiten durchblätterte, versteckte er sein Interesse immerhin so gut, dass die Nonne zuerst schwieg; dann akzeptierte sie seine Bemerkung und antwortete schließlich leise: »Ja, man muss selbst heilig sein, um mit einer Heiligen zusammenleben zu können.«

Bora bewunderte die Klugheit ihrer Antwort. Er blickte auf und staunte, wie wachsam die Nonne dastand und wie fest ihr Blick war. Ohne Umschweife sagte er: »Als Außenseiter habe ich den Eindruck, dass sich der ganze Klosteralltag um sie drehte, nicht unbedingt zum Vorteil der Gemeinschaft. Ich bin mir sicher, dass ihretwegen Spenden in die Klosterkasse flossen, aber wie gut passt so ein ständiger Besucherstrom zu einem kontemplativen Leben?«

»Es hat Tage gegeben, an denen wegen der Besucher überhaupt nichts mehr stattfand, nicht einmal mehr die Gebete.«

Bora legte sein Notizbuch auf den Balkonsims und die Hände darauf. Er strahlte eine derart übertriebene Ruhe aus, dass Schwester Irenka aus seinem Gesicht nichts anderes als milde Zustimmung herauslesen konnte.

»Wir haben sie natürlich geliebt«, setzte sie hinzu.

Bora nickte. Mit den Fingerspitzen strich er mehrmals über den Deckel des Notizbuchs, als wollte er unsichtbare Knitterfalten glatt streichen.

»Aber sie, hat sie Sie auch geliebt, Schwester?«

21. November

Als sie an die Reihe kam, wollte Schwester Jadwiga nichts sagen. Sie war schüchtern oder wortkarg oder beides.

Erst danach, während seines nachmittäglichen Besuchs im Kloster, erfuhr Bora von Pater Malecki, dass sie diejenige gewesen war, die die Stimmungsumschwünge der heiligen Äbtissin am stärksten zu spüren bekommen hatte.

»Wie wir in Amerika sagen, Herr Hauptmann, war das nicht so toll. Ich möchte nicht, dass Sie den Eindruck haben, Mutter Kazimierza sei wirklich unfreundlich gewesen. Aber wie alle einzigartigen und begabten Menschen hatte sie so ihre eigene Art.«

Bora blickte zerknirscht drein. »Ich würde sagen, das trifft es ziemlich gut. In einer ihrer Prophezeiungen bezeichnete sie den polnischen Marschall Smigly-Rydz indirekt als Verräter.«

»Sie haben es also gelesen.« Pater Malecki seufzte tief. Er seufzte wie jemand, der alles von sich abstoßen will – die Luft aus seinen Lungen ebenso wie die moralische Last von seinem Herzen. Er ärgerte sich immer noch über Bora, weil er so freimütig mit ihm sprach und nichts diplomatisch verschlüsseln wollte, was Malecki akzeptabler gefunden hätte. Bora war zu direkt. Es lag daran, wie er aufgewachsen war, oder an einem Mangel an Bescheidenheit; allerdings war es in Boras Fall auch nicht wirklich Arroganz. Es war eine Überzeugung, eifernd und unduldsam, eher missionarisch als militärisch, eher intellektuell als nur reine Charakterstärke.

»Schließlich«, sagte Bora jetzt in seinem akzentfreien kontinentalen Englisch, in der Sprechweise der gebildeten Oberschicht, »schließlich, Pater Malecki, habe ich herausgefunden, dass die heilige Äbtissin gar nicht so sehr geliebt wurde. Sie ist trotz ihrer Stellung als Oberin des Klosters eine Prinzessin geblieben. Einige der Schwestern scheinen sie – bitte, verzeihen Sie mir – geradezu gehasst zu haben.«

»Hass ist ein starker Ausdruck.«

»Auch Tod durch Erschießen ist ein starker Ausdruck.«

Malecki machte eine ungeduldige Handbewegung. »Jetzt fangen Sie schon wieder an und vermuten, dass eine der Schwestern ... Das ist doch absurd!«

»Ich vermute gar nichts. Ich weiß nicht, wie die Äbtissin gestorben ist. Alles, was ich weiß, ist, dass Neid und Ressentiment bei den ihr Unterstellten tief saßen. Ich bin weit davon entfernt, schon irgendwelche Vermutungen anzustellen.«

Als der Priester in seine Tasche griff, um seine polnischen Zigaretten hervorzuziehen, kam ihm Bora zuvor und hielt ihm eine Packung Chesterfields hin. Malecki nahm eine, und Bora gab ihm Feuer.

»Ich glaube nicht, Ihnen etwas Neues zu erzählen, Pater, wenn ich Ihnen sage, dass in einem der Häuser hier ganz in der Nähe polnische ›Patrioten‹ versteckt waren. Der SD hat das Nest am Tag, nach dem die Äbtissin starb, gründlich ausgehoben. Kurz bevor ich heute hierherkam, bin ich in das oberste Stockwerk dieses Hauses da drüben gestiegen.« Bora zeigte auf ein hohes Gebäude auf der anderen Straßenseite. »Sie waren im Kreuzgang, Pater Malecki, und mit bloßem Auge sehr gut zu sehen. Selbst mit meiner Dienstpistole hätte ich Ihnen mit Leichtigkeit in den Kopf oder ein großes Loch in den Leib schießen können.«

Malecki schien für Boras Humor nichts übrigzuhaben. »Wie nett von Ihnen, dass Sie es unterlassen haben.«

»Ich hatte keinen Grund, Gott bewahre! Wie ich vermutete, hätte jeder aus der Nachbarschaft abgegebene Schuss aus ganz unterschiedlichen Winkeln die Äbtissin getroffen. Übrigens muss ich inzwischen einräumen, dass ihre Weissagungen bemerkenswert unvoreingenommen waren. Sie stellte Tatsachen fest, die geschehen würden oder geschehen könnten, ohne einen offen nationalistischen Standpunkt einzunehmen. Eine solche Einstellung könnte die Polen genauso verärgert haben wie andere.«

»Andere? Euch Deutsche, wollen Sie sagen?«

»Wir würden weniger spektakuläre Möglichkeiten wählen, um politisch lästige Kirchenleute aus dem Weg zu räumen. Aber sagen wir einmal Ja – um der Unparteilichkeit willen.« Bora lächelte. »Ich verstehe die Neutralität einer echten Heiligen in Fragen der politischen

Ideologie, auch wenn ich sie nicht teile. Es gibt kein objektives Gutes oder Böses in der Gottheit, wenn die Gottheit das bloße Spiel relativer Gegensätze transzendiert.«

Malecki spitzte die Ohren. »Das ist eine gefährliche Spekulation, Herr Hauptmann. Wollen Sie versuchen, das Prinzip des Bösen mit dem Prinzip des Guten gleichzusetzen?«

»Ich behaupte, es sind notwendige Werturteile, aber trotz allem nur Werturteile, kontingent und zeitgebunden.«

»Sie verwechseln Werturteile mit Werten, die sich aus Pflichten ergeben!«

»Wieso, Pater Malecki? Es sind doch gerade die Jesuiten, die behaupten, dass der Zweck die Mittel heilige und dass alles, was zu Gott führt, gut sei. Diese Art von Theologie ist nicht mein Fall, aber der heiligen Äbtissin könnte sie gefallen haben.«

23. November

Am Donnerstag, einen Monat nach dem Vorfall, fuhr Bora mit seinem Dolmetscher Hannes auf das Land westlich von Krakau und dachte dabei über den Mord an der Nonne nach.

Er schaute auf die regenverhangene Landschaft und zog dann einen Plan des Klosters zu Unserer Lieben Frau von den Sieben Schmerzen aus seiner Kartentasche. Dieser Plan war über fünfzig Jahre alt, und Bora hatte mit dem Sekretär des Erzbischofs herumstreiten müssen, bis er ihn bekommen hatte. Die neueren Gebäude in der Umgebung waren natürlich nicht eingezeichnet.

Obwohl der Dolmetscher sein Bestes tat, um den Schlaglöchern auf den Landstraßen auszuweichen, war es unmöglich, die Karte im Auto zu lesen, ohne Gefahr zu laufen, das brüchige Papier zu zerreißen. Frustriert legte Bora sie zur Seite.

»Hannes, wie weit ist es noch?«, fragte er.

Der gnomenhafte, etwas dümmliche Schlesier drehte sich um und fuhr genau in diesem Augenblick in ein Schlagloch, sodass sie beide vom Sitz abhoben und wieder zurückfielen. »Noch eine halbe Stunde, Herr Hauptmann.«

Sein erstes gründliches Verhör eines höheren polnischen Offiziers würde in einer halben Stunde beginnen, dachte Bora, und dabei ging ihm Mutter Kazimierza nicht aus dem Kopf.

26. November

Er dachte immer noch an sie, als er und Retz am Sonntagmorgen in dem BMW des Majors von ihrem Frühstück im Offiziersklub zurückfuhren.

Retz, der eine Zeit lang geplappert hatte, sagte jetzt: »Sie müssen mitkommen, Bora. Sie sind nie dort gewesen, oder? Es ist lehrreich, und bevor sie es abriegeln, müssen Sie es sehen.«

Er meinte das Krakauer Getto, und ob Bora wollte oder nicht, dirigierte Retz den Fahrer schon in die entsprechende Richtung.

»Ich muss für jemanden ein Geschenk kaufen. Derzeit kann man günstig einkaufen, und der Versorgungsdienst hat freie Hand und kann im Getto ein und aus gehen. Außerdem – wo sonst würden wir am Sonntag offene Geschäfte finden? Sie können mir mit der Sprache helfen.«

Es hatte über Nacht geschneit, und als die Männer das Auto beim Ziegelbau der Fronleichnamskirche abgestellt hatten, versuchte die Sonne vergeblich, ein wenig zu scheinen.

Um die Pfützen auf der Straße hatten sich Eisränder gebildet und in den Ecken matschige Schneereste aufgehäuft.

»Schauen Sie nach, was ›Schuster‹ auf Polnisch heißt, Bora.«

Durch die schmalen feuchten Gassen, vorbei an Fassaden mit abblätterndem Putz, die wie von Aussatz befallen aussahen, gelangten sie zu einem kleinen eingefriedeten Platz, wo Gebrauchtkleider an das schmiedeeiserne Gitter der Synagoge gehängt waren. Auf Decken war an der Synagogenmauer entlang allerhand Krimskrams aufgestapelt, und die Unebenheit des Kopfsteinpflasters sorgte dafür, dass einige Gegenstände schief dastanden oder bei Berührung ins Wanken gerieten.

Retz warf einen Blick auf die Glas- und Messingwaren und den sonstigen Plunder.

»›Schwetz‹. So spricht man das aus?«

Bora blickte von seinem kleinen Wörterbuch auf. »Ja, so wird ›szewc‹ ausgesprochen, Herr Major.«

»Nun, alles, was ich will, ist ein hübsches Paar Schuhe mit Schnallen.«

Ihre Anwesenheit hatte unter den Verkäufern auf dem ganzen unregelmäßig zugeschnittenen Platz Aufsehen erregt. Rechts und links gingen ausgezehrte Männer den beiden Offizieren aus dem Weg, während diese sich auf die Szeroka zubewegten. Nach Art eines unbekümmerten Reiseführers erklärte Retz: »Am Ende dieses Blocks steht eine schöne alte Apotheke.«

Bora beobachtete, wie die Leute mit gesenktem Kopf in Richtung der Häusermauern zurückwichen.

»Sind Sie hier schon einmal gewesen, Herr Major?«

»Und ob! Vor über zwanzig Jahren einmal. Damals waren die Jidden aber nicht halb so nervös.«

Ein paar Schritte vor ihnen war das nächste Schaufenster nicht mehr als ein tiefer Türeingang mit einem verglasten Regal, das etwa die Hälfte der Tür einnahm. Das Ladenschild war in hebräischen Lettern geschrieben, aber die Waren auf dem Regal sprachen eigentlich für sich. Retz überlegte eine Weile, für welche Schuhe er sich entscheiden sollte. Bora registrierte unterdessen mit resigniertem Blick, wie baufällig die Häuser rundum waren.

»Diese hier sind hübsch, was meinen Sie?« Retz zeigte auf ein Paar Pumps aus gelbem Leder.

»Da passt nicht leicht etwas dazu. Das heißt, falls die Dame möchte, dass sie zu ihrer Garderobe passen.«

»Ist das so wichtig?«

»Ich glaube nicht.«

»Also, mir gefallen sie.« Retz deutete auf den Preis in Zlotys. »Wie viel ist das in richtigem Geld?«

»Zwei polnische Zlotys entsprechen einer Reichsmark, Herr Major.«

»Na, dann ist das doch kein übler Preis, oder?«

Retz kaufte die gelben Pumps. Vor dem Laden fragte ein kleiner Junge in Holzschuhen, ob er das Päckchen für ihn tragen dürfe, und Retz sagte Ja. Als sie um die Ecke zur Jozefa gingen, meinte Retz zu Bora: »Demnächst werden sie hier anfangen, Wehrmachtsstiefel zu fabrizieren. Haben Sie das schon gewusst? Inzwischen werden im Getto auch ganz anständige Abzeichen und Schulterstücke für die Luftwaffe produziert.« Als sie an einem Fenster vorbeikamen, in dem in Schachteln verpackte Seifen, Eau de Cologne und Kosmetikartikel ausgestellt waren, blieb Retz stehen. »Ich sollte noch etwas anderes kaufen. Vielleicht Parfüm oder Strümpfe – was meinen Sie?«

»Das wissen Sie selbst am besten, Herr Major.«

»Wieso? Ich weiß es nicht, Bora. Wenn ich es wüsste, hätte ich Sie nicht als meinen Berater mitgenommen.«

Sie betraten den Laden, den Jungen im Schlepptau. Starr wie ihr eigener Scherenschnitt, nickte die Besitzerin hinter dem Ladentisch einen nervösen Gruß. In der kränklichen Blässe ihres Gesichts wirkten die dunklen Augen wie hineingebohrte Löcher. Da sie ein wenig Deutsch sprach, feilschte Retz selbst mit ihr um den Preis eines dickbäuchigen Flakons, der um den Hals mit einem kleinen Strauß Stoffveilchen dekoriert war.

Er entkorkte ihn und hielt ihn Bora unter die Nase. »Riechen Sie mal. Das passt doch gut zu einer jungen Frau, oder meinen Sie nicht?«

Das war für Bora der erste Hinweis darauf, dass das Geschenk nicht für Ewa Kowalska bestimmt war.

»Geben Sie mir zwei davon«, sagte Retz zu der Ladeninhaberin. »Eins für meine Frau.« Er grinste Bora an.

Auf dem Kopfsteinpflaster klapperten die Holzschuhe des Jungen so, als trappelte ein kleiner Esel hinter ihnen her. Bora beobachtete, wie die Leute mit abgewandtem Gesicht offene Toreingänge suchten oder sich gegen die Hausmauern drückten. An jeder Straßenkreuzung waren Fahrzeuge des SD postiert.

Retz wandte sich an Bora: »Ich weiß nicht, wie wir alle Krakauer Juden in diesem kleinen Bereich zusammenpferchen sollen. Obwohl man sie natürlich noch dichter als Sardinen zusammendrängen kann.« Er zog sich die Handschuhe an und neigte den Kopf ein wenig seinem Kameraden zu. »Ich verrate Ihnen ein Geheimnis, Bora, obwohl Sie es wahrscheinlich schon erraten haben. Ich bin verliebt.«

Bora stellte sich dumm. »In Frau Kowalska?«

»Ach was. Nicht in Ewa. Ewa ist in Ordnung. Sie ist in vielerlei Hinsicht wirklich in Ordnung. Nein, in etwas viel Jüngeres. Frisches Fleisch. O Gott, wie herrlich sind die Frauen, wenn sie zwanzig sind!«

Da Retz bei Bora keinerlei Anzeichen von Zustimmung oder Ablehnung feststellen konnte, sagte er: »Ich brenne darauf, es zu erfahren, Bora: Was machen Sie eigentlich nach der Sperrstunde? Das heißt, außer Schumann zu spielen oder Russisch zu lernen? Wie halten Sie sich ... na ja, wie sagt man, wie halten Sie sich im Gleichgewicht?«

»Ich fahre durch die Gegend, Herr Major.«

Retz entging die ironische Spitze in Boras Bemerkung. »Also, Sie sollten wirklich etwas anderes tun, als in Krakau herumzukurven. Wird das nicht langweilig, wenn man es Tag für Tag nur mit Nonnen zu tun hat?«

»Ich befolge meine Befehle.«

Der Junge mit den Paketen blieb stehen, bevor sie wieder bei der Fronleichnamskirche anlangten, die das westliche Ende des Gettos markierte. Retz' BMW stand nördlich der Kirche, und der Fahrer, der die Offiziere kommen sah, hielt ihnen schon die hintere Tür auf. Der Major warf dem Jungen eine Münze zu, und dieser drückte Bora die Pakete in die Hand und lief, so schnell es seine Holzpantinen erlaubten, davon.

Bora übergab die Pakete dem Fahrer. Der Bummel hatte ihn deprimiert, auch wenn er darauf bedacht war, es sich Retz gegenüber nicht anmerken zu lassen. Nachdem der Major seinen Platz im BMW eingenommen hatte, sagte er zu Bora: »Sie sollten das Leben weniger ernst nehmen.«

27. November

Schwester Jadwiga trocknete sich die Hände am rauen Stoff ihrer Schürze ab. Auf dem Kinn der fülligen Nonne wucherten graue Haare, die einen spärlichen, aus auffälligen Muttermalen sprießenden Bart bildeten.

»*Njet.*« Sie sprach fließend Russisch, wollte aber mit Bora noch immer nicht über die Äbtissin reden. Pater Malecki bemerkte, dass dem Deutschen allmählich der Geduldsfaden zu reißen drohte, und warf ein paar begütigende Worte ein, die die Nonne missmutig zur Kenntnis nahm.

»Sie möchte nichts sagen, weil sie etwas zu verbergen hat!«, entfuhr es Bora. »Sie hat entweder etwas gesehen oder etwas gehört und möchte nicht damit herausrücken. Ich kann es ihr auf Russisch oder Sie ihr auf Polnisch sagen, Pater: Ich werde erfahren, was los ist!«

Malecki hatte verstanden und sagte: »*Siostra* Jadwiga!« Und dann ließ er eine strenge Predigt vom Stapel, die volle fünf Minuten dauerte. Bora verstand nichts, aber das störte ihn nicht. Während er auf und ab ging, wurden die schroffen Antworten, die die Nonne zu ihrer Verteidigung vorbrachte, immer länger, und ihre Stimme klang immer zittriger. Mit seinem barschen Wortschwall brach Malecki ihren Widerstand.

Als er geendet hatte, wandte sich Bora von dem blutüberströmten Kruzifix ab und wurde Zeuge einer unerwarteten Szene, denn Schwester Jadwiga begann zu weinen.

Schließlich führte sie die Männer aus dem Wartezimmer, über einen kahlen Flur, eine Treppe hinauf und einen gekrümmten Korridor entlang.

Bora erinnerte sich, dass er hier schon einmal gewesen war. Er erkannte die Gipsstatue der Madonna mit dem Sternenkranz aus Messingblech wieder. Schwester Jadwiga blieb vor ihr stehen und bekreuzigte sich, und Bora war schon im Begriff, sie unsanft weiterzudrängen, als sie die Statue an den Ellenbogen hochhob und mühelos auf den Boden stellte.

»Was macht sie denn da?«, fragte Bora.

Malecki sagte, er habe keine Ahnung.

Schwester Jadwiga tupfte sich die Augen ab und schnäuzte sich in ein Taschentuch von der Größe einer Serviette, bevor sie das Spitzendeckchen vom Sockel der Statue wegzog. Sorgfältig faltete sie die kleine Decke zusammen, legte sie auf das Fensterbrett und hob den hohlen Holzsockel hoch.

Bora und der Priester starrten auf den Boden. Malecki rührte sich nicht und hielt den Atem an. Bora sagte etwas auf Deutsch. Die Messingblechsterne der Madonna klirrten, als er sich niederkauerte, um eine der versteckten Pistolen am Lauf herauszuholen.

Minuten später bildeten sie auf dem Refektoriumstisch der Nonnen einen schier unglaublichen Tafelaufsatz. Bora war sorgsam darauf bedacht gewesen, die Griffstücke der Pistolen nicht mit bloßen Händen zu berühren. Unter Maleckis besorgtem, wachsamem Blick hatte er die Waffen – fünf Stück – nebeneinander aufgereiht.

Der Reihe nach nahm er die Magazine heraus und legte sie – voll, wie sie waren – neben jede einzelne Pistole. Seine Bewegungen erschienen Malecki bewusst langsam. Was auch immer hier in der Schwebe war – alles hing davon ab, wie Bora auf die Tatsache reagieren würde, dass es im Kloster Waffen gab.

»Fragen Sie sie, wo sie sie gefunden hat.«

Während Malecki die Frage für Schwester Jadwiga übersetzte, fügte Bora schon hinzu: »Sagen Sie ihr, sie soll mich nicht anlügen. Die SS hat das Kloster durchsucht. Deshalb weiß ich, dass die Pistolen damals noch nicht unter der Statue versteckt waren. Ich will wissen, wo und wann sie sie gefunden hat.«

In der Rakowicka, in seinem Büro im zweiten Stock, lachte Retz in den Telefonhörer, kippte seinen Stuhl nach hinten und drückte ein Knie gegen den metallenen Schreibtisch. »Ich wusste, dass sie dir gefallen würden, Liebling. Als ich sie ausgesucht habe, habe ich dich im Geiste vor mir gesehen. Treffen wir uns heute Abend? ... Doch, ich weiß, dass du Proben hast, aber du kannst doch einen Vorwand finden, um früher zu gehen, oder? Sag ihr, dass du gehen musst.« Von plötzlicher Ungeduld gepackt, ließ er den Stuhl auf den Boden zurückschwingen. »Jetzt komm schon, Helenka! Du musst kommen. Du musst zu mir kommen ... Heute Abend, ja. Warum nicht heute Abend? Ich sterbe, wenn du nicht kommst.« Ein Klopfen an der Tür veranlasste ihn, sich aufzusetzen und die Hand über die Muschel zu halten. »Ja, was gibt's?«

»Herr Major«, sagte eine Ordonnanz, die zur Tür hereinschaute. »Die Sendung mit den Bettlaken ist eingetroffen.«

Retz winkte dem Mann zu. »Später, später. Schließen Sie die Tür ... Nichts, Helenka, nur jemand an der Tür. Du bist noch nie bei mir gewesen, Liebling. Es ist Zeit. Höchste Zeit. Liebst du mich denn nicht?«

Im Refektorium des Klosters herrschte tödliches Schweigen, während Bora das geheime Waffenlager untersuchte. Er war gereizt und machte eine strenge Miene. Nachdem Schwester Jadwiga gegangen war, trat Malecki nahe genug an den Tisch heran, um ins Blickfeld des Deutschen zu geraten.

»Sie sind jetzt ganz still, Pater!«, warnte Bora ihn.

»Nun, dann übernehmen Sie das Reden!«

Das tat Bora. Das Blut war ihm aus dem Gesicht gewichen, und die Blässe ließ ihn fremd und jung erscheinen. »Das sind Radoms der polnischen Armee, Pater Malecki. Ich könnte mir nichts Belastenderes vorstellen als den Umstand, dass sie sich ausgerechnet hier befinden!«

»Glauben Sie im Ernst, dass die Schwestern eine davon benutzt haben könnten?«

»Darauf kommt es nicht an!«, brüllte Bora. Der Übergang von Ge-

lassenheit zur Wut war so plötzlich gewesen, dass Malecki zunächst überhaupt nicht wusste, wie er reagieren sollte.
»Worauf kommt es dann an?«
»Dass sie hier sind! Die Tatsache, dass sie hier sind und dass sie hier versteckt werden – darauf kommt es an! Wer war sonst noch hier an dem Tag, an dem der Mord geschah, oder zu irgendeiner anderen Zeit? Ich werde angelogen, und mir ist jetzt völlig klar, dass ich in diesem Kloster ganz andere Saiten aufziehen muss!«
Malecki schluckte, zeigte sich aber angesichts von Boras Ausbruch ansonsten unerschrocken. »Ist die Tatsache, dass man Sie ›anlügt‹, vielleicht der Umstand, auf den es ankommt? Denn in diesem Fall können Sie, Herr Hauptmann, versichert sein, dass niemand Sie anlügt. Wenn Schwester Jadwiga sagt, dass sie die Pistolen am Tag nach der Durchsuchung gefunden hat, dann glaube *ich* ihr das.«
»Auf dem Dach?«
»Warum nicht auf dem Dach? Die Arbeiter waren hinaufgeklettert, um den Schaden an den Schindeln zu überprüfen. Das Dach kann man über denselben Weg erreichen, den man vom Korridor zum Kreuzgang nimmt, über die niedere Mauer nämlich. O ja, Herr Hauptmann, das habe ich auch bemerkt.«
»Und Sie wollen mir weismachen, dass eine siebzig Jahre alte Nonne auf ein steiles Holzdach gestiegen ist, um nach Waffen zu suchen? Halten Sie mich für so dumm?«
»Ich glaube nur, dass Sie voreilige Schlüsse ziehen. Der Eisregen hat vielleicht dafür gesorgt, dass die Sacktasche von ihrem Versteck hinter einem der Schornsteine abgerutscht ist. Sie hat das aus ihrem Fenster gesehen und mit dem Kirschenpflücker danach gegriffen. Warum gehen Sie nicht selbst hin und prüfen, ob das möglich ist?«
Wütend schob Bora die Magazine wieder in die Pistolen und steckte diese in seine Aktentasche. »Ich werde eine gründliche Untersuchung der Angelegenheit anordnen. Von jetzt an werden Sie es mit der SS zu tun haben.«
Malecki wusste nicht, was ihn überkam, aber als er sah, dass Bora den Raum verlassen wollte, stürzte er ihm wie wahnsinnig hinterher

und bekam ihn bei der Schulter zu packen. Bora fuhr herum und brüllte: »Rühren Sie mich nicht an!« Aber Malecki hielt ihn fest. Bora war erstaunlich blass. Er sagte: »Nehmen Sie Ihre Hände von mir, Pater, oder ich werde gegen einen Priester Gewalt anwenden, so wahr mir Gott helfe.«

Malecki hörte ihn nicht einmal. Mit Mühe löste sich Bora aus der Umklammerung – der muskulöse Priester war kräftig – und ging auf die Tür zu. Malecki warf sich auf ihn. Bora fiel auf die Knie und reagierte sofort, indem er eine halbe Umdrehung machte und dem Priester die Faust ins Gesicht rammte.

Blut spritzte aus Pater Maleckis Nase. Einen Moment lang war er versucht, zurückzuschlagen – er wusste, dass er ihn mit einem gekonnten Haken niederstrecken konnte, vor allem, weil er noch immer über ihm lag.

Doch stattdessen zog er sich langsam zurück, während ihm das Blut weiter aus den Nasenlöchern quoll und den Priesterkragen und die vordere Seite seines Anzugs befleckte.

Auch Bora kam wieder auf die Füße. Schwer atmend, griff er nach seiner auf dem Boden liegenden Mütze und setzte sie auf. »Ich habe Sie gewarnt«, sagte er. »Sie haben mich herausgefordert, Pater Malecki.«

Malecki fischte ein kariertes Taschentuch aus der Tasche und wischte sich über Nase und Kinn. »Einen katholischen Priester schlagen, Herr Hauptmann! Wie wollen Sie das dem Erzbischof erklären?«

»Treiben Sie es nicht zu weit, Pater! Dafür bin ich nicht in der Stimmung.«

Malecki zuckte die Achseln. »Wenn ein Faustschlag auf die Nase Sie davon überzeugt hat, dass wir in dieser Angelegenheit Schwester Jadwiga vertrauen sollten, dann hat sich die Sache gelohnt. Müssen Sie denn wirklich gleich die SS einschalten?«

Retz war an diesem Abend übel gelaunt. Offenkundig hatte er bis zehn Uhr auf jemanden gewartet, und offenkundig war dieser *Jemand* nicht aufgetaucht.

Er ging zur Tür des Bibliothekszimmers ihrer Wohnung, wo Bora seine russischen Verben lernte.

»Bora, wie oft muss ich Ihnen noch sagen, dass Sie nach dem Rasieren die Klinge nicht im Nassrasierer lassen sollen? Das macht sie stumpf und rostig.«

»Darüber habe ich noch gar nicht nachgedacht, Herr Major. Außerdem benutzen wir ja verschiedene Rasierer; Sie brauchen sich also gar keine Sorgen zu machen.«

»Es geht aber ums Prinzip! Haben Sie bei Ihrer Ausbildung so grundlegende Dinge nicht gelernt?«

Bora entgegnete, er würde künftig darauf achten. Retz blieb noch einen Augenblick mit rotem Gesicht auf der Schwelle stehen und verschwand dann. Bald öffnete er die Wohnungstür und sagte: »Ich gehe aus, Bora. Falls ein Anruf für mich kommt, hinterlassen Sie mir bitte eine Notiz!«

Sein Auto brauste gerade unten vom Gehsteig davon, als das Telefon läutete.

Es meldete sich die Stimme einer jungen Frau, die deutsch mit polnischem Akzent sprach. Bora sagte, dass Major Retz nicht zu Hause sei.

»Seien Sie so freundlich und sagen Sie ihm, dass Helenka angerufen hat. Wir proben immer noch, und ich konnte mich nicht loseisen, weil ich die Hauptrolle bekommen habe.«

»Könnte ich noch Ihren Familiennamen erfahren?«, fragte Bora.

»Ja, Kowalska. Helenka Kowalska.«

28. November

Auch wenn Oberstleutnant Schencks Uniform an seinem hageren Körper wie von einem Kleiderbügel herunterhing, strahlte er eine große Energie und im Augenblick auch Spaß am Sarkasmus aus.

»Sie haben den Priester ins Gesicht geschlagen?« Ein freudiger Ausdruck huschte über seine ledrigen Gesichtszüge. »Ich hoffe, Sie waren im Recht.«

Bora erklärte es ihm. Der Oberstleutnant fand die Episode urkomisch. Er hatte die Waffen bereits in Augenschein genommen, unbekümmert mit ihnen herumhantiert und Bemerkungen darüber fallen gelassen, wie veraltet sie im Vergleich zu den deutschen Faustfeuerwaffen waren.

»Da, bitte!« Er hielt eine der Pistolen verächtlich an ihrem langen Lauf. »VIS, Modell 35, die berühmte Polacken-Ausgabe des Colt-Browning. Ist mit so einer die Äbtissin erschossen worden?«

»Das bezweifle ich. Die Magazine sind voll, aber die Läufe sind noch geölt.«

»Dann brauchen wir keine große Affäre daraus zu machen. Waffenverstecke tauchen hier überall auf, und die SS ist hinter ihnen her wie läufige Hunde. Wir müssen denen nicht noch einen weiteren Laternenpfahl zum Schnüffeln geben.«

»Doch wenn das Versteck den Schwestern unbekannt war, müssen wir davon ausgehen, dass *andere* Zugang zum Kloster hatten. Was wäre, wenn das dieselben waren, die den Mord begangen haben?«

»Dieser Mord ist keine Angelegenheit, die die SS untersucht; Sie tun das.« Schenck kicherte. »Es soll sozusagen in der Familie bleiben, Bora. Das ist kein Köder, den man Außenstehenden zuwirft, vor allem dann nicht, wenn ein Wehrmachtsoffizier einem Priester aus einem nicht Krieg führenden Land eine geknallt hat.«

»Es tut mir sehr leid, dass ich mein Kommando so sehr in Verlegenheit bringe, Herr Oberstleutnant.«

»Leid? Ich an Ihrer Stelle hätte dem Ami gleich sämtliche Zähne ausgeschlagen!«

Schwarz umrandete Plakate mit Mutter Kazimierzas Namen hingen in fast jeder Straße. Das erste, das Bora bemerkte, war neben einem Kirchenportal an einem Aushang über ältere Mitteilungen geklebt worden, obwohl daneben eigentlich noch genug Platz gewesen wäre.

Die Tatsache, dass von der Kurie bislang keine Beschwerden gekommen waren, ließ ihn vermuten, dass Pater Malecki beschlossen hatte, dem Erzbischof nichts über das Handgemenge zu berichten, oder dass er es noch nicht getan hatte. Tatsächlich empfand Bora deswegen kaum Schuldgefühle. Als er von der SS-Kommandostelle zurückkam, beglückwünschte er sich vielmehr dazu, dass er aus Salle-Weber endlich herausgelockt hatte, wo sich Hochwürden Rozek aufhielt, jener Priester, der die Handwerker für die Nonnen organisiert hatte. Er wurde in einem Lager im Nordwesten, in Richtung Częstochowa, festgehalten.

Schenck hatte ihm gesagt, er solle Rozek noch am Abend nach Dienstschluss aufsuchen und sich dafür zum Mittagessen eine Stunde freinehmen. Bora wusste, dass Schenck ihn auf einen Einsatz im Osten vorbereitete, drauf, in Lwow die sowjetischen Besatzungstruppen zu kontaktieren. Er hatte es einmal flüchtig angeschnitten und ihn gefragt, wie er mit seinem Russisch vorankomme. Bora konnte es kaum erwarten, so sehr freute er sich auf die Abwechslung.

Das Restaurant hieß *Pod Latarnią* und war an einem vergoldeten Eisenschild in der Form einer Petroleumlampe zu erkennen. Es wurde von deutschen Offizieren besucht, aber Polen war der Zutritt nicht verboten. Bora war einmal mit Retz dort gewesen, und es hatte ihm gefallen.

»Ich bin allein«, sagte er zu dem Kellner, »und hätte gern einen Tisch am Fenster.«

In der Kurie, ein paar Blocks von dem Restaurant entfernt, schien das Runzeln für die Ewigkeit in die Stirn des Erzbischofs eingemeißelt zu sein.

»Diese echt amerikanische Vorgehensweise!«, sagte er missbilligend und sah Malecki an. »Wir sind hier nicht im Wilden Westen, Pater Malecki!«

»Die Gesetzlosigkeit, die zurzeit herrscht, erinnert aber sehr daran, wenn Ihre Eminenz gestattet.«

»Aber einen Offizier der Besatzungsarmee angreifen, Pater Malecki! Für Sie als Amerikaner hat das vielleicht keine Konsequenzen, aber für

Sie als Angehörigen des Klerus schon! Wie wäre es mit dem Hinhalten der anderen Wange gewesen?«

»Hätte ich die andere Wange hingehalten, hätte der Hauptmann mir den Kieferknochen zerschmettert.« Malecki versuchte, seine geschwollene Nase zu ignorieren, während diese für den Erzbischof ein Gegenstand des besonderen Interesses zu sein schien. Der Priester tat gut daran, den Bischof nicht daran zu erinnern, dass er in Chicago einmal einen Dieb mit der Sammelbüchse seiner Pfarrkirche ertappt, ihn niedergestreckt und ihn mit diesem einen Schlag ins Passavant-Hospital geschickt hatte.

»Also, ich bin eigentlich nicht direkt auf ihn losgegangen ...«

»Genug, genug! Wir sind hier nicht in der Sportarena, und von Boxereien haben wir genug geredet. Was mich vor allem beunruhigt, ist die Sache mit den versteckten Waffen. Was werden Sie sagen, wenn Sie aufgefordert werden, eine Aussage zu machen?«

Malecki antwortete nicht und zog es vor, in eine andere Richtung zu blicken.

Im *Pod Latarnią* blickte Bora ebenfalls in eine andere Richtung. Hätte er sich nur den Bruchteil eines Zentimeters weiter nach vorn gebeugt, hätte er vollen Einblick in Ewa Kowalskas freizügiges Dekolleté gewonnen. Er sah bereits ein gutes Stück von ihrem Busen, als sie nach unten griff, um ihre Handschuhe in die geräumige, neben ihren Füßen abgestellte Ledertasche zu legen. Er lenkte seinen Blick auf die Mitte des Restaurants, damit er, als Eva sich wieder aufrichtete, etwas weniger interessiert wirkte.

»Danke, dass Sie mich an Ihrem Tisch sitzen lassen«, sagte sie. »Mir ist nicht klar gewesen, wie viele Leute auswärts zu Mittag essen, und darum hatte ich nicht erwartet, dass es hier so voll sein würde.«

»Nun, Sie können selbst sehen, dass hier mehr Deutsche einkehren als Landsleute von Ihnen.«

Ewa blickte sich nicht um. »Eigentlich bin ich überhaupt keine Polin.« Sie lächelte. »Ich bin nur hier geboren. Mein Vater und meine Mutter waren Volksdeutsche, Theaterleute in Warschau. Den Namen

›Kowalska‹ habe ich gewählt, weil er so typisch polnisch ist. Mein wirklicher Name ist Olbrycht.« Sie hatte gemerkt, dass Bora die Hände so auffällig auf dem Tisch gefaltet hatte, dass sie den Ehering an seinem Ringfinger sehen musste. Sie tat ihm den Gefallen und blickte darauf. »Für einen verheirateten Mann sehen Sie ziemlich jung aus.«

Bora schluckte. »So jung bin ich auch wieder nicht. Ich bin gerade sechsundzwanzig geworden.«

»Was soll denn dann jung sein?«

»Ich weiß nicht. Zwanzig vielleicht?«

Ewa, die keine Ringe trug, hielt die Finger vor sich gespreizt. Mit einem kurzen bewundernden Blick auf ihre lackierten Fingernägel sagte sie: »Irre ich mich, oder stört es Sie, dass ich hier sitze?«

»Mich überhaupt nicht. Ich hoffe, dass es Major Retz nicht stört.«

»Richard ist heute nicht in der Stadt.« Sie lächelte und konnte von Boras Gesicht ablesen, dass er sich fragte, woher sie das wusste. »Um die Wahrheit zu sagen, ich fühle mich nicht zu jüngeren Männern hingezogen.«

»Ja, das hat mir der Major schon gesagt.«

»Das hat er *Ihnen* gesagt?«

Bora zuckte mit den Achseln. »So wie ich es verstanden habe, gefallen Ihnen eher reifere Männer.«

»Ich glaube, das passendere Wort ist ›erfahren‹.«

»Man kann auch mit sechsundzwanzig erfahren sein.«

Ewa empfand Boras unverwandten Blick als sehr direkt. Sie saß im Licht und war sich bewusst, dass deshalb selbst ihr kleinstes Fältchen deutlich zu sehen war. Zu dumm, dass der Deutsche schon mit dem Rücken zum Fenster dagesessen hatte, als sie hereingekommen war. Das war nämlich genau der Platz, den sie bevorzugte.

Bora spürte ihre Unsicherheit, ohne deren Ursache zu ahnen. Tatsächlich bemerkte er die feinen Fältchen unter Ewas Augen – dort, wo die Haut dünn und besonders zart war. Ansonsten war ihre Haut sorgfältig mit Make-up abgedeckt, doch gerade das ließ sie unter den Augen dann, wenn Ewa lächelte, nur noch schlaffer erscheinen. Auch der leichte Ansatz eines Doppelkinns war nicht zu übersehen, obwohl sie den Hals reckte und die Schultern nach hinten drückte.

Retz hatte Bora verraten, wie alt sie war. Sie war genauso alt wie seine Mutter und hatte eine Tochter und einen Sohn. Letzterer war ungefähr in *seinem* Alter. Bora bezweifelte, dass Ewa beabsichtigt hatte, ihn hier zu treffen; womöglich hatte sie ihn durch das Fenster gesehen und spontan beschlossen, hineinzugehen. Sie wollte irgendetwas herausfinden, und er hatte eine Vermutung, was es sein könnte. Der Kellner kam, und Bora sagte ihm, er solle zuerst die Dame fragen.

»Major Retz und Sie scheinen nicht viel gemeinsam zu haben«, bemerkte sie und deutete auf das Gericht in der Speisekarte, das sie ausgewählt hatte.

»Das stimmt.« Bora schenkte ihr Wein ein. Als der Kellner ihm die Speisekarte reichen wollte, schüttelte er den Kopf. Er hatte plötzlich keinen Appetit mehr. Aber seinen Wein trank er.

»Sie essen nichts?«, fragte Ewa.

»Nicht jetzt. Ich habe nicht viel Zeit.«

»Und ich?«

»Essen Sie nur.«

Bald stieg der Dampf von ihren *gołąbki* – einer Art Kohlroulade – wie ein wabernder Dunstvorhang zwischen ihnen auf. Ewa drückte eine mit der Gabelkante entzwei.

»Setzt der Major eigentlich großes Vertrauen in Sie?«

»Nein.«

»Das stimmt wohl, wenn Sie nicht mal wussten, dass er heute gar nicht hier ist.«

»Wir arbeiten nicht im selben Büro.« *Sie ist eifersüchtig und hofft, ich werde ihr etwas über Retz erzählen,* dachte Bora. Er nahm noch einen Schluck Wein. Er war gut gekühlt und angenehm auf der Zunge. »Ich arbeite für den Nachrichtendienst.«

Ewa tupfte sich die Lippen mit der Serviette ab. Sie wusste, dass die Helligkeit ihrer Haut, ihrer Haare und ihrer Augen sie in dem ungünstigen Tageslicht nicht jünger erscheinen ließ.

Bora stellte sein Glas ab. Seine Erklärung schien sie nicht überrascht zu haben, oder sie bemühte ihre schauspielerischen Fähigkeiten, um sich keine Überraschung anmerken zu lassen. Ihm wurde klar, dass er sie unbarmherzig musterte, machte aber keine Anstalten, seinen Blick von ihr abzuwenden.

Ewa ließ sich davon nicht täuschen.

5

1. Dezember 1939

Ein stürmischer Wind wehte von West, als Bora auf dem Wehrmachtsgelände außerhalb von Tarnow eintraf, auf dem polnische Gefangene festgehalten wurden. Da die meisten ihrer Offiziere Französisch sprachen, sagte er Hannes, dass er ihn fürs Erste nicht brauchen würde.

»Soviel ich weiß«, sagte der Lagerkommandant, während er ihn zu der nur dürftig mit Gras bewachsenen Fläche führte, wo mehrere Gefangene herumstanden oder zu zweit auf und ab gingen, »möchten Sie über die Russen reden.«

Bora blickte hinüber. Wachen mit Gewehren und Maschinenpistolen standen breitbeinig am Rand des Areals. Die Gefangenen hatten die Ankunft der deutschen Offiziere bemerkt, drehten sich um und starrten herüber.

»Warum? Sind diese Leute nicht schon im Zuge unseres Vormarsches gefangen genommen worden?«

»Nein. Sie sind nach dem 17. September aus dem Osten eingetrudelt. Der eine da drüben ist ein Ulanen-Oberst. War Regimentskommandeur in der Suwalska-Brigade. Er ist seit einer Woche hier und will unbedingt mit dem deutschen Nachrichtendienst reden. Mehr möchte ich Ihnen nicht sagen. Sehen Sie zu, was Sie daraus machen.«

Der polnische Offizier hatte seinen knöchellangen Dienstmantel behalten dürfen, auch wenn man Koppel, Riemen und Schulterstücke entfernt hatte. Bora trat näher. Die beiden salutierten und stellten sich einander vor, und als der Gefangene die goldgelbe Kordel an Boras Uniform sah, strahlte er.

»*Vous appartenez aussi bien à la cavalerie!*«

Bora bestätigte das. »Doch ich bin nicht als Kavallerieoffizier hier. Ich bin hergekommen, um mir anzuhören, was Sie uns über Ihre Erfahrungen mit den Russen mitteilen wollen.«

In Krakau glaubte Pater Malecki, einen kleinen Sieg errungen zu haben, weil er Schwester Jadwiga überredet hatte, ihm die Stofftasche zu zeigen, in der die Waffen aufbewahrt worden waren. Sie hatte sie in der Speisekammer versteckt, wo sie, mit Kartoffeln gefüllt, in einem Regal lag.

»Wer hat Ihrer Meinung nach die Waffen ins Kloster gebracht?«, fragte er sie, während er die Kartoffeln einzeln aus der Tasche nahm. Die Nonne schnippte die Augen mit dem Daumennagel ab und legte sie mit grimmiger Miene in einen Korb.

Bora wurde einbestellt, um Oberstleutnant Schenck gleich nach seiner Rückkehr ins Hauptquartier Bericht zu erstatten.

»Der polnische Offizier schilderte den Weg, den er mit Resten seiner Einheit aus Bialowieza genommen hat«, sagte er. »Sie mussten natürlich zu Fuß gehen und stießen an der Furt östlich von Tarnow noch zweimal auf russische Panzerpatrouillen. Er klingt unbedingt ehrlich, Herr Oberstleutnant, auch wenn er eine unglaubliche Geschichte erzählt.«

Schenck zog eine verächtliche Miene. »Man kann keinem Polacken trauen.« Er ging um seinen Schreibtisch herum zu seinem Stuhl. »Andererseits haben Sie und ich in Spanien ja gesehen, wozu die Roten imstande sind. Die Frage ist nur, wem wir weniger misstrauen sollen.« Er senkte den Blick auf die Karte, die Bora den Gefangenen aus dem Gedächtnis hatte zeichnen lassen. »Und wo soll dieses ›Massaker‹ stattgefunden haben …?«

»An der Stelle, die er angekreuzt hat, Herr Oberstleutnant. Es ist ein sumpfiges Gebiet nördlich des Flusses, wo es in einem Umkreis von fünfzig Kilometern keine größeren Ortschaften gibt.«

Schenck saß stocksteif da, wie an den Stuhl genagelt. Er erinnerte Bora an die Insekten in dem Glaskasten im Bibliothekszimmer. »Das ist schon eine fantastische Behauptung, Bora. Was für Beweise haben wir?«

»Er hat mir eine Liste mit Namen gegeben, die durch das Rote Kreuz den sowjetischen Behörden ausgehändigt werden könnte. Die Dienstgrade reichen vom Hauptmann aufwärts, mit einer Reihe von Obersten und Oberstleutnanten darunter.«

»Es könnte sich um in der Schlacht Gefallene handeln. Und dies alles könnte nur ein Trick sein, um zwischen uns und den Russen Zwietracht zu säen.«

»Ich weiß nicht, was sich der Mann davon erhoffen könnte. Er wird in Gefangenschaft bleiben, egal, wie wir mit den Russen zurande kommen.«

»Menschen werden, wenn sie alles verloren haben, von so etwas wie Bosheit geleitet.« Schenck richtete sein glänzendes Glasauge auf die regennasse Fensterscheibe. »Aber es wäre doch eine Sensation, wenn wir nachweisen könnten, dass die Roten Gefangene ebenso liquidieren, wie sie es mit ihrem eigenen Offizierskorps gemacht haben!«

»Wenn das stimmt, dann sind fast einhundert ranghohe Kriegsgefangene gegen alle Gesetze und Konventionen einem Massenmord zum Opfer gefallen. Es ist vielleicht nicht der einzige Fall, beziehungsweise kann so etwas, wenn wir nicht intervenieren, wieder passieren.«

Schenck sagte nicht Nein, sondern schwenkte seinen Zeigefinger vorwurfsvoll hin und her. »Es ist kaum unsere Aufgabe, zu ›intervenieren‹, vor allem nicht jetzt. Sie kennen das Verfahren. Schicken Sie das Original Ihres Berichts an die Wehrmacht-Untersuchungsstelle und Kopien an das Oberkommando, an die Wehrmachtsgruppe I c, an den Verbindungsoffizier im Außenministerium und so weiter. Die polnischen Toten sollen hier nicht unsere Sorge sein. Wenn wir auf unserer Fahrt nach Osten von irgendetwas hören, was unseren Leuten zugestoßen ist, dann bin ich bereit, die Roten wegen ihrer Kriegsverbrechen bloßzustellen.«

2. Dezember

Pater Malecki musste sich sehr überwinden, Bora bei ihrer nächsten Zusammenkunft freundlich zu begegnen. Er erinnerte sich an die Worte des Erzbischofs und streckte dem Deutschen die Hand entgegen.

»Ich gebe zu, nicht ganz ehrlich zu sein, aber mein Habit verlangt von mir, dass ich mich bei Ihnen entschuldige.«

Bora hielt den Kopf geneigt, während er dem Priester die Hand schüttelte. »Dann sind wir quitt, weil ich mich auch entschuldige, obwohl meine Uniform verlangt, genau das nicht zu tun.«

»Ich habe die Tasche gefunden, in der die Handwaffen versteckt waren.«

»Und ich habe den Priester gefunden, der die Handwerker ins Kloster geschickt hat. Wo ist die Tasche?«

Malecki überreichte sie ihm. »Wo ist der Priester?«

»Er ist tot.« Aus seiner Brusttasche zog Bora ein zusammengefaltetes Stück Papier. »Sein Leichnam kann in diesem Krankenhaus abgeholt werden.«

Durch den Amerikaner schien ein Ruck zu gehen, aber er nahm sich zusammen. »Ist die Todesursache bekannt?«

»Ein Herzinfarkt.«

»Pfarrer Rozek war Ende zwanzig!«

Bora untersuchte die Tasche. Es war ein viereckiger olivgrüner Rucksack von der Art, wie sie in der polnischen Infanterie üblich waren. Sie wies keinerlei Spuren auf, die eine Identifizierung möglich gemacht hätten. Er sagte: »Manchmal bekommen auch junge Leute einen Herzinfarkt.« Lässig reichte er dem Priester den Rucksack zurück. »Richten Sie Schwester Jadwiga aus, dass sie ihn behalten kann.«

»Es wird Sie interessieren zu hören, dass sie die Tasche auf dem Dach kurz vor der Durchsuchung des Klosters durch die SS bemerkt hat. Sie war beunruhigt, aber die Tasche war die ganze Zeit über dort, ohne entdeckt worden zu sein. Glauben Sie mir, die Schwestern wissen genauso wenig wie Sie, wer sie dorthin gelegt hat, und auch nicht, wann.«

Bora ging darauf nicht ein. »Wir werden sehen. Was mich anbelangt, so habe ich die einzige Gelegenheit verpasst, herauszufinden, wer die Handwerker waren. Ich hoffe, Sie glauben mir, wenn ich Ihnen sage, dass es mir viel lieber wäre, wenn Pfarrer Rozek noch lebte.« Er zog einen bebilderten Artikel über Therese Neumann aus seiner Aktentasche. Er stammte aus einer britischen Zeitschrift, und Malecki las die Überschrift: *Saint or Charlatan?* »Weil das direkt in Ihren Interessenbereich fällt, Pater, würde ich mich mit Ihnen gern ein bisschen über Mystik unterhalten. Es heißt, diese Frau aus Bayern sei eine Schwindlerin. Da Sie ein halbes Jahr mit dem Studium von Mutter Kazimierza verbracht haben, würde ich gern wissen, zu welchen Schlüssen Sie in Bezug auf die Glaubwürdigkeit ihrer Visionen gekommen sind.«

»Der politischen?«

»Der politischen und der nicht politischen. Ich gehe nicht ohne intellektuelle Neugierde an die Sache heran.«

4. Dezember

Die Frau war jung, aschblond und entschieden zu mager. Sie hatte die gelben Pumps nicht an, und die niederen Absätze ihrer Schuhe waren abgetreten und zerkratzt. Vom Flur aus konnte Bora Helenka Kowalska im Vorraum stehen sehen, den zusammengefalteten Mantel über dem Arm. Er hatte Retz einen Augenblick zuvor mit ihr hereinkommen gehört, beendete aber sein Klavierspiel erst, als der Major neben ihn trat.

»Genug mit diesen versponnenen Fingerübungen! Trinken Sie einen Schnaps mit uns, Bora.«

Bora stand auf, ohne Ja oder Nein zu sagen. Retz war drei Tage nacheinander mit ihr zum Abendessen ausgegangen. Dies jedoch war der erste Abend, an dem er Ewas Tochter mit nach Hause brachte. Ruhig folgte Bora ihm ins Wohnzimmer, wurde vorgestellt und bekam ein Glas mit Klarem, der nach Kirschen duftete.

»Auf Ihre Gesundheit, Bora!«

Dieses Manöver machte Bora nicht geneigter, die Wohnung von sich aus zu verlassen. Es hatte zwei Stunden lang geschneit; die Straßen waren vereist, und es war ihm nicht danach zumute, Retz' persönlichen Launen nachzugeben. Er nahm den Major kühl ins Visier und hielt für den Fall, dass dieser ihm direkt nahelegen sollte zu gehen, eine Antwort bereit.

Neben Helenka, deren Figur mit den schmalen Hüften und Schultern noch kindlich war, wirkte Retz grob gehauen und wie unfertig, eine Skizze seiner selbst. Da die Tischlampe in der Nähe stand, sah man ihr Gesicht – ein dreieckiges, kleines Gesicht mit hochgeschwungenen Augenbrauen, das an ein Cranach-Bildnis erinnerte – mit dem zarten Flaum, einem kaum merklichen Glitzern auf der Stirn und eingefallenen Wangen. Helenkas Beine waren knochig, aber ihr Busen war, wie der ihrer Mutter, über jede Kritik erhaben. Bora fühlte sich durch ihre helle Haut und die blonden Haare ein wenig an Dikta erinnert, obwohl seine Frau größer und athletischer war und eher seine Größe hatte. Helenka war zu klein für einen Mann wie Retz oder ihn selbst.

»Na, warum setzen Sie sich nicht und plaudern ein bisschen mit uns?«, meinte Retz. »Erzählen Sie uns bloß nicht, dass Sie lesen oder pauken müssen, Bora!«

Bora ließ sich in dem Sessel nieder, der am nächsten zur Tür und schräg zum Sofa stand. »Nein, aber ich muss morgen früh sehr zeitig aufstehen.«

Retz lachte. »In Ihrem Alter konnte ich ganze Nächte durchmachen und habe es nicht einmal gemerkt!« Er wandte sich an Helenka, die sich nachdenklich im Zimmer umsah. »Er ist nicht so borniert, wie er klingt.«

Sie sagte: »Ich habe die Leute gekannt, die hier gewohnt haben.«

Bora trank seinen Schnaps zur Hälfte aus und stellte das Glas auf den Couchtisch. Er sah, dass Retz eine Grimasse schnitt, die witzig sein sollte, aber es gelang ihm nicht.

»Ach was, Liebling. Hier haben Jidden gewohnt!«

»Ich weiß. Und jetzt wohnst du hier.«

»Wer hat hier gewohnt?«, fragte Bora. Retz saß so dicht neben ihr, dass Helenka sich auf dem Sofa vorbeugen musste, um zu Bora hinübersehen zu können.

»Jakob Malev, der Dramatiker. Haben Sie von ihm gehört?«

»Nein.«

»Nein? Er hat sein erstes Stück für Esther Kaminska geschrieben.«

»Ich habe von beiden noch nie etwas gehört.«

Wie erwartet, dauerte es nicht lange, bis Bora aus seinem Quartier hinausgedrängt wurde.

Fluchend versuchte er, seinen Wagen von dem Schnee zu befreien, der sich am Randstein angesammelt hatte; er merkte, wie die Reifen durchdrehten, und nur dadurch, dass er das Fahrzeug in seinen Spuren vor- und rückwärts schaukelte, gelang es ihm überhaupt, aus der vereisten Rinne hinauszukommen. Vom Fluss her trieb der Wind dichten Schnee die Straße hinauf, und in einiger Entfernung ragte die Masse des Wawel-Hügels über dem wirbelnden Schneegestöber auf. In den Wettervorhersagen hieß es, der Schnee werde nicht liegen bleiben, aber in dieser Nacht war er erst einmal da.

Helenka oder nicht – morgen würde er mit Retz Klartext reden. Er weigerte sich, ein anderes Quartier für sich zu suchen, und diese nächtlichen Fahrten mussten irgendwie ein Ende haben. Boras Auto geriet bei der ersten Kurve ins Schlittern; es schleuderte mehrere Meter seitwärts und rutschte dann weiter.

Es war ungewöhnlich, dass Frau Klara nach dem Abendessen noch an seine Tür klopfte. Pater Malecki hatte in seinem Brevier gelesen und hielt es noch in der Hand, einen Finger zwischen den Seiten, um die Stelle wiederfinden zu können.

Die alte Frau sprach leise und blickte verstohlen über die Schulter. »Es ist jemand da, der Sie sprechen will, Pater.«

»Um diese Zeit? Wer ist es?«

»Ich weiß nicht, wer es ist – mittleres Alter, hängender Schnurrbart. Vielleicht ein Arbeiter. Bitte beeilen Sie sich, und schicken Sie ihn wieder weg, Pater.«

Malecki wurde ungeduldig. »Also, wo ist er?«

»Ich möchte ihn nicht heraufkommen lassen. Tut mir leid. Könnten Sie hinuntergehen? Vergewissern Sie sich, dass die Eingangstür geschlossen ist, wenn Sie schon mit ihm reden müssen.«

Malecki wusste, wie kalt das Treppenhaus in dem zugigen alten Haus war. Er nahm einen Wollpullover aus seiner Kommode und verließ die Wohnung. Das elektrische Licht im Treppenhausschacht ging nach ein paar Minuten automatisch aus, und die Glühlampe erlosch genau in dem Augenblick, als er auf der ersten Treppe angelangt war. Während er die abgetretenen Stufen hinunterging, tastete er sich unter der Gefahr, sich das Genick zu brechen, im Dunkeln bis zum nächsten Treppenabsatz, wo er den Schalter wieder andrehte. Er beugte sich über das schmiedeeiserne Geländer und versuchte nachzusehen, wer zwei Stockwerke tiefer auf ihn wartete. Alles, was er erkennen konnte, war eine dunkle Mütze und die Schultern eines Mannes, der die Hände in den Taschen vergraben hatte.

In der Kälte des Treppenschachts fröstelnd, sagte Malecki: »Wer sind Sie, und was wollen Sie?«

Der Mann riss sich die Mütze vom Kopf. Er antwortete mit etwas, was nach einem Losungswort klang, und Malecki winkte ab. »Ich weiß nicht, was das bedeutet. Heraus mit der Sprache!«

»Pater Malecki, wir brauchen Ihre Hilfe.«

»Ich weiß immer noch nicht, was Sie meinen.«

»Man hat uns gesagt, Sie wären einer von uns.«

Gott weiß, warum, aber Malecki dachte einen Augenblick daran, dass Bora ihm eine Falle stellte. Er begann: »Ich glaube, Sie sind beim Falschen …«, aber die weiteren Worte blieben ihm im Halse stecken. Der Mann hielt ihm einen Brief mit der Kopfzeile *L. C. A. N.* und dem Emblem mit dem Herzen und der Krone hin.

»Man hat uns gesagt, dass wir im Notfall auf Sie zählen könnten.«

»Wer hat das gesagt?«

»Pater Rozek.«

Malecki erschrak, als er den Namen hörte, hatte aber nicht genug Zeit, etwas zu sagen.

»Es geht um eine Tasche mit Waffen, Pater. Wir brauchen sie unbedingt, bevor die Deutschen sie finden.«

Malecki dachte einen Moment nach. Er wollte schon den Brief zurückgeben, dann überlegte er es sich anders und stopfte ihn sich in die Hosentasche. »Zu spät. Die Deutschen haben sie bereits gefunden, und das hätte die Schwestern das Leben kosten können. Spielen Sie mir nicht den Erstaunten, und widersprechen Sie mir nicht – es nützt nichts. Wer ist denn auf die hirnverbrannte Idee gekommen, Waffen im Kloster zu verstecken?«

»Mutter Kazimierza hat es vorgeschlagen. Sie hat uns gewarnt, dass wir sie nicht zu lange dort lassen sollten, aber wir konnten doch schlecht dort auftauchen, nachdem deutsche Offiziere angefangen hatten, ihr Besuche abzustatten. Verdammt, wenn wir doch nur ... Wir haben versucht, die Waffen zu holen, aber das war just an dem Tag, an dem sie gestorben ist.«

»Aha. Jetzt verstehe ich. Und warum habt ihr sie nicht mitgenommen?«

»Unser Mann war neu und jung. Er hat erst herumgetrödelt und dann den Mut verloren. Er ist zuerst in die falsche Richtung gegangen und schließlich die falsche Mauer hinaufgeklettert. Er musste eiligst zurückkehren und das Fenster schließen, bevor die Schwestern merkten, dass er nicht in der Sakristei war ...«

Malecki fiel ihm ins Wort: »Euer Stümper hat nicht zufällig den Schuss abgefeuert, der für die Äbtissin tödlich war?«

»Warum sollte er so etwas getan haben, Pater? Er hat sich den Arbeitern angeschlossen, um unsere Sachen abzuholen, das ist alles. Selbst sein Werkzeugkasten war leer. Die Waffen hätten dahinein gelegt werden sollen.« Der Mann schüttelte stöhnend den Kopf. »Verdammt. Verdammt noch mal, das war das Letzte, was passieren durfte!«

»Hüten Sie Ihre Zunge, und preisen Sie sich glücklich, wenn die Entdeckung der Waffen keine Katastrophe auslöst. Ihr Schwachköpfe! Es gibt einen Offizier vom deutschen Geheimdienst, der täglich dort verkehrt! Was ist mit eurem Mann los? Wo ist er jetzt?«

»Wenn ich das nur wüsste! Ich habe Ihnen doch schon gesagt, dass er den Mut verloren hat. Er ist seit Ende Oktober abgetaucht; vielleicht hält er sich auf dem Lande versteckt.«

Maleckis Anspannung war so groß, dass er erschrak, als er weiter oben im Haus Türangeln quietschen hörte. Wahrscheinlich war es Frau Klara, die bange an der Tür ihrer Wohnung Wache hielt. Doch er sagte leise: »Hier können Sie nicht bleiben. Schnell, weiß irgendeine der Schwestern etwas von euch?«

»Ich glaube nicht, außer sie hat ihnen etwas erzählt.«

Das Licht ging wieder aus, und dieses Mal machte sich Malecki nicht die Mühe, es erneut einzuschalten. Sie standen so lange im Dunkeln, bis der Priester den anderen vor weiteren Besuchen gewarnt und der Mann den Brief von Mutter Kazimierza zurückverlangt hatte.

»Tut mir leid, aber den Brief behalte ich.«

Als Malecki die Eingangstür öffnete, wirbelte vor der Straßenlaterne ein Sturm kleiner spitzer Flocken wie ein riesiger Mottenschwarm. Der Mann tippte sich an die Schläfe, sagte missmutig »*Dobra noc*« und schlich davon.

Ein paar Straßen weiter, neben der Jagellonischen Bibliothek, brachte es Oberstleutnant Schenck nicht über sich, Bora zu sagen, dass er der Versuchung aus dem Weg gehen und den Offiziersklub verlassen solle. Es war nicht spät, und schließlich hatte Bora nichts anderes getan, als sich mit einem Stapel Notizen an einen Tisch zu setzen.

Aber der Verlockung, ihm eine Predigt zu halten, konnte Schenck nicht widerstehen; deshalb ging er schließlich zu ihm und nahm ihm gegenüber Platz. Bora sprang auf und nahm Haltung an.

»Setzen Sie sich, setzen Sie sich. Es ist mir nicht klar gewesen, Bora, dass Generaloberst Sickingen Ihr Stiefvater ist. Was ist mit Ihrem Vater passiert?«

Bora erinnerte sich, dass Schenck sich in früheren Gesprächen gegen die Scheidung ausgesprochen hatte, und beeilte sich deshalb zu erklären, dass sein Vater gestorben sei.

»Ach so. Wissen Sie schon, dass der General nach Polen kommt?«

Bora wusste es nicht und gab dies auch zu.

»Nun, Sie sollten sich freuen, ihn zu sehen. Was haben Sie hier?«

Bora zeigte ihm Maleckis Notizen über die Äbtissin.

»Ich kann nur wenig Englisch.« Schenk hob den Blick von den Papieren. »Ich habe gehört, dass Ihre Mutter geborene Britin ist. Sie ist hoffentlich eine reine Arierin.«

Bora spürte, dass er rot anlief. »Sie ist eine hundertprozentige Arierin, Herr Oberstleutnant.«

»Na, und wie kommt es dann, dass ihr Mädchenname der gleiche ist wie der Name Ihres Vaters?«

»Sie waren Vetter und Cousine ersten Grades.«

»Das ist nicht gerade die beste Voraussetzung für eine Ehe. In diesem Sinne ist Ihr Halbbruder wahrscheinlich ein besseres Produkt als Sie. Haben Sie dann wenigstens eine reinblütige Deutsche geheiratet?«

»Meine Frau ist rein deutsch.«

»Zeigen Sie mir ein Foto von ihr?«

Bora nahm einen Schnappschuss von Dikta aus seiner Brieftasche. Schenck musterte sie genau. »Sie sollten blonde Nachkommen zeugen, vorausgesetzt, dass Sie als Kind heller waren als jetzt. Ist Ihre Körperbehaarung dunkel oder hell?«

Bora starrte den Oberstleutnant an. »Heller als das Haar auf meinem Kopf.«

»Das sind wichtige Fragen, müssen Sie wissen.«

»Das ist mir klar.«

»Sie werden erst im Laufe des Krieges begreifen, von welch entscheidender Bedeutung diese Fragen sind. In diesen Zeiten hat Fortpflanzung nichts mit Romantik zu tun. Liebe, Gefühlsduselei – solch bourgeoiser Schnickschnack ist nichts für den deutschen Mann von heute.« Schenck richtete seinen hageren Körper auf dem Stuhl auf. »Es bereitet mir keine Schwierigkeiten, Ihnen zu sagen, dass ich meine Frau vor der Heirat geschwängert habe, denn mir wäre nicht im Traum eingefallen, mich an eine Frau zu binden, die keine Kinder bekommen kann. Nach zwei Wochen war sie schwanger, und in der dritten habe ich sie geheiratet. Leider kam dann eine Tochter, aber zehn Monate später hat sie es besser hingekriegt.« Er klopfte mit dem Fuß leicht auf den Boden und ließ seinen Blick über die wenigen Gäste des Offiziersklubs schweifen. »Ich hoffe, Sie haben eine hohe Anzahl von Spermien. Eine hohe Spermienzahl ist in diesem Zusammenhang das Wichtigste.«

Als Bora später den Klub verließ, hatte er Kopfschmerzen und verspürte keinerlei Wunsch, in seine Wohnung zurückzukehren. Er hielt vor dem erstbesten Hotel an, nahm sich ein Zimmer und hielt sich so lange wach, bis die Zeit zum Aufstehen gekommen war.

5. Dezember

Es war sehr früh am Morgen, und Doktor Nowotny wusste, dass Bora einen guten Grund haben musste, wenn er ihn sehen wollte, bevor er zur Arbeit ging. Als er ihn angehört hatte, musste er die in ihm aufsteigende Heiterkeit mit einem Schluck heißen Kaffee zurückdrängen.

»Seit wann sind Sie verheiratet?«

»Seit vier Monaten.«

Nowotny zog die Augenbrauen hoch. »Aha. Und wie viel Zeit haben Sie tatsächlich mit ihr verbracht?«

»Weniger als zwei Wochen.«

Dieses Mal lachte Nowotny. »Und nach ›weniger als zwei Wochen‹ machen Sie sich Sorgen, weil Sie noch kein Kind für das Neue Deutschland gezeugt haben? Hahaha. Lassen Sie der Zeit Zeit, wie mein Vater immer gesagt hat. Sagen Sie, haben Sie im Stehen gevögelt?«

Bora war inzwischen klar, dass er nicht hierher hätte kommen sollen und dieses Thema nicht zur Sprache hätte bringen dürfen. »Ein paar Mal«, murmelte er.

»In aller Eile, was? Konnten einfach nicht warten. Na ja, Eile und Fruchtbarkeit passen nicht unbedingt zusammen. Sie sollten sich Zeit lassen. Natürlich gilt die Missionarsstellung als die beste für diesen

Zweck, auch wenn ich selbst ein großer Freund von *more ferarum* bin. Sie sind doch ein Reiter – verbringen Sie also Ihren nächsten Urlaub auf ihr.« Nowotny trommelte mit den Fingern auf die Schreibtischplatte. »Ich selbst bin nicht verheiratet. Ich habe keine Kinder. Ich habe keine Geduld für Beziehungen und widme jeden Tag dem Militär. Das bedeutet nicht, dass ich nicht gern eine junge Frau sehe, der die Nähte aufplatzen, weil ihr Bauch immer größer wird, aber es muss nicht mein eigenes Kind sein, um mich glücklich oder stolz darauf zu machen, dass ich Deutscher bin. Sicher, letzten Endes werden wir den Nachwuchs brauchen. Wir haben allein auf diesem Feldzug über sechzehntausend Mann verloren, und dabei ist das erst der Anfang.« Er lächelte, weil Bora die Stirn runzelte. »Bald ist Russland an der Reihe. Sie werden noch an mich denken!«

Nowotny spürte ein leises Bedauern oder Mitgefühl, was ebenso sehr Teil seines Wesens war wie die Härte, die er anderen gegenüber an den Tag legte. Der Mann ihm gegenüber war in so vieler Hinsicht unerfahren, ahnungslos und erlebte jetzt die ersten Verletzungen. Er trug noch die schöne Uniform aus Erregtheit, Idealismus und seliger Überheblichkeit. Nowotny hatte eine seltsame Vorahnung, dass in nicht allzu ferner Zukunft sein adrettes, starkes Äußeres geprüft und Schmerz seinen Mut zerstören würde. Es war ein Gefühl, das in dem Arzt aufblitzte und insofern ungerechtfertigt war, als er Bora ja kaum kannte. Er sollte ihm eher gleichgültig sein.

Deshalb fragte er ihn barsch: »Welches Land wird denn Ihrer Meinung nach als Nächstes an der Reihe sein?«

»Es ist nicht meine Sache, da herumzuspekulieren.«

»Ich wette, Sie glauben, wir könnten sie alle erobern.«

Während seiner Mittagspause fuhr Bora, angetrieben von einem Gefühl, die Verlängerung der Karmelicka hinunter zu Salle-Webers Büro in der *Reichsstraße*. Nach einigem Drängen räumte Salle-Weber ein, dass es eine Akte über Mutter Kazimierza gebe, aber sein Verständnis für Boras Interesse ging nicht so weit, dass er ihm Einblick gewährte. Alles, was er sagte, war: »Sie war eine Adlige aus einer alten Familie, die seit jeher in der Politik mitmischte. Auch wenn sie keine so redselige Nonne gewesen wäre, hätten wir eine Akte über sie angelegt. Es steht nichts darin, was Ihnen bei Ihren Ermittlungen weiterhelfen könnte; Sie brauchen also keine Akteneinsicht zu beantragen.«

»Darf ich wenigstens den Ordner sehen?«

Der Ordner war schmal; er enthielt nach Boras Einschätzung nur ein paar Seiten, aber er sah, dass auf dem Schild *Lumen* stand. Sein Herz pochte schneller.

»Wieso dieser Name?«, fragte er.

Salle-Weber stellte den Ordner an seinen Platz zurück und schloss den Aktenschrank ab. »Das war ein Codewort, auf das wir gestoßen sind. Sie sind hier der Studierte; Sie sollten wissen, was es bedeutet.«

»Das ist Lateinisch für ›Licht‹.«

»Also bitte.«

»Und es ist das erste Wort ihres Leitspruchs: *Lumen Christi Adjuva Nos.*«

»Raffiniert, nicht wahr? Jetzt gehen Sie, und kümmern Sie sich um Ihre eigenen Angelegenheiten, Herr Hauptmann. Ich habe keine Zeit, über tote Nonnen zu plaudern. Die Akte ist geschlossen.«

Bora wollte Salle-Weber gegenüber nicht sofort insistieren, zumal er einen Antrag zur Befragung der Partisanen eingereicht hatte, die man aus den Häusern rund um das Kloster hinausgetrieben hatte. Er verließ das Büro mit einem Hochgefühl. Mutter Kazimierza hatte vorhergesagt, dass sie »durch ihren Namen« sterben würde. Konnte es der Codename sein, worauf sie sich bezogen hatte? Er brannte darauf, Maleckis Notizen noch einmal durchzusehen.

Als er aus dem Gebäude trat, fing es wieder an zu schneien. Da und dort taumelten silbrige Flöckchen in langsamen Spiralen herab, und die Temperatur lag schon unter dem Gefrierpunkt. Jenseits der Weichsel verband tief unten am Horizont ein blassgoldener Streifen Himmel die aufgetürmten Wolken miteinander. Ein Lichtstrahl drang durch sie hindurch und beleuchtete irgendeinen fernen Hang. Bora sollte am Morgen in Richtung dieser Hügel fahren.

Im Wagen blätterte er Maleckis Notizen durch, bis er fand, wonach er suchte.

»Die Äbtissin hat Christus oft als ›ihr Licht‹ bezeichnet. Ihr Lieblingszitat stammte aus Matthäus 6,23.«

Das Zitat selbst war nicht wiedergegeben, also musste Bora bis zur nächsten Begegnung mit Malecki warten, um ihn danach zu fragen.

Im Alten Theater redete Retz auf Kasia ein, weil Ewa nicht bereit schien, ihm zuzuhören.

»Was ist los mit ihr? Ich habe sie heute dreimal angerufen, und ich habe ihr ein Pfund Butter geschickt. Ich sollte auch jetzt eigentlich gar nicht mein Büro verlassen haben.«

Da Kasia kein Deutsch sprach, waren die Worte offensichtlich an Ewa gerichtet, die rauchend vor ihrem Spiegel saß; das übergeschlagene Bein ließ sie nervös baumeln.

Obwohl sie nicht direkt hinsah, konnte sie im Spiegel erkennen, dass sich Retz mit angespannten Schultern und Gesicht zu ihrer Freundin beugte. Kasia wandte sich an sie: »Ewa, was auch immer er sagt – willst du ihm denn nicht zuhören?«

Ihr Schweigen entmutigte Retz nicht, obwohl er sich der Gefahr einer Selbstentlarvung aussetzte, um endlich eine Reaktion bei ihr auszulösen.

»Glaubt Ewa, dass ich mich mit einer anderen treffe? Ich treffe mich mit keiner anderen! Sagen Sie ihr, sie braucht nur zu mir zu kommen. Mein Mitbewohner ist für zwei Tage verreist. Wir werden die Wohnung zwei Tage lang für uns allein haben. Ich habe keine andere, und sie braucht nur zu kommen!«

»Ewusia, ich glaube, er braucht dich.« Kasia tat geziert. »Ich wäre nicht so streng mit ihm.«

Ewa sog an dem kurzen Stummel ihrer Zigarette, den sie zwischen Daumen und Zeigefinger zusammendrückte. »Er kann mich nach der Arbeit wieder anrufen, wenn er will.«

6. Dezember

An den starken Zinken der Heugabel klebte eine zähe dunkelrote Flüssigkeit, und Stroh war benutzt worden, um das Blut vom Stallboden aufzuwischen.

Bora kritzelte etwas auf sein Klemmbrett. Kein Laut drang von außen herein, außer ab und zu ein Brüllen der unglücklichen Kuh, die an den Zaun des Bauernhofs gebunden war.

»Sie muss gemolken werden«, murmelte Hannes, während er den Stall verließ.

Bora ignorierte ihn. Als er seinen Blick über die schneebedeckte Fläche zwischen der Hütte und dem Stall schweifen ließ, bemerkte er quer über den Hof gezogene Schleifspuren. »Er hat sich aus dem Haus bis hierher geschleppt«, sagte er zu den zerzaust aussehenden Soldaten mit den wütenden Gesichtern neben ihm. »Im Matsch sieht man Blutspuren.«

»Sepp ist nicht im Stall gefunden worden«, entgegnete darauf einer der Soldaten. »Wir haben ihn dahinten in der Abfallgrube gefunden, Herr Hauptmann, und die Schweine haben schon in seinen Gedärmen herumgewühlt.«

Bora kratzte den blutverschmierten Rand seiner Sohle an der Türschwelle ab.

»Soso. Ihr seid also alle vier zusammen hierhergekommen. Ist außer den Frauen sonst jemand hier gewesen?«

»Nein, niemand.«

Nachdem er die Kante seines Stiefels gesäubert hatte, starrte Bora sie an. »Und was habt ihr drei getan, während Sepp im Haus abgestochen wurde?«

Die Soldaten standen steif in Habachtstellung da. Als Bora aufblickte, sah er in ihren Gesichtern den Ausdruck wachsamer Hunde. Der Mann, der bisher gesprochen hatte, sagte: »Wir waren die ganze Nacht auf Patrouille, Herr Hauptmann, und waren verdammt müde. Wir haben für etwa eine Stunde eine Verschnaufpause eingelegt. Sepp ist hineingegangen und hat um etwas zum Trinken gebeten.«

»›Etwas zum Trinken‹? War denn kein Wasser im Brunnen?«

»Es ist zu kalt für Brunnenwasser, Herr Hauptmann. Diese Leute haben manchmal Bier im Haus. Er ist hineingegangen, um nach Bier zu fragen, und da haben sie ihn umgebracht.«

Bora musste sich nicht anstrengen, um barsch zu klingen. »Ich habe da draußen drei weibliche polnische Staatsangehörige mit Kugeln im Kopf. Wer hat sie umgebracht?«

»Herr Hauptmann, wir mussten etwas wegen Sepp tun! Sie waren ja nur ...«

»Es ist mir schnurzegal, was sie waren, Gefreiter. Da draußen liegen drei tote Frauen, und ich möchte wissen, wer sie umgebracht hat!«

»Wir haben es tun müssen, Herr Hauptmann.«

»Tun müssen?« Bora nahm das Klemmbrett unter den Arm und schraubte seinen Füller zu. »Das ist immer noch keine Antwort auf meine Frage. Wo wart ihr drei, während euer Kamerad in das Haus ging? Ihr wart nicht hier, sonst hättet ihr das Handgemenge mitbekommen. Habt ihr was mitbekommen?«

Genau in diesem Augenblick rief Hannes vom Zaun des Hofs: »Der Gerichtsmediziner ist da, Herr Hauptmann!«

»Ich komme sofort!«

Als Bora den Arzt im Hof traf, kniete er neben den drei toten Frauen und zog der jüngsten gerade den Rock hoch.

»Holen Sie mir die Männer her, Herr Hauptmann. Und befehlen Sie ihnen, die Hosen runterzulassen.«

In seinem Zimmer in der Karmelicka-Straße überlegte Pater Malecki, ob er dem Erzbischof den kompromittierenden Brief der Äbtissin zeigen sollte. Darin stand schließlich nur, dass man ihm, Malecki, im Notfall trauen könne. Obwohl der Brief kein Datum trug und an niemand Bestimmten adressiert war, beschloss er, ihn vorläufig bei sich zu behalten.

Er hätte daran denken sollen, dass unter denjenigen, die die Äbtissin in ihren letzten Wochen besucht hatten, auch Agenten der Untergrundbewegung gewesen sein konnten. Bora hatte zwar in dieser Hinsicht nichts erwähnt, aber er hätte auch nichts gesagt, hätten die Deutschen einen diesbezüglichen Verdacht gehabt. Malecki tat es leid, dass er seinen nächtlichen Besucher nicht aufgefordert hatte, ihn mit den Männern in Kontakt zu bringen, die an dem Tag des Verbrechens am Dach der Kapelle gearbeitet hatten.

So saß er also in seinem Zimmer, und während der Brief ihn anstarrte, war er in einem Augenblick versucht, ihn zu verbrennen, und im nächsten, ihn als Beweisstück aufzubewahren. Wenn das seltsame Treffen am Vorabend eine Falle gewesen war, die die Deutschen ihm gestellt hatten – nun, dann war er jedenfalls nicht hineingetappt. Nur konnte er keinen Grund für eine solche Falle sehen. Es gab keinen Grund dafür.

Außer, dass man ihn so natürlich der Zusammenarbeit mit antideutschen Kräften bezichtigen und aus Polen ausweisen könnte. Bora hätte dann bei seinen Ermittlungen freie Hand gehabt.

Malecki lehnte die Stirn gegen die Fensterscheibe, darauf bedacht, dass er sie nicht mit seiner schmerzenden Nase berührte. Der Schnee war zum größten Teil geschmolzen, und die Straße unten war leer und einsam bis auf zwei eingemummte deutsche Wachsoldaten mit Helm, die im Gleichschritt auf dem Gehsteig auf und ab patrouillierten.

Das zerrissene, blutverschmierte Baumwollhöschen hing um die Knie der jüngeren Frau. Ihr Bauch mit den grauenvollen Verletzungen sah aus wie zerstampfter Schnee, überzogen mit hellem, rot gestreiftem Gras. Boras Lippen zogen sich zusammen, aber er zwang sich hinzusehen.

»Es tut mir leid, Ihnen das zeigen zu müssen, Herr Hauptmann, aber es ist sachdienlich. Sie hat auch Prellungen, und auf ihrem Kopf fehlen ganze Haarbüschel. Ich glaube, da waren mindestens zwei Männer am Werk.« Der Arzt winkte die Sanitäter herbei, damit sie die Leichen wegtrugen, und folgte Bora, der auf sein Auto zuging. »Was Sie rekonstruiert haben, ist eine überzeugende Darstellung der Abfolge der Ereignisse: Die Männer sind zum Haus gegangen, um nach etwas zu trinken zu fragen, und sie fingen – ob sie es bekamen oder nicht – an, sich Freiheiten herauszunehmen. Die Frauen leisteten Widerstand, und deshalb trugen zwei der Männer das Mädchen hinaus und vergewaltigten es; die beiden anderen Männer versuchten das Gleiche im Haus, und einer von ihnen wurde dabei im Hinterzimmer erstochen. Wie auch immer es passierte, es ging jedenfalls alles drunter und drüber, und als die Frauen dann wieder zusammengesperrt waren, hatten alle den einen Soldaten vergessen, der sich bis zum Stall geschleppt hatte, um dort zu sterben. Wie Sie bemerkt haben, wiesen die Schuhe der Frauen keine Schmutzspuren auf. Sie waren also nicht diejenigen, die die Leiche in die Grube warfen. Worin ich nicht mit Ihnen übereinstimme, das ist die Frage der Schuld. Ich denke, der Mord ist kaltblütiger durchgeführt worden, als Sie glauben. Die Frauen wurden gezwungen, sich nebeneinander hinzulegen, und wurden dann erschossen. Keine wütende Spontanreaktion. Und die vorsätzliche Entfernung des toten Soldaten aus dem Stall weist auf den Versuch hin, unsere Gefühle zu manipulieren, indem man uns mit einem toten deutschen Soldaten konfrontiert, der augenscheinlich in einer Mistgrube ermordet wurde.«

Bora warf sein Klemmbrett auf den Rücksitz des Autos. »Ich bin bis heute Abend mit meinem Bericht fertig. Wann kann ich mit Ihrem rechnen?«

Der Gerichtsmediziner sah zu, wie Boras Dolmetscher die Kuh beim Zaun des Scheunenhofs molk. Es gab keinen Eimer, und die Milch spritzte einfach auf die Erde. »Wenn Sie eine Stunde warten, bekommen Sie ihn gleich noch.«

7. Dezember

*Wenn nun das Licht in dir Finsternis ist, wie groß muss dann die Finsternis sein!‹ Das ist das Matthäus-Zitat, Herr Hauptmann. Es war eine selbstironische Mahnung, die die Äbtissin in ihren täglichen Gebeten verwendete. Das Bild vom Licht kehrt, wie Sie wahrscheinlich bemerkt haben, in ihren Äußerungen immer wieder.«

Sie saßen in der Klosterkirche, und Bora hörte ihm nur mit halbem Ohr zu. In Gedanken war er bei seiner Rückfahrt vom Lande, bei den Berichten, die in der unpersönlichen Sprache des Militärs abgefasst waren, sodass das Grauen zur Statistik gerann. Oberstleutnant Schenck war kein Mensch, dem schnell etwas unter die Haut ging, sondern ein pragmatischer Befehlshaber. Er hatte empfohlen, dass gegen die Militärpatrouille Anklage erhoben und dass der eine Soldat aus der Gruppe, der während des Feldzugs weder Orden erhalten noch belobigt worden war, hingerichtet werden sollte.

»Sorgen Sie dafür, Bora, dass das Urteil mit seinem Namen und dem Verbrechen im ganzen Dorf, zu dem der Hof gehört, wo es passiert ist, angeschlagen wird. Das wird sich dann schon herumsprechen.«

Boras Blick schweifte nun von dem Altar hinauf zu den barocken, ausladenden Stuckreliefs in der Apsis zu etwas, was aussah wie vergoldete Rankenfüßer im Rumpf eines gekenterten Schiffes. Er war froh, dass Malecki auf ihn einredete. Er musste jetzt den unaufgeregten Ton einer menschlichen Stimme hören, wie immer auch die Worte lauteten.

Als er vom Feld zurückgekehrt war, hatte Retz darüber gelacht, wie irritiert Bora war, als er feststellte, dass jemand in seinem Zimmer geschlafen hatte.

»Sie tun so, als ob das Ihr Zimmer wäre, Bora! Sie benutzen es, wenn Sie in Krakau sind, das ist alles. Ewa und ich hatten eine kleine Zusammenkunft mit Freunden, und wir brauchten einen zusätzlichen Schlafplatz. Sie hätten es nicht einmal bemerkt, wenn nicht die bescheuerte Putzfrau auf den Gedanken gekommen wäre, die Matratze auszulüften.«

Deshalb hatte er sich mit Retz gestritten. Es war schon lange darauf hinausgelaufen, und alles in allem hatte er seinen Zorn gedämpft, um seine Argumente nicht zu schwächen. Anfänglich hatte Retz ihm sogar zugehört.

»Deshalb«, sagte Malecki mit seiner festen Stimme, »war das Bild von Christus als dem Bringer der Erleuchtung natürlich besonders bedeutsam für jemanden, dessen geistige Überzeugungen sich auf die göttliche Gnade konzentrierten.« Der Priester hatte, während er sprach, das kleine Andachtsbuch der Äbtissin betrachtet, und bemerkte erst jetzt, dass Bora nicht bei der Sache war. »Sind Sie mit dem, was ich sage, nicht einverstanden?«, prüfte er Boras Interesse an seinen Worten.

Bora blickte ihn an. »Womit soll ich nicht einverstanden sein?«

Im Umkleideraum des Theaters war es kalt. Das bisschen Hitze, das vom Kohleofen abstrahlte, wärmte nur die unmittelbare Umgebung, und die beiden Frauen saßen dicht davor. Ewa Kowalska hatte in einer Pfütze vor dem Theater nasse Füße bekommen. Ihre Strümpfe hatte sie zum Trocknen über den Spiegel gehängt. Barfuß streckte sie ihre Zehen zum Ofen, während sie ihren Text aufsagte.

Sie war mit der Rolle nicht zufrieden, das wusste Kasia. Es war eine kleine Rolle, und Ewa hatte wider jede Vernunft gehofft, die Hauptrolle zu bekommen. Kasia sagte: »Aber Liebste, du hast früher schon die Königin in den Choeforen und in Agamemnon gespielt. Es ist nur folgerichtig, dass du sie auch jetzt spielst.« Kasia saß mit untergeschlagenen Beinen auf dem schäbigen Teppich und wickelte sich die rötlichen Haare um den Zeigefinger. »Denk nur an mich, die ich meistens nur die Sklavin oder eine der Sprecherinnen des Chors sein darf.«

»Du hast ja auch nicht meine Erfahrung.«

»Außerdem sehe ich so durchschnittlich aus. Trotzdem, ich gehöre lange genug zur Truppe, dass ich Besseres verdient hätte. Wie ist es eigentlich neulich nachts gewesen, nachdem ich gegangen war?«

»Gut. Richard hat am nächsten Morgen mit seinem Mitbewohner herumgestritten.«

»Ja? Deinetwegen?«

»Weil Richard ihn fortschickt, wenn ich auf Besuch komme.«

Kasia lachte. Ihre Zähne waren das einzig Schöne an ihr, und sie hatte lange studiert, wie sie am vorteilhaftesten lachte. »Der arme Kerl. Vielleicht sollte Richard ihm ein Mädchen besorgen. Vielleicht ist es bei dem Streit in Wirklichkeit darum gegangen.«

»Ich weiß nicht. Richard hat seit zwei Tagen nicht mehr mit ihm geredet. Es ist merkwürdig, wie wenig Rücksicht er auf die Gefühle anderer nimmt. Er hat gesagt, er werde versuchen, seinen Mitbewohner rauszuekeln.«

»Na schön! Du hast immer noch Einfluss, Ewusia. Nicht jede Frau in Krakau kann durchsetzen, dass ein deutscher Offizier ihretwegen rausgeschmissen wird.«

Ewa legte die Blätter, in denen sie gelesen hatte, zur Seite. Sie stützte den Kopf an die Lehne des dick gepolsterten, abgenutzten Sessels. Mit ihrem ausgestreckten bloßen Fuß stupste sie Kasia in den Rücken und begann, mit geschlossenen Augen, wieder ihren Text aufzusagen.

»Du schläfst? Wozu bist du gut, wenn du schläfst?«

Kasia lachte fröstelnd. »Brr, sind deine Füße kalt! Wenn du Richard das nächste Mal siehst, dann erkundige dich doch, ob sein Mitbewohner nicht vielleicht Gesellschaft sucht?«

6

9. Dezember 1939

Der junge Pole hatte Verletzungen im Gesicht. Seine linke Backe war geschwollen. In seinem Auge war ein Äderchen geplatzt, und die hellblaue Iris hob sich merkwürdig von dem blutigen Rot ab.

Bora gab ihm eine angebrannte Zigarette und sah zu, wie der Gefangene sie mit Genuss paffte.

Er war einer der Partisanen, die die SS in einem Mietshaus auf der anderen Straßenseite des Klosters erwischt hatte, und wusste, dass sein Leben in diesem Augenblick wenig wert war. Salle-Weber zufolge waren zwei seiner Gefährten bei einem Fluchtversuch erschossen worden. Er selbst hatte sich beim Sprung aus einem der unteren Fenster den Knöchel verstaucht, und die SS hatte ihn auf der Stelle in Gewahrsam genommen.

Was die Leute von der SS aus ihm herausbekamen, lag außerhalb von Boras Zuständigkeitsbereich, obwohl auch er Fragen an ihn hatte. Als Erstes winkte er den bewaffneten Wärter aus dem Raum.

Hinter den vergitterten Fensterscheiben war die Stunde des Tages im Dämmerlicht eines düsteren Innenhofs undefinierbar. Bora richtete sein Augenmerk nach draußen und fühlte mit der Hand, dass durch die Ritzen der Fensterrahmen schneidend kalte Luft zog. Er war sich selbst nicht sicher, ob er, wenn er einem Gefangenen den Rücken zukehrte, diesem den Eindruck unbekümmerten Selbstvertrauens vermittelte oder einfach nur, dass er keine Angst hatte. Doch während er sprach, blickte er hinaus in den tristen Tag.

»Ich habe gehört, dass Sie Deutsch verstehen. Das erleichtert die Sache. Sie waren am Morgen des 23. Oktober, dem Tag vor Ihrer Festnahme, im obersten Stockwerk des Miethauses. In dem Raum, in dem Sie sich aufgehalten haben, fanden sich Ferngläser und Waffen, und im Augenblick interessieren mich die Waffen weniger als die Ferngläser.«

Der Gefangene sagte kein Wort. Als Bora ihn anblickte, sah er ihn immer noch gierig an der Zigarette ziehen. Von seinem misshandelten Gesicht waren keinerlei Gefühle abzulesen. Er hatte zugehört, aber da keine Fragen an ihn gestellt worden waren, schwieg er.

Bora sagte: »Haben Sie an diesem Tag in den Gebäudekomplex des Klosters hinuntergeschaut, und wenn ja, haben Sie dort etwas Außergewöhnliches bemerkt?«

Der Gefangene hielt den Stummel mit seinen übel zugerichteten Fingern fest und nahm einen letzten Zug aus der Zigarette. »Kann ich noch eine haben?«

Bora warf ihm das Päckchen zu.

»Sie wollen wissen, ob ich die tote Nonne gesehen habe?«

»Genau.«

»Damit haben wir nichts zu tun.«

»Ich weiß. Haben Sie sie gesehen?«

Der Gefangene beugte sich vor, um die Zigarette an Boras Feuerzeug anzuzünden, und nickte. »Sie war schon seit einer Weile draußen, in der Nähe vom Brunnen.«

»Ist sie spazieren gegangen, hat sie gesessen – war sie allein?«

»Einmal hat sie gestanden. Dann hat sie sich hingelegt, mit dem Gesicht nach unten. Hat gebetet oder so was, ich weiß es nicht. Ich habe niemanden sonst gesehen, aber vielleicht war jemand da. Ich habe mehrere Stunden lang nicht hinausgeschaut und habe sie später immer noch so daliegen sehen. Nur dass mir dann klar war, dass sie tot war. Mit dem Fernglas konnte ich rund um sie herum Blut sehen. Das ist alles, was ich weiß. Ich bin davon ausgegangen, dass jemand von Ihnen sie umgebracht hat.«

Bora schob das Feuerzeug zurück in seine Brusttasche und knöpfte sie zu. »Jemand von uns?«

»Wer sonst würde eine Nonne umbringen?«

Es lohnte sich nicht, darüber zu streiten, aber Bora war betroffen. »Wie viel Uhr war es, als Sie merkten, dass sie tot war?«

»Ich trage keine Uhr mit mir herum. Vielleicht halb fünf, vielleicht schon fünf. Innerhalb von wenigen Augenblicken war im Kreuzgang die Hölle los – Nonnen und zwei deutsche Offiziere, die herumrannten. Einer von ihnen kniete sich nieder und berührte den Körper, und das ist alles, was ich weiß, denn ich wollte das Schicksal nicht herausfordern – am Ende hätte man mich noch entdeckt. Also habe ich mich zurückgezogen.«

Natürlich war Bora derjenige gewesen, der die Leiche berührt hatte. Die Äbtissin war also zwei, zweieinhalb Stunden, bevor er zusammen mit Oberst Hofer eintraf, noch am Leben gewesen. »Haben Sie einen Schuss gehört?«, fragte er.

Der Gefangene nahm die Zigarette nicht aus dem Mund, während er sagte: »Nein. Wir haben den ganzen Nachmittag versucht, drinnen eine Funksendung abzuhören. Der Sender war gestört, und deshalb mussten wir uns konzentrieren, um überhaupt etwas zu verstehen. Das war der Tag, an dem auch Panzer die Straße hinunterrollten.« Er stieß den Rauch aus und massierte sich dabei sanft die geschwollene linke Wange. »Wir wussten, dass uns der SD jederzeit festnehmen konnte. Deshalb haben wir uns die meiste Zeit außer Sichtweite gehalten.«

Bora starrte auf die Wand hinter dem Gefangenen, eine schmuddelige, ungetünchte Wand mit Nagelspuren und Schrammen von den Rückseiten der Stühle. Er versuchte, sich zu erinnern und seinen eigenen Zeitplan vom 23. Oktober zu rekonstruieren.

Er und Hofer hatten über Mittag durchgearbeitet. Vom Mittagessen bis zu ihrem Tod war Matka Kazimierza im Kreuzgang gewesen, und irgendwann dazwischen war dort auch ihr Mörder aufgetaucht. Um Viertel nach vier war er selbst zusammen mit Hofer in Richtung Kloster aufgebrochen.

Bora fielen die Arbeiter in der Kapelle ein, und er fragte: »Haben Sie gesehen, dass jemand das Kloster verlassen hat?«

»Nach dem Mord? Nein. Ich habe Ihnen schon gesagt, dass ich nach drinnen gegangen bin.«

Als Bora sich zur Tür wandte und klopfte, damit man ihn hinausließ, stopfte sich der Gefangene hastig die Zigaretten in die Tasche.

Wer sonst würde eine Nonne umbringen? Als er wieder im Hauptquartier war, veranlasste diese Frage des Gefangenen Bora, aufzulisten, welche Polen Zugang zu Radom-Pistolen hatten: Polizeioffiziere, Sicherheitsbedienstete – und natürlich Angehörige des Militärs. Große anonyme Gruppen. Bei einer nochmaligen Überprüfung seines eigenen Zeitplans vom 23. Oktober fand er heraus, dass er, abgesehen von einer Stunde am Morgen, als Oberst Hofer sich zurückgezogen und ihn gebeten hatte, die Anrufe für ihn entgegenzunehmen, ebenso sehr an seinen Schreibtisch gekettet gewesen war wie ein Wachhund an seine Hütte. Wenn nur jedermanns Alibi so leicht zu überprüfen wäre!

Bora stand am Fenster und ertappte sich dabei, dass er auf die Tauben starrte, die auf dem Dach der Kirche auf der anderen Straßenseite saßen. Sollte es sich bei dem Mörder nicht um einen Bewohner des Klosters handeln (das konnte ja möglich sein, es war *nicht auszuschließen),* hatte irgendjemand irgendwann unbemerkt das Gebäude betreten, war bis zum Kreuzgang vorgedrungen und nach der Tat unerkannt entkommen. Melancholisch erinnerte sich Bora, wie Oberst Hofer in seinem Büro neben ihm gestanden hatte und nur mühsam die Tränen zurückhalten konnte. Was hatte Mutter Kazimierza ihm von Mal zu Mal prophezeit, das ihn zum Weinen brachte? Der arme Mann. *Wir alle sind arm dran, dachte Bora, wenn wir in die Zukunft schauen. Besser, nicht zu fragen, besonders dann nicht, wenn man ein Soldat ist.*

»Vergessen Sie nicht, wir fahren morgen in der Früh los!« Oberstleutnant Schenck kam ins Büro stolziert, warf eine Handvoll Formulare auf Boras Schreibtisch und stolzierte wieder hinaus.

Als Bora an diesem Abend Helenka mit Retz im Wohnzimmer sitzend antraf, nahm er sie kaum wahr.

10. Dezember

Pater Malecki wachte mit Halsschmerzen auf. Er gehörte nicht zu den Leuten, die oft krank wurden oder sich schonten, sobald sie erkrankt waren, aber an diesem Morgen musste er sich zwingen aufzustehen. Das Zimmer war furchtbar kalt. Er berührte den Heizkörper und spürte nur kaltes Metall. Die weiß-blaue Waschschüssel, die er am Abend zuvor mit Wasser gefüllt hatte, war mit einer dünnen Eisschicht überzogen.

Als er die Treppen zum Frühstück hinunterging, teilte Frau Klara ihm mit, dass der Heizkessel während der Nacht ausgegangen sei.

»Kann man ihn reparieren?«

»Leider haben wir keine Kohle mehr, Pater, und im Augenblick ist auch keine zu bekommen. Sie sehen nicht gut aus. Warum bleiben Sie nicht wenigstens im Bett? Ich bringe Ihnen noch eine Decke.«

»Am Sonntag? Sie wissen doch, dass ich im Kloster die Frühmesse halten muss.«

Nachdem er an der Straßenbahnhaltestelle mehr als eine Viertelstunde gewartet hatte, kam Malecki zu dem Schluss, dass an diesem Tag überhaupt keine Transportmittel verkehrten. Deshalb ging er im Morgengrauen mit zunehmendem Unbehagen durch die zugigen Straßen, und als er in der Sakristei des Klosters eintraf, war seine Erkältung voll ausgebrochen.

Draußen war es noch dunkel, und Helenka hätte nicht sagen können, ob Bora wach war. Als sie den schnarchenden Retz im Bett zurückließ, drang jedenfalls ein Streifen Licht unter seiner Tür hervor. Nachdem Retz seinen Rausch einmal ausgeschlafen hatte, war der Sex mit ihm gut gewesen – nicht lang, einfach nur gut. Jetzt verspürte sie eine warme, angenehme Trägheit, aber es war ihr nicht danach, noch länger im Bett zu bleiben.

Sie ging in die Küche. Bora hatte bereits Kaffee getrunken, aber es war noch so viel übrig, dass sie sich eine Tasse einschenken konnte. Helenka blickte sich um. Die Arbeitsplatte war sauber, die ganze

Küche gut ausgestattet mit Geschirrschränken, einer Spüle mit zwei Becken, einem großen Gasherd und einem Kühlschrank, dessen Inhalt typisch war für Männer, die nicht selbst kochen – nichts außer etwas Butter, Milch und Weißwein. In der Speisekammer lag eine vergessene Schachtel mit koscherem Salz. Tassen standen herum, damit die Putzfrau sie abwusch. Helenka trank den Kaffee aus und spülte ihre Tasse ab.

Als sie wieder in den Flur trat, hörte sie leise Geräusche aus Boras Zimmer. Eine Schublade wurde aufgezogen und zurückgeschoben, Stiefelschritte gingen hin und her. Nebenan hob und senkte sich Retz' schwerer Atem in regelmäßigem Takt.

Dafür, dass zwei Männer hier hausten, war an dem Badezimmer nichts auszusetzen. Während sie sich das Gesicht wusch, kam sie zu dem Schluss, dass für diese Ordentlichkeit wohl der militärische Drill verantwortlich war. Die Handtücher waren fein säuberlich zusammengefaltet, die Seife lag unverschmiert in ihrer Schale. Neugierig wollte sie wissen, wer von den beiden das Rasierwasser benutzte, und erkannte am würzigen Duft der geöffneten Flasche, dass es Retz gehörte.

Sie fragte sich, warum Bora an einem Sonntagmorgen so früh auf den Beinen war. Arbeitete er am Sonntag? Retz schlief aus. Er würde sie erst nach dem Frühstück mit dem Auto zu dem Haus bringen, in dem sie sich mit einer Freundin ein Zimmer teilte.

Seufzend betrachtete sie sich im Spiegel. Nach dem Frühstück. Sie stellte fest, dass das Essen ein wichtiger Beweggrund war, mit Deutschen auszugehen: um anständig zu essen zu bekommen, ein Frühstück, echten Kaffee. Wie eigennützig letzten Endes.

Sie mochte Retz, seine Raubeinigkeit und sein schamloses Verlangen nach ihr. Sie kam sich deswegen zwar ein bisschen mies vor, aber sie mochte ihn. Sie empfand sogar Zuneigung zu ihm, ein wenig jedenfalls.

Bora öffnete in seinem Zimmer das Fenster. Helenka schlich sich auf Zehenspitzen ins Bibliothekszimmer und drehte das Licht an.

Dieser mit Holz getäfelte und mit Büchern tapezierte Raum war also das Zimmer, in dem Malev einige seiner Werke geschrieben hatte. Voller Bewunderung ging sie an den Bücherregalen entlang und las einige der Titel. Seine Dramen in Polnisch und Deutsch bildeten eine unvollständige, schräg geneigte Reihe, denn die meisten seiner jiddischen Werke waren entfernt worden.

Auf einem runden Tisch neben dem Sessel lag ein offenes Buch mit einer Fotografie als Lesezeichen darin. Helenka betrachtete das Foto. Es war eine junge blonde Frau hoch zu Ross, und als Widmung stand darauf: *Für Martin von seiner Lieblingsamazone Benedikta.* Es trug ein Datum, das genau ein Jahr zurücklag. Die junge Frau wirkte gesund, hochmütig und selbstbewusst.

»Guten Morgen.«

Aus Boras Stimme war Überraschung darüber herauszuhören, dass er sie im Bibliothekszimmer antraf. Er trug eine einfache Felduniform und hatte den Mantel über dem Arm, war also offensichtlich im Begriff, die Wohnung zu verlassen.

Helenka nickte. »Guten Morgen.« Es war ihr unangenehm, dass sie sein Buch auf dem Schoß liegen hatte. Bora schien das überhaupt nicht zu irritieren. Er blickte jedoch auf das Buch, und Helenka legte es beiseite. »Ich wollte hier nicht herumschnüffeln. Ich habe geglaubt, dass Jakob Malev es versehentlich dagelassen hat.«

Bora wandte sich zur Bücherwand. Er war nicht wütend auf sie. Vielmehr spürte er eine Art ungeduldiger Traurigkeit, weil sie so peinlich berührt war. »Ich suche nach einem Wörterbuch«, versuchte er, seine Anwesenheit zu rechtfertigen. Tatsächlich hatte er vor seiner Abfahrt unter dem Wort Lumen nachschlagen wollen. Jetzt griff er nach dem lateinischen Wörterbuch und beschloss, es auf seine Reise in den Osten mitzunehmen.

Helenka saß zusammengekauert in dem Sessel, in dem er gestern bis spät in die Nacht gesessen hatte, und hielt die Arme um ihre angezogenen Knie geschlungen. Bora fühlte sich ihr auf seltsame Weise verbunden, weil er hier stand und sie genau diesen Sessel gewählt hatte, und obwohl er sich nicht zu ihr hingezogen fühlte, stieg beinahe eine Erregung in ihm auf, nur weil sie eine Frau und es frühmorgens war und sie sich allein in dem Zimmer befanden. *Das Rascheln ihres Rockes,* hatte Garda Lorca geschrieben, *war wie Messer, die die Luft durchschneiden.*

Sie sagte: »Ich hoffe, Richard hat Ihnen gestern gesagt, dass ich hier übernachten würde. Ich hatte nicht die Absicht, Ihnen Unannehmlichkeiten zu bereiten.«

Es war eine merkwürdige Entschuldigung, die ihn gegen Retz aufbrachte, weil er diese Situationen heraufbeschwor. Trotz seiner Eile wollte Bora das Zimmer nicht verlassen, ohne das irgendwie zum Ausdruck gebracht zu haben. »Es fällt mir schwer, nicht an den Grund zu denken, aus dem Sie hierherkommen.« Das war eine verwirrende Erklärung, die eine Anklage enthielt, und er versuchte, sie sofort zu korrigieren; doch was ihm tatsächlich als Nächstes entfuhr, entsetzte ihn: »Ich vermisse meine Frau sehr.«

»Sie ist schön«, sagte Helenka und betrachtete das Foto. »Ich kann verstehen, dass sie Ihnen fehlt.«

Bora blickte in eine andere Richtung. Er hatte sich nicht verraten wollen. Der Gedanke, dass sie gerade mit jemandem geschlafen hatte, verunsicherte ihn plötzlich und machte ihn schüchtern und begierig: nicht unbedingt nach ihr, sondern nach dem Akt selbst, weil ein Mann in sie eingedrungen war; er sah sie an und spürte das Unausgesprochene, das Beunruhigende an dieser Intimität.

»Ich muss jetzt gehen.«

Als er unten auf dem Gehsteig stand, schwitzte er, und er empfand es als Erleichterung, in die kalte Schneeluft des Morgens einzutauchen. Er hatte noch Zeit, vor seinem Termin bei Oberstleutnant Schenck kurz im Kloster vorbeizuschauen.

Als Bora die Sakristei betrat, nieste Pater Malecki gerade in sein kariertes Taschentuch.

»Gesundheit«, sagte Bora. »Die Schwestern haben mir gesagt, dass ich Sie hier antreffe.« Er kramte in seiner Tasche, zog eine Dose mit Pfefferminzpastillen hervor und hielt sie ihm auf der offenen Handfläche hin. »Meine Mutter schickt mir diese Altoidpastillen überallhin nach. Das ist ihre Art, mich gesund zu erhalten. Nehmen Sie.«

Malecki sah mitleiderregend aus. Er schob sich eine Pfefferminzpastille in den Mund, schlug aber das Angebot, in dem deutschen Stabswagen in seine Wohnung zurückgefahren zu werden, aus.

»Wie Sie wollen«, sagte Bora freundlich. »Ab neun Uhr sollen die Straßenbahnen wieder verkehren. Sie brauchen also nicht zu Fuß zu gehen. Wie haben Sie sich übrigens eine so schwere Erkältung eingefangen? In Chicago ist das Wetter doch bestimmt nicht besser als hier!«

»Nein, aber die Wahrscheinlichkeit, dass die Heizungen ausfallen, ist in Chicago geringer. Falls Sie wegen der Messe kommen, sind Sie zu spät dran.«

»Och, zurzeit gehe ich nicht in die Kirche. Ich bin nur gekommen, um Ihnen zu sagen, dass ich beschäftigt bin und wir uns ein paar Tage lang nicht sehen werden. Bitte informieren Sie mich nach meiner Rückkehr über alle weiteren Entwicklungen.«

Sobald Bora die Sakristei verlassen hatte, öffnete Malecki den Schrank, in dem die Messgewänder aufbewahrt wurden.

»Kommen Sie heraus.« Verärgert spähte er, nachdem der Mann gehorcht hatte, in den Schrank. »Sehen Sie, was Sie mit Ihren verdammten Dreckstiefeln angerichtet haben!« Er nahm die verschmutzten Messgewänder heraus und untersuchte mit kritischem Auge die Säume nach Rissen.

Jetzt, da er ihn im vollen Licht sah, war sich Malecki sicher, dass es derselbe Mann war, mit dem er auf der Treppe in seinem Haus gesprochen hatte.

»Schauen Sie, ich habe es Ihnen ja schon gesagt: Ich habe nicht die Absicht, die Schwestern oder die amerikanische Regierung in das hineinzuziehen, was auch immer Sie treiben. Das Kloster ist für Waffen und Bewaffnete tabu, und kommen Sie nicht noch einmal zu mir nach Hause. Warum sind Sie überhaupt hier?«

Der Mann, der seine Mütze mit beiden Händen knetete, hatte müde

Augen, und sein Gesicht wirkte durch die ständige Belastung wie eine verkrampfte Maske.

»Wenn das Kloster für Bewaffnete tabu ist, was will dann der Deutsche hier? *Er* kommt rein!«

Geschwächt durch die Erkältung, wurde Malecki nicht gern auf diese Weise angesprochen. Er ging mit energischen Schritten an dem Mann vorbei, um seinen Schal vom Kleiderständer zu nehmen. »Es hat nichts mit Politik zu tun. Hören Sie, ich muss gehen, und ich lasse Sie nicht hier zurück. Sagen Sie mir, was Sie wollen, und dann Schluss mit dem Ganzen!«

Nachdem er sich angehört hatte, worum es ging, musste er sich gegen die Tür der Sakristei lehnen und verschluckte dabei unwillentlich die starke Pfefferminzpastille, die ihm Bora gegeben hatte. Sie verursachte in seinem schmerzenden Hals ein kaltes Brennen.

»Eine Reliquie?« Er musste husten.

»Ja.«

Malecki schnaubte durch seine schmerzende und verstopfte Nase. »Ohne die Genehmigung durch den jeweiligen Bischof vor Ort werden keine Reliquien anerkannt. Ich kann Ihnen nichts von ihr mitgeben, selbst wenn ich etwas hätte.«

»Aber sie ist eine Heilige.«

»Trotzdem müssen Wunder nachgewiesen werden. Außerdem darf über ›nichts Neues oder etwas, was der Kirche zuvor nicht bekannt war‹, ohne vorherige Beratung mit dem Heiligen Stuhl entschieden werden.«

»Eine Heilige ist eine Heilige, Hochwürden.«

Der Mann insistierte gereizt, und Malecki sah ein, dass er ihn nicht so leicht loswerden konnte. Er zog seinen Mantel an und drängte den anderen aus der Sakristei. »Sie scheinen mehr zu wissen als ich.«

»Sie hat Wunder gewirkt.«

Malecki blieb wie angewurzelt auf der Schwelle stehen.

Die Geschichten, die sich in den letzten sechs Monaten um Mutter Kazimierza gerankt hatten, waren ihm bekannt; er hatte einige genauer unter die Lupe genommen und sie für anfechtbar, wenn nicht gar absurd gehalten. Die Äbtissin selbst hatte sie verärgert abgetan.

Er sagte: »Wunder sind etwas anderes und müssen erst nachgewiesen werden.«

Er hatte nicht damit gerechnet, einen Gewehrlauf grob gegen den Brustkorb gedrückt zu bekommen, und war vor Wut darüber wie erstarrt.

»Sie täten gut daran, mit einer Reliquie von Matka Kazimierza herauszurücken, Hochwürden.«

Malecki schlug den Waffenlauf zur Seite. »Ich bin nicht in Chicago groß geworden, um in einer Krakauer Sakristei herumkommandiert zu werden! Sie sagen mir jetzt, was ich wissen will, und dann verschwinden Sie. Wenn Gott aus der Äbtissin eine Heilige machen will, wird er uns beide das wissen lassen.«

Doch dann überreichte er dem Mann eine gerahmte Fotografie von Mutter Kazimierza, die gleich draußen vor der Tür zur Sakristei hing.

Als Schenck zusammen mit Bora das Hauptquartier verließ, strahlte er wie ein Schneekönig. Seine Zufriedenheit darüber, nach Wochen hinter dem Schreibtisch ins Feld zu gehen, war ansteckend, und Bora freute sich in diesen schlechten Tagen über jede Abwechslung.

Sie würden, eskortiert von einer bewaffneten Patrouille, in die sowjetische Zone fahren; an der Demarkationslinie würden sie von einem Konvoi der Roten Armee abgeholt und dann für eine Gesprächsrunde mit dem sowjetischen Geheimdienst nach Lwow weiterreisen.

»Wenn man bedenkt, dass die Wehrmacht es als Erste bis nach *Lemberg* geschafft hatte ...«, Schenck grinste spöttisch und legte größten Wert darauf, den deutschen Namen für Lwow zu verwenden, »... ist es zu schade, dass wir es aufgeben mussten.«

»Grenzen sind wiederherstellbar«, sagte Bora.

Der Stabswagen fuhr an Kirchgängern vorbei, grau eingemummte Leute, die nicht einmal aufblickten. Am Ende beinahe jeder Straße hoben sich Kirchen wie Schiffsbuge vom Himmel ab oder wie gigantische Theaterrequisiten, die nach längst vergessenen Aufführungen stehen geblieben waren. Als sie bereits am Friedhof angelangt waren, dort, wo die Straße die Eisenbahnlinie kreuzte, brach Schenck als verspätete Reaktion auf Boras Bemerkung in Gelächter aus. »Das stimmt, das sind sie.« Und bald brauste der Stabswagen auf der Schnellstraße weiter in Richtung Tarnow.

Nachdem sie die Stadtgrenze passiert hatten, wurde ihre Fahrt nach Osten weder von militärischem noch von zivilem Verkehr behindert.

Bora sagte mit Blick in sein Buch: »Das Wort hat mindestens zehn verwandte, aber unterschiedliche Bedeutungen: *Licht, Fackel, Lichtquelle, Augenlicht, Tageslicht ...*«

»Wirklich?« Schenck warf einen belustigten Blick auf das unhandliche Wörterbuch, das Bora hochhielt. »Ich glaube, es war eine gute Idee, Sie im Nachrichtendienst unterzubringen. Sie wühlen gern herum. Sie werden noch Knochen ausgraben, wenn Sie so weitermachen.«

Sie hatten die erste Hügelkette östlich von Krakau hinter sich gelassen – Hügel, die sich wie Finger von den fernen Höhen der Karpaten aus erstreckten. Die Wettervorhersage hatte für den Mittag eine Aufklärung angekündigt, und schon klafften zwischen den Wolken immer größere Lücken.

Sorgfältig streifte sich Schenck die Handschuhe ab. »Bora, auf Ihre Aufforderung hin habe ich mich über Salle-Weber hinweggesetzt, und wir haben jetzt gute Chancen, die *Lumen*-Akte in die Hand zu bekommen. Salle-Weber wird erfahren, dass der Druck von Ihrer Seite kam, aber sagen Sie ihm, dass Sie nichts damit zu tun haben, dass es meine Idee war. SS hin oder her – ein Hauptmann kann mit einem anderen Schlitten fahren, aber nicht so leicht mit einem Oberstleutnant.« Schenck ließ ein Lächeln über seine Lippen huschen. »Wenn ich bloß daran denke, dass ich vor ein paar Jahren beinahe selbst zur SS gegangen wäre! Es war die umfassende Art ihres Eugenikprogramms, die mich nicht überzeugt hat.«

Bora wartete, bis Schenck zu Ende gesprochen hatte, bevor er wieder in das Wörterbuch sah. Beispiele für die Verwendung des Wortes wurden angeführt, im Singular und im Plural; keines schien auch nur im Entferntesten zu passen. Er kam allmählich zu der Auffassung, dass Pater Malecki recht hatte. Zu viel Gewicht auf einen Satz zu legen hielt ihn nur davon ab, die *wirklichen* Gründe herauszufinden. Da rutschte ihm die Frage heraus: »Herr Oberstleutnant, würden wir jemanden wie Mutter Kazimierza aus dem Weg räumen?«

In Schencks lederartigem Gesicht bewegte sich kein einziger Muskel. »Ja«, sagte er schließlich. »Natürlich. Wenn wir der Meinung wären, dass es für unsere Sache oder für die Sicherheit nützlich wäre, würden wir das ganz bestimmt tun.«

»Und? Haben wir?«

Wieder blieb Schencks Gesicht ohne jede Regung. Seine Antwort ließ eine Zeit lang auf sich warten. »Ich habe hervorragende Hunde an den falschen Stellen graben sehen, Herr Hauptmann. Sie müssen Ihren Geruchssinn verfeinern, sonst verschleudern Sie noch eine Menge Energie und kommen mit einem Riesenstein zwischen den Zähnen daher statt mit einem Knochen. Die Antwort lautet: nein.«

Bora versuchte, nicht betreten zu wirken. Schenck blickte vergnügt aus dem Fenster, auf die Felder, die am Auto vorbeihuschten. Tarnow lag bereits hinter ihnen. Vor ihnen ragten immer mehr Hügel auf, und erst nachdem sie vor Lwow nach Süden abgebogen waren, wurde das Land wieder flacher. »Ich rate Ihnen auch, Ihren Sinn für Diplomatie zu schärfen, bevor Sie diese Frage an die SS richten.«

Das Erste, was Pater Malecki bemerkte, als er Frau Klaras Haus betrat, war, dass es nicht mehr so feuchtkalt war wie sonst jedes Mal in den vergangenen Tagen, wenn er die Treppe hinaufgegangen war.

Als er die Tür zu seinem Zimmer öffnete, war sein Eindruck, dass er wohl Fieber haben musste, weil ihm so warm war. Doch nachdem er sich von Mantel und Schal befreit hatte, stellte er fest, dass das Wasser in seiner Waschschüssel nicht mehr mit Eis überzogen war. Er streckte eine Hand zum Heizkörper aus und spürte, wie die Wärme von dort aufstieg.

»Frau Klara!«, rief er mit heiserer Stimme. »Was ist mit der Heizung los?«

Seine Vermieterin kam die Treppe herauf und trocknete sich die Hände an einem Geschirrtuch ab. »Es ist etwas Unglaubliches passiert. Vor einer Stunde ist der Lastwagen mit der Kohle gekommen, und die Leute haben an meine Tür geklopft, um mir mitzuteilen, dass eine Lieferung für die Wohnung da sei, und um mich zu fragen, ob ich ihnen zeigen könnte, wo sie sie lassen sollten, und ob ich eine Quittung unterschreiben würde. Ich habe ihnen gesagt, dass ich gar nichts unterschreibe, weil ich sie erstens nicht bestellt habe und zweitens nicht weiß, wie hoch die Rechnung ausfällt. Darauf sagten sie mir, dass es gar keine Rechnung gibt.«

Pater Malecki nieste in seine trichterförmig zusammengelegten Hände. »Nun, was fangen Sie jetzt damit an?«

Frau Klara zog eine Karte aus ihrer Schürzentasche. »Statt der Rechnung haben sie mir das hier überreicht. ›Für den Priester‹, haben sie gesagt.«

Die Karte war auf der einen Seite leer. Auf der anderen las Malecki auf Englisch: »*Sie hätten die Mitfahrgelegenheit annehmen sollen.*«

Major Retz ließ Helenka an der Ecke ihrer Straße aussteigen und sah zu, wie sie auf ihr Haus zuging.

Sie war es wert, sagte er sich. Sie war die kleinen Liebeskummerqualen und seinen Streit mit Bora wert – er würde Bora ohnehin früher oder später zum Ausziehen bewegen. Da ging sie, mit ihren kleinen Füßchen, der grazilen Taille. Die Art, wie sie den Kopf erhoben hielt, wie ihre Mutter. Der schnelle Gang, der Schwung ihrer schmalen Hüften.

Helenka verschwand hinter der düsteren Tür des schäbigen Miethauses. Retz setzte das Auto zurück, machte kehrt und fuhr zum Alten Theater.

Der Geruch nach billigem Parfüm und Schweiß empfing ihn in dem engen Flur, der zur Garderobe führte. Retz sog ihn tief ein. Er erinnerte ihn an den letzten Krieg, auch wenn es nicht dasselbe Theater und nicht einmal dieselbe Stadt war. Frauengerüche erregten ihn.

Er hörte Ewas Stimme hinter der geschlossenen Tür; sie studierte ihren Text ein.
»*Deinetwegen gehe ich, meiner Ehre beraubt ...*«
Retz klopfte an die Tür.

Es geschah eine halbe Stunde östlich von Debica und viel zu schnell, als dass Schenck oder Bora begreifen konnten, wovon sie getroffen wurden. Es kam als lautes Krachen und peitschendes Zischen, und gleichzeitig wurde ihnen vom Vordersitz eine Ladung Blut und Glassplitter entgegengeschleudert.

Der Stabswagen geriet außer Kontrolle und ins Schleudern, bevor er über den Straßenrand rutschte und seitlich gegen eine niedere Steinmauer prallte. Eine in ihre Richtung geworfene Handgranate hatte das Auto verfehlt und wirbelte nun jenseits der Mauer eine Säule aus Schnee, Erde und Reisig auf. Hinter ihnen sprengte eine weitere Explosion den Straßenbelag, und Metallstücke und Asphaltklumpen flogen durch die Luft.

Von einem Hang rechts von der Straße wurde Schnellfeuer auf den Konvoi abgegeben. Reflexartig sprangen Bora und Schenck aus dem Auto und stellten sich schussbereit nebeneinander auf. Gewehrfeuer und Maschinengewehrsalven waren auf sie gerichtet. Es war, als führte das Reisig plötzlich ein Eigenleben, feindselig und entschlossen, sie am Weiterkommen zu hindern. Aus dem Lastwagen, der als Geleitschutz mitfuhr, sprangen bereits Männer mit Helmen aus poliertem Metall, und was dann auf diesem einsamen Abschnitt der Straße folgte, war eine regelrechte Schlacht. Ein wildes und wortloses, weitgehend sinnloses Hin- und Zurückschießen, und Männer, die über den Boden krochen und in Deckung rannten oder aus der Deckung herauskamen, um zu schießen.

Als es vorbei war, klagte Schenck über den toten Fahrer und die kaputte Windschutzscheibe. Er bemerkte kaum, dass Bora von dem Hang zurückkam, wo sich die Angreifer versteckt hatten. Er hatte nicht einmal bemerkt, dass Bora fortgegangen war.

»Es sieht so aus, als wären alle tot, Herr Oberstleutnant. Sechs Mann, keine Uniformen, ein Maschinengewehr mit leer geschossenem Magazin, drei Karabiner und fünf Handfeuerwaffen.«

Schenck ging nicht auf die Meldung ein. »Verdammt, ich präsentiere mich den Russen doch nicht mit einer kaputten Windschutzscheibe. Ich mache ihnen nicht die Freude und reibe ihnen unter die Nase, dass man auf uns geschossen hat.« Er klopfte Bora mit der geballten Faust jovial auf die Schulter. »Sie und ich fahren zum nächsten Posten und besorgen uns ein neues Stabsfahrzeug.«

Bora hatte gerade noch Zeit, den Befehl zu erteilen, die Leiche des Fahrers zu bergen, bevor Schenck anfing, mit dem Griffstück seiner Walther methodisch die Reste der geborstenen Windschutzscheibe einzuschlagen. »Wenigstens können wir jetzt sehen, wo wir hinfahren«, sagte er. Und als die Sache für seine Ungeduld nicht schnell genug voranging, sprang er auf die Motorhaube und trat das restliche Glas weg.

Was Bora anbelangte, so war er froh, dass an diesem Tag nicht Hannes chauffiert hatte. Mit einem Lappen wischte er, so gut er konnte, Blut und Glas von Vordersitz und Armaturenbrett, drehte den Schlüssel im Zündschloss und fuhr den Wagen wieder hoch zur Straße.

Immer noch vor sich hin fluchend, nahm Schenck neben ihm Platz.

»Herr Oberstleutnant, Sie sollten sich überlegen, ob Sie sich nicht nach hinten setzen sollten«, sagte Bora.

»Fahren Sie schon los. Der Herr Oberstleutnant sitzt da, wo er, verdammt noch mal, sitzen möchte.«

Retz und Ewa frühstückten im Restaurant *Pod Latarnią*.

»Hast du keinen Hunger?«, fragte sie.

Sie saßen in der Mitte des Saals, und Ewa konnte von ihrem Platz aus sehen, wie spärlich er an so einem Sonntagvormittag besetzt war. Es waren ein paar wohlgenährte deutsche Soldaten anwesend und volksdeutsche Zivilisten mit schmalen, knochigen Gesichtern; zwei Frauen, die abgewetzte Pelzstolen um den Hals trugen, saßen an dem Tisch, an dem die Soldaten tranken und lachten. Sie blickte über die

Schulter hinüber zu der Nische am Fenster, in der sie mit Bora gesessen hatte. Dieser Tisch war jetzt leer. Sie erinnerte sich an Boras gestrenge Wachsamkeit, die ihr so wenig geschmeichelt hatte.

Retz, der mit Helenka schon in der Wohnung gefrühstückt hatte, sagte einfach nur: »Ich glaube, ich habe tatsächlich keinen Hunger. Möchtest du noch Kaffee?«

Ewa hielt ihm ihre Tasse hin.

»Richard, färbst du dir die Haare?«

Ihre Frage kam so völlig unvermittelt, dass Retz verwirrt war, obwohl er sich oft selbst darüber lustig machte. Er verschüttete etwas Kaffee. »Warum? Sieht es so aus, als würde ich mir die Haare färben?«

»Ja.« Ewa schob sich einen Krümel in den Mund. »Sie hatten vor einundzwanzig Jahren nicht diese Farbe.«

»Du hast ein gutes Gedächtnis.«

»Ich glaube, du würdest mit grauen Haaren vornehmer aussehen. Sind sie sehr grau geworden?«

Retz knurrte, dass sie schon grau geworden seien, als er dreißig war. »Ich sehe nicht ein, warum ich älter aussehen soll, als ich bin.«

Ewa straffte die Schultern. Sie hatte ihr Haar aufgesteckt und war mit ihrem Aussehen an diesem Morgen zufrieden; deshalb konnte sie sich eine kleine Grausamkeit leisten: »Wir sehen keinen Tag älter aus, als wir sind, Richard.« Aus der Packung, die er neben seinen Teller gelegt hatte, zog sie eine Zigarette. Sie steckte sie sich zwischen die Lippen, und als sie sie wieder herausnahm, um einen Tabakkrümel von ihrer Unterlippe zu entfernen, sah man den leuchtend roten Kreis, den ihr Lippenstift auf der Zigarette hinterlassen hatte. »In diesem Frühjahr hatte ich meine letzte Menstruation.«

Retz' Feuerzeug war aus Aluminium mit einem Regimentsabzeichen aus Messing. Er hielt Ewa die ruhig brennende kleine Flamme hin, damit sie den ersten Zug nehmen konnte. Ein bisschen von seiner guten Laune war zurückgekehrt. »Na, das macht die Sache doch sicherer für uns, oder?«

Während Schenck und Bora darauf warteten, dass für sie ein Wagen aus Rzeszów bereitgestellt wurde, setzten sie sich auf eine Bank im Hof der kleinen Feldkommandantur. Wäldchen mit schlanken Birken erstreckten sich über die Landschaft hangabwärts und hoben sich weiß von der Erde ab. Es war nicht kalt. Ein Eichelhäher stieß einen scharfen Pfiff aus. Der größte Teil des Schnees zwischen den Bäumen war verschwunden oder bildete in ihrem Schatten klare kleine Pfützen. Strahlendes Sonnenlicht fiel durch das Gehölz.

Der Zwischenfall hatte die beiden, wenn überhaupt, dann euphorisch gestimmt. Für Bora war die Tatsache, dass er noch lebte, bis vor einigen Augenblicken direkt berauschend gewesen, wie an dem Tag, als die bewaffneten Männer aus dem Heuhaufen gesprungen waren, an demselben Tag, an dem er auch zum ersten Mal das Foto von Mutter Kazimierza gesehen hatte.

Schenck schien in seinen Gedanken zu lesen. »Diese plötzlichen Erschütterungen tun den Nerven eines Mannes gut. Sie sind wie ein Stärkungsmittel. Die Gefahr bringt das Adrenalin in Wallung, mit allem, was darauf folgt. Ich habe etwas darüber gelesen. Adrenalin steigert zuerst den Blutdruck, erweitert die Bronchien und vermehrt den Speichelfluss. Es regt, wie Sie sicher schon bemerkt haben, auch die Samenblase an.«

Bora hatte es bemerkt. Er fragte sich, ob Oberstleutnant Schenck jemals an irgendetwas anderes dachte.

Als Reaktion auf den plötzlichen Stressabfall saß er immer entspannter da und sog den Geruch des brennenden Holzes im Ofen hinter ihnen ein.

Schenck hielt die verschränkten Arme eng an den drahtigen Körper gepresst. »Nehmen Sie zum Beispiel heute. Sie und ich hätten draufgehen können. Sie könnten jetzt tot sein oder etwas noch Schlimmeres.« Er bemerkte, dass Bora stutzte, obwohl keine Frage folgte. »Sie könnten verstümmelt sein. In Spanien habe ich einen Mann gesehen, den eine Granate kastriert hat. Beide Hoden wie wegrasiert. Was sagen Sie zu so etwas? Zum Glück hatte der Mann – ein Baske aus Santander – vor diesem Unglück Kinder gezeugt.«

Bora erinnerte sich mit einem unerwarteten Anflug von Ekel an den Anblick der zerfetzten Leichen im jüdischen Schulhaus. Er ließ es sich nicht anmerken, aber Euphorie und Entspannung waren verflogen. Er fühlte sich an seine Sterblichkeit erinnert und stark verunsichert.

Schenck lächelte ihn mit seinem knochigen, gemeinen Gesicht an. »Ich hoffe, es macht Ihnen nichts aus, wenn ich mich eingemischt habe, Herr Hauptmann, aber ich habe General Sickingen telegrafiert, dass er Ihre Frau nach Krakau mitbringen soll.«

Bora war sich sicher, dass sich das, was er daraufhin sagte, diszipliniert anhörte, obwohl er den wilden Drang zu jubeln auf dem ganzen Weg bis Przemysl mühsam unterdrücken musste.

Dort, in Przemyśl, waren die Russen misstrauisch, aber nicht unfreundlich. Mit ihren rosigen Gesichtern und in Uniformen gestopft, die nach dem seltsamen Modell von Bauernkitteln zugeschnitten waren, wirkten sie wie zu groß geratene Zwerge. Sie bestanden darauf, dass Schenck und Bora sofort die eroberten polnischen Ausrüstungsgegenstände und Abzeichen gezeigt wurden. Ein Fotograf der Roten Armee machte Schnappschüsse von den Deutschen, die den Erläuterungen eines flachsblonden, Brille tragenden Kommissars lauschten. Wodka wurde ausgeschenkt. In Lwow, sagte man ihnen, würden sie mit einem Mittagessen erwartet.

»Als ob ich hier wäre, um mit den Russen zu essen«, brummte Schenck zu Bora hinüber und setzte dann hinzu: »Sagen Sie ihnen, dass wir uns auf das Essen freuen.«

In Krakau sagte Pater Malecki, dass er an einer heilenden Wirkung zweifelte, doch das hielt Frau Klara nicht davon ab, ihm ein Tässchen starken Kaffee mit Cognac anzubieten.

»Das ist ein Rezept aus uralten Zeiten, Pater. Schlucken Sie das runter, solange es so heiß ist.«

Um halb eins, während Bora an der Grenze für Oberstleutnant Schenck den dritten Toast des russischen Standortkommandanten übersetzte, war Malecki drauf und dran, im Salon einzunicken. Die

Mischung aus Erkältung, Alkohol und wohliger Temperatur hätte ihre volle Wirkung entfaltet, wenn nicht seine Vermieterin aus dem Flur gerufen hätte: »Pater, hier ist jemand vom amerikanischen Konsulat, der Sie sprechen möchte.«

Direkt hinter ihr stand, sie weit überragend, ein junger Angehöriger des diplomatischen Korps in einem weißen Trenchcoat. Malecki kannte ihn von seinen Besuchen im Konsulat. Sein Name war Logan, und er hatte vor ungefähr fünf Jahren seinen Abschluss an der Notre Dame University gemacht.

»Pater Malecki, ich hoffe, ich störe nicht.«

»Sie stören nicht. Aber Sie werden sich wahrscheinlich eine Erkältung bei mir holen.«

Logan nahm seinen Hut ab, behielt aber den Mantel an. »Ich bleibe nicht lange. Ich komme eigentlich nicht in offizieller Mission. Der Konsul hat mich gebeten, bei Ihnen vorbeizuschauen.«

»Schon gut. Nehmen Sie Platz.«

»Nein, danke, Pater. Der Konsul weiß, dass Sie vom Heiligen Stuhl angewiesen wurden, Krakau nicht zu verlassen, obwohl mit dem Tod der Äbtissin von Unserer Lieben Frau von den Sieben Schmerzen der Grund für Ihren Aufenthalt fortgefallen ist. Wir haben auch erfahren, dass deutsche Dienststellen die Ermittlungen bezüglich ihres Todes übernommen haben.« Logan machte eine bedeutungsschwere Pause. Als ihm klar wurde, dass Malecki ihn nicht auffordern würde weiterzusprechen, räusperte er sich. »Der Konsul hat das starke Gefühl, dass die gewaltsame Ursache des Todes der Äbtissin bald bekannt werden wird, unabhängig davon, wer hinter dem Mord steckt. Aufgrund ihrer Popularität in der katholischen Bevölkerung …«

»Sie reden so, als wären Sie nicht selbst katholisch«, fiel ihm Malecki ins Wort. »Jetzt sagen Sie schon, worauf wollen Sie hinaus?«

»Der Konsul hat den Eindruck, dass Sie erwägen, Polen zu verlassen.«

Malecki legte die Hände auf die Häkeldeckchen, die Frau Klara auf sämtliche Armlehnen aller ihrer dick gepolsterten Sessel im Hause aufgesteckt hatte.

»Warum?«

Logan räusperte sich wieder. Sein vorstehender Adamsapfel tanzte über dem Rand seines Kragens auf und ab.

»Der Konsul befürchtet, dass es gewalttätige Unruhen geben wird, wenn sich die Nachricht verbreitet.«

»Na und? Glaubt der Konsul, dass ich mich an den Krawallen beteilige? Oder glaubt er, dass die Polen in ihrer blinden Wut über einen polnisch-amerikanischen Priester herfallen werden? Das ist doch Unsinn.«

In dem Schweigen, das folgte, hörte sich das dumpfe Ticken der Pendeluhr überlaut an. Malecki musste niesen. Logan wollte gerade zu einem weiteren Satz anheben, wurde aber gehindert.

»Schauen Sie, Mister Logan. Ich weiß es zu schätzen, dass Sie an Ihrem freien Tag hierherfahren, um mir mitzuteilen, was der Konsul denkt – nur dass es nicht das ist, was der Konsul wirklich denkt.« Malecki hielt die Hand hoch, um Proteste abzuwehren. »Was der Konsul wirklich denkt, ist – wenn ich ein bisschen spekulieren darf –, dass ich meine Besuche im Kloster einstellen soll, solange die Ermittlungen andauern. Hat sich zufällig Seine Eminenz der Erzbischof an das Konsulat gewandt?«

Logan fingerte an der Krempe seines Huts herum. »Es kommt nicht so sehr darauf an, was hinter unserer Sorge um einen amerikanischen Staatsbürger steckt. Diese Sorge ist begründet. Wir haben gehört, dass es gegen Ihre Person bereits zu Gewalttätigkeiten gekommen ist.«

Jetzt hatte Malecki die Gewissheit, dass der Erzbischof dahintersteckte. Er beschloss, sich mit der Antwort Zeit zu lassen. Er schnäuzte sich lautstark, öffnete die Dose mit den Pfefferminzpastillen und legte sich eine auf die Zunge. Logan blickte ihm erwartungsvoll in die Augen. Malecki bot ihm eine Pastille an.

»Um aufrichtig zu sein, war ich es, der als Erster zuschlug.«

Logan brauchte ein paar Sekunden, bis er die Fassung zurückgewann. Er schluckte die Pfefferminzpastille hinunter, ohne überhaupt etwas davon zu schmecken. »Pater, wenn der Konsul das wüsste … Ist

Ihnen eigentlich klar, welchen Gefahren Sie sich mit jeglicher Handlung gegen einen Deutschen aussetzen?«

»Unter uns Männern aus dem Mittleren Westen, Mister Logan: Es wäre mir viel lieber, wenn Sie sich nicht die Mühe machten, den Konsul in dieser Angelegenheit weiter mit Informationen zu versorgen. Ich werde mit ihm reden, sobald es mir richtig erscheint.«

»Sie können von mir nicht verlangen, über die Tatsache hinwegzusehen, dass Sie in Gefahr sind!«

Malecki schüttelte den Kopf. »Da der Kriegseintritt bevorsteht, würde ich mir keine Gedanken wegen der Gefahren machen, denen sich irgendjemand von uns hier in Krakau aussetzt.« Er erhob sich aus dem Sessel. »Wie Sie wissen, habe ich eine scheußliche Erkältung, und ich möchte mich liebend gern gesund schlafen. Sind Sie so nett, Mister Logan, und richten Sie dem Konsul aus, dass ich ihm danke. Ich habe nicht den Wunsch, Krakau zu verlassen, und ich glaube auch nicht, dass Sie oder der Konsul mich dazu bewegen können. Meine kirchliche Aufgabe hier ist noch nicht beendet, und ich verspreche, dass ich mit den Deutschen ab sofort vernünftiger umgehen werde als in der Vergangenheit. Wie üblich, sind sie ohnehin selbst ihre schlimmsten Feinde.«

Zweihundertfünfzig Kilometer weiter östlich sagte Oberstleutnant Schenck zu Bora, dass er höchstens noch einen Trinkspruch des russischen Kommandanten akzeptieren werde. »Das Letzte, was wir uns leisten können, ist, stockbesoffen in Lwow einzutreffen.«

Bora konnte Alkohol gut vertragen, und die Vorstellung, was dieser in der Samenblase des Oberstleutnants anrichten würde, erheiterte ihn zusehends. Er machte sich kaum Gedanken um seine eigene – jetzt, da die Aussicht, dass Dikta kommen würde, ihn in den nächsten drei Wochen ohnehin in einen Zustand ständigen Verlangens versetzen würde.

Die Russen hatten sich in Lwow im Hotel *Patria* einquartiert. Das Hotel, in das die Deutschen nach der Besichtigung des Museums auf dem Marktplatz mit den vier Brunnen in letzter Minute zu einem

Aperitif eingeladen worden waren, war von dort aus zu Fuß zu erreichen.

»*Dobro poschalowat!*« Ein fescher Oberst in stahlgrauer Uniformjacke hieß die Gäste in der ehrwürdigen, mit Teppichen ausgelegten Eingangshalle willkommen. An seiner Seite befand sich der unvermeidliche Kommissar, der an dem roten Stern auf seinem Ärmel zu identifizieren war. Bora konnte nicht umhin, diese beiden mit den schäbigen Uniformen der einfachen Soldaten draußen zu vergleichen, die unter ihren Stoffmützen mit den langen Ohrenschützern dastanden.

Schenck runzelte die Stirn. »Sagen Sie ihm, dass ich gleich nach dem Mittagessen mit den Besprechungen beginnen möchte, Bora. Ich will keine weitere Besichtigungstour durch die Stadt oder Propagandageschwätz mehr über mich ergehen lassen.«

Bora übersetzte während des ganzen Empfangs. Der Kommissar saß ihm am Tisch gegenüber und beobachtete ihn genau. Einmal sagte er: »Sie sprechen gut Russisch. Warum haben Sie unsere Sprache mit so viel Eifer gelernt?«

Bora gab eine höfliche, aber vage Antwort. Was Schenck ihm auf dem Weg zum Tisch zugeflüstert hatte, kam der Wahrheit wahrscheinlich näher: »Vergessen Sie nicht, was ich Ihnen jetzt sage, Bora. Wir werden diese Stadt zurückerobern. Wir sind garantiert nicht in Polen einmarschiert, um die Hälfte davon den Roten zu überlassen!«

Am Nachmittag, in Lwow, erinnerte die Dominikanerkirche Bora an die Kirche von Unserer Lieben Frau zu den Sieben Schmerzen in Krakau. Die gleiche römisch-barocke Masse vervielfältigte sich zu Kuppeln und Seitenkapellen, obwohl der offene Platz diesem Bau mehr Gewicht verlieh, als dem Kloster an der schmalen Gasse in Krakau zukam.

Schenck war es gelungen, eine erste Gesprächsrunde sofort nach dem Essen durchzusetzen; es ging vor allem um Fragen der Zusammenarbeit der Geheimdienste, um den vorläufigen Entwurf einer Vereinbarung über ein gemeinsames Vorgehen gegen den Widerstand vor Ort durch offenen Austausch von Verlautbarungen sowie um Fragen des Grenzprotokolls.

Die Russen revanchierten sich, indem sie die Besucher auf eine Besichtigungstour durch die Stadt schleppten. In gütigem Ton wandte sich der Kommissar an Bora: »Sie sehen, wie sehr die gegnerische Propaganda dem Marxismus unrecht tut, Herr Hauptmann. Die Kirchen sind intakt, offen und benutzbar.«

Bora hatte die Straßenschilder mit den Namen in kyrillischer Schrift betrachtet und war sich bewusst, dass sie die gleichen Zeichen der Zeitweiligkeit trugen wie die deutschen im Westen.

»Ja«, erwiderte er, und es fiel ihm nicht schwer, dabei zu lächeln. »Aber es gibt einen englischen Kinderreim, in dem es heißt: ›Hier ist die Kirche, hier ist der Turm ...‹ Heute ist Sonntag, und ich frage mich, wo all die Leute geblieben sind.«

Kasia hatte die neuesten Neuigkeiten über Helenka im Hinterkopf und vergaß darüber fast, dass sie in ihrer Tasche ein kleines Stück Margarine trug. Als sie für den Straßenbahnfahrschein nach einer Münze kramte, stießen ihre Finger auf das Einwickelpapier. Zum Glück war es so kalt, dass die Margarine nicht schmelzen konnte. Kasia stand während der kurzen Fahrt und hielt sich mit wachsamem Blick auf die Straßennamen an einem Haltegriff fest.

Als sie an der Haltestelle zur Sw. Krzyza angelangt war, stieg Kasia aus und trat in den matschigen Schneerest am Rand des Gehsteigs, ohne sich darum zu kümmern, dass sie sich die Schuhe nass machte. Bis sie von der Straßenecke bis zu Ewas Haustür gegangen war, waren ihre Zehen völlig nass.

»Ich bin eine Freundin von Ewa Kowalska«, erklärte sie dem Pförtner. Ewa hatte ihr erzählt, dass die Hausverwaltung strikt war, und seit Kriegsbeginn war sie sogar noch misstrauischer geworden. Es war leicht nachzuvollziehen, sagte sich Kasia, während der Pförtner sie warten ließ, warum Ewa Richard Retz nicht zu sich nach Hause mitnahm.

»Wie ist Ihr Name?«

Kasia antwortete.

»Warum sind Sie so in Eile, junge Frau? Was ist los?«

Ihr bösartiges Verlangen, über Helenka zu tratschen und Ewas Reaktionen zu sehen, veranlasste sie beinahe, ihn bissig anzufahren, aber Kasia beherrschte sich. Ihr kam ein Gedanke. »Ich muss Ewa Kowalska dringend sehen«, wiederholte sie, wickelte unterdessen die Margarine aus und schob sie durch das schmale Fenster der Pförtnerloge. »Lassen Sie mich jetzt hinaufgehen?«

Der Pförtner griff nach der Margarine, roch daran und gab sie ihr zurück. »Sie wohnt im vierten Stock, erste Tür rechts. ›Hinaufgehen‹ ist genau das, was Sie tun müssen; der Lift ist außer Betrieb.«

Es war fast fünf Uhr abends, als Pater Malecki aus seinem Nickerchen im Wohnzimmersessel erwachte. Er hatte tief geschlafen und konnte sich nicht an seine Träume erinnern, bis auf den letzten, der so absurd war, dass er ihm im Gedächtnis geblieben war.

Er hatte geträumt, dass er sich für die Messe fertig machte. Aus dem Kleiderschrank, in dem seine Messgewänder aufbewahrt wurden, sprang der Mann mit den müden Augen und dem Schnauzbart, der die Reliquien haben wollte, und hielt eine der Nonnen an der Hand.

Das Gesicht der Nonne war unscheinbar, keines, das Malecki irgendjemandem zuordnen konnte. Sie hatte ein übergroßes Porträt von Mutter Kazimierza um den Hals hängen. Es sah aus wie ein altes Medaillon mit dem Profil der Äbtissin in der Mitte, umgeben von den Buchstaben *L. C. A. N.* Aus der Tiefe des Schranks drang ein so helles Licht wie von einem Leuchtturm.

»Was ist das für ein Licht?« Malecki erinnerte sich, in seinem Traum diese Frage an die Nonne gerichtet zu haben.

»Wie bitte, Pater, das wissen Sie nicht? Das ist es, was die Äbtissin umgebracht und eine Heilige aus ihr gemacht hat!«

Malecki, der die Augen gegen das Licht abschirmte, griff nach seinem Chorhemd, ohne es zu sehen – er fühlte es nur. An den Ärmelaufschlägen, an der Seite und am unteren Saum waren Blutspritzer.

»Jetzt haben auch Sie eine Reliquie, Hochwürden!«, hatte der Mann mit dem Schnurrbart gerufen und war mit der Nonne aus der Sakristei gehüpft. »Sagen Sie dem Deutschen ruhig, dass Sie wissen, wo die Handwerker hingegangen sind!«

Als Letzter war Mister Logan aus dem Schrank gekrochen und hatte sich geräuspert. »Der Konsul glaubt, dass Sie die Chorhemdreliquie zurückgeben sollten, Pater Malecki. Es verstößt gegen die amerikanischen Grundsätze, wenn Sie ein Heiliger außerhalb des eigenen Landes werden.«

So etwas passiert, wenn man eine üble Erkältung hat und Angehörige des diplomatischen Korps empfängt, sagte sich Malecki. Er nieste in sein kariertes Taschentuch, verließ das Wohnzimmer und stieg die Treppen zu seinem Zimmer hinauf.

7

12. Dezember 1939

»Sie ist ein liebes Mädchen«, begann Schwester Irenka, die die Hände in ihre weiten Ärmel wie in einen Muff gesteckt hatte. »Ihre Träume müssen nicht von Bedeutung sein, aber vielleicht lohnt es sich doch, sich danach zu erkundigen.«

Pater Malecki spürte, wie sich der frische Geschmack der Pfefferminzpastille auf seiner Zunge ausbreitete und ihm in die Nase stieg. Ein Teil seines Geruchssinns war also zurückgekehrt. Auch der Duft der Zwiebeln, die in der Klosterküche gebraten wurden, drang ihm, allerdings nur schwach, in die Nase. Er fragte: »Seit wann ist sie im Kloster?«

»Sie hat vor zwei Jahren, am Ostersonntag, ihr Gelübde abgelegt. Sie kommt aus Biala, südlich von hier. Sie ist eine Konvertitin und stammt aus einer strenggläubigen jüdischen Familie, was schon viel über sie aussagt.«

»Hat sie der Äbtissin nahegestanden?«

Schwester Irenka rümpfte die Nase wie ein gehässiges kleines Mädchen. »Wie Sie sicher bemerkt haben, hatte ich mit der Äbtissin mehr zu tun als alle anderen hier im Kloster. Aber nicht einmal *ich* stand der Äbtissin nahe. Trotzdem, Schwester Barbara ist wegen Mutter Kazimierza in diesen Orden eingetreten. Sie hat sich vor sieben Jahren taufen lassen, am Ostersonntag, nachdem sie an Kinderlähmung erkrankt war.« Pater Malecki erinnerte sich jetzt an die mollige junge Nonne mit dem Buckel. »Ihre Bekehrung hat ebenso mit einer Medaille von Mutter Kazimierza zu tun wie – Schwester Barbaras eigenen Aussagen zufolge – ihre Heilung.«

Hatte er nicht von einer Nonne geträumt, die ein Medaillon trug?

Malecki erinnerte sich, dachte aber im Augenblick über diesen Umstand nicht weiter nach.

»Sollte ich mit Schwester Barbara vielleicht lieber im Beichtstuhl sprechen?«

»Das liegt bei Ihnen, Pater. Aber warum wollen Sie sie nicht jetzt gleich sehen? Sie fühlt sich seit dem Tod der Äbtissin nicht wohl. Der Arzt glaubt, es seien die Nerven, aber der Arzt versteht nichts von Frauen und schon gar nichts von Nonnen.«

Schwester Barbara, die in der Küche arbeitete, traf mit dem Priester unter der Wachsamkeit des Gekreuzigten in dem kalten, makellosen Wartezimmer mit den hohen Fenstern zusammen.

»Gelobt sei Jesus Christus«, begrüßte sie ihn.

»In Ewigkeit, Amen, Schwester.«

»Schwester Irenka hat mir gesagt, dass Sie mich zu sprechen wünschen.«

Im Gegensatz zu den anderen Nonnen hatte sie einen sehr dunklen Teint. Schwester Irenka hatte ganz offen gesagt, sie habe, als sie sie zum ersten Mal sah, gleich gewusst, dass es sich um eine Zigeunerin oder eine Jüdin handeln müsse. Malecki aber kannte aus Chicago spanische und italienische Nonnen, die ähnlich ausgesehen und ebenso traurige schwarze Augen gehabt hatten wie sie.

Die Farbe war aus ihrem Gesicht gewichen. Obwohl sie nicht einmal dreißig Jahre alt war, hing ihr das Fleisch schlaff über die Wangen wie bei jemandem, der innerhalb kurzer Zeit viel Gewicht verloren hat. Eine durchscheinende Zwiebelhaut haftete am Saum ihres Ärmels, und sie roch intensiv nach gebratenen Zwiebeln.

Malecki hatte das Thema eigentlich direkt ansprechen wollen, nun aber erschien es ihm nicht leicht, überhaupt etwas zu ihr zu sagen. Sie stand ruhig, in erwartungsvoller Defensivhaltung da, die er wohl überwinden musste, bevor er überhaupt versuchen konnte, einen Zugang zu ihr zu finden.

»Schwester Barbara, Sie wissen, dass ich mich hier seit Monaten mit der Äbtissin beschäftige. Angesichts der Rolle, die Mutter Kazimierza bei Ihrer Berufung gespielt hat, frage ich mich, ob Sie mir vielleicht etwas über Ihre Bekehrung erzählen wollen.«

»Ja, Pater.«

Malecki hatte den Eindruck, dass das Kloster seit dem Tod der Äbtissin unter einem Bann des Schweigens stand. Auch Schwester Barbaras Stimme – eine tiefe, monotone Lehrerinnenstimme – schien unfähig, diesen Bann zu brechen, so dumpf und gedämpft klang sie.

Sie sagte: »Es ist immer wie im ersten Traum. Es gibt Variationen, einige Einzelheiten, in denen Dinge vorkommen, die erst im Laufe des jeweiligen Tages geschehen sind, aber im Wesentlichen ist es immer der gleiche Traum.« Sie hielt einen schwarzen Rosenkranz in den Händen und schob mechanisch die Perlen weiter. »Ich bin im Haus meines Vaters in Biala. Da Tscholent auf dem Tisch steht, glaube ich, dass wohl Freitag ist, weil man ihn an diesem Tag zubereitet. Mein Vater ist draußen. Ich kann hören, wie er mit seinem Beil das Fleisch zerhackt. Mir kommt es so vor, als sagte jedes Mal, wenn er die Klinge niedersausen lässt, eine Stimme neben mir: ›Der Leib Christi. Der Leib Christi.‹«

»Wessen Stimme ist das?«

»Ich weiß nicht. Eine Männerstimme, aber ich bin mir auch bewusst, dass es Mutter Kazimierzas Stimme ist. Ich habe das Gefühl, dass ich das Haus verlassen muss, bin aber außerstande wegzugehen, solange mein Vater anwesend ist. Meine Mutter hält sich im hinteren Teil des Hauses auf und spricht für irgendeinen verstorbenen Verwandten das Kaddisch. Ich rufe und frage sie, wer gestorben ist, und sie sagt: ›Du, Mejdele. Wieso weißt du nicht, dass ich es für dich spreche?‹« Schwester Barbara blickte auf, als befürchte sie, bereits zu viel gesagt zu haben. »Manchmal endet der Traum hier, aber meistens geht er weiter bis zum Schluss.«

Malecki interessierte sich natürlich für den Schluss, drängte sie aber nicht. Er saß da, den rechten Ellenbogen auf das Knie gestützt, die schmerzende Stirn in die offene Hand gelegt. Seine Erkältung war keineswegs überstanden. Sie dröhnte ihm noch in den Nasennebenhöhlen und lenkte ihn mehr ab, als ihm recht war.

Die Nonne stieß einen leisen Seufzer aus. »Wenn der Traum weitergeht, dann habe ich manchmal das Haus verlassen. Mein Vater scheint weit weg zu sein. Ich stehe auf einer Plattform aus Ziegelsteinen, und Mutter Kazimierza ist bei mir. Sie hat die Arme ausgestreckt.« Schwester Barbaras Augen richteten sich scheu auf das Kruzifix an der Wand. »Wie Er. Blut tropft von ihren Händen und Füßen, aber sie lächelt. Sie fragt mich, ob ich mit ihr kommen möchte. Meine Beine fühlen sich an wie gefesselt, und ich sage ihr, dass ich ihr liebend gern folgen würde, aber glaube, nicht würdig oder auch nicht imstande zu sein. Dann nimmt sie einfach meine Hand und beginnt zu gehen. Vor sieben Jahren hatte ich einen anderen Traum, der in diesem Teil ähnlich war und nach dem ich mich wieder wohler gefühlt habe. Wir gehen und gehen und gehen. Die Plattform bewegt sich mit uns, wohin wir auch gehen. Irgendwann fragt mich Mutter Kazimierza, ob ich eine Heilige sein möchte. Ich sage Ja, und sie sagt, wenn ich wie Christus sein möchte, werden sie kommen, und dann werden sie mich mitnehmen, so wie sie es mit Christus getan haben. ›Werden Sie auch mitkommen?‹, frage ich sie. Sie breitet wieder die Arme aus und legt sich auf die Plattform. Dieselbe Stimme, die ich im Haus meines Vaters gehört habe, höre ich jetzt sagen: ›Ich nicht, nur mein Name.‹«

Aus dem Schweigen der Nonne schloss Malecki, dass ihre Geschichte zu Ende war. »›Ich nicht, nur mein Name.‹« Er öffnete die Augen. »Was soll das bedeuten, Schwester?«

»Ich weiß es nicht. Ich wache jedes Mal weinend auf – nicht wegen dem, was im Traum passiert, sondern weil mir bewusst wird, dass sie tot ist, und obwohl ich weiß, dass ich mich freuen sollte, weil sie bei Christus ist, ist es so schwer zu akzeptieren, dass sie nicht mehr da ist.«

Nachdem sie zwei Tage in Retz' Wohnung verbracht hatte, empfand Ewa Triumphgefühle.

Sie bürstete sich die Haare vor dem Waschtisch und beobachtete ihn in der Badewanne. Seine fleischigen Knie tauchten aus dem Schaum auf; sie waren ebenso kahl, wie seine Brust struppig war, mit Büscheln nasser Haare, die sich zusammendrängten und wie blonde

Hobelspäne aufrollten. Er saß seit zehn Minuten in der Wanne und ließ ab und zu heißes Wasser nach.

Sie sagte: »Was ist mit deinem Ehering passiert?«

Retz schlug die Augen auf.

»Ich habe ihn abgezogen.«

»Das sehe ich. Aber warum?«

Retz lächelte. Er sah sie gern nackt. »Mir ist nicht danach, ihn weiterhin zu tragen.« Ewa hatte große Brüste, die für ihr Alter noch ziemlich straff waren. Nur die einst so vollkommene Form ihrer Pobacken hatte sich stark verändert; ihre Arme waren immer schon rundlich gewesen, mit einer kleinen Delle an den Ellenbogen. Jetzt, da sie die Haare am Hinterkopf bürstete, wurde der gelbliche Haarbüschel unter ihrem rechten Arm sichtbar. Die rechte Brust hob sich mit der Bewegung. »Sagt dir das nichts, dass mir der Ring nichts bedeutet, Ewusia?«

»Na ja, dann gib ihn mir, zur Erinnerung an die alten Zeiten.«

Das Wasser in der Wanne schwappte hoch, als Retz sich aufsetzte. »Das könnte ich nicht, Ewusia. Was soll ich meiner Frau sagen, wenn ich ihn nicht dabeihabe?«

»Na und?« Mit kräftigen Strichen bürstete sich Ewa durchs Haar. »Sie ist eine Sau.«

Retz versuchte zu lachen. »Ewa …«

»Sag, dass sie eine Sau ist.«

»Sie ist nur eine alte Frau.«

»Du weißt, dass sie eine Sau ist. Sag es mir.«

Retz rutschte ins Wasser zurück, dieses Mal bis zum Kinn. »Sie ist eine Sau. Verglichen mit dir sind alle Frauen Säue.« Sein Kopf tauchte einen Augenblick lang unter und dann wieder auf. »Gut so?«

Ewa lachte. Sie griff nach dem breiten Badetuch und warf es ihm zu. »So ist es schon besser.«

Als er aufzustehen versuchte, verhedderte er sich in dem nassen schweren Tuch, und er ließ sich lachend in die Wanne zurückfallen. Er wollte sich aus dem Tuch herausstrampeln und verspritzte dabei mit Händen und Füßen das seifige Wasser im ganzen Badezimmer.

Als sich sein Kopf von dem triefenden Badetuch befreite, saß Ewa neben der Wanne.

»Wenn ich mit einer Sau verheiratet bin, heißt das, dass ich ein Schwein bin?« Er stieg aus dem Wasser und griff nach ihr.

Sie wich zurück und schlug ihm auf die Hand. »Das weißt du doch.«

Der Wald begann gleich bei der Straße. An der Stelle, an der Bora neben Schenck stand, schluckten die düsteren Tannen einen Teil der Helligkeit des Himmels. Zwei Stunden lang hatten Offiziere des siebzehnten sowjetischen Schützenkorps ihnen weitere Ausrüstungsgegenstände gezeigt, die sie der besiegten polnischen Armee abgenommen hatten: Fahrräder und Pferdefuhrwerke sowie haufenweise Pferdegeschirr der Kavallerie. Unter den anderen Fahrzeugen bemerkte Bora zwei Stabswagen, Kabrioletts der Firma Polski FIAT. Er erinnerte sich, dass ihm der polnische Kavallerieoffizier erzählt hatte, einige seiner Kameraden, die in ihren Autos zur Kapitulation gefahren waren, seien fortgeschleppt und erschossen worden.

Schenck war begierig darauf, den sowjetischen Vorschlag über die Zusammenarbeit auf Geheimdienstebene zu lesen, insbesondere den Teil, der sich auf die Aktivitäten von Partisanen bezog. Während er weitere Trophäen betrachten musste, verlor er allmählich die Geduld. Dort, wo sich der Wald auf eine stellenweise mit Schnee bedeckte matschige Fläche hin lichtete, war ein Zeltlager aufgeschlagen, zu dem ein Tisch mit Stühlen und Flaschen mit Spirituosen gehörte.

Da der Politkommissar mit ihm Schritt hielt und ihm nicht von der Seite wich, hatte Bora Schwierigkeiten, persönliche Worte mit dem Oberstleutnant zu wechseln, und den Versuch, die Feldlatrine für diesen Zweck zu benutzen, gab er auf, als klar war, dass der Kommissar in dieselbe Richtung steuerte.

Bora war sich bewusst, dass Oberstleutnant Schenck nicht die Hälfte der Wut an den Tag legte, die er tatsächlich empfand. Trotzdem sagte er nach einiger Zeit: »Los, geben Sie diesen Scheiß-Iwans zu verstehen, dass uns keine Berichte darüber vorliegen, wonach polnische Staatsangehörige in unserer Zone ukrainische Siedler misshandelt hätten. Machen Sie ihnen klar, dass wir solchen Dingen nachgehen würden, wenn uns entsprechende Berichte vorlägen. Sagen Sie ihnen, dass ich die Unterstellung, wir hätten irgendwelche Meldungen ignoriert, zurückweise.«

Die Diskussion war in der letzten Viertelstunde aus dem Ruder gelaufen, hauptsächlich wegen der Fragen im Zusammenhang mit dem Austausch von Verlautbarungen und bezüglich gemeinsamer Aktivitäten gegen Partisanen. Die Fassade einer gelegentlichen Zusammenarbeit begann zu bröckeln, sobald es um Einzelheiten und nicht mehr bloß um Allgemeines ging. Schenck und der Oberst der Roten Armee bildeten ein Paar, wie es sich Bora nicht ungleicher hätte vorstellen können – höchstens noch in den Schatten gestellt von ihm selbst und dem Politkommissar. Bora dolmetschte gewissenhaft und spürte die Anspannung dieser Tätigkeit jedes Mal, wenn ein verwendetes Wort missverständlich oder mehrdeutig war.

Sie saßen inmitten einer von Tannen umgebenen und von sowjetischen Armeezelten gesäumten Lichtung an einem langen Esstisch, der an diesem Ort völlig deplatziert wirkte. Gewöhnlicher Wodka, strohfarbener Wodka aus Georgien und das überwältigende dunkle Gesöff, das man »Jägerwodka« nennt, standen vor ihnen. Bora beschloss, nicht mehr als vier Gläser zu trinken, und wählte seine Worte in der Gewissheit, dass er den harzigen Geruch der Tannen in Zukunft immer mit einem Gefühl des Unbehagens assoziieren würde. Die Situation spitzte sich zu, als die vage Beschuldigung geäußert wurde, deutsche Soldaten hätten nicht nur während des Chaos der ersten Tage auf Einheiten der Roten Armee gefeuert, sondern auch noch bis vor einer Woche zuvor. Schenck verlangte eine Präzisierung dieser Behauptung, worauf eine offene Anklage folgte. Starr vor Wut, befahl er Bora, mit Gegenanklagen zu parieren. »Nennen Sie denen Daten, Orte und das ganze Drum und Dran. Zeigen Sie ihnen Bilder von den Schäden an unserer Ausrüstung.«

Bora fügte sich. Die Fotografien wurden ihm, noch bevor der russische Oberst eine Chance hatte, einen Blick darauf zu werfen, vom Kommissar aus den Händen gerissen. Dann kam es zu einem heftigen

Wortwechsel, in dessen Verlauf sich Schenck so sehr echauffierte, dass er die Rote Armee des Massenmords an polnischen Kriegsgefangenen bezichtigte.

»Reden Sie Klartext, Bora, und fragen Sie sie, wie ihnen die Vorstellung gefällt, dass wir *daraus* eine internationale Affäre machen.«

Der russische Oberst sprang so abrupt vom Tisch auf, dass der stahlgraue Stoff seiner Uniform nur so blitzte. Der Wodka tanzte in der Flasche, und die Gläser klirrten, während er davonstob. Der Politkommissar und Bora musterten sich zunächst eine Zeit lang schweigend, dann erhob sich der Russe von seinem Stuhl und ging, um den Obersten zurückzuholen.

»Scheiße.« In seiner Frustration ließ Schenck sich gehen. »Ich hatte nicht die Absicht, diese verdammte Geschichte mit den gefangenen Polacken aufs Tapet zu bringen. Was genau haben Sie denen gesagt?«

»Ich habe mich eher vage ausgedrückt, aber trotzdem haben sie es übel aufgenommen.«

»Das sehe ich!« Schenck blickte an Bora vorbei auf das Zelt, vor dem ihre Gegenspieler heftig über diese Wendung des Gesprächs stritten. Er griff nach der Flasche, schenkte sich ein Glas von dem dunklen Wodka ein und kippte es in einem Zug hinunter.

»Wenn sie zurückkommen, legen wir ein Lippenbekenntnis ab. Sagen Sie ihnen, Sie hätten nicht korrekt übersetzt. Dass das Ihr Fehler war.«

»Sie wissen, dass das nicht stimmt, Herr Oberstleutnant.«

»Machen Sie es glaubhaft. Sie sind jung genug, und Ihr Rang ist niedrig genug. Sie können die Schuld auf sich nehmen.«

13. Dezember

In Krakau war der Nachmittag sonnig und kalt. Helenkas Stimme am Telefon stimmte Retz zunächst munter und hoffnungsfroh.

»Nein, Richard, ich kann nicht. Ich habe meinen Text noch nicht einmal einstudiert, und die Kostümproben beginnen schon bald. Es ist meine erste große Rolle, und ich darf die Sache nicht vermasseln. Wir können uns nach der Premiere wieder sehen, je nachdem, wie es läuft.«

Retz seufzte. »Meinst du, wir können zwischendurch nicht mal hin und wieder zusammen sein?«

»Wir können uns zum Mittagessen oder zu so etwas treffen. Mir ist nur nicht danach, die Abende zusammen zu verbringen. Das ist die Zeit, in der ich meinen Text am besten einstudiere.«

»Na ja, die Leute treiben in der Nacht nicht nur das eine.«

»Ich mag keine Hotels – ich meine, für solche Sachen.«

»Ich sage dir was. Ich schlage dir einen Kompromiss vor. Ich lasse dich drei Tage in Ruhe und rufe dich dann an, um zu hören, ob du dir nicht ein paar Stunden freinehmen möchtest. Lern fleißig in diesen drei Tagen!« Retz blätterte die Seiten seines Terminkalenders auf dem Schreibtisch durch und suchte nach Ewas Nummer. »Ich liebe dich auch.«

Da Ewas eigenes Telefon gerade erst eingerichtet wurde, musste er an der Pforte anrufen und warten, bis der Portier nachgesehen hatte, ob Frau Kowalska zu Hause war. Das bedeutete langsames Hinaufsteigen von vier Treppen und wieder Hinabsteigen. Es war für ihn eine weitere Enttäuschung, als er hörte, dass Ewa nicht da war. Er blätterte im Terminkalender nach vorn.

»Ja? Hallo? Ich suche Fräulein Basia Plutinska … Ja, bitte, holen Sie sie an den Apparat.«

Nachdem sie im Wald ein zufriedenstellendes Abkommen ausgehandelt und danach reichlich dem Wodka zugesprochen hatten, hatten die beschwichtigten Vertreter der sowjetischen und der deutschen Seite mit der Aussicht auf weitere Stadtführungen und ein Abendessen in Lwow eine Pause eingelegt. Doch am späteren Nachmittag des Dreizehnten hatte Schenck von der Zusammenkunft endgültig die Nase voll. Er wartete, bis er und Bora allein im Wagen saßen, während ihr russischer Fahrer den Tank aus einer Aluminiumkanne auffüllte. Plötzlich donnerte Schenck los: »Der Teufel soll sie alle …! Ich fahre morgen zurück, Bora. Bleiben Sie hier und überwachen Sie den weiteren Fortgang, und wir treffen dann an der Grenze wieder zusammen. Von dort reisen wir gemeinsam bis Tarnow, wo sich unsere Wege trennen. Ich erwarte von Ihnen, dass Sie bis zu Ihrer Rückkehr ins Hauptquartier Ihre Routinebefragungen der Polacken fortsetzen.«

Doch weder Schenck noch Bora konnten einem weiteren Abendessen mit den Russen aus dem Weg gehen. Fisch wurde roh, gesalzen und in Essig eingelegt serviert, dann folgte Moorhuhn, in Rahm schwimmend, und schließlich gab es dicke Schinkenscheiben auf Kaviar und hart gekochten Eiern. Der Kommissar, der Bora beim Essen beobachtete, schien von dem Moment an, da er sich neben ihn gesetzt hatte, ein perverses Vergnügen daran zu finden, seinen Tischnachbarn mit komplizierten Sätzen und Verbformen zu piesacken. Obwohl Bora sich wacker hielt, war er beunruhigt, ohne zu wissen, warum. Erst bei einem mazurek, den es zum Nachtisch gab, ging ihm ein Licht auf. »Sagen Sie mir«, wandte sich der Kommissar an ihn, »wie konnte jemandem, der unsere Sprache so fließend spricht wie Sie, im Laufe unserer Besprechungen ein so gravierender Fehler unterlaufen? Ich glaube nicht, dass Sie tatsächlich einen Fehler gemacht haben, Herr Hauptmann.«

Bora seufzte lautlos und legte die Gabel ruhig auf seinen Teller. Aus einer Schale, die vor ihm stand, wählte er sich einen kleinen Kuchen aus, dessen dünne Manschette er entfernte. »Sie nennen dieses Gebäck ›Schokoladenbären‹, nicht wahr?« Er lächelte. »Ich hoffe, Sie bezichtigen mich nicht der Lüge.«

»Nein. Fehler sind leichter zu akzeptieren.«

Krakau war kalt, aber in der Kurie war es wohlig, ja, geradezu einschläfernd warm, und es war nicht einfach, das Interesse des Erzbischofs zu wecken. Wenn Pater Malecki nicht das dringende Bedürfnis verspürt hätte, mit ihm noch vor Boras Rückkehr über Schwester Barbara zu reden, hätte er den Versuch aufgegeben.

»Eminenz, sie ist in großer Gefahr«, sagte er. »Von ihrer Familie ist sie seit ihrer Konversion verstoßen. Schließlich ist ihr Vater in ihrer

Heimatstadt der *Schojchet*. Für ihn war es eine schreckliche Demütigung, dass seine einzige Tochter sich von den Traditionen ihrer Vorväter losgesagt hat. Es gehört zu den Voraussetzungen für die Stellung eines rituellen Schächters, dass der Mann einen untadeligen Leumund hat, und er ist, als es zum Skandal kam, freiwillig von seinem Amt zurückgetreten.«

»Welche Gemeinde war das noch einmal?«

»Biala.«

»Hm.« Der Erzbischof runzelte die Stirn und unterdrückte ein Gähnen. »Die Stadt kenne ich. Die Juden machen dort weniger als zwanzig Prozent der Bevölkerung aus.«

Malecki richtete seinen Blick auf das Fenster hinter dem Kopf des Erzbischofs. Draußen, vor den Scheiben, wirbelte der Schnee wie wild, ein nasser Schnee, der nicht liegen bleiben würde. Er fand es seltsam, dass die Anzahl der Juden in Biala den Erzbischof mehr zu beschäftigen schien als sein Anliegen.

»Nicht dass ihre Familie ihr jetzt helfen könnte, Eminenz. Ich habe erfahren, dass die Juden aus Biala umgesiedelt werden.«

Intuitiv faltete der Erzbischof seine gepflegten Hände. »Es gereicht der Kirche zum Ruhm, wenn Menschen von solcher Herkunft in ihren Schoß gerufen werden.«

»Nun, die Deutschen verlangen, dass alle Jüdinnen den Namen ›Sara‹ an ihren Vornamen anhängen. Ich glaube nicht, dass ich Hauptmann Bora gegenüber etwas über sie verlauten lassen sollte.«

»Werden Sie ihm auch den Traum vorenthalten?«

»Ja.« Malecki schnäuzte sich diskret. »Die Deutschen auf die Anwesenheit von Schwester Barbara aufmerksam zu machen, wäre eine schlimmere Sünde, als Informationen über einen Traum zurückzuhalten. Ich bezweifele ohnedies, dass Hauptmann Bora viel damit anfangen könnte.«

Der Erzbischof durchschaute Maleckis Absichten ziemlich genau. Dennoch fragte er: »Sind Sie hierhergekommen, um mit mir über den nichtssagenden, immer wiederkehrenden Traum einer bekümmerten Nonne zu sprechen, oder gibt es noch einen anderen Grund?«

»Ich habe gehofft, wir könnten einen Weg finden, Schwester Barbara zu schützen, falls über ihre Abstammung nachgeforscht wird.«

»Pater Malecki, die Oberin dieser religiösen Gemeinschaft ist in der Abgeschiedenheit des Kreuzgangs ihres Klosters ermordet worden. Wie kommen Sie auf den Gedanken, dass irgendeine Maßnahme, die wir ergreifen, eine ihrer Nonnen schützen könnte? Juden tragen das unglückselige Erbe ihrer Schuld, weil sie unseren Herrn zum Tod am Kreuz verurteilt haben. Ob bekehrt oder nicht – leider folgt ihnen die Blutschuld überallhin.«

Malecki fand dieses Argument unerträglich; doch als der Erzbischof ihn entließ, hielt er den Mund.

Boras Zimmer im Hotel *Patria* in Lwow war altmodisch, aber komfortabel eingerichtet. Es war durch eine Tür, die jetzt offen stand, mit dem von Oberstleutnant Schenck verbunden. Schenck war bereits im Pyjama, hatte aber seine steife Haltung noch nicht abgelegt. Als der Oberstleutnant auf der Schwelle erschien, erhob sich Bora von seinem Stuhl.

»Haben Sie etwas zu lesen dabei, Bora? Es fällt mir schwer, in einem unbekannten Bett einzuschlafen, wenn ich nichts zu lesen habe.«

»Ich glaube nicht, dass Sie in lateinischen Wörterbüchern lesen wollen. Sie sind ziemlich langweilig.«

Schenck trat in Boras Zimmer. »Sie studieren immer noch dieses dumme Zeug? Wie viele Bedeutungen wollen Sie denn noch herausfinden? Nein, ich möchte nicht in einem Wörterbuch lesen, und ganz bestimmt nicht möchte ich die Dokumente, an denen wir gearbeitet haben, noch einmal durchlesen. Haben Sie nicht zufällig eine Illustrierte oder so etwas mitgenommen?«

Er sah zu, wie Bora seine Reisetasche aufs Bett schwang und sie öffnete. Darin war Kleidung zum Wechseln, fein säuberlich aufgerollte Socken und Leinenunterwäsche. Aus einer Innentasche zog er ein schwarzes Buch mittlerer Größe hervor. »Es ist mir peinlich zu sagen, dass das alles ist, was ich habe, Herr Oberstleutnant. Ich hatte darin einige Nachforschungen zum Wort Lumen angestellt.«

Schenck nahm das Buch in die Hand. »Das Neue Testament?« Er schlug es mit einem spöttischen Grinsen auf und blätterte durch den lateinisch-deutschen Text. »Na gut.« Er machte sich wieder auf den Weg in sein Zimmer. »Das ist so ziemlich das Letzte, was ich zur Lektüre wählen würde, aber es ist immerhin besser als Wehrmachtsdokumente oder Wörterbücher. Gute Nacht.«

Keine Minute war vergangen, als er die Tür wieder öffnete. »Sind Sie eigentlich ein sehr religiöser Mensch, Herr Hauptmann?«
»Im Augenblick nicht.«
»Gut. Bei Katholiken kann man ja nie wissen.«

14. Dezember

Während Pater Malecki vor einem vorsorglich geschlossenen Fenster sein morgendliches Gewichthebeprogramm absolvierte, begleitete Richard Retz die Frau nach Hause.

Basia war nicht sein Typ. Er mochte keine Rothaarigen und keine Frauen, die sich die Beine und die Achselhöhlen rasierten. Er mochte auch keine Prostituierten, weil sie ihm nicht das Gefühl gaben, eine Eroberung gemacht zu haben. Basia war eine Lückenbüßerin, weiter nichts. Sie war verfügbar und angenehm und stellte keine Fragen.

Als er am frühen Morgen unerwartet einen aufgeregten Anruf von Ewa bekam, hatte Basia kein Interesse gezeigt, wer das wohl sein könnte; sie war ins Bad gegangen, um sich zu waschen, und hatte ihm so die Chance zu einer Plauderei gegeben. Obwohl sie hörte, dass er ein Rendezvous »heute oder morgen Abend« vereinbarte, nahm sie wortlos ihr Geld vom Nachtkasten, steckte es ein und zog ihre Galoschen an.

Um elf Uhr wurde Bora an der Grenze vom Stabswagen und von einem Geleitlastwagen erwartet. Der Politkommissar machte sich die Gelegenheit, dass Oberstleutnant Schenck nicht in Sichtweite war, zunutze, begleitete ihn den ganzen Weg bis zum Auto und wartete, bis er eingestiegen war.

»Gute Reise, Herr Hauptmann.«

»Guten Aufenthalt.«

Mit einem knappen Lächeln legte der Kommissar seine langen Zähne bloß. »Das meinen Sie doch nicht im Ernst.«

»Wahrscheinlich meinen Sie es auch nicht ernst, wenn Sie mir eine gute Reise wünschen.«

Während der Kommissar Anstalten machte, Boras Tür zu schließen, verzog er das Gesicht in spöttischer Verwunderung. »Deutsche und Russen – kann das gut gehen?«

»Die Landkarte von Polen ist der lebende Beweis dafür, Herr Kommissar.«

»Nicht unbedingt ein *lebender,* aber Sie haben recht.«

Schenck hatte gerade im Inneren des behelfsmäßig errichteten Kontrollpunkthäuschens telefoniert. Er hatte den Kommissar vom Fenster aus beobachtet und beschlossen, so lange drinnen zu bleiben, bis dieser abgezogen war.

»So ein widerlicher Kerl«, sagte er, als er sich zu Bora in den Stabswagen setzte. »Was hatte er Ihnen denn mitzuteilen?«

»Er hat mich daran erinnert, dass sie uns im gleichen Maße vertrauen und mögen, wie wir ihnen vertrauen und sie mögen.«

»Ich habe Vertrauen und Sympathie noch niemals mit den Roten in Verbindung gebracht.« Schenck zog aus seiner Aktentasche die Heilige Schrift hervor. »Danke dafür. Nicht gerade das, was ich unter einer spannenden Lektüre verstehe, aber ich bin wenigstens darüber eingeschlafen. Oh, sehen Sie sich das mal an!« Der Oberstleutnant zog eine große Karte aus seinem Hemd und faltete sie auf; sie war auf blassgelbem Papier gedruckt. Bora las ХАРБ85Bb, und unten: *Wojennotopografitscheskaja Karta Jewrejskoj Rossii 1:126 000.*

»Was ist das, Herr Oberstleutnant?«

Schencks Grinsen war von einzigartiger Scheußlichkeit und ließ ihn einen Augenblick lang wie das Phantom der Oper aussehen. »Hahaha. Den Roten weggeschnappt, als sie gerade mal nicht hersahen. Die

Karte von Charkow, Ukraine. Natürlich, die Ukraine. Was glauben Sie? Da können wir uns schon mal mit dem nächsten Schauplatz unserer Operationen vertraut machen. Was steht hier?«

»Bahnhof Ossnova.«

»Ist das nicht die Eisenbahnlinie, die direkt durch Russland bis nach Rostow führt?«

Bora nahm den Maßstab der Karte und rechnete im Kopf die russischen Maße in Meter um. »Doch«, sagte er. Jeder Zentimeter stand für einen Kilometer, und das Auto, in dem sie gerade saßen, war eintausendfünfhundert Kilometer von Charkow entfernt.

»Behalten Sie sie, Bora, sie wird Ihnen bald mal von Nutzen sein.«

Das Wetter blieb klar, aber es wurde immer kälter. Sobald sie das Hügelland erreicht hatten, bewölkte es sich rasch, und hohe Massen perlgrauer Wolken zogen von den Karpaten nach Norden. Betrachtet durch den Dunst, der einen Teil des noch wolkenfreien Himmels einhüllte, war die Sonne eine runde, glanzlose Scheibe, ähnlich einer Hostie.

Bora gab diesem matten Schimmer den Namen *Lumen,* obwohl er am Abend zuvor zu der Erkenntnis gelangt war, dass das Wort im weiteren Sinn auch für »Klugheit« und »Einsicht« stand. Unabhängig davon, wie sehr er sich bemühte, diese vage Spur nicht weiterzuverfolgen, stellte er fest, dass er instinktiv immer wieder darauf zurückkam. Bald begann, von Süden her, ein Gewimmel unendlich kleiner Flöckchen, die hell wie Glühwürmchen leuchteten, vor der immer blasser werdenden Sonnenscheibe dahinzutreiben.

Schenck sagte: »Ihr Stiefvater wird nur zwei Tage in Krakau bleiben. Glauben Sie, Sie können mit zwei Tagen etwas anfangen, wenn Ihre Frau mit ihm kommt?«

»Ich wäre sehr dankbar, wenn ich meine Frau auch nur für eine Stunde sehen könnte, Herr Oberstleutnant. Mir ist bewusst, dass das ein Privileg ist.«

Über Schencks Gesicht huschte ein Lächeln. »Ich erweise Ihnen keine Gefälligkeit. Ich denke nur praktisch. Sorgen Sie dafür, dass Sie sich in diesen drei Wochen vollkommen nüchtern und sauber und in Höchstform halten. Ich rate Ihnen, von Hochprozentigem und vom Rauchen ganz die Finger zu lassen – falls Sie überhaupt rauchen.«

»Ich rauche und trinke sowieso nicht viel.«

»Gutes Essen, harte Arbeit und ausgedehnte Spaziergänge – das ist es, was Sie brauchen. Ihre Frau muss sich richtig ausschlafen und darf sich in keiner Weise überanstrengen. Sie beide dürfen eine Woche vor der Empfängnis absolut keinen Alkohol zu sich nehmen. Ich werde Ihnen ein Exemplar von einer wissenschaftlichen Broschüre geben, in der es darum geht, wie die Zeugung männlichen Nachwuchses sichergestellt wird. Der Fehler, den ich beim ersten Mal bei meiner Frau gemacht habe, war, dass wir nach dem Essen einen Sherry getrunken haben. Deshalb ist es eine Tochter geworden. Sie haben gesehen, dass ich von den Roten Wodka angenommen habe: Ich hätte das niemals getan, wenn ich gerade eine Zeugung planen würde. Natürlich, Ihre Frau ist noch nie schwanger gewesen, deshalb ist es unmöglich zu sagen, ob es auf ihrer Seite irgendein Hindernis gibt. Ist ihr Zyklus regelmäßig?«

»Ich glaube, ja.«

»Sie brauchen nicht so verlegen zu sein, Hauptmann Bora! Das sind für verantwortungsbewusste Männer vollkommen natürliche Gesprächsthemen. Versuchen Sie lieber, sich zu erinnern, wann sie ihre letzte Periode hatte. Hoffentlich wird es nicht gerade wieder der Fall sein, wenn sie herkommt. Das wäre verschwendeter Geschlechtsverkehr.«

Bora fragte sich schmerzlich besorgt, was er am Ende dieser zwei Wochen mit sich anfangen würde, wenn Dikta überhaupt nicht nach Polen reisen durfte.

15. Dezember

Als Pater Malecki vor dem Tor des Klosters deutsche Fahrzeuge sah, sträubte sich ihm das schüttere Haar. Es waren keine Lastwagen der Wehrmacht, und der Stabswagen war nicht der von Bora. Ein Blick die Straße hinunter sagte ihm, dass auch vor der Jesuitenkirche SS-Fahrzeuge standen.

Er hielt einen Passanten auf dem Trottoir an. »Wissen Sie, was hier vorgeht?«

Der Mann eilte weiter, ohne zu antworten. Die wenigen anderen Zivilisten gingen ebenfalls schnellen Schrittes und verschwanden in Nebenstraßen und Haustüren.

Malecki stand allein da. Er wusste, dass es an der Ecke eine Telefonzelle gab, und sein erster Impuls war, zu versuchen, bei der Kurie anzurufen, um den Erzbischof zu verständigen. In diesem Augenblick fuhr aus einer Gasse ein Lastwagen heran und wurde quer zur Straße abgestellt, sodass er den Weg zur Ecke blockierte.

Malecki blieb also auf dem Gehsteig stehen und klimperte nervös mit Schlüsseln und Münzen in seiner Hosentasche. Rechts schienen hinter der Jesuitenkirche noch mehr Lastwagen in Richtung Stradom und Getto unterwegs zu sein.

Mister Logans warnende Worte gingen ihm durch den Kopf, während er vom Gehsteig trat, die Straße überquerte und auf die grimmigen, Waffen schleppenden Wachsoldaten neben dem Klostertor zuging.

16. Dezember

»War das nötig?«

Bora stellte fest, dass er weder wütend noch verärgert war – nur die Dummheit der Aktion irritierte ihn. Eines seiner Ziele für die Woche war gewesen, diese kleine ukrainische Siedlung am östlichen Rand des Distrikts Krakau in Augenschein zu nehmen. Nachdem er Schenck in

Tarnow zurückgelassen hatte, war Hannes wieder zu ihm gestoßen, und sie waren zusammen nach Süden, in Richtung der Berge, gefahren. Bei seiner Ankunft in dem Dorf den Sicherheitsdienst vorzufinden, war ärgerlich genug, aber der Anblick eines Wehrmachtszuges im Schlepptau des SD veranlasste ihn, auf den Offizier zuzumarschieren und über den gemeinsamen Einsatz Auskunft zu verlangen.

Der SD-Mann musterte ihn von oben bis unten. »Ja, das war nötig. Was ist los mit Ihnen, haben Sie noch nie Leute hängen sehen?«

Tatsächlich, für Bora war es das erste Mal. Er wandte den Blick von den beiden schlaffen barfüßigen Körpern, die, langsam kreisend, an den Ästen eines Baumes baumelten.

»In diesem Abschnitt hatten wir das Sagen. Warum ist der Nachrichtendienst nicht informiert worden, und wer ist dafür verantwortlich, dass Ihnen Wehrmachtssoldaten zur Verfügung gestellt wurden?«

Der Mann vom SD kehrte Bora den Rücken zu und ging zu seinem Wagen zurück. »Sie ärgern sich nur, weil Sie zu spät kommen. Wir können diese Tiere genauso gut verhören wie Sie, nur überzeugen unsere Methoden ihre Frauen viel schneller, den Mund aufzumachen.«

»Sie haben meine Frage nicht beantwortet.«

»Bitte, Herr Hauptmann. Warum gehen Sie nicht nach Hause und informieren Ihren Kommandeur? Er soll einen Antrag stellen, in dem er die Auskünfte verlangt, die Sie haben wollen, und ihn auf den Dienstweg bringen.«

»Ich werde einfach nur Ihre Unteroffiziere fragen.« Ohne weiter nachzudenken, ging Bora auf eine Gruppe Soldaten zu, doch er wurde von einem groben Zerren am Ärmel zurückgehalten.

»Das würde ich an Ihrer Stelle bleiben lassen!«, sagte der SD-Offizier.

Ungerührt löste Bora die Finger von seinem Arm. »Ich bitte Sie!«

Er brauchte nur wenige Minuten, um, in Sichtweite der Gehenkten in seinem Auto sitzend, seinen Bericht zu schreiben.

Die beiden polnischen Staatsangehörigen wurden ohne Prozess in einer ländlichen Gemeinde drei Kilometer nördlich von Cieczkowice im Kreis Tarnow hingerichtet. Sie wurden nicht »gehenkt«, wie der SD-Offizier vor

Ort behauptete, da es keine Vorrichtungen zur Durchführung einer ordnungsgemäßen Hinrichtung durch den Strang gab. Da kein Bruch der Nackenwirbel festzustellen ist, scheint es sich, vorbehältlich eines Obduktionsberichts, bei der Hinrichtungsmethode eher um eine Strangulation gehandelt zu haben. Verwertbare Auskünfte konnten weder den Männern vor ihrem Tod noch ihren Ehefrauen entlockt werden, die seit meiner Ankunft vom SD für weitere Verhöre weggesperrt wurden. Der Unteroffizier, der den Wehrmachtszug anführte, konnte mir keine klaren Auskünfte darüber geben, wie es zu diesem gemeinsamen Einsatz kam.

Helenka erwartete, dass Retz sie nach der Probe besuchte, aber er kam nicht. Als sie ihn vom Theater aus anrufen wollte und nicht zu Hause erreichte, erlebte sie eine erneute Enttäuschung. Während das Telefon vergebens läutete, wartete Kasia hinter ihr, eine ihrer hingekritzelten Nummern in der Hand. Sie sagte: »Gut gemacht heute, Helenka. Du wirst die Sache prima durchziehen.«

»Auch deine Mutter war gut. Findest du nicht?«

Helenka zwang sich, ihren Blick nicht von Kasia abzuwenden, denn sie wusste, wie nahe diese ihrer Mutter stand und wie sehr sie ihr vertraute. »Ewa ist ein alter Hase«, erwiderte sie, als sie die Galle weit genug in ihre Kehle zurückgedrängt hatte, um ihre Worte mit einem Lächeln garnieren zu können. »Natürlich war sie gut!«

»Sie sieht auch gut aus. Ich meine, als wäre sie glücklich. Verliebt oder so etwas. Gehst du heute Abend aus?«

»Ich weiß nicht.« Weil Helenka sich ärgerte, klang ihre Stimme wie die eines schmollenden kleinen Mädchens. »Und du?«

Kasia zuckte die Achseln. »Ich? Das kommt darauf an. Wenn ich mit meinem Anruf durchkomme und genug warmes Wasser habe, um mir die Haare zu waschen, wahrscheinlich schon.«

Bei der frühlingshaft warmen Temperatur, die in der Kurie herrschte, bewirkte die schiere Überraschung, dass sich die ewigen Runzeln im Gesicht des Erzbischofs plötzlich glätteten. »Festgenommen? Habe ich das richtig verstanden?«

Der Sekretär, dem es widerstrebte, das Wort zu wiederholen, nickte nur.

»Na schön. Ist das amerikanische Konsulat verständigt? Sind entsprechende Maßnahmen ergriffen worden?«

»Wir haben von seiner Festnahme nur deshalb erfahren, weil eine der Schwestern vor zehn Minuten hierhergekommen ist und uns davon berichtet hat. Wünscht Ihre Eminenz, sie zu sehen?«

»Nein, nein. Kümmern Sie sich um sie! Sie könnte mir ohnehin nichts sagen, was nicht auch Ihnen erklärt werden kann.«

»Natürlich sind Festnahme und Verhaftung nicht das Gleiche! Ich habe sofort in Pater Maleckis Wohnung angerufen. Da er heute erst am späten Abend zurückerwartet wird, können wir nicht einfach davon ausgehen, dass er von den Deutschen tatsächlich in Haft gehalten wird. Ich werde nach 19.00 Uhr noch einmal versuchen, ihn zu erreichen.«

»Trotzdem, der amerikanische Konsul sollte informiert werden.«

Die hohe Gestalt des Sekretärs in ihrem langen Rock schwankte ein wenig. »Ich bin mir nicht sicher, ob Pater Malecki damit einverstanden wäre. Ein vorzeitiges Eingreifen amerikanischer Dienststellen könnte seine Chance, in Polen bleiben zu dürfen, mindern. Eure Eminenz wird sich erinnern, dass der Heilige Stuhl ihn ausdrücklich angewiesen hat, bis zum Abschluss der Ermittlungen hierzubleiben.«

»Aber könnten die Deutschen ihn nicht aus Polen ausweisen, wenn sie herausfinden, dass er Amerikaner ist?«

»In diesem Fall, Eminenz, wird es außerhalb der Zuständigkeit Ihrer Eminenz liegen, ihn hier zu halten. Pater Maleckis Abreise war, glaube ich, eine der Prioritäten Ihrer Eminenz.«

Der Erzbischof machte es sich in seinem Sessel bequemer und strich sich mit einem schwer beringten Finger über die gerunzelte Stirn. »Was war der Anlass dafür, dass die Deutschen heute unbefugt kirchlichen Boden betreten haben? *Darauf* werde ich sofort reagieren.«

»Sie haben nach Juden gesucht, Eminenz. Man munkelt, einige der Bewohner des Kazimierz-Viertels hätten sich nach der Razzia des SD auf jüdische Geschäfte in religiöse Einrichtungen geflüchtet.«

»Stimmt das?«

»Wir versuchen, das herauszufinden. Ob wahr oder nicht – die Deutschen meinten, in eine Reihe von Klöstern und in andere Gebäude eindringen zu müssen, die sich in kirchlichem Besitz befinden. Hier ist eine vorläufige Liste derer, von denen wir erfahren haben. Zum Glück wurden keine Flüchtlinge entdeckt. Diejenigen, die gegen die Operation protestiert haben, wurden festgenommen. Pater Malecki ist einer von sieben solchen Kirchenvertretern. Ihre Namen habe ich hier.«

Der Erzbischof rieb sich mit einem Finger die Stirn mit den Sorgenfalten. »Wenn es noch mehr schlechte Nachrichten gibt, möchte ich sie alle sofort hören.«

Der Sekretär hatte auf einmal ein billig bedrucktes Flugblatt in der Hand.

»Davon sind mehrere gefunden worden, die über Nacht an die Hausmauern geklebt waren. Wie Sie sehen, sind Meldungen, wonach Mutter Kazimierza keines natürlichen Todes gestorben sind, genug Leuten zu Ohren gekommen, um eine derartige Reaktion zu rechtfertigen.«

»Um Gottes willen, darin werden die Deutschen ja direkt beschuldigt!«

»Ich habe mir erlaubt, möglichst viele davon zu entfernen, bevor irgendwelche Vergeltungsmaßnahmen ergriffen werden.«

Der Erzbischof bestätigte, dass auch er diesen Schritt für wichtig hielt. »Setzen Sie sich mit dem Offizier vom Nachrichtendienst in Verbindung, der die Ermittlungen im Mordfall leitet, und legen Sie ihm unseren Standpunkt in Bezug auf den Inhalt der Flugblätter dar.«

»Wir dementieren ihn, Eminenz?«

»Wir dementieren.«

Nach wenigen Minuten kehrte der Sekretär in das Büro des Erzbischofs zurück, um ihm mitzuteilen, dass Hauptmann Bora nicht zu sprechen sei und nicht vor dem nächsten Morgen zurückerwartet werde.

Um 21.00 Uhr meldete der Sekretär schließlich, Pater Maleckis

Vermieterin habe bestätigt, dass der Priester noch nicht nach Hause gekommen sei.

»Er ist nicht zum Abendessen erschienen, und sie macht sich Sorgen. Ich habe es für besser gehalten, ihr keinen reinen Wein einzuschenken. Womit wir uns jetzt befassen müssen, ist dieses hier, Eminenz.«

In einem knapp gehaltenen Kommuniqué von Generalgouverneur Hans Frank wurden Maßnahmen gegen die Kirche in Krakau angedroht für den Fall, dass den deutschen Behörden die Identität der Person beziehungsweise der Personen, welche Informationen über den Mordfall durchsickern ließ beziehungsweise ließen, nicht mitgeteilt würde.

Der Erzbischof stöhnte. »Wie soll ich bei all diesen Schlägen, die man gegen uns richtet, nachts noch schlafen können?«

Bora verbrachte die Nacht in einem kleinen Kaff am Fuße der Berge, wo auch eine Aufklärungsabteilung haltgemacht hatte.

Wind war aufgekommen, und obwohl es weniger stark schneite, war es bitterkalt. Der Vollmond trieb über bleichen, strähnigen Wolken dahin. Ihre Farbe und Klumpigkeit erinnerten Bora an sauer gewordene Milch. Bevor er sich hinlegte, spazierte er die ausgefahrene Dorfstraße hinunter, um allein zu sein und nachzudenken und die Bilder des Tages aus seinem Kopf zu bannen. Vor dem ausgefransten grauen Himmel drängten sich an dem einen Ende der Straße die Lastwagen der Wehrmacht zusammen wie eine Herde mit kantigen Konturen. Nur in wenigen Häusern brannte Licht, das als flimmernde Streifen um die Fenster herum und unter den Türen sichtbar wurde.

Wie an dem Tag, als er in dem Schulgebäude seine toten Kameraden identifiziert hatte, ergriff ihn plötzlich ein Gefühl des Staunens darüber, dass er sich hier befand, und es traf ihn wie eine Erkenntnis: Alles außerhalb dieses Augenblicks war wie ein Traum; Oberstleutnant Schenck, Pater Malecki erschienen ihm wie kurz aufflackernde Trugbilder. Er fragte sich, ob er wirklich eine tote Nonne im Kreuzgang gesehen hatte, ob er wirklich einem Priester einen Faustschlag versetzt und ob er sich wirklich mit einem Politkommissar der Roten Armee herumgestritten hatte.

Der Mond schien rasch weiterzuziehen, vorbei an den strähnigen Wolken. Geruchlos und schneidend schob der Wind ihn vor sich her.

Bora kehrte am Ende der Straße um und spazierte zurück, einem anderen grauen Horizont entgegen, mit der zerzausten Silhouette strohgedeckter Häuser, die ihn im Hintergrund begrenzte. Eines stand fest: Er würde sich mit Major Retz zusammenraufen müssen, denn der war innerhalb weniger Wochen zu einer unangenehmen, aber unumgänglichen Größe in seinem Leben geworden.

Am Morgen aber würde er direkt zur Arbeit fahren und so wenigstens der einen oder anderen Besucherin des Majors aus dem Weg gehen.

18. Dezember

Am Montag hielt Bora, der seinen Dienstmantel schon halb ausgezogen hatte, wie erstarrt inne, die eine Hand immer noch am Knopf.
»Der Major ist *was?*«
»Tot, Herr Hauptmann.« Die Ordonnanz holte unter dem Schreibtisch eine Schachtel mit ein paar persönlichen Gegenständen hervor, die, wie Bora erkannte, Retz gehört hatten.
»Wann ist das passiert?«
»Sonntag früh, Herr Hauptmann. Er ist zu Hause tot aufgefunden worden. Oberstleutnant Schenck meinte, Sie würden diese Sachen sicher gern mitnehmen.«

Bora warf einen Blick in die Schachtel. Er hatte große Schwierigkeiten, die Worte der Ordonnanz mit Retz in Verbindung zu bringen, und alle die anderen Fragen, die sich ihm aufdrängten – Wie? Warum? –, stellte er jetzt nicht, sondern nahm automatisch die Schachtel in die Hand und trug sie in sein Büro.

Als er hineinging, platzte es aus einem Kameraden, der gerade dabei war, einen Bleistift zu spitzen, heraus: »Er war doch wirklich der Letzte, von dem man gedacht hätte, dass er sich umbringt, oder?«

»Hat er das wirklich getan?«

»Er hat seinen Kopf in den Herd gesteckt und das Gas eingeatmet. Es ist ein Wunder, dass nicht das ganze Gebäude in die Luft geflogen ist. Die Putzfrau hat unterhalb Ihrer Wohnungstür das Gas gerochen und klugerweise um Hilfe gerufen. Es hatte sich im ganzen Haus verbreitet, und es hätte nur noch gefehlt, dass sie hineingegangen wäre und den Lichtschalter umgedreht hätte.«

»Aber warum? Hat er einen Abschiedsbrief oder so etwas hinterlassen?«

»Nicht, dass ich wüsste. Aber vielleicht weiß Salle-Weber mehr. Er hat Sie gestern gesucht.« Der Stift kam aus dem Bleistiftspitzer mit einer langen glatten Spitze hervor, die Boras Arbeitskollege mit der Zunge ableckte.

»Sie haben doch mit Retz zusammengewohnt. Haben Sie denn keine Ahnung?«

Bora suchte Salle-Weber auf. Der SS-Mann, der ganz augenscheinlich von der Nachricht unbeeindruckt war und keinerlei Interesse zeigte, setzte ausnahmsweise eine versöhnliche Miene auf.

»Bora, von allen Offizieren in Krakau sind Sie derjenige, der die meiste dienstfreie Zeit mit Retz verbracht hat. Sie sind jemand, der gut beobachten kann. Hat Retz Ihnen irgendetwas gesagt, was auf private Schwierigkeiten hindeuten würde? Hat er sich kurz vor Ihrer Abreise irgendwie auffällig verhalten?«

»Wieso? Nein, überhaupt nicht. Das Einzige ... na ja, an den Wochenenden hat er immer ein bisschen getrunken.«

»Er hat *viel* getrunken«, korrigierte ihn Salle-Weber. »Aber Trinker bringen sich in der Regel mit der Flasche um. Nein, ich meine: Probleme mit Frauen, Affären, Geldangelegenheiten. *Politisches.*«

Bora überlegte, ob er etwas über Ewa Kowalska sagen sollte, aber Salle-Weber kam ihm zuvor. »Wir wissen, dass er ein oder zwei Freundinnen hatte, die ihm mehr am Herzen lagen als die Übrigen.« Er blickte in die Akte auf seinem Schreibtisch. »Eine gewisse Ewa Kowalska, eine Basia Plutinska, und dann gab es auch noch eine jüngere Frau, Helena oder Helenka Sokora. Die hat er mit nach Hause genommen; Sie müssen sie also zumindest einmal gesehen haben.«

»Ja, gesehen habe ich sie. Aber weiter nichts.«

Salle-Weber quittierte die Antwort mit einem süffisanten Grinsen. »Er ist also mit allen gut zurechtgekommen?«

»Es schien so.«

»Also, ich weiß nicht einmal, warum ich Sie danach frage. Wir haben die Frauen routinemäßig überprüft, und sie wirkten alle aufrichtig bekümmert, vor allem die kleine Sokora. Er war zu allen ›nett‹ gewesen, ihren Aussagen zufolge, und ich hatte das Gefühl, dass sie ihren väterlichen Verehrer vermissen werden. Wir müssen anderswo suchen, nur damit wir nachher die Genugtuung haben, das Rätsel gelöst zu haben. Alles, woran ich interessiert bin, ist, sicherzustellen, dass es nicht um Politik ging.«

»Ich glaube nicht, dass Politik der wunde Punkt des Majors war. Er war vollkommen loyal. Zwei seiner Brüder sind in der SS, wissen Sie?«

Salle-Weber klappte die Akte zu und legte sie weg. »Hat Oberstleutnant Schenck sich mit Ihnen in Verbindung gesetzt wegen des Briefes, den Sie an Retz' Frau nach Hause schicken sollen?«

»Ja.« Bora war klar, dass Salle-Weber ihm in dieser Hinsicht Anweisungen geben wollte, und fuhr deshalb fort: »Ich habe keine Ahnung, was ich ihr schreiben soll.«

»Sie sollten ihr mitteilen, dass der Major in Erfüllung seiner militärischen Pflichten Opfer eines Unfalls wurde.«

»Sehr gut.«

Das Gespräch dauerte fast noch eine Stunde. Als sich Bora anschickte zu gehen, war er noch auf eine Antwort neugierig und fragte: »Was haben Sie eigentlich den Frauen des Majors erzählt?«

»Dass es ein Unglück war, aber ich bin sicher, dass sie über die Putzfrau oder den Klatsch im Haus inzwischen die Wahrheit erfahren haben.« Salle-Weber sah Bora aufmerksam und amüsiert an.

»Falls Sie sich entschließen, mit einer von ihnen dort weiterzumachen, wo Ihr Mitbewohner aufgehört hat, bleiben Sie bei der Unfallgeschichte.«

»Das Mädchen, das Sie Sokora genannt haben – ich hatte geglaubt, ihr Name wäre Kowalska.«

»Sokora ist ihr Künstlername. Ich vermute mal, dass sie nicht mit der anderen Schauspielerin verwechselt werden will.«

Es schneite heftig, als Bora nach dem Gespräch mit Salle-Weber auf die Straße trat. Der Wawel und die Altstadt direkt vor ihm sahen aus wie aus einem Weihnachtsbilderbuch – kalt, altertümlich und würdevoll. Bald würde es dunkel sein. Die Kirchtürme und Mauern, die alten wie die neuen Bauten, würden von der Nacht verschluckt werden, und andere Bilder würden an ihre Stelle treten – solche, die der Fantasie entsprangen und weniger Würde ausstrahlten.

Bora sollte frühmorgens im Feld sein, aber an diesem Abend musste er nach Hause gehen.

Beim Eintreten erwartete er, Gas zu riechen, aber natürlich war die Wohnung inzwischen gründlich durchgelüftet worden. Überhaupt schien nichts verändert zu sein. Bora ging vom Eingang des Salons in den Flur und merkte, dass es ihn ganz automatisch zur Küche zog, weil er die Küche einfach sehen *musste*.

Er schaute den Herd an, als sähe er ihn zum ersten Mal und als hätte er keine Ähnlichkeit mehr mit dem, was er eigentlich war, weil er inzwischen einem anderen Zweck gedient hatte. Er wirkte nicht abstoßend auf ihn, er kam ihm nur seltsam und unheimlich vor.

Retz' Schlafzimmer war, wie Salle-Weber gesagt hatte, »sorgfältig durchsucht« worden. Jetzt war alles wieder an seinem Platz. Uniformen waren aufgehängt, Illustrierte aufgestapelt und seine Toilettenartikel ordentlich auf der Kommode aufgereiht. Bora wurde sich schlagartig bewusst, dass er diesen Raum niemals zuvor betreten hatte. Er war ein- oder zweimal bis zur Schwelle gelangt, hatte aber immerhin viel von dem mitbekommen, was nachts in diesem Zimmer vor sich gegangen war.

Boras Blick wanderte ein wenig neidisch und voller Erwartung zum

Bett. Wenn Dikta käme, ja, wenn sie käme … dann würde er das tun, was Retz mit seinen Frauen getan hatte, nur öfter, ausgiebiger. Besser. Länger. Dann ertappte er sich und errötete: Irgendwie kam es ihm wie ein Sakrileg vor, hier an seine Frau zu denken. Er ging hinaus und schloss die Tür.

Die Aussicht, in einer Wohnung zu schlafen, in der sich ein Mensch umgebracht hatte, verstörte ihn nicht, obwohl Bora Schuldgefühle empfand, weil er nicht um Retz trauerte. Nachdem er fast eine Stunde lang vergebens versucht hatte zu lesen, gestand er sich ein, dass er so schnell keinen Schlaf finden würde.

Kurz vor Mitternacht, als er schließlich ins Bad ging, um sich vor dem Schlafengehen die Zähne zu putzen, betrachtete er Retz' Fläschchen mit den Balsamen und Haarfärbemitteln nun mit anderen Augen und wunderte sich, wie es den Dingen, die eigentlich nicht dafür gedacht waren, ihren Besitzer zu überleben, gelang, genau das zu tun. Zahnpasta, Nagelknipser, Rasierer waren, abgesehen von den Bier- und Weinvorräten, die Retz unangetastet im Kühlschrank zurückgelassen hatte, alles, was noch an dessen Anwesenheit hier erinnerte.

Was würde wohl einmal an seine eigene Anwesenheit erinnern?

Sein Spiegelbild wirkte auf ihn in mancher Hinsicht auf einmal ebenfalls anders: Er sah sich ernst und jünger, als er sich fühlte. Ewa Kowalska musste ihn für unreif gehalten haben, weil seine Gesichtszüge absolut keine Alterungserscheinungen aufwiesen. Möglicherweise war er aber auch tatsächlich unreif.

Merkwürdig, dass Retz die Klinge im Rasierer gelassen hatte. War es das, was Männer taten, bevor sie Selbstmord begingen? Gegen ihre eigenen kleinen Gesetze verstoßen, zum Beispiel gegen jenes, niemals eine nasse Klinge im Rasierer zu lassen?

Im Morgengrauen, bevor er ins Feld aufbrach, sortierte Bora die Gegenstände aus, die an Retz' Witwe geschickt werden sollten. Das Nutzlose warf er weg: Flaschen und Zigaretten und Präservative und Vitamintabletten. Retz' Rasierer vergaß er im Glas.

8

20. Dezember 1939

Die Brüste des Mädchens, die den Stoff ihrer ausgewaschenen Bluse spannten, waren so klein wie die zusammengepressten Fingerspitzen einer Hand. Sie war eindeutig noch ein Kind, und Bora wandte den Blick ab und richtete ihn auf den mondgesichtigen Säugling, den sie auf ihrer Hüfte trug. Das Baby hatte sie eingenässt, aber sie schien es nicht bemerkt zu haben.

Auf Boras Drängen fuhr Hannes fort, mit monotoner Stimme Fragen zu stellen. Die Bauern hörten zu und gaben mit vor Angst weit aufgerissenen Augen hin und wieder Antwort. Trotz der Jahreszeit waren alle barfuß; Krusten aus schneeverschmiertem Matsch hatten sich an den Fersen der Frauen gebildet, die beim Wäschewaschen überrascht worden waren.

Von ihrem Aussehen her konnte Bora auf die Verwandtschaft zwischen ihnen schließen. Es gab zwei ältere Männer und eine alte Frau – die Vertreter der Elterngeneration – und drei Söhne mit ihren Frauen, das Mädchen und den Säugling. Zwei Schritte entfernt stand eine kleine Frau unbestimmten Alters, stupsnasig und blass. Sie sabberte aus offenem Mund und kratzte sich seit Boras Ankunft wie wild am Rücken ihrer linken Hand, deren Haut über und über mit Schwären bedeckt war.

»Hannes, mach ihnen klar, dass wir nur herausfinden wollen, welchen Weg die bewaffneten Männer eingeschlagen haben. Ich weiß, dass hier keine polnischen Soldaten *versteckt* werden. Sag ihnen das!«

Wieder dolmetschte Hannes. Dieses Mal antworteten alle Männer. Bora verstand ein paar einzelne Wörter, die so ähnlich wie im

Russischen klangen, und den Namen eines nahe gelegenen Weilers: Skalny Pagorek.

»Sie sagen, sie seien, als sie sie zum letzten Mal gesehen haben, in Richtung Skalny Pagorek gegangen, Herr Hauptmann.«

»Und wann war das?«

Die Männer beratschlagten untereinander. Der Älteste von ihnen, der sich auf einen knotigen Stock stützte, stellte Fragen, hörte zu, nickte. Auch Bora hörte zu, ohne zu verstehen, und betrachtete das archaische Profil mit den schulterlangen Haaren, die rechts und links vom Gesicht des Alten zu drahtigen grauen Zöpfchen geflochten waren. An der Helligkeit der Augen seiner Tochter oder Schwiegertochter neben ihm erkannte Bora die Mutter des Mädchens. Eine füllige blonde Frau, die vor die anderen getreten war, um ihn mit einem Handkuss zu begrüßen, wie die Bauern es aus Respekt vor der Uniform taten. Bora war zurückgewichen, jetzt aber war ihm klar, dass er das, ebenfalls aus Respekt vor dieser Uniform, nicht hätte tun dürfen. Die Geschwüre auf der Hand der Stupsnasigen begannen zu bluten.

Langsam kamen Daten, Richtungen und Bruchstücke von Informationen zutage. Bora und Hannes waren beinahe fertig, als zwei Fahrzeuge des SD die zerfurchte Dorfstraße heraufgeholpert kamen. Bora erwartete, dass sie vorbeifahren würden, doch stattdessen bog der Stabswagen in die schneegesäumte Spur ein, die zum Gehöft führte. Er hielt bei dem Brunnen mit dem Holzdeckel an, ebenso der Lastwagen. Mehrere Soldaten stiegen ab, blickten in den Brunnen, um nachzuschauen, ob Eis darin war, und füllten ihre Feldflaschen.

Ein Offizier sprang aus dem Wagen. Er unternahm keinen Versuch, näher an den Dreschboden heranzutreten, auf dem Bora die Bauern versammelt hatte. Er blieb beim Auto stehen, in etwa dreißig Schritt Entfernung, und studierte eine zusammengefaltete Karte.

Bora sagte: »Pack zusammen, Hannes.«

Als er beim Brunnen angelangt war, hatte der SD-Offizier sein Kartenstudium beendet und steckte die Karte gerade in die Tasche zurück.

»Sind Sie fertig, Herr Hauptmann?«

Gereizt atmete Bora kurz durch. »Dieses Gebiet ist der Wehrmacht unterstellt. Es fällt in unseren Zuständigkeitsbereich.«

»Nun, unser Auftrag unterscheidet sich ein bisschen von dem Ihren. Deshalb machen Sie sich wegen einer Überschneidung der Kompetenzen mal keine Sorgen.«

Die Soldaten standen, wie Bora sah, im kalten blauen Schatten des Lastwagens. Sie hatten ihre Waffen – Maschinengewehre und Karabiner – auf einer Seite abgelegt und begannen, ihre Rationen zu vertilgen. Für ein Mittagessen war es zu früh am Morgen; wahrscheinlich waren sie die Nacht über unterwegs gewesen. Ihre Stiefel waren mit eingetrocknetem Morast bedeckt, und ihre Uniformen sahen aus, als hätten sie darin geschlafen.

»Wie lautet denn Ihr Auftrag?«, fragte er den Offizier.

»Wir besorgen Vorräte für eine weitere Woche im Feld.«

»Dieser Bauernhof hat nichts mehr zu vergeben. Wir sind auf dem Einmarsch hier durchgekommen, und sie hat es schon hart getroffen.«

»Wir werden das schon selbst in Erfahrung bringen, Herr Hauptmann. Gute Reise!«

Bora schaute auf seine Uhr. Er hatte mehr Zeit hier verbracht als erwartet. Er hatte noch eine lange Liste mit Aufgaben im Feld abzuarbeiten, bevor er zur Stabsbesprechung um drei Uhr zurückkehren würde, und Schenck duldete kein Zuspätkommen. Bora, der auf Hannes und den Wagen wartete, überlegte, ob er bleiben sollte, bis der SD seine Suche beendet hatte.

Sie schienen keine Eile zu haben, keiner von ihnen. Einige Soldaten mampften ihr Essen, andere saßen rauchend im Lastwagen.

Ihr Offizier tauchte eine Feldflasche in den Eimer, um sie zu füllen. Er trank daraus, spülte sich den Mund aus und spuckte das Wasser zurück in den Brunnen. »Sie können hier warten, Herr Hauptmann, aber bestimmt haben Sie Besseres zu tun.«

Bora sollte es sich nie verzeihen, dass er so wenig Weitblick besaß, in sein Auto stieg und davonfuhr.

Sie waren ungefähr einen Kilometer von dem Gehöft entfernt an einer doppelten Reihe dürrer Bäume vorbeigefahren, die es gegen den Nordwind schützten, als sie ihre Fahrt auf ein Kriechtempo verlangsamen mussten, um eine Furt zu passieren. Es war ein steiler, morastiger Hang, dessen Überquerung ihnen schon auf dem Hinweg Schwierigkeiten bereitet hatte. Auf dem Matsch hatte sich eine Eisschicht gebildet, und so war der Untergrund rutschig. Der Wagen gelangte unten auf eine eisige Mischung aus Steinen, Lehm und Wasser, und der Motor musste sich gewaltig anstrengen.

Ein Höhenwind wehte vom Süden her vereinzelte Wolken heran. Nach Sonnenaufgang war es so angenehm geworden, dass Bora jetzt sein Fenster heruntergekurbelt ließ. Gegen Schencks Rat, enthaltsam zu sein, zündete er sich eine Zigarette an und sah zu, wie der Rauch in blauen Kringeln aus dem Wagen abzog. Skalny Pagórek. Als Nächstes kam Skalny Pagórek. Auf der Karte, die er auf seinen Knien ausgebreitet hatte, sah er einen Wirrwarr von Feldwegen und slawischen Ortsnamen.

»Hannes ...«, begann er. Und da hörte Bora über das dumpfe Brummen des überanstrengten Motors hinweg ein Geräusch, das ihn veranlasste, den Rücken fest gegen die Lehne zu pressen.

Maschinengewehrfeuer. Nicht so weit entfernt, hinter der Reihe der dürren Bäume, brach Maschinengewehrfeuer los. Im Rückspiegel traf Hannes' angsterfüllter Blick den seinen.

Bora legte die Karte weg. In seiner Magengrube spürte er einen plötzlichen heftigen Schmerz. Aber einen so großen Fehler konnte er doch nicht begangen haben! Er konnte die Absichten der Männer doch nicht dermaßen falsch eingeschätzt haben. Es war einfach unmöglich. Er hegte Vorurteile gegenüber dem Sicherheitsdienst. Er hatte immer mit dem Schlimmsten gerechnet. Er hätte es wissen müssen! Er hätte wissen müssen, dass der SD auf versprengte Reste der polnischen Armee stoßen würde.

»Zurück, aber schnell!«

Sie hatten die Mitte der Furt erreicht. Hannes setzte das Auto zurück, und Morast spritzte von den Reifen, bevor Hannes den Wagen über den Hang zurücklenken und wenden konnte. Sie jagten in einem Sturm aufgewirbelter rötlicher Tannennadeln an den Bäumen vorbei und legten die ebene Strecke, die sie von dem Bauernhof trennte, in Höchstgeschwindigkeit zurück.

Alles, was Bora aus der Ferne erkennen konnte, war eine Handvoll Soldaten, die aus der Scheune traten.

Der Lastwagen war leer. Der Stabswagen war leer. Auf dem Dreschboden war niemand.

Bora rannte los, überquerte die zertrampelte Schneefläche über dem matschigen Morast. Auf der Türstufe zur Scheune blieb er stehen.

»Was habt ihr getan?«

Der SD-Offizier, der gerade die Scheune verließ, wollte an Bora vorbeigehen, wurde aber auf der Schwelle von ihm festgehalten.

Soldaten kamen mit Kanistern herbei und verschütteten gleichmäßig Benzin an die Grundmauern des Gebäudes. Dann warfen sie bündelweise Stroh und Heu dazu. Bora roch das Benzin und hörte, wie die Soldaten es verschütteten, aber er achtete nicht weiter auf sie. Seine Augen waren auf den Lehmboden der Scheune gerichtet.

»Um Gottes willen, sie sind ja noch nicht mal tot!«

»Sie waren mit Ihrer Arbeit fertig, als wir gekommen sind, Herr Hauptmann. Halten Sie sich gefälligst aus der unseren heraus!«

Bora tat einen Schritt ins Innere und öffnete das Holster.

Der SD-Mann packte ihn am Handgelenk. »Ich warne Sie!« Und als Bora seine Hand mit einer Armdrehung aus der Umklammerung befreite, stieß er ihn brutal gegen den Türrahmen. »Mischen Sie sich da nicht ein!«

Bora trat zurück und zog seine Waffe. Der Mann vom SD stand Brust an Brust mit ihm und schob ihn weiter, bis Bora ihn mit dem Ellenbogen zurückdrängte. Während sie sich mit angespannten Muskeln gegenüberstanden, war Bora fest entschlossen, sich Zutritt zu verschaffen.

»Ich will Ihren Namen wissen, Herr Hauptmann!«

»Und ich den Ihren!«

Feuer loderte neben ihnen auf; es hatte ein hohes Bündel Stroh erfasst und verschlang es rot glühend in einer erstickenden Qualmwolke. Der SD-Mann wich zurück, verächtlich abwinkend. Und dann betrat Bora die Scheune.

Der Rauch drang bereits im ganzen Gebäude unter den einzelnen Latten hervor. Bora trat mit seinen Stiefeln Blut in den Lehmboden, während er auf die Mitte der Scheune zuging. Dort lagen die Körper übereinander. Als Erstes sah er das Mädchen. Es lag mit dem Gesicht nach oben. Ihre linke Hand war in verzweifelter Haltung im Blut verdreht, an der Stelle, wo der Arm ihrer Mutter diese Hand niederdrückte. Der Mutter war der ganze Hinterkopf weggerissen worden. Bora stolperte über den blutverschmierten Körper eines Mannes bei dem Versuch, an das Mädchen heranzukommen. Mit grätschten Beinen über ihr stehend, gab er ihr den Gnadenschuss. Dann wandte er sich den anderen zu und schoss aus nächster Nähe auf einen nach dem anderen. Als sein Magazin leer war, wechselte er es und schoss weiter.

»Herr Hauptmann, Herr Hauptmann!«, rief Hannes ihm vom Dreschboden aus zu. »Das Dach stürzt gleich ein!«

Bora schoss weiter.

Als er hinausging, waren die Fahrzeuge des SD bereits fort. Er wandte sich zum Brunnen um und sah, dass sie auf der unbefestigten Straße, die nach Osten führte, einen Eiskristallschweif hinter sich herzogen. Seine Augen brannten und schmerzten vom Rauch, aber er wollte sie sich nicht reiben aus Angst, er könne aufgewühlt erscheinen, was er tatsächlich nicht war.

Hannes stand beim Auto; seine schmächtige Gestalt verschwand fast vor dem unermesslich weiten Hintergrund sanft ansteigenden Weidelands. Sein abgewandtes Gesicht war kreidebleich.

Bora war nicht aufgewühlt. Er war sich nur des unerträglichen Gewichts am Ende seines Arms bewusst. Morgendliche Geräusche kamen von den Feldern herüber. Aus weiter Ferne, wie es schien. Die Frische des Morgens wehte sie ihm zu, sobald er sich von dem Knistern und dem Geruch der Flammen wegdrehte.

Viele Male sollte er an diesen Tag zurückdenken und diese Last spüren, wie er mit gesenktem Arm dastand, die schwere Walther in der Hand. In dieser Pistole lag ein Gewicht, das ihn nach unten ziehen und vernichten wollte.

Er hatte Hannes den falschen Weg gewiesen und merkte es erst an den Namen und Fassaden der Geschäfte, als sie schon die halbe Straße hinuntergefahren waren, vorbei am Botanischen Garten von Krakau, der gar nicht in der Nähe des Hauptquartiers lag.

Dort, im Hauptquartier der Wehrmacht, zeigte Oberstleutnant Schenck keinerlei Interesse. Er war nicht unfreundlich, aber nicht im Entferntesten geneigt, in irgendeiner Form einzugreifen. Er sagte, er habe die Sache verstanden.

»Wenn Sie schon so früh anfangen, Mitleid zu haben, Bora, dann sind Sie geliefert! Warum müssen Sie sich damit belasten? Wir haben unsere Befehle und der SD die seinen. Es war nur ein Zufall, dass Sie keine derartigen Befehle hatten. Und diese Polackenbauern – das sind doch nicht einmal *Menschen,* die sind es nicht einmal wert, sich fortzupflanzen. Ich sehe, dass Sie beunruhigt sind, aber ich rate Ihnen: Fangen Sie nicht an, sich um so was zu kümmern.« Bora wollte etwas sagen, aber Schenck schnitt ihm das Wort ab. »Wir stecken *alle* drin. Wenn das Schuld bedeutet, dann sind wir alle schuldig. So ist es nun mal.«

»Aber ich kann nicht akzeptieren, dass es so ist, Herr Oberstleutnant. Es gibt schließlich Gesetze.«

»Gerade erst losgelegt, und Sie reden schon von Gesetzen? Sie selbst sind in Ihren ersten Tagen hier wie ein Taifun durch die polnischen Dörfer gestürmt. Was für Gesetze denn? Lassen Sie die Dinge, wie sie sind. Zuerst berichten Sie mir über die aufgeknüpften Ukrainer, und jetzt geht es um Polackenbauern. Verhärten Sie Ihr Herz! Diesen Rat hat man uns zu Beginn dieses Feldzugs gegeben. Er wird Ihnen auch im Leben von Nutzen sein. Sie sind bloß ein junger Hauptmann mit Gewissensbissen, mit Ansichten, die unzutreffend beziehungsweise unsinnig sind.« Schenck schlug ihm auf die Schulter. »Gehen Sie in Ihr Büro, und bereiten Sie sich auf die Einsatzbesprechung des Stabes vor.«

Bora fühlte sich, als hätte man ihn aus unermesslicher Höhe fallen gelassen. Während der nächsten Minuten blätterte er die Papiere auf seinem Schreibtisch durch, ohne sie auch nur zu sehen.

Von der Tür aus sah Schenck nach ihm. »Übrigens, Bora: Ich erwarte einen Anruf aus der Heimat. Meine Frau liegt in den Wehen. Sollte während der Besprechung, bei der ich den Vorsitz führe, das Telefon läuten, möchte ich, dass Sie drangehen und mich sofort holen, wenn der Anruf aus dem Krankenhaus kommt. Und noch etwas: Ich habe von Salle-Weber erfahren, dass Ihr amerikanischer Priester im Kittchen sitzt, weil er Durchsuchungsmaßnahmen behindert hat. Sie haben meine Erlaubnis, ihn rauszuholen, wenn Sie hier fertig sind.«

Ohne Fragen zu stellen, folgte Pater Malecki Bora ins Freie. Sie hatten so gut wie kein Wort miteinander gewechselt, seit Bora mit einem SD-Wärter im Schlepptau in der überfüllten Arrestzelle aufgetaucht war. Schließlich saßen sie nebeneinander in Boras Wagen unter einem trüben Abendhimmel.

»Soll ich Sie nach Hause bringen? Ich weiß, wo Sie wohnen.«

»Nein, danke.«

»Verstehe. Dann also zum amerikanischen Konsulat?«

»Das schon gar nicht.«

Bora hatte das Gefühl, Rätselraten zu spielen. »Wo wollen Sie denn hin, Pater Malecki?«

»Gehen wir einen trinken.«

Das Hinterzimmer von *Pod Latarnią* war sehr gemütlich.

Maleckis amerikanischer Priesteranzug, mit Hosen statt einer Soutane, machte ihn nicht auf den ersten Blick als Priester kenntlich. Bora wählte einen Tisch an der Seite, wo man ungestört sitzen konnte, aber als Malecki den Schal von seinem Hals zog, erkannte er, dass es dem anderen gar nichts ausmachte, seinen Priesterkragen offen zu zeigen.

»Ich nehme eine *Zubrówka*«, sagte Malecki zum Kellner.

»Ja, Hochwürden.«

»Und was nehmen Sie, Herr Hauptmann?«

»Das Gleiche.«

In seinen dreißig Priesterjahren hatte Malecki eine gute Menschenkenntnis erworben. Er beobachtete, wie Bora zerstreut mit seinen Autoschlüsseln spielte und steifer dasaß, als sein Beruf es von ihm verlangte. Es war die Art von Steifheit, die das Bedürfnis, locker zu lassen, verrät.

»Möchten Sie wissen, was Sie gerade bestellt haben?«, fragte er ihn.

»Nein.«

»Es ist der beste aromatische Wodka. Er schmeckt nach Waldkräutern aus Bialowieza.«

Bora hob den Blick und sah den Priester an. Was auch immer ihn quälte – Malecki bezweifelte, dass es etwas mit seiner Festnahme zu tun hatte –, von sich aus würde er nicht darüber reden. Angesichts von Boras mürrisch verzogenen Lippen kam Malecki aber zu dem Schluss, dass er ihn jetzt besser nicht danach fragte.

Der Kellner brachte die Getränke.

»Bitte sehr, Hochwürden.«

Nachdem Bora getrunken hatte, fühlte er sich ein bisschen wohler. Er drückte den Rücken gegen die lederbezogene Lehne seines Stuhls.

»Es tut mir leid, dass Sie festgenommen worden sind, Pater Malecki.«

»Es war nicht so schlimm, nachdem ich sie davon überzeugt hatte, dass ich kein Pole bin.«

»Ich hätte angenommen, das amerikanische Konsulat würde Ihre Freilassung bewirken.«

»Die wissen vermutlich nicht einmal, dass ich festgenommen wurde.«

»Haben Sie die SS nicht entsprechend informiert?«

»Denen habe ich gesagt, dass ich britischer Staatsbürger wäre.«

»Nein!«

»Doch, und das war keine besonders schwere Sünde. Nach dem heutigen Abend wäre es nicht mehr so einfach gewesen, denn die Antwort der britischen Botschaft in Warschau wird für den Morgen erwartet. Aber dank Ihnen brauche ich mir darüber keine Sorgen mehr zu machen.«

Bora schüttelte den Kopf. »Für einen Mann Gottes sind Sie reichlich unorthodox.«
»Es gibt Zeiten, in denen man die Orthodoxie infrage stellen muss.«
Diese Worte beeindruckten Bora. Er wusste, dass sie nicht auf ihn gemünzt waren, dennoch drangen sie so leicht in ihn ein wie ein Messer in die Butter.
»Und in was für Zeiten leben wir, Pater Malecki?«

Zum ersten Mal seit Retz' Tod war Ewa wieder bei den abendlichen Proben dabei. Das Stück sollte am folgenden Tag Premiere haben.
Kasia holte sie in der Dunkelheit, draußen vor dem Theater ein, und sie gingen zusammen, um die letzte Straßenbahn des Tages zu erwischen. An den Ecken wehte der Wind so eisig, dass sie sich fest in ihre Mäntel einmummeln und ihre Gesichter in den Krägen vergraben mussten.
»Frag mich nicht, Kasia.«
»Wer fragt denn etwas? Ich gehe doch nur.«
Sobald sie zu Hause eingetroffen war, zog Ewa Kowalska die Strümpfe aus, sorgsam darauf bedacht, sie nur mit angefeuchteten Fingerspitzen zu berühren, damit sie mit der Nagelhaut keine Laufmaschen oder Fäden zog. Nachdem sie in ein Paar abgetragene Hausschuhe geschlüpft war, ging sie zu dem neu installierten Telefon neben ihrem Bett und wählte eine Nummer, die sie auswendig wusste. Rauchend wartete sie, bis sie davon ausgehen musste, dass Bora nicht zu Hause war. Dann legte sie den Hörer auf.
Der Kopf tat ihr weh. Sie hatte in den letzten Tagen zu viel geraucht. Jetzt hatte sie einen trockenen Hals und machte sich Sorgen, dass ihr die Stimme am nächsten Tag versagen würde. Sie hatte stets Essig und Wasser auf ihrem Nachtkästchen, und nachdem sie einen Esslöffel Essig in ein halbes Glas Wasser gegossen hatte, gurgelte sie, bis ihr die Tränen übers Gesicht liefen.
Irritierende Laute aus dem Radio, gesungen von einer schrillen Frauenstimme, drangen aus der Küche durch ihre Schlafzimmertür. Nur du, nur du, nur du-u-u. Ewa ging hinüber, um das Radio abzudrehen. Sie schaltete das Licht aus, setzte sich auf das Bett und schloss

die Augen. Sie konnte nicht schlafen. Sie war müde und konnte nicht schlafen. Ihr tat alles weh, vor lauter Wut und Einsamkeit.

Sie musste mit einem Mann sprechen und ertappte sich dabei, dass sie auf Bora böse war, weil sie ihn nicht erreichen konnte.

Im *Pod Latarnią* sagte Malecki: »Wie sind Sie zu dem Schluss gekommen, dass die Äbtissin mit ›ihrem Namen‹ *Lumen* gemeint haben könnte?«

Bora betrachtete sein kleines leeres Glas so genau, als wäre es alles andere als ein schlichtes kleines Glas. »Das kann ich Ihnen nicht sagen. Es ist keine Schlussfolgerung, Pater, nur eine denkbare Möglichkeit. Wenn die Äbtissin meinte, dass sie ›durch ihren Namen‹ sterben werde, und dieser Name *Lumen* ist, könnte ich, wenn ich wüsste, was damit gemeint ist, herausfinden, wer sie ermordet hat. Das lateinische Wörterbuch war nützlich, aber ich kann keine der angeführten Bedeutungen mit einer Todesursache in Verbindung bringen. Ich erinnere mich, dass wir in der Philosophie unter *lumen naturale* die kognitive Kraft des menschlichen Geistes verstehen, die ohne Unterstützung durch die Gnade Gottes wirkt.«

Malecki nickte. »Das *lumen gratiae*.«

»Ja. Andererseits könnte lumen auch für eine physikalische Einheit stehen. Das Wort bedeutet außerdem ›Fenster‹ und ›Öffnung‹. Sollten wir vielleicht davon ausgehen, dass sie durch ein Fenster erschossen wurde?«

Bora sah den Kellner an und schüttelte den Kopf, als dieser fragte, ob er noch etwas trinken wolle. Pater Malecki tat es ihm nach.

»Gut, wenn man zugibt, dass die Äbtissin mit ihrer Prophezeiung recht hatte und dass auch ich recht habe, wenn ich diese Spur verfolge, bedeutet das dann, dass *lumen* die *causa* oder das *agens* ihres Todes ist?«

Malecki tupfte sich mit dem Taschentuch die Nase ab. »Haben wir überhaupt ein eindeutiges Motiv für ihren Tod?«

»Bislang nur den politischen Unterton ihrer Äußerungen.«

»Die Äbtissin äußerte sich eher apokalyptisch als politisch, Herr Hauptmann.«

»Vielleicht.«

»Nun, haben wir Verdächtige?«

»Nur Leute ohne Gesicht und ohne Namen.« Bora schob das Glas von sich. »Ich habe mich auch gefragt, ob jemand – vielleicht sogar jemand aus meiner Armee – ins Kloster eingedrungen sein könnte, und zwar einige Zeit, bevor der Oberst und ich es betraten. Jemand, der die Äbtissin umgebracht und sich in dem damals herrschenden Chaos davongestohlen haben könnte und der inzwischen vielleicht schon weit von hier entfernt ist.«

Malecki erkannte durchaus, dass diese Vermutung Bora Unbehagen verursachte. »Aber wie könnte ein Fremder ins Kloster eingedrungen sein, ohne gesehen zu werden?«

»Das weiß ich nicht. Derjenige, der die Tasche mit den Waffen auf das Dach bringen konnte, hat es ja auch geschafft.« Bora strich langsam mit dem Zeigefinger an der Tischkante entlang. Malecki hielt dies für einen günstigen Augenblick, ihm mitzuteilen, dass er zumindest wisse, wo er einen der Bauarbeiter finden könne. Doch Bora war mit seinen Gedanken bereits weitergeeilt.

»Pater«, fragte er, »wie viel Prozent der Prophezeiungen der Äbtissin haben sich bewahrheitet?«

»Das ist schwer zu beurteilen. Für die meisten ist die Zeit noch nicht gekommen. Was die anbelangt, die sich auf die jüngere Vergangenheit beziehen, vielleicht sechs von zehn.«

»Würden Sie dieses Verhältnis beachtlich nennen?«

»Ich würde es jedenfalls signifikant nennen. Die theologische Bewertung von Prophezeiungen ist an die Beispiele gebunden, denen wir im Alten und im Neuen Testament begegnen. Der heilige Johannes vom Kreuz hat gesagt, dass Gott sich unterschiedlicher Mittel bediene, um übernatürliches Wissen zu vermitteln: Manchmal seien es Worte, andere Male Bilder und Symbole oder alle denkbaren Kombinationen davon. Mutter Kazimierza war sehr belesen, deshalb sind ihre Weissagungen mit bestimmten Begriffen und Wortspielen gespickt. Ich vermute deshalb, dass lumen eine gewisse Doppeldeutigkeit impliziert – wenn das der richtige Ausdruck ist. Um auf ihre Trefferquote zurückzukommen, so hat sie sich in manchen Fällen ganz eindeutig geirrt. Mir hat sie zum Beispiel kurz nach meiner Ankunft mitgeteilt, dass eine mir nahestehende ältere Frau innerhalb von sechs Monaten sterben würde. Ob Jung oder Alt – die einzige Frau in meinem Leben ist zufällig meine Mutter, und sie ist Gott sei Dank am Leben und bis zum heutigen Tag wohlauf.«

»Es sei denn, die Äbtissin dachte an eine kontingente Nähe und hat mit der betreffenden Frau sich selbst gemeint.«

Malecki zuckte die Achseln. »Wissen Sie, ich habe mich sechs Monate lang zwei- oder dreimal in der Woche mit Mutter Kazimierza unterhalten. Dennoch kann ich nicht behaupten, sie gekannt zu haben. Mein Eindruck war der einer hochgebildeten, rechthaberischen, strengen, beherrschten und beherrschenden Frau.«

»Also eigentlich das Gegenteil von dem, was man mit einer Mystikerin in Verbindung bringen würde.«

»Genau. Der Erzbischof hatte den Heiligen Stuhl gebeten, eine Ermittlung einzuleiten, wegen des inoffiziellen Kults, der sich schon zu ihren Lebzeiten um sie rankte. Anfangs ärgerte sie sich sehr über meine Anwesenheit. Erst auf die strikte Anordnung des Erzbischofs hin wurde mir gestattet, sie regelmäßig aufzusuchen. Sie war zweifellos tiefgläubig. Ihre Beziehung zu Gott war ausschließend, eifersüchtig und tief empfunden. Sie haben ja die Berichte über ihre Meditationen gelesen.«

Bora bot dem Priester eine Zigarette an. »Ja. Ich fand manche banal, andere unverständlich. Ihre Schilderungen von ›Gottes Licht, das in die Spalte der Seele dringt‹ fand ich direkt erotisch.« Mit gespielter Lässigkeit suchte Bora angelegentlich nach seinem Feuerzeug. »Pater Malecki«, sagte er dann, »hat sie sich im Widerstand engagiert?«

Malecki nahm den Hieb sportlich. Er hatte erwartet, dass diese Frage irgendwann einmal gestellt werden würde, aber nicht jetzt. Es war zu früh, und er war nicht darauf vorbereitet. Er näherte seine Zigarette der Flamme und spürte trotz seiner Nervosität, dass Bora auf eine Ausflucht gefasst war und dass er den Grund für seine Lüge vielleicht verstehen könnte, sie aber trotzdem nicht gelten lassen würde.

Auf der anderen Seite des Tisches legte Bora das Feuerzeug mit einer müden Bewegung zur Seite. Tatsächlich fühlte er immer stärker, wie die Last des Tages ihn niederdrückte. Wie eine Ladung Steine, die ihm plötzlich an Hals und Schultern gebunden wurde, empfand er die Strapazen des Tages und litt physisch darunter. Oberstleutnant Schenck hatte es noch schlimmer gemacht, als er ihm an den Kopf warf: »Sie haben ihnen den Gnadenschuss gegeben; eigentlich sind Sie es also gewesen, der sie umgebracht hat.«

Pater Malecki sagte: »Was auch immer ich antworte, Herr Hauptmann, Sie werden mir entweder nicht glauben oder weiterbohren.«

»Genau.«

»Dann ist meine Antwort eigentlich unwichtig.«

»Nicht aber Ihr Schweigen.«

»Das allerdings ohne mein Zutun.«

Bora kniff die Lippen zusammen. Er versuchte, es sich nicht anmerken zu lassen, aber sein Ärger war größer als seine Enttäuschung. »Ich dachte, wir hätten uns darauf geeinigt, zusammenzuarbeiten.«

»Nicht auf politischer Ebene.«

»Nein? Ich hätte Sie im Gefängnis lassen können, Pater Malecki.«

»Sie behandeln mich im Moment auch wie einen Gefangenen, weil Sie mir Fragen stellen, die ich nicht beantworten kann.«

Als Bora aufstand, offensichtlich, um zu gehen, deutete Malecki eine Geste an, um ihn zurückzuhalten, und tat dabei nicht mehr, als die geöffnete Hand zu heben. »Den Arbeiter, der im Kloster war, finden Sie übrigens unter dieser Adresse, Herr Hauptmann.« Er ließ die Hand wieder sinken und fischte aus seiner Brusttasche ein zusammengefaltetes Stück Papier.

Bora fuhr Malecki nach Hause, und kurz nach seiner Rückkehr läutete das Telefon.

Er erkannte Ewa sofort an der Stimme. Sein erster Gedanke war, den Hörer wieder aufzulegen.

Daran hinderte sie ihn, indem sie sagte: »Ich werde Sie nicht lange aufhalten, Herr Hauptmann. Ich weiß selbst, wie spät es ist.«

21. Dezember

Am nächsten Morgen verriet Schencks Gesicht keine Anzeichen von Beunruhigung, als er sagte: »Nehmen Sie die Anrufe für mich entgegen, Bora. Meine Frau ist immer noch im Kreißsaal. Dieses Mal scheint es eine Steißgeburt zu werden.«

»Das tut mir leid«, sagte Bora, um irgendetwas zu sagen.

»Warum? Dafür ist eine Frau da, Herr Hauptmann. Ein Mann riskiert sein Leben im Krieg, eine Frau bei der Entbindung. Ich habe eine Besprechung mit dem Generalgouverneur, aber Sie können mich unter dieser Nummer hier erreichen, wenn es Neuigkeiten gibt. Haben Sie den Priester losgeeist? Gut so.« Schenck nahm das Eiserne Kreuz aus seiner Tasche und hängte es sich am Band um den Hals. »Ich sehe, Sie haben sich von Ihrem Mitleidsanfall schnell erholt. Der war aber auch völlig unangebracht.«

Am Mittag, als Bora endlich anrief und Schenck mitteilte, dass er wieder Vater geworden war, sprach Pater Malecki zu den im Refektorium versammelten Nonnen. Er sagte ihnen, dass die Deutschen argwöhnten, die Äbtissin habe Kontakte zum Widerstand gehabt, und beobachtete, wie sie darauf reagierten. Die meisten schienen über diese Möglichkeit erstaunt zu sein. Schwester Irenka und Schwester Barbara wiesen die Behauptung rundweg zurück, weil »das nicht sein konnte«. Schwester Jadwiga grübelte nach und schwieg.

Malecki fixierte sie, richtete aber seine Worte an die ganze Versammlung: »Sollte eine von Ihnen Kenntnis von solchen Kontakten oder irgendwelchen anderen politischen Aspekten haben, kann sie das heute Nachmittag bei mir beichten. Die Sicherheit Ihrer ganzen Gemeinschaft könnte von dieser Meldung abhängen.«

Schencks Freude darüber, zum vierten Mal Vater eines Sohnes geworden zu sein, hatte zur Folge, dass Bora einen Nachmittag freibekam; es war sein erster freier Nachmittag seit dem Einmarsch.

Jetzt saß er Ewa gegenüber, die ihn musterte. Ein kalter Sonnenstrahl fiel durch das Fenster des Cafés auf sein Gesicht. In diesem Licht war sein Kinn glatt und wie blank gescheuert, die Haut feinporig wie die eines Kindes. Fest, makellos. Er machte den Eindruck großer Ordentlichkeit – anziehend und dennoch einschüchternd. Sie erkannte in ihm die unbarmherzige Voreingenommenheit der Jugend.

»Ich bin froh, dass Sie mich um ein Treffen gebeten haben«, sagte sie.

»Warum?«

Sie lächelte sparsam. Während sie mit ihrem Löffel in der Tasse rührte, erwiderte sie: »Sehen Sie mich nicht so an, Herr Hauptmann. Der Montag ist nicht mein bester Wochentag, und in letzter Zeit habe ich viel durchgemacht. Sie fragen mich, warum? Ich bin froh, dass Sie glauben, ich könnte etwas mehr über Richard zu sagen haben. Etwas, was die Sache erklären könnte.«

»Welche Sache?«

»Seinen Selbstmord. Ich habe es wie alle anderen von der Putzfrau erfahren.«

Salle-Weber hatte recht gehabt, dachte Bora. Die Nachricht hatte sich verbreitet. Er lehnte sich auf dem Metallstuhl zurück und streckte seine schlanke Gestalt in der Uniform. »Nun, Frau Kowalska, was können Sie mir sagen, was Sie nicht schon der SS gesagt haben?«

»Das hängt davon ab, aus welchen Gründen Sie mich fragen.«

»Meine Gründe sind ausgesprochen privater Natur. Ehrlich gesagt, ich mochte Major Retz nicht besonders, aber ein Offizierskamerad ist ein Offizierskamerad. Wir haben uns immerhin eine Wohnung geteilt.«

Den Finger in den Henkel gehakt, drehte Ewa die Tasse auf der Untertasse, bis der Henkel genau auf der rechten Seite war. »Ich habe ihn am Samstagabend besucht. Er hatte mir gesagt, dass Sie nicht da seien, deshalb bin ich hingegangen. Ich musste mit ihm reden.« Sie nippte von der Tasse, an deren Rand Spuren von ihrem Lippenstift haften blieben. »Sie wissen wahrscheinlich, dass Richard und ich uns seit Langem kannten. Genau genommen schon seit dem Ersten Weltkrieg.«

Bora sagte, dass er das gewusst habe.

»Wir hätten damals geheiratet, wäre uns mehr Zeit geblieben. Vielleicht. Jetzt ist das ohnehin nicht mehr wichtig. Wichtig ist, dass ich schwanger war und gleichzeitig am Beginn einer vielversprechenden Schauspielkarriere stand. Zum Glück gab es jemanden im Ensemble, der sich immer um mich ›bemüht‹ hatte, und so kam ich auf seinen Antrag zurück. Bis dahin ist es eine ziemlich simple Geschichte, und es wäre wohl für immer eine banale Romanze in Zeiten des Krieges geblieben, wäre Richard nicht so gewesen, wie er nun einmal war – außerstande, bei einer Frau zu bleiben.«

»Haben Sie gewusst, dass er eine Ehefrau in Deutschland hatte?«

»Ach, das hätte gar nichts geändert. Und außerdem ... Wie soll ich sagen? Ich hatte immer noch das Gefühl, dass ich Vorrang vor jeder anderen Frau hatte.« Als sie über die erhobene Tasse blickte, sah Ewa, dass Bora in etwas feindseliger Haltung das Gesicht abgewandt hatte. »In meinem Ensemble ist eine junge Schauspielerin namens Helenka.«

»Helenka Sokora?«

Ewa kniff den Mund etwas zusammen, entspannte sich aber gleich wieder. »Aha, Sie kennen sie.«

»Ich habe von ihr gehört. Sie ist Ihre Tochter.«

Ewa goss noch etwas Milch in ihren Tee und schien sich eine Minute lang ganz auf das Umrühren zu konzentrieren. Erst als Bora die Beine übereinanderschlug und dabei der Stoff seiner Hose raschelte und seine Sporen leise klirrten, nahm sie den Faden wieder auf. »Nicht, dass ich etwas dagegen gehabt hätte, dass Richard mit anderen Frauen verkehrte. Aber Helenka ... Ich konnte nicht zulassen, dass er sich weiter mit ihr abgab.«

Bora fiel auf, dass ihre Hand zitterte, weil die Tasse gegen die Untertasse klapperte, als sie versuchte, sie hochzuheben. Auch wenn seine Körperhaltung locker blieb, lauschte er mit gespannter Aufmerksamkeit.

»Helenka war seine Tochter, Herr Hauptmann.« Wieder versuchte sie, die Tasse anzuheben – vergebens. »Richard wusste es nicht. Mein Ex-Ehemann vermutete es, wusste es aber nicht mit Sicherheit. Helenka hat keine Ahnung und darf es auch nie erfahren. Es stimmt, dass sie und ich nicht gut miteinander auskommen. Wir mögen uns nicht, wir sind uns sehr ähnlich und doch ganz verschieden. Wir wohnen getrennt und vermeiden jede Begegnung abseits der Bühne. Wir tun alles Menschenmögliche, um uns aus dem Weg zu gehen. Als ich durch den Theaterklatsch hörte, dass sie mit ihm ging, war ich verzweifelt, weil Richard nicht der Mann war, der es bei netten Artigkeiten beließ. Ich hatte keine Möglichkeit, herauszufinden, ob der irreparable Schaden bereits eingetreten war, aber ich habe gehofft, dass das nicht der Fall war.«

Bora verzog keine Miene. Ihm war klar, dass sie wissen wollte, ob Retz und Helenka miteinander geschlafen hatten, und er beschloss, nicht freiwillig damit herauszurücken.

»Sie haben es ihm also gesagt?«

»Was hätte ich sonst tun sollen?« Sie wühlte in ihrer Brieftasche und nahm einige Papiere heraus, die sie Bora reichte. »Ich habe ihm ihre Geburtsurkunde gezeigt, um ihm zu beweisen, dass ich zu der Zeit, als er damals abreiste, bereits schwanger war. Ich war verzweifelt. Ich habe ihm gesagt, er könne nicht ... er dürfe das mit seiner eigenen Tochter nicht machen oder vorhaben.«

Bora schluckte. »Und wie hat er reagiert?«

»Wie er reagiert hat?« Ewa schüttelte den Kopf. »Er ist zusammengebrochen, Herr Hauptmann. Er ist nicht böse geworden, und er hat sich auch nicht aufgeregt, nichts dergleichen. Er ist in sich zusammengesackt, das war alles. Ich hatte sogar Mitleid mit ihm. Ich habe ihn, bevor ich wegging, gefragt, ob er sich nicht wohlfühle. Er sagte mir, dass ich ihn allein lassen solle.«

Bora war nicht so taktlos, sich Notizen zu machen, aber Ewa hatte sehr stark das Gefühl, dass er sich diese Aussagen sorgfältig einprägte. Er hielt das düstere Jungengesicht gesenkt, obwohl er in ihre Richtung blickte.

»Das ist der Stoff, aus dem reißerische Geschichten gemacht sind, Herr Hauptmann. Wie würden Sie sich fühlen, wenn man Ihnen sagte, dass Ihre Geliebte auch Ihre Mutter ist?«

»Ich hätte keine Geliebte, die so viel älter ist als ich.«

Sobald ihm diese Worte herausgerutscht waren, war Bora von der eitlen Anmaßung, die sie ausdrückten, selbst peinlich berührt.

Ewa blickte in eine andere Richtung und nahm ihn dann wieder ins Visier. »Aber ich wette, Sie haben mit Frauen geschlafen, die ein Stückchen älter waren als Sie«, sagte sie sanft.

»Ja, das stimmt.«

»Als ich ihn kennenlernte, war Richard so alt wie Sie jetzt. Ich war so alt wie Sie. Es ist ein wunderbares Alter, wenn man klug ist, wenn man sich klug verhält.«

Bora setzte sich wieder gerade hin, und schlagartig war die ganze Entspanntheit aus seinem Körper gewichen.

»Es hat Sie also überrascht zu hören, dass er sich umgebracht hat?«

»Nein. Ich war traurig. Ich war traurig und erschüttert, aber nicht überrascht.«

Durch das Metallgitter des Beichtstuhls konnte Pater Malecki sehen, dass es sich bei der Nonne auf der anderen Seite um Schwester Jadwiga handelte.

Sie flüsterte irgendeine Entschuldigung, dass sie sich damals, nachdem die Tasche mit den Waffen den Deutschen ausgehändigt worden war, Sorgen gemacht hatte.

»Ich hätte mich früher melden sollen, Pater, aber wer hätte wissen können, wie die Deutschen es aufnehmen würden? An dem Morgen des Tages, an dem Matka Kazimierza starb, war der Oberst allein hier.«

Seit seiner Erkältung hatte Malecki nicht mehr einen so feuchtkalten Schweiß auf seiner Stirn gefühlt. Boras Verdächtigungen fielen ihm ein, und er musste sich beherrschen, um die Nonne nicht mit den Fragen zu bedrängen, die in seinem Inneren tobten. Alles, was er sagte, war: »Ja …?«

»Ich hatte an diesem Tag zufällig die Tür im Auge, weil ich wusste, dass die Bauarbeiter jeden Moment kommen würden, um das Dach zu reparieren. Stattdessen kam gegen zehn Uhr der deutsche Oberst. Er wollte hereinkommen und die Äbtissin sprechen. Ich sagte ihm, dass sie bis zum Nachmittag meditieren würde und dass niemand sie während ihrer Meditationen stören dürfe. Er sagte, er habe einen Anruf von seiner Familie erhalten, und es sei sehr dringend. Er hatte fast Tränen in den Augen, wissen Sie. Trotzdem konnte ich ihm nicht helfen. Dann fragte er mich plötzlich, ob ich ihm wenigstens eines der Bücher der Äbtissin bringen könnte, die wir zum Verkauf anbieten.«

Malecki hielt den Atem an. »Ja, Schwester. Ja, was sonst noch?«

»Ich habe an dieser Bitte nichts Böses gesehen, deshalb ließ ich ihn in der Tür stehen und ging nach nebenan, wo ich die verkäuflichen Exemplare und die Kasse mit dem Kleingeld aufbewahre. Als ich zurückkam, nahm er zehn Mark aus seiner Brieftasche – das ist zwanzigmal so viel, wie das Büchlein kostet, müssen Sie wissen. Dann hat er bezahlt und ist gegangen.«

Beinahe geriet Pater Malecki über die Banalität der Geschichte in Rage.

»Das ist alles?«

Schwester Jadwiga senkte die Stimme zu einem Wispern, das der Priester kaum noch vernehmen konnte. Er presste sein Ohr an das Gitter. »Nein. Der Schlüssel zu der Tür, die das Kloster von der Kirche trennt, hängt an einem Nagel im Vorraum. Als die Bauarbeiter eine Stunde später erschienen und ich den Schlüssel zur inneren Kapelle holen wollte, habe ich festgestellt, dass der andere Schlüssel weg war. Er war noch da gewesen, bevor der Oberst kam, Pater, und zwischen seinem Besuch und der Ankunft der Arbeiter hat niemand den Vorraum betreten. Was ich glaube, ist ...«

»Sprechen Sie ein bisschen lauter, Schwester.«

»Was ich glaube, ist, dass er den Schlüssel genommen hat, von der Straße in die Kirche gegangen, auf die Orgelempore gestiegen und von dort in das Kloster eingedrungen ist.«

»Und wo ist der Schlüssel jetzt?«

»Wieder an seinem Platz. An dem Abend nach dem Tod unserer Äbtissin hat eine der Schwestern ihn im Flur gefunden. Sie sehen, Pater, ich habe nur nichts gesagt, weil ich dachte, dass unsere Mutter Oberin vielleicht mit den Deutschen zusammenarbeitete, was für mich eine schreckliche Vorstellung war. Jetzt ist sie tot, und der Oberst ist abgereist, und ich weiß nicht, was für einen Sinn es haben sollte, diese Sache bekannt zu machen.«

Malecki sank auf den unbequemen Sitz des Beichtstuhls zurück und versuchte, seine Angst zu bezähmen. Er war dankbar, als er sah, dass die Silhouette hinter dem Gitter unschärfer wurde und Schwester Jadwiga den Beichtstuhl verließ. Daraufhin schloss er das kleine Fenster und kramte im Halbdämmer in der Tasche seiner Soutane nach dem Zettel mit Boras Büronummer.

Helenka hatte nicht damit gerechnet, dass Bora auf dem Platz vor dem Theater warten würde. Sie verhielt sich so, als wüsste sie, dass sie ihn nicht ignorieren durfte, nickte kurz zu ihm hinüber und ging dann auf dem Gehsteig weiter.

Aus einer Entfernung von wenigen Schritten sagte Bora: »Es ist besser, Sie steigen jetzt in mein Auto und fahren mit mir, als dass Sie sich hier auf offener Straße mit mir unterhalten.«

Sie blieb stehen, ohne sich umzudrehen, die Schultern in ihrem dünnen Mantel gestrafft. »Mir ist im Augenblick nicht danach, mich mit irgendjemandem zu unterhalten, Herr Hauptmann.«

»Ich denke, das sollten Sie aber! Ich habe heute Nachmittag mit Ihrer Mutter gesprochen.«

Helenka trug die gelben Pumps, die Retz ihr gekauft hatte. Als sie kehrtmachte, quietschten die Sohlen der neuen Absätze auf dem vereisten Trottoir. Ihr Gesicht war so entsetzlich blass, dass das Rouge auf ihren Lippen von ihm abstach wie ein Schlitz in einer kreideweißen Maske.

Bora ließ sie zuerst einsteigen und setzte sich dann ans Steuer.

Bevor Helenka auch nur den Mund aufgemacht hatte, waren sie aus der Stadt herausgefahren und am Koscuiszko-Hügel angelangt.

»Es gibt nichts zu sagen. Ich weiß nicht, warum er sich umgebracht hat, und ich habe nichts zu sagen. Ich möchte nicht über ihn reden. Es gibt nichts, was ich Ihnen noch sagen könnte. Warum wollen Sie es wissen?«

»Weil ich sein Kamerad war.«

»Also, was hat meine Mutter Ihnen erzählt? Ich bin mir sicher, es war geistreich – egal, worum es ging.«

»Sie glaubt, Sie wären mit dem Major nur *ausgegangen*.«

Helenka hatte geweint und lachte jetzt mit bebenden Lippen bitter auf. »Das beweist, dass man seine Alten immer noch hinters Licht führen kann.« Ihr Profil zeichnete sich scharf im schwindenden Gegenlicht des Abends ab.

Sie erinnerte ihn mit ihren Eigenarten an Retz, und Bora fragte sich, wie solche Dinge festgelegt werden und warum sie sich jetzt benahm wie ihr Vater, den sie als Kind doch gar nicht gekannt hatte.

»Was mir unter die Haut geht, ist, dass sie und ich den ganzen Vormittag geprobt haben, von neun bis halb zwei, und während wir einander absolut theatralische Albernheiten an den Kopf warfen, hat Richard sich umgebracht. Warum? Ich weiß nicht, warum. Aber ich glaube auch nicht, dass ich es Ihnen sagen würde, wenn ich den Grund wüsste.«

Bora sagte, ohne sie anzusehen: »Er hatte Sie sehr gern. Mehr als irgendjemanden sonst.«

Er fühlte Helenkas Blick auf sich ruhen. Es wurde rasch dunkel, und er würde sich bei seiner Rückkehr nach Krakau eine Ausrede einfallen lassen müssen, um zu begründen, warum er mit einer polnischen Staatsangehörigen durch die Gegend gefahren war. Der Buckel des Hügels ragte vor ihnen auf wie eine große Brust aus Erde, deren Konturen vor dem Himmel zusehends verschwammen.

»Er hat mir gesagt, ich würde ihn an sie erinnern.« Ihre Stimme drang durch den beengten Raum des Wagens an sein Ohr. »Aber ich habe ihn nicht so strapaziert wie sie. Ich fand es aufregend, zur Abwechslung einmal meiner Mutter den Liebhaber auszuspannen. Das verstehen Sie wahrscheinlich nicht. Dafür sind Männer nicht schlau genug und zu wenig tiefgründig.«

»So dumm bin ich nicht.«

Aus dem Klang ihrer Stimme schloss er, dass sie möglicherweise lächelte, aber gewiss nicht aus Freundlichkeit. »Richard hat mir gesagt, er rechne fest damit, dass Sie früher oder später dazustoßen und mitmachen, und einmal hat er sogar die Schlafzimmertür unverschlossen gelassen.«

»So etwas entspricht nicht meiner Vorstellung von Amüsement.«

»Davon haben Sie bestimmt Ihre eigenen Vorstellungen.«

»War er glücklich mit Ihnen?«

Helenka griff nach Boras Hand, der sie erschrocken zurückzog.

»Ich möchte nur, dass Sie den Ring an meinem Finger fühlen. Es ist zu dunkel, um ihn Ihnen zu zeigen. Es ist der Ehering seiner Frau. Er hat ihn zusammen mit seiner Erkennungsmarke um den Hals getragen. Freitag Nacht hat er ihn mir gegeben und gesagt, er werde mir demnächst vielleicht einen eigenen schenken. Er war sehr glücklich mit mir.«

Die Berührung hatte ihn irritiert. Bora konnte in all seinen Gliedern spüren, wie sie sich anfühlte; doch ob es eher ein unangenehmes oder ein beunruhigendes Gefühl war, hätte er nicht sagen können. Er empfand sie wie einen Stich, dessen Brennen sich von seiner Hand aus im ganzen Körper ausbreitete. Es war ihm zuwider, berührt zu werden; er empfand es wie ein Eindringen in den Panzer seiner Selbstbeherrschung. Körperlicher Kontakt entblößte ihn, und er wollte nicht entblößt werden.

Helenka, die so dicht bei ihm saß, verströmte den Duft von Veilchen. Bora konnte ihn in der Dunkelheit riechen, schwach nur, aber schmeichelnd.

»Fahren wir los«, sagte er missmutig und ließ den Motor an.

9

22. Dezember 1939

Als Bora und Malecki die Stufen zur Orgel hinaufstiegen, hallten ihre Schritte in der Kirche wider, als klatschten diese kurzen, scharfen Laute gegen die gewölbten Mauern. Die Orgel befand sich auf einer Empore des linken Kirchenschiffs. Eine Tür neben ihr stellte die einzige Verbindung zwischen der Kirche – und damit der Straße, an der die Kirche stand – und dem Inneren des Klosters dar.

»Sehen Sie, Herr Hauptmann, die Schwestern bestehen darauf, dass diese Tür stets abgeschlossen wird. Eine Zeit lang konnte die Tür nur von innen geöffnet werden, doch nach einem kleinen Brand vor zwei Jahren änderte man das, sodass man jetzt von hier aus Zutritt hat.« Malecki steckte den Schlüssel ins Schloss und drehte ihn zweimal um.

Hinter der Tür lag ein gut beleuchteter schmaler Korridor mit dem obligatorischen Gipsheiligen als Bewacher der nächsten Ecke. Bora überprüfte eine Skizze, die er nach dem ursprünglichen Plan des Klosters angefertigt hatte.

»Hier entlang geht es also letztendlich zum oberen Balkon des Kreuzgangs, und zwar über einen komplizierten Weg, der die bewohnten Teile des Klosters umgeht. Wie hätte Oberst Hofer ihn kennen sollen?«

Malecki trat über die Schwelle und forderte Bora auf, ihm zu folgen. Sobald sie im Korridor waren, schloss er die Tür wieder ab. Es gab auch Riegel, die er vorschob. »Das war kein Geheimnis. Interessanter ist – falls er überhaupt diesen Weg nahm –, dass er die Tür unverriegelt vorfand. Ich glaube, Schwester Irenka hat Ihnen gesagt, dass diese Tür niemals unverriegelt bleibt.«

»Und aus diesem Grund habe ich auch die Möglichkeit, dass jemand über diesen Weg hereingekommen sein könnte, nicht weiter in Betracht gezogen.«

Malecki ging Bora durch den Korridor voran. »An diesem Tag war die Tür nicht verriegelt, weil die Arbeiter auch eine Stelle am Stuckrahmen hinter der Orgel ausbessern sollten, wo sich etwas gelockert hatte. Ich habe Ihnen die Stelle gezeigt. Das bringt mich auf etwas anderes: Bitte, fragen Sie nicht, woher ich es weiß, aber der Arbeiter, der sich aus der Kapelle entfernt hat, hat das nicht getan, um die Äbtissin zu töten.«

»Was Sie nicht sagen!« Die Lässigkeit, mit der Bora diese Worte fallen ließ, veranlasste den Priester, sich umzudrehen. »Sie glauben bestimmt, dass er vorhatte, die Pistolen zu holen. Was ihm nicht gelang. Deshalb werde ich dazu keine weiteren Fragen stellen. Dennoch, der Bauunternehmer, dessen Adresse Sie mir gegeben haben, hatte ihn von Anfang an im Verdacht: Der Mann hatte keine Ahnung von Werkzeugen und noch weniger davon, wie man ein Dach repariert. Die Leute haben zunächst geglaubt, er sei von den Deutschen eingeschleust worden.« Bora stand ebenso reglos im Korridor wie Malecki. »Stellen Sie sich das vor.«

»Das bedeutet nicht ...«

»Im Gegenteil. Ob er mir nur einen Gefallen tun wollte oder nicht – Ihr verängstigter Bauunternehmer scheint zu glauben, dass der Eindringling die Äbtissin tatsächlich umgebracht hat. Das will viel heißen.«

Malecki wich Boras Blick aus.

»Ich habe erfahren ... Ich habe tatsächlich gehört, dass er sich aufs Land geflüchtet hat.«

»Nein, Pater Malecki. Nein, nein. Ihre Informanten haben Sie schamlos hinters Licht geführt. Er hat sich abgesetzt, das schon, aber nicht außerhalb von Krakau. Er ist in der Stadt, irgendwo. Und Sie wissen, dass wir ihn finden werden.« Ungerührt forderte Bora den Priester mit einer Handbewegung auf, weiterzugehen. »Das braucht Ihnen nicht peinlich zu sein, Pater. Tatsächlich ist die Frage, ob Oberst

Hofer am Morgen hierher zu Besuch kam oder nicht, unwichtig. Als er und ich am Nachmittag kamen, um der Äbtissin einen Besuch abzustatten, war sie erst seit Kurzem tot. Und ich werde den Mann finden, der es getan hat. Das ist alles. Verraten Sie mir lieber Folgendes: Glauben Sie, dass mein Kommandeur tatsächlich gehofft hat, sie würde seinen Sohn durch ein Wunder heilen?«

Malecki schluckte, sagte aber nichts.

»Ich meine es ernst, Pater.«

»Nun, Herr Hauptmann, Oberst Hofer hat es auch ernst gemeint. Er schwor, dass der Glaube Berge versetzen kann und dass sein Sohn gesund würde, sobald die Gebete der Äbtissin bei Gott anlangten.«

Bora erinnerte sich an das erste Mal, als Hofer sich mit ihm, aus dem Fenster seines Büros starrend, über Mystik unterhalten hatte.

»Und haben Sie ihn in dieser Meinung bestärkt?«

»Er hat mich nicht nach meiner Meinung gefragt. Ich bezweifle, dass er irgendetwas hören wollte, was seinen Glauben an die Äbtissin oder an eine übernatürliche helfende Kraft hätte erschüttern können.«

Sie waren inzwischen bei einer Treppe angekommen, über die sie ins Erdgeschoss gelangten. Von dort aus gingen sie über eine Reihe von Korridoren, die um Ecken herumführten, weiter und fanden sich schließlich im Warteraum wieder. Malecki nickte dem Gekreuzigten an der Wand zu wie einem alten Bekannten.

»Der Flur hinter dieser Tür, Herr Hauptmann, ist der, in dem der Schlüssel gefunden wurde.«

Bora ging auf diese Bemerkung nicht ein. Mit den Händen in den Hosentaschen ging er auf und ab. »Sie wissen ja, dass ich als Katholik erzogen worden bin und all das. Trotzdem, ich kann mir nicht helfen. In Hofers Vertrauen in die Äbtissin sehe ich nichts weiter als eine Schwäche. Ich will darüber nicht so spotten, wie Oberstleutnant Schenck es tut, aber es macht mir dennoch zu schaffen.«

»Macht es Ihnen von einem theologischen Standpunkt aus zu schaffen, oder bloß, weil Sie nicht daran glauben?« Malecki ging zu der Bank mit den Löwenfüßen beim Kruzifix und ließ sich darauf nieder. »Vielleicht sind Sie noch nie verzweifelt gewesen.«

»Die Kirche hat mich gelehrt, dass Verzweiflung eine Todsünde ist.«

»Ja, genauso wie Stolz. Aber in Extremsituationen – in guten wie in schlechten – neigen die Menschen zu beidem. Anscheinend war der Oberst an dem Morgen, als er kam, verzweifelt wegen eines Anrufs, den er von seiner Familie erhalten hatte.«

»Er hatte erfahren, dass sich der Zustand seines Sohnes verschlechtert hatte.« Bora ging weiter rastlos auf und ab.

»Was erklärt, warum er die Äbtissin gleich zweimal am selben Tag aufsuchen wollte.«

Malecki wusste, was Bora im Sinn hatte. Es verursachte ihm ein ungutes Gefühl, aber da er nichts vorzuweisen hatte, womit er seine Glaubwürdigkeit wieder hätte herstellen können, saß er einfach nur da und beobachtete, wie die Stiefel über den Boden schritten.

Am anderen Ende des Warteraums angelangt, sagte Bora schließlich: »Ich bin nicht böse. Wahrscheinlich werden Sie mich später noch in Schwierigkeiten bringen, Pater Malecki, aber im Augenblick sind Sie der letzte Mensch, der mich irritiert.«

Oberstleutnant Schenck war von Hans Frank zur Leistung der nachrichtendienstlichen Einheiten in der Region beglückwünscht worden. Seine drahtige Gestalt strahlte jetzt mehr Selbstbewusstsein aus denn je. Während der Essenszeit, als sich nur wenige Leute im Hauptquartier befanden, kam er in Boras Büro und betrachtete die Karten, die an den Wänden hingen. Jede Karte war markiert und mit farbigen Steckfähnchen versehen, mit denen jene Orte gekennzeichnet waren, wo Verhöre und Befragungen stattgefunden hatten, wo Versprengte aufgestöbert und Waffenverstecke gefunden worden waren oder wo es zu irgendwelchen Zwischenfällen gekommen war.

Schenck warf eine Handvoll Akten auf Boras Schreibtisch und sagte: »Gut gemacht! Die können Sie jetzt vernichten.«

Bora blickte auf die Unterlagen. »Sie vernichten? Herr Oberstleutnant, wir haben sie doch gerade erst angelegt!«

»Es war Ihre Pflicht, sie anzulegen. Sie weiterzuführen würde aber meinen Befehlen zuwiderlaufen. Sehen Sie zu, dass sie verbrannt werden.«

Bora brauchte die Akten nicht erst durchzublättern. Er wusste, dass sie seine Berichte über die brutalen Übergriffe des SD und der Wehrmacht enthielten. »Aber ich habe bereits Kopien davon an andere Dienststellen weitergeleitet ...«

»Ich bin sicher, dass auch sie ihre letzte Ruhestätte finden werden.«

Bora war sich dessen auch sicher und fand auf einmal nicht genügend Speichel im Mund, um zu schlucken. »Das ist ein Befehl, der im höchsten Maße gegen die Vorschriften verstößt, Herr Oberstleutnant Schenck.«

»Sie werden nicht dafür bezahlt, dass Sie für die Vorschriftsmäßigkeit der Ihnen erteilten Befehle sorgen.« Schenck deutete auf den breiten Ofen in der Ecke. »Dann wollen wir mal sehen, wie Sie das Feuer schüren.«

Boras Widerwillen war so offenkundig, dass Schenck wütend auf ihn losging. »Verdammt noch mal, gehen Sie zum Ofen, und verbrennen Sie diese Papiere in meiner Gegenwart!« Er sah zu, wie Bora den feurigen Schlund des Ofens öffnete und mit verdrossener Miene nach und nach die Berichte hineinwarf. »Auch die Deckel!«

Der Geruch von angesengter Pappe drang aus dem Ofen, wurde aber schon bald durch das Schließen der Metalltür erstickt. Schenck ging zur ersten Karte an der Wand und begann, von einigen Ortschaften die Fähnchen zu entfernen. »Ich möchte, dass diese Karten bis dreizehn Uhr abgeräumt sind, und außerdem will ich die Originale Ihrer Notizen haben. Wo ist Ihr Notizbuch?«

Bora lieferte all diese Dinge wortlos ab. Vor seinen Augen riss Schenck Seiten aus dem Notizbuch, knüllte sie zusammen und warf sie in den Papierkorb. Als er fertig war, hielt er ihm den Korb hin. »Leeren Sie ihn in den Ofen!«

Bora tat, wie ihm geheißen.

»Sie sehen, dass Öfen noch einem anderen Zweck dienen, als das Leben von Weiberhelden vorzeitig zu beenden«, sagte Schenck mit einem süffisanten Grinsen. »Na, na, ist ja schon gut. Haben Sie nicht so viele Skrupel. Gehen wir zusammen Mittag essen, auf meine Rechnung, und machen wir uns auf eine Belobigung unserer Einheit gefasst! Sie sind der erste Offizier, dem ich das sage.«

Im Restaurant waren nur wenige Tische besetzt, und sobald die Offiziere eintraten, rissen sich die Kellner darum, sie bedienen zu dürfen. Schenck bestellte für sich und Bora und schenkte diesem zuvorkommend Mineralwasser ins Glas.

»Nehmen Sie zum Beispiel Ihren Mitbewohner, Bora, einen Mann, der keine Kinder hatte. Er hinterlässt nichts. Er hat sein Keimplasma im nutzlosen Getändel mit rassisch fragwürdigen Frauen vergeudet. Es ist nur recht und billig, wenn sich jemand, der so wenig Respekt vor der Kostbarkeit des Lebens hat, selbst aus dem Weg räumt.«

Bora aß langsam. Im Moment fand er Schencks Freundlichkeit abstoßend. Außerdem musste er sich zwingen, das, was er kaute, bei sich zu behalten; denn jedes Mal, wenn er das Fleisch auf seinem Teller durchschnitt, kräuselten sich am Soßenrand Wirbel hellroten Blutes.

»Welche Anweisungen haben Sie für morgen?«

»Oh, morgen ist es leicht. Sie sollen Beschwerden über die Juden von Biala sammeln – nichts weiter.«

»In Biala gibt es keine Juden mehr.«

»Aber hinterlassene Schandtaten. Ich möchte genaue Einzelheiten über ihren Geldverleih und ihre Wucherei wissen und natürlich jegliche Meldungen über politische Machenschaften und Rassenschande erfahren. Bedenken Sie dabei, dass auch private Kontakte und Arbeitsverhältnisse zwischen Juden und Nichtjuden als Rassenschande gelten. Essen Sie, Bora! Leber tut Ihnen gut, besonders wenn sie nicht ganz durchgebraten ist. Essen Sie die Soße auf. Folgen Sie in Ihren Essgewohnheiten wie in allem anderen auch meinem Beispiel, und Sie werden hinterher froh sein.«

»Es ist überhaupt nicht gut gelaufen!« In der feuchten Kälte ihrer Garderobe löste Ewa vor dem Spiegel ihre kunstvoll aufgetürmte Frisur und riss sich mit einem wütenden Ruck die Perücke mit den Zöpfchen vom Kopf. »Mir wäre es lieb, wenn du den Mund halten würdest, da du doch genau weißt, dass ich gepatzt habe und das Publikum es gemerkt hat!«

»Du machst aus einer Mücke einen Elefanten, Ewa! Außer dir hat es niemand bemerkt. Vielleicht der Regisseur. Die Leute haben trotzdem geklatscht.«

»*Ich habe einen Fehler gemacht!*« Haarnadeln und Kostümschmuck regneten auf den Schminktisch. »Ich habe nur eine kleine Scheißrolle, und trotzdem habe ich es geschafft, eine ganze Zeile auszulassen!«

Kasia zuckte mit den Achseln. Sie trug immer noch ihr Kostüm, einschließlich der zerzausten grauen Perücke und der blutigen Tränen. »Was macht das schon aus? Es war nur eine Matinee. Das Theater war halb leer.«

»Du hast ja keinen Fehler gemacht!« Ewa ließ sich auf ihren Stuhl fallen und vergrub das Gesicht in den Händen, um sich nicht im Spiegel zu sehen. Ihre Schultern bebten.

»Ewa ...«

»Halt den Mund!«

»Ewa, Liebste, es ist nicht deine Schuld. Richard fehlt dir – das ist alles.«

Ewa begann, in ihre Hände zu schluchzen.

»Wir sind überaus erfreut zu sehen, dass Sie jetzt Ihren Interessen in Krakau wieder ungehindert nachgehen können, Pater Malecki.«

Der Erzbischof war vielleicht wirklich so erfreut, wie er behauptete, vielleicht aber auch nicht. Malecki interessierte das nicht. Der Verstand gebot ihm, dass er bezüglich der Ermittlungen alles für sich behielt, und das tat er auch. Bora hatte versprochen, wegen des Bauunternehmers mit ihm in Verbindung zu bleiben, und das war alles, was er sich im Augenblick erhoffen konnte.

»Eminenz, ich habe gehört, dass Plakate im Umlauf waren, die auf den gewaltsamen Tod von Mutter Kazimierza Bezug nahmen. Was ist daraus geworden?«

Der Erzbischof machte eine Bewegung mit seiner schönen Hand. »Glücklicherweise nichts Größeres. Wir haben dafür gesorgt, dass die meisten rechtzeitig entfernt wurden. Einige Studenten haben öffentlich protestiert, aber es ist uns gelungen, sie zu zerstreuen, bevor die Deutschen einschreiten konnten. Es ist wichtig, dass sich die Kirche zum gegenwärtigen Zeitpunkt weder für noch gegen den Inhalt der Plakate ausspricht. Passen Sie gut auf, Pater Malecki, dass Sie die Leute von der Kanzel herunter auf gar keinen Fall zu aufrührerischem Verhalten ermuntern. Sie sind selbst der lebende Beweis dafür, was denjenigen passieren kann, die sich der Obrigkeit widersetzen.«

»Trotzdem, Eminenz, wo wäre die Kirche heute, wenn die Märtyrer so halbherzig gewesen wären?«

Die gerunzelte Stirn des Erzbischofs glättete sich, als er mit einem Lächeln antwortete: »Unter uns gesagt, Pater, und mit dem gebührenden Respekt vor Tertullian: Das Samenkorn der Kirche ist wahrscheinlich eher aufgrund der Christen aufgegangen, die ihren Mund gehalten und überlebt haben, als durch das Blut jener, die in den Tod gegangen sind. Da es schon genug Jesuiten gibt, die den Märtyrertod gestorben sind, haben sie ihr Soll erfüllt – meinen Sie nicht auch?«

Am Abend, nach der Freitagsvesper, hatte Pater Malecki die Hoffnung aufgegeben, Bora noch zu treffen, und war gerade im Begriff, die Kirche zu verlassen, als er im Halbdunkel der hintersten Reihe die Uniform erblickte.

Es war Bora, barhäuptig, in der Nähe des Taufbeckens.

»Seit wann sind Sie hier, Herr Hauptmann?«

»Erst seit ein paar Minuten. Ich muss mit Ihnen reden.«

»Ich bin gleich draußen.«

Bora ging durch den Mittelgang auf den Priester zu. »Ich möchte hier mit Ihnen reden.«

Da Malecki offensichtlich etwas sagen wollte, was darauf abzielte, dass er die Kirche für die Nacht abschließen müsse, fügte er rasch hinzu: »Können Sie mir Vertraulichkeit zusichern?«

»Als Priester oder als Nichtdeutscher?«

»Als beides.«

»Sie haben mein Wort als beides.«

Bora neigte den Kopf, wie die Angehörigen des Militärs es zum Zeichen respektvollen Dankes tun. »Danke. Ich möchte, dass Sie mir die Beichte abnehmen.«

In der Nacht schneite es heftig.

Zum ersten Mal, seit Bora von Retz' Tod erfahren hatte, vermisste er ihn in der Wohnung. Er hatte ihn zwar nicht gemocht, und sie waren so unterschiedlich gewesen, wie zwei Menschen, die von den entgegengesetzten Enden der sozialen Skala herkamen, nur sein konnten, doch die Wohnung war durch seinen Tod ärmer geworden.

Bora ging ins Bibliothekszimmer und setzte sich hin. Es kam ihm vor, als könnte sich Retz mit seiner derben Vitalität immer noch jederzeit hör- oder sichtbar machen. Die Stille war während des Schneefalls so vollkommen, dass er sogar das Ticken seiner Armbanduhr vernahm.

Weder Schenck noch Salle-Weber bemühten sich, die Gründe für den Selbstmord eines Wehrmachtsangehörigen herauszufinden. Es gehörte sich nicht, und solange nicht die politische Linientreue auf dem Spiel stand, wurde der Selbstmord eines Offiziers ebenso rasch vergessen, wie er dementiert wurde. Retz' Kameraden hatten nicht einmal nach ihm gefragt. Offensichtlich hatte er besseren Zugang zu Frauen gehabt als zu Männern, und das bedeutete, dass Bora Retz so nahe gekommen war wie niemand sonst in der Wehrmacht.

Merkwürdig, wie die Insekten in dem Glaskasten, diese Käfer und Libellen, jedes Mal, wenn er den Kopf bewegte, die Lichtschwankung auf ihren Panzern und zarten Flügeln mitvollzogen. Mit dem Flackern schien sich in ihren seit Langem toten getrockneten Leibern trügerisches Leben zu regen.

Bora hatte nach Ewas Enthüllung einige Zeit damit zugebracht, sich über seine Gefühle im Zusammenhang mit Retz' Selbstmord klar zu werden, nicht so sehr, weil ihn der Gedanke an Inzest abstieß – er war naiv genug, ihn obskur, ja, irgendwie kurios zu finden –, sondern weil Retz' Reaktion auf diese Mitteilung ihn nachdenklich stimmte. Zugegeben, er wusste nicht viel über ihn, nur dass er seine Frau betrogen hatte und ebenso auch die Frauen, mit denen er schlief. Falls Retz über irgendeine geistige Tiefe verfügt hatte, hatte er sich das nicht anmerken lassen. Doch am Ende musste er am Leben verzweifelt sein, sonst hätte er es nicht getan. Die *Verzweiflung,* von der Pater Malecki gesprochen hatte, schien in Boras Augen zu niemandem weniger zu passen als ausgerechnet zu Retz.

In einer dürren Symmetrie des Todes zuckten die Insekten unter dem Glas, als Bora den Arm ausstreckte, um die Lampe auszuschalten.

Morgen würden die Straßen vereist sein.

23. Dezember

Siehst du den dunkelhaarigen deutschen Offizier mit dem Priester da sitzen? Das ist Richards Mitbewohner.« Ewa war stehen geblieben, um sich im spiegelnden Fenster von *Pod Latarnią* den Hut zurechtzurücken. Kasia drängte sich an sie heran.

»Wo?«

»Sie sitzen in der Mitte des Saals und blättern Papiere durch. Dort. Pass auf, dass sie dich nicht bemerken!«

Kasia spähte hinein. Die Männer, um die es ging, waren damit beschäftigt, etwas durchzusehen, was wie Notizbücher und lose Papierblätter aussah; der Deutsche schrieb auf einem kleinen Block mit, was der Priester ihm vorlas.

»Er sieht so gut aus! Wie alt ist er? Was macht er?«

Ewa zog sie weiter. »Er ist verheiratet und arbeitet für den Nachrichtendienst.«

»Er hat also ... kein Interesse, oder sollte *ich* kein Interesse haben?«

Ewa packte sie fest am Arm. »Man kann keinem Deutschen trauen.«

»Keinem Deutschen? Den Männern allgemein kann man nicht trauen! Wer redet schon über Vertrauen? Das ist also der Mann, in dessen Bett ich nach Richards Fest geschlafen habe.« Kasia lachte und hielt ihre Mütze wegen des Windes fest. »Ich hätte etwas Besseres geträumt, wenn ich gewusst hätte, wie er aussieht. Wenn ich ein braves Mädchen bin, wirst du mich dann irgendwann einmal mit ihm bekannt machen?«

»Nein.«

»Ich vermute, du würdest mir auch nicht den Schlüssel zu seiner Wohnung leihen.«

Sie waren bei der Straßenbahnhaltestelle angelangt, und Ewa machte dem Fahrer der näher kommenden Bahn ein Zeichen.

»Richtig.«

Kasia schmollte. »Ich gehe davon aus, dass ihr beiden, du und Helenka, den ganzen Spaß für euch allein behalten wollt.«

In der Trambahn verpasste Ewa der verdutzten Kasia unter den neugierigen Blicken der Fahrgäste eine saftige Ohrfeige, die nur von ihrem wollenen Handschuh ein wenig gedämpft wurde.

Im Restaurant schüttelte Malecki den Kopf. »Das wird Sie sehr viel Zeit kosten. Das Wort *Lumen* kommt in den Meditationen, die die Äbtissin in den beiden letzten Jahren niedergeschrieben hat, in fünfundsiebzig Variationen vor. Offensichtlich hatte sie hervorragende Lateinkenntnisse.«

Bora stimmte zu. Er ging seine Notizen noch einmal durch. »In den meisten Fällen lässt sich das Wort einfach mit ›Licht‹ oder ›Glanz‹ übersetzen, aber sie verwendet es zweimal im Plural für ›Augen‹, in sieben Fällen im Sinne von ›Intellekt‹, und etliche Male steht es für ›Öffnung‹, ›Spalte‹. Eine dieser Bedeutungen muss einen Hinweis auf die Art und Weise geben, wie sie zu Tode kam.«

»Aber wenn Ihr Riecher Sie trügt, dann vergeuden Sie auf der Jagd nach dem richtigen Wort viel Zeit.«

Malecki sah, wie Bora auf seine Armbanduhr schaute und dann seine Aktentasche unter dem Tisch hervorzog. Bora war immer in Eile. Ob sie sich im Kloster trafen oder außerhalb – stets hastete er von einem Ort zu einem anderen.

»Essen Sie nicht zu Mittag?«

»Keine Zeit, Pater, ich muss zurück zur Arbeit. Ich rufe Sie an, wenn sich etwas ergibt.«

Bora meinte damit, dass er erwartete, nähere Einzelheiten über Oberst Hofer in Erfahrung zu bringen, den er im Hauptquartier des Regiments in Deutschland ausfindig gemacht hatte. Sein Sohn war offensichtlich gestorben, und Hofer war während der beiden letzten Wochen aus gesundheitlichen Gründen beurlaubt gewesen.

Malecki stand auf. »Ich begleite Sie bis zum Auto. Herr Ober! Bitte, achten Sie darauf, dass sich niemand hierhersetzt.«

Draußen blendete die Sonne, vom Schnee reflektiert. Heute hatte sich Malecki zum ersten Mal mit Bora getroffen, seit dieser ihn zwei Abende zuvor nach der Vesper in der Kirche aufgesucht hatte. Er spürte in dem Deutschen eine neue, uneingestandene Mauer der Zurückhaltung und vielleicht auch der Angst davor, seine eigene Autorität untergraben zu haben. Bora zeigte sich nicht mehr persönlich engagiert.

Als der Stabswagen vom Randstein weggefahren war, blieb eine Pfütze geschmolzenen Schnees zurück, in der die Widerspiegelung der Sonne zappelte wie ein Fisch im Netz. Malecki stand da und blinzelte noch eine Minute in die Sonne. Er genoss das Privileg und die Verantwortung, die es bedeutete, wenn man die Herzen der Menschen kannte, was die Menschen oft davon abhielt, Freundschaft mit ihm zu schließen.

24. Dezember

Der Oberbefehlshaber der Besatzungsarmee, Generaloberst Blaskowitz, wäre ein gut aussehender Mann gewesen, hätte er eine ausgeprägtere Kinnpartie gehabt. Offenheit und Adel der Stirn und des oberen Teils seines Gesichts verloren in der unteren Hälfte an Kraft. Doch seine Augen, die jetzt etwas geringschätzig auf Bora blickten, strahlten auffallend.

»Sollten Sie überhaupt hier sein, Hauptmann Bora, wenn Ihr unmittelbarer Vorgesetzter Ihre Sorgen für belanglos hält?«

Die Worte hatten sofortige Wirkung auf den Offizier, der ihm gegenüberstand. Nicht nervös, aber bis zum Äußersten angespannt, schien er wie jemand, der im Begriff ist, einen weiten Sprung zu tun, aber keine Ahnung hat, wie er landen wird. Die Sehnen an seinem Hals waren hart vor Anspannung. An der Wand hinter ihm hing ein kleiner Spiegel, der die Steifheit seines Nackens wiedergab.

»Ich musste herkommen, Herr Generaloberst. Im ganzen Generalgouvernement gibt es niemanden, den ich sonst sprechen darf und der mir, wie ich hoffe, zuhört.«

Blaskowitz blieb mit abschätzigem Blick hinter seinem Schreibtisch stehen. Bora fand genug Speichel im Mund, um schlucken zu können. Anscheinend überlegte der Generaloberst in diesem Augenblick wirklich nur, ob er ihn gleich entlassen oder ob er ihm gestatten sollte, zu bleiben und sich eine Rüge einzuhandeln.

»Was haben Sie da?«

Bora tat einen Schritt nach vorn. Er reichte Blaskowitz einen braunen Umschlag, und dieser machte ihm ein Zeichen, dass er ihn auf den Schreibtisch legen solle. Er blickte nicht darauf, sondern starrte Bora weiterhin neugierig an.

»Herr Generaloberst, das ist ein Bericht über Polizei- und Wehrmachtseinsätze in Galizien, deren Zeuge ich während der beiden letzten Monate geworden bin.«

»Wer hat Ihnen befohlen, einen Bericht anzufertigen?«

»Niemand, Herr Generaloberst.«

»Aufgrund welcher Befugnisse meinten Sie dann, einen Bericht abfassen zu müssen?«

Bora gelang es nur mühsam, Blaskowitz' Blicken standzuhalten; er hätte seinen Blick jetzt lieber gesenkt oder anderswohin gerichtet. »Ich habe keine Befugnis, Herr Generaloberst. Aber ich glaube, die Pflicht zu haben.«

Blaskowitz griff nach dem braunen Kuvert und warf es an die Seite seines massiven Schreibtisches.

»Wo haben Sie Ihre Ausbildung absolviert?«

»An der Infanterieschule Dresden, anschließend an der Kavallerieschule Hannover. Bei Kriegsausbruch habe ich gerade in Döberitz einen Lehrgang in Sachen Nahunterstützung besucht.«

»Und seit wann sind Sie in Ihrer jetzigen Stellung?«

»Seit zwei Monaten.«

Blaskowitz setzte sich. Sein Blick ruhte jetzt so konzentriert auf dem braunen Briefumschlag, als sei Boras Anwesenheit irgendwie nur noch Beiwerk.

Eine gute Minute lang sagte er gar nichts. Ein Summen drang von rechts an Boras Ohr; es kam von einer elektrischen Uhr auf dem Schreibtisch. Bora merkte, dass ihm sein Kopf auf dieser Seite immer noch wehtat. Es pochte, und schmerzende Stiche jagten ihm vom Nacken über den Rücken.

Blaskowitz hielt ihm den Umschlag hin. »Ihre Laufbahn liegt in diesem Kuvert. Ich stelle Ihnen frei, es zurückzunehmen und mein Büro zu verlassen.«

»Herr Generaloberst, meine Laufbahn wiegt den Inhalt dieses Kuverts nicht auf.«

Blaskowitz fixierte ihn mit einem scharfen, tadelnden Blick. »Ihre Laufbahn sollte Ihnen alles wert sein. Hat man Ihnen das in der Kriegsschule nicht beigebracht?«

Missmutig redete er gegen seine eigene Verzweiflung an: »Wenn Sie meinen Bericht nicht annehmen wollen, Herr Generaloberst, muss ich Ihnen sagen, dass ich ihn höheren Stellen vorlegen werde.«

»Höhere Stellen?«

Bora kam es vor, als leuchte es kurz belustigt in Blaskowitz' Augen auf, was er jedoch für völlig unmöglich hielt. Doch dann brach Blaskowitz das Siegel des Umschlags und studierte die nächsten paar Minuten lang den Inhalt.

Zwei ganze Nächte hatte Bora darauf verwendet, aus dem Gedächtnis und ein paar Fitzelchen seiner Notizen jene Informationen zusammenzustückeln, die in den vernichteten Mappen enthalten waren. Jetzt las Blaskowitz, aber in seinem Gesicht regte sich nichts. Er las aufmerksam und dachte dabei offensichtlich nach. Als er die Hälfte durchgesehen hatte, fragte er: »Welche Ausbildung haben Sie sonst noch erhalten?«

»Ich habe an der Universität Leipzig studiert, Herr Generaloberst.«

»Ja.« Blaskowitz las weiter. »Sie schreiben nicht wie ein Soldat. Sie schreiben zu gut für einen Soldaten.« Er deutete auf einen Stuhl mit hoher Rückenlehne. »Setzen Sie sich.«

Schwester Irenka gehörte nicht zu den Menschen, die sich ihre Gefühle anmerken lassen. Litt sie, konnte man ihren Schmerz nur an der Art wahrnehmen, wie sie krampfartig die Lippen spitzte. Pater Malecki war beunruhigt und machte sich, noch bevor er das Kloster betrat, auf schlimme Nachrichten gefasst.

»Pater, sie haben Schwester Barbara mitgenommen.«

Malecki drückte die schwere Tür hinter sich zu. »Wer war es? Wann? Ist der Erzbischof verständigt worden?«

»Wir hatten gehofft, dass Sie für uns zu Seiner Eminenz gehen würden. Nach dem heutigen Vormittag haben wir Angst, eine der Schwestern zu schicken. Es war dieselbe Gruppe Deutscher, die letzte Woche hier die Durchsuchung vorgenommen hat, nur dass sie dieses Mal geradewegs in die Küche gegangen sind. Sie haben ihr nicht einmal Zeit gelassen, die Schürze abzulegen. Ich habe versucht, mit ihnen zu reden, aber es hat nichts genutzt. Ich bin ihnen hinterhergelaufen, hinaus ins Freie, und habe sie gefragt, wohin sie sie denn bringen, aber sie haben nicht geantwortet und sich nicht umgeschaut. Sie haben sie in den Lastwagen gesetzt und sind abgefahren. Und das an Heiligabend, Pater Malecki!«

Malecki musste zweimal kurz durchatmen, um seine Erregung zu bezwingen. Er wusste nicht, warum er den Erzbischof erwähnt hatte: Von dieser Seite erwartete er keine Unterstützung – jedenfalls nicht, wenn es um eine konvertierte Jüdin ging. Bora fiel ihm ein, natürlich, aber Bora war wahrscheinlich nicht in seinem Büro oder würde ihn vielleicht nicht empfangen wollen.

»Wie lange ist das her, Schwester?«

»Eine Stunde vielleicht. Wir hatten so sehr gehofft, dass Sie zufällig vorbeikommen würden! Bitte versuchen Sie herauszufinden, was sich tun lässt.«

Malecki schnaubte missmutig. »Sie haben mich schon einmal festgenommen, Schwester Irenka. Dieses Mal werden sie mich aus dem Land jagen, wenn mir nichts Besseres einfällt, als mich selbst an die Deutschen zu wenden.«

Nachdem er vage versprochen hatte, dass er so rasch wie möglich etwas unternehmen würde, ging er, ohne genaue Pläne zu haben. Er hatte Boras Telefonnummer nicht bei sich, deshalb war es unmöglich, ihn gleich zu kontaktieren, ohne persönlich im Hauptquartier vorstellig zu werden. Er schlug die entsprechende Richtung ein und ahnte, dass weder der Erzbischof noch das amerikanische Konsulat seine Entscheidung gutheißen würden.

Hauptmann Bora war außer Haus und wurde nicht so bald zurückerwartet. Von den forschenden Blicken der bewaffneten diensthabenden Wachen verfolgt, wollte Malecki bereits den Rückzug antreten, als ihn schnelle Schritte, die die Treppe herunterkamen, veranlassten, sich umzudrehen. Über den mit Teppich ausgelegten Boden der Eingangshalle ging ein Unteroffizier zielstrebig auf ihn zu.

»Sie sind Pater Malecki, nicht wahr?«, fragte er auf Englisch, mit einem starken Akzent.

»Ja.«

»Der Kommandeur von Hauptmann Bora wünscht Sie zu sehen. Bitte, folgen Sie mir.«

Das im zweiten Stock gelegene Büro von Oberstleutnant Schenck war so spartanisch eingerichtet wie eine Mönchszelle. Auf seinem Schreibtisch gab es nichts Persönliches – keine Familienfotos, kein Namensschild, keine Briefbeschwerer und keine Zigaretten. Auch die Wände waren vollkommen kahl.

Nachdem Malecki ungefähr fünf Minuten neben dem zurückhaltenden Unteroffizier gewartet hatte, kam Schenck mit dem üblichen Schwung hereingestürmt. Er ging zu seinem Schreibtisch und ließ sich mit einer Gesäßhälfte auf einer Ecke nieder. »Sie sind also Hauptmann Boras Priester!«

Malecki hätte etwas Witziges geantwortet, wäre er aus einem anderen Grund gekommen. So beließ er es bei einem Nicken.

»Ich verstehe Englisch besser, als ich es spreche«, schickte Schenck voraus. »Sie verstehen Deutsch, nicht wahr?«

Malecki sagte, er habe es in der Schule gelernt, aber inzwischen alles vergessen. Er versuchte herauszufinden, ob Schenck überhaupt zugänglich war und ob er Schwester Barbaras Notlage ansprechen könnte, ohne die Dinge noch schlimmer zu machen. Da Bora nie von seinen Offizierskameraden sprach, hatte er keinerlei Anhaltspunkte.

Schenck hielt die Hände um sein Knie geklammert und beobachtete ihn mit distanzierter Heiterkeit. »Hat Herr Hauptmann Bora Sie aufgefordert, ihn hier aufzusuchen?«

»Nein, ich bin von mir aus gekommen.«

»Ach so. Haben Sie den Mörder der Nonne gefunden?«

»Leider nein.«

»Warum sind Sie dann hier?«

Malecki wagte den Sprung ins kalte Wasser. »Ich habe gehofft, der Herr Hauptmann könnte dem Kloster bei der Lösung eines dringenden Problems behilflich sein. Eine der Schwestern ist von der SS festgenommen worden.«

Von Schencks Ledergesicht war keine ablehnende Reaktion auf diese Mitteilung abzulesen.

»Warum kommen Sie dann zu uns? Haben Sie etwa Angst vor der SS?«

»Nicht um mich.«

Mit einem aufgesetzten Lächeln ging Schenck um seinen Schreibtisch herum und griff nach dem Hörer. Er sprach vielleicht eine Minute mit jemandem, ließ Malecki dabei jedoch die ganze Zeit nicht aus den Augen. Dieser begriff, dass mit dem *Amerikaner* er gemeint war, doch dem Rest der Unterhaltung konnte er nicht folgen. Schließlich nahm Schenck wieder seinen Platz auf der Schreibtischecke ein.

»Sie haben sich offensichtlich geirrt.« Er wählte mit Absicht die Vergangenheitsform. »Es war keine Nonne, die man festgenommen hat, sondern eine Jüdin.«

»Sie *war* Jüdin, Herr Oberstleutnant. Jetzt ist sie eine Konvertitin und eine Nonne der römisch-katholischen Kirche!«

Schenck lachte los. »Wenn ein Neger meine Uniform anzieht, ist er dann weniger ein Neger? Natürlich nicht! Er ist und bleibt ein Neger. Und ich weiß, wie Sie in Amerika die Neger behandeln, Pater Malecki.« Auf einen barschen Befehl hin erschien der Unteroffizier wieder im Büro. »Der Feldwebel wird Sie hinausbegleiten. Und bitte lassen Sie Hauptmann Bora aus dem Spiel; diese Dinge fallen nicht in Hauptmann Boras Zuständigkeitsbereich.«

Die Putzfrau trug ein weißes Kopftuch, das sie auf der Stirn fest zugeknotet hatte. Sie war grobknochig und rotbackig wie so manche Bauersfrau, der Bora auf dem Lande begegnet war. Als er den Treppenabsatz vor seiner Tür erreichte, verneigte sie sich mit gefalteten Händen und angewinkelten Ellenbogen so tief vor ihm, als betete sie. Irritiert dachte er zuerst, sie wolle ihm für das Extratrinkgeld zu Weihnachten danken, dafür jedoch sah ihr Gesicht denn doch zu gequält aus.

Mit der für die Schlesier typischen Aussprache des Deutschen sagte sie: »Es ist nur eine Kleinigkeit, Herr Hauptmann, aber ich trage die Verantwortung, wenn man es nicht findet.«

Bora hatte nicht genau zugehört. Er war, zwei Stufen auf einmal nehmend, die Treppe hochgekommen, weil er sich darauf freute, sich nach zwei Tagen im Feld umziehen zu können, bevor er dann Pater Malecki treffen würde. Er hatte eine Notiz des Priesters vorgefunden, aus der er den Schluss gezogen hatte, dass irgendetwas nicht stimmte. Deshalb hatte er keine Lust, der Putzfrau auf der Treppe zuzuhören. »Was haben Sie gerade gesagt?«, fragte er. »Was soll ›eine Kleinigkeit‹ sein?«

»Das Handtuch, Herr Hauptmann.«

Ungeduldig drehte Bora den Schlüssel im Schloss herum. »Ich weiß nicht, was Sie meinen. Drücken Sie sich bitte deutlicher aus, ich bin in Eile.«

»Eines der Handtücher fehlt, und ich habe gedacht, dass der Herr Hauptmann vielleicht weiß, wo es ist.«

Bora stieß die Tür auf, trat aber nicht ein.

»Für jeden Offizier gab es fünf Badetücher, Herr Hauptmann, und fünf für die Hände und fünf für das Gesicht. Ich nehme sie jeden Sonntag und Mittwoch zum Waschen mit. Eines der Handtücher fehlt, und man hat mir gesagt, dass ich es bezahlen muss, wenn es nicht gefunden wird.«

Geistesabwesend trat Bora in die Wohnung und winkte sie herein.

»Lassen Sie mich sehen.«

Zehn Minuten später war er schon auf dem Weg zum Kloster, und seine Zerstreutheit hatte sich inzwischen in Besorgnis gewandelt.

Im Wartezimmer traf er mit Pater Malecki zusammen, und dieser berichtete ihm über seinen Besuch bei Schenck. »Wir kamen sogleich auf Schwester Barbara zu sprechen. Es war keine Zeit zu verlieren, und Ihr Kommandeur schien mir ein zugänglicher Mensch zu sein.«

Bora klatschte seine Handschuhe gegen den Oberschenkel. »Das tut jetzt nichts zur Sache! Sie hätten die Angelegenheit aus zwei Gründen nicht aufs Tapet bringen dürfen: einmal, weil die Wehrmacht eine eigene Organisation und von der SS und dem Sicherheitsdienst vollkommen getrennt ist, und dann, weil Sie mich als möglichen Vermittler benannt haben und ich mich jetzt nicht mehr für die Nonne verwenden kann.«

»Ich verstehe nicht, warum …«

»Pater Malecki, irgendwann müssen Sie anfangen, mir die Wahrheit zu sagen! Sie haben gewusst, dass sich eine jüdische Konvertitin an diesem Ort befindet, aber es für nicht angebracht gehalten, mich darüber ins Bild zu setzen. Deswegen ist das passiert, was vielleicht hätte verhindert werden können. Was halten Sie sonst noch vor mir geheim?«

Widerstrebend berichtete Malecki über Schwester Barbaras Träume, auch wenn Bora von dem, was er ihm erzählte, nicht beeindruckt zu sein schien.

»Das ist die ganze Geschichte, Herr Hauptmann. Kann man jetzt noch irgendetwas für sie tun?«

»Ich kann nichts versprechen.«

»Der Erzbischof ist nicht gewillt, sich für sie einzusetzen. Sie sehen, dass Sie jetzt der einzige Mensch sind, der das noch könnte.«

Darauf reagierte Bora pikiert. »Versuchen Sie nicht, mich zu überzeugen, indem Sie meinem Moralgefühl schmeicheln, Pater! Es geht um meine Karriere.«

Eine Stunde später war es genau das, woran Salle-Weber ihn erinnerte, nachdem er ihm mit gerade so viel Anstand zugehört hatte, wie er einem Kameraden von der Wehrmacht gegenüber aufzubringen bereit war.

»Sie vergeuden Ihre Zeit und geben Ihren Namen für nutzlose Unternehmungen her! Ich habe Ihnen neulich den Priester überstellt, weil ich davon ausgehe, dass Sie wissen, was Sie tun. Sie haben mir sogar die Akte *Lumen* abgerungen und dann festgestellt, dass nichts darin war, was für Sie von Nutzen hätte sein können. Jetzt mache ich Ihnen das Angebot, dass dieses Treffen nicht protokolliert wird, falls Sie Ihre Bitte zurückziehen. Geben Sie es auf.«

Bora holte kurz Atem. »Damit das klar ist: Ich bitte nicht um Schonung, weil sie als Jüdin geboren wurde. Sie ist für mich mit Blick auf den Mordfall in gewisser Hinsicht von Nutzen. Ich bin nicht so zartfühlend, wie Sie offensichtlich annehmen.«

»Trotzdem, Bora.« Salle-Weber ließ einen Bleistift zwischen Zeige- und Mittelfinger wippen. In seinen Sessel versunken, wirkte er nicht so massig wie im Stehen. »Beherzigen Sie einen guten Rat, wenn er Ihnen schon erteilt wird.« Er lehnte sich zurück, bis die Lehne leise knarrte. »Nun, geben Sie es auf?«

»Ja.«

Es war keine physische Erschöpfung, dennoch fühlte sich Bora an diesem Abend so müde wie niemals zuvor. Selbst die Stufen, die zu seiner Wohnung hinaufführten, kamen ihm wie ein unüberwindliches Hindernis vor.

Dass er am oberen Ende der Treppe Helenka stehen sah, machte die Sache nicht besser. Er verharrte, die Hand auf dem Geländer, und blickte nach oben.

»Fräulein Kowalska«, sagte er von der Stufe aus, auf der er angelangt war, »es ist spät, und ich möchte nicht mit Ihnen sprechen. Ich weiß nicht, wer Sie ins Haus gelassen hat, aber ich bitte Sie dringend, es sofort zu verlassen. Ich bin nicht Major Retz, und ich empfange niemanden bei mir zu Hause.«

Helenka hielt eine Stricktasche in ihren unbehandschuhten Händen. »Ich habe auf dem Gehsteig gewartet. Es war der Pförtner, der mich eingelassen hat.«

»Ich werde morgen früh mit dem Pförtner reden. Bitte, gehen Sie.«

»Herr Hauptmann, Sie sind auf dem Holzweg, wenn Sie sich einbilden, ich wäre hier, um die Nacht mit Ihnen zu verbringen. Sie sind mir nicht einmal sympathisch.«

»Und ich möchte Sie nicht in meiner Wohnung haben.«

»Es geht um Richards Tod.«

Bora stieg, Stufe um Stufe, die Treppe hinauf. »Sie haben behauptet, Sie hätten nichts weiter dazu zu sagen. Worum auch immer es geht, ich bin sicher, dass es bis morgen Zeit hat und in einer für uns beide weniger kompromittierenden Umgebung geklärt werden kann. Gute Nacht.«

Sie duftete nach Veilchen. Mit Entsetzen stellte Bora fest, dass ihre Präsenz seine Erschöpfung vertrieb und als vorübergehende Empfindung entlarvte, denn körperlich war er tatsächlich überhaupt nicht müde. Innerhalb von Sekunden ging sein Widerwille in einen Zustand leichter Erregung über. Er griff erneut nach dem Handlauf, und in demselben Moment ging Helenka auf dem Weg nach unten an ihm vorbei.

Plötzliche Neugierde auf das, was sie über Retz sagen würde, führte

Bora in Versuchung, sie zurückzurufen. Aus Stolz tat er es nicht, vielleicht war er sich auch seiner selbst nicht sicher genug und wusste nicht, ob er sie nicht doch über Nacht in seine Wohnung hereingelassen hätte.

26. Dezember

Als Bora am Morgen im Theater anrief, war Helenka noch nicht zu den Proben eingetroffen. Kasia nahm den Anruf entgegen.
»Soll ich etwas ausrichten?«
»Nein.«
Der Anrufer war eindeutig ein Deutscher. Ohne genau zu wissen, warum, war Kasia überzeugt, dass es der Offizier war, den Ewa ihr gezeigt hatte, Richards Mitbewohner. Hier bot sich ihr nun die Gelegenheit, mit ihm zu plaudern, und er sprach kein Polnisch!
»Helenka kommt meistens um neun Uhr«, syllabierte sie, damit er sie verstand. »Bitte, rufen Sie um neun wieder an.«
Bora dankte ihr und legte auf.
Hinter ihm, an der Tür zu seinem Büro, äußerte Schenck sein Missfallen. »Herr Hauptmann, Sie lassen sich mit Polinnen ein?«
Bora stand auf und drehte sich um. »Nein, Herr Oberstleutnant. Das war kein privater Anruf. Es hat mit Major Retz' Tod zu tun.«
»Na, um was geht es genau?«
»Ich bin mir nicht sicher.«
Schenck war nicht ganz überzeugt. »Halten Sie sich in jedem Fall von Frauen fern! Da Ihre Frau bald kommt, müssen Sie um jeden Preis Geisteszustände vermeiden, die den unwillkürlichen Verlust von Samenflüssigkeit und eine Schwächung des Keimplasmas zur Folge haben könnten.«
»Ich glaube, ich kann mich beherrschen, Herr Oberstleutnant.«
»Seien Sie da nur nicht so selbstsicher!« Schenck nahm von Boras Schreibtisch die Karte mit der Reiseroute, der er am Morgen folgen

würde, warf einen Blick darauf und legte sie zurück. »Reden wir von anderen Dingen, mit denen Sie zu tun haben: Ich wünsche, dass Sie die Ermittlungen im Fall der Nonne so bald wie möglich abschließen, mit einer vorläufigen Stellungnahme und mit weiteren Empfehlungen, wenn keine Lösung des Falls möglich ist. Solange Sie mir nicht nachweisen können, dass zum Beispiel die polnische Untergrundbewegung sie umgebracht hat, hat es keinen Sinn, hier weiter zu ermitteln. Ich möchte heute in zwei Wochen einen vollständigen Bericht vorliegen haben.«

Bora ließ sich nichts von der Enttäuschung anmerken, die Schencks Worte in ihm auslösten. »Darf ich in meinem Bericht ganz offen sein?«

»Natürlich. Aber vergessen Sie nicht, dass auch ich in meinem Büro einen Ofen habe!«

10

28. Dezember 1939

Der Karte zufolge hieß der Ort Swięty Bór. Er war auf Boras Route nicht als Halt eingezeichnet, und er wäre an ihm vorbeigefahren, hätte nicht eine berittene Wehrmachtspatrouille seinen Wagen auf der Straße kurz vor dem Waldrand gestoppt.

»Ich bin in Eile«, sagte er, während er sein Fenster herunterkurbelte. »Was gibt's?«

Den Leutnant, der die Patrouille anführte, kannte er von einem seiner früheren Aufträge in diesem Waldgebiet. Der rundliche junge Mann trat an den Stabswagen heran und begrüßte Bora; er wirkte ungewöhnlich angespannt, als er sagte: »Bitte, Herr Hauptmann!« Er beugte sich zum Fenster hinunter und flüsterte: »Ich muss dringend mit Ihnen reden.«

Bora blickte auf seine Uhr. »Worum geht es? Machen Sie's schnell, ich muss am Mittag in Wislica sein.«

Der Leutnant ließ seinen Blick verstohlen von Bora zu Hannes wandern. »Unter vier Augen, Herr Hauptmann.«

Bora befahl Hannes, den Wagen am Straßenrand abzustellen, wo auch die Pferde der Patrouille standen, ließ aber zum Zeichen seiner Eile die Autotür weit offen stehen. »Um was geht es, Herr Leutnant?«

»Hier entlang, bitte.«

An der bezeichneten Stelle standen die Tannen bis nah an die Straße heran. Der Leutnant führte Bora in die entsprechende Richtung. An den Hufspuren im Schnee konnte Bora erkennen, dass die Patrouille durch den Wald geritten war.

Der Leutnant sprang über einen niederen Busch und flüsterte

immer noch. »Es ist wie ein Wunder, dass Sie gerade jetzt hier vorbeikommen. Hinter dem Wald ist etwas im Gange. Ich glaube, Sie sollten sich das einmal ansehen. Meine Leute haben mich darauf aufmerksam gemacht.«

Bora folgte ihm durch das dichte Unterholz. Sein Mantel blieb immer wieder an den unteren Zweigen hängen, und er riss ihn ungeduldig los. »Was soll dieses ›Etwas‹ sein, Herr Leutnant? Ein Militäreinsatz? Der sollte dann wohl begründet sein.« Doch er verspürte bereits ein Unbehagen und ärgerte sich darüber.

Der Leutnant wandte sich um und bat ihn, still zu sein. Dort, wo die Bäume am dichtesten wuchsen und am höchsten waren, stieg das Gelände nach einer Weile an. Bald schien sich die in ihrem Rücken liegende Straße hinter dem Vorhang anderer Bäume in sehr weiter Entfernung zu verlieren. Bora, der sich immer unwohler fühlte, stapfte weiter und bog die ausladenden Tannenzweige zur Seite.

»Da vorn ist eine Lichtung.« Der Leutnant sprach hauptsächlich mit den Händen. Bora merkte, dass sie auf dem Weg zu ihrem Ziel einen weiten Halbkreis zurücklegten. In den Wald selbst war kein Schnee eingedrungen, und auf dem Boden lagen spröde Tannennadeln und abgebrochene Zweige, die unter ihren Tritten knackten. Die Hufspuren der Pferde waren nur an den Stellen sichtbar, an denen die Tiere auf dem Pflanzenteppich ausgerutscht waren, oder dort, wo die nackte Erde lehmig und immer noch so warm war, dass sich die Hufe eindrückten. Weiter oben, auf einem steilen, felsigen Hang, wuchsen Lärchen.

Der Leutnant blieb unterhalb dieser Anhöhe stehen.

»Hören Sie?«

Bora regte sich nicht. Nachdem seine Bewegungen nun kein Rascheln mehr erzeugten, war es plötzlich still. Da zerriss unmittelbar vor ihnen, gedämpft durch die Bäume und die Erhebung des Geländes, das Krachen einzelner Schüsse diese Stille.

Er kletterte allein weiter, wobei seine Hände und Füße auf emporragenden Wurzeln und im dichten Gestrüpp Halt fanden. Von unten sah ihm der Leutnant beunruhigt nach. »Sie werden dies hier brauchen.« Er streckte Bora seinen Feldstecher entgegen.

Bora ging auf das Angebot nicht ein. Er hatte inzwischen die mit niedrigem Buschwerk bewachsene Anhöhe erreicht, wo er sich niederkauerte, um Ausschau zu halten. Seine Schultern strafften sich und erstarrten dann in einer zunächst aufmerksam gespannten, dann entsetzten Regungslosigkeit. Der Leutnant kletterte ihm nach, den Feldstecher in der Hand, bis er neben ihm stand. »Hier, nehmen Sie ihn«, insistierte er. »Ich kann das sowieso nicht mehr mit ansehen.« Und er stieg wieder hinunter.

Als Bora am Abend dieses Tages nach Krakau zurückkehrte, verwandelte das Abendrot die stachelige Silhouette der Stadt mit ihren vielen Kirchtürmen in einen eigenen unheimlichen Wald. Zugespitzt wie Tannen, zackig mit Kreuzen und Turmspitzen, ragten die Kirchen in den rot gefärbten Himmel, und Bora schien es, als würde der Himmel bersten und über ihnen zusammensinken.

Wie immer war Hannes in die Florianska eingebogen, um ihn über die Altstadt nach Hause zu bringen.

»Fahren Sie hier nach rechts.« Bora zwang ihn, plötzlich zu verlangsamen und das Lenkrad herumzureißen. »Fahren Sie zur Karmelicka.«

Das Haus, in dem Pater Malecki wohnte, war hoch und unterschied sich nicht wesentlich von den anderen hohen Gebäuden, die die Dunkelheit vom Erdgeschoss aufwärts verschlang. »Steigen Sie hier aus.« Damit entließ Bora Hannes.

Er blickte an der Fassade hoch, bevor er auf die Klingel drückte. Der Dachvorsprung war der einzige Teil, der noch in fleischfarbenes Licht getaucht war, während sich der Himmel ansonsten bereits aschgrau verfärbt hatte. Pater Maleckis Fenster mochte das sein, hinter dessen Scheibe Licht brannte.

Zwei schwerfällige Schritte rückwärts zu tun, war alles, was Frau Klara einfiel, um die Angst zu kaschieren, die sie angesichts des Besuchers ergriff. Das gelang ihr noch besser, als sie weitere Schritte rückwärts machte, um Bora hereinzubitten.

»Welche Etage?«, fragte Bora auf Polnisch.

Sie hob drei Finger. Als sie sich anschickte, hinter ihm ebenfalls die Treppe hochzusteigen, machte Bora ihr ein Zeichen, dass sie unten bleiben solle. »*Dziękuję*«, dankte er ihr und ging allein hinauf.

Pater Malecki las gerade in einer zwei Wochen alten Ausgabe der *Chicago Tribune,* die Logan im Konsulat für ihn beiseitegelegt hatte.

»Kommen Sie ruhig herein, Frau Klara«, erwiderte er auf das Klopfen an der Tür. »Es ist offen.«

Bora war der letzte Mensch, den er erwartet hätte. Malecki sah über den Rand seiner Zeitung auf die schreckliche Blässe im Gesicht seines Besuchers. Trotz seiner Verblüffung war es – jedenfalls glaubte er das – nur ein flüchtiger Blick.

Bora entschuldigte sich mit ein paar artigen Worten für seinen unangekündigten Besuch.

»Schon gut. Wollen Sie sich nicht setzen?«

Bora nahm die Mütze ab und hielt sie steif unter den Arm geklemmt. »Nein, danke. Ich bin gekommen, um Ihnen mitzuteilen, dass ich Schwester Barbara nicht helfen kann.«

»Ich verstehe.« Malecki bezweifelte, dass das der einzige Grund für den Besuch des kreidebleichen Bora war. »Es betrübt mich, das zu hören. Ich hatte gehofft, dass Sie etwas ausrichten könnten.«

»Ja.« Bora bemerkte plötzlich, dass er gleichmäßiger atmen musste. Er hatte sich den ganzen Tag über beherrscht, jetzt aber fingen seine Muskeln bei der ersten unangebrachten Entspannung zu zittern an – eine unerwartete und schmerzhafte Reaktion. Als er das Rückgrat durchdrückte, ließ der Schmerz zwar nicht nach, zumindest verschwand jedoch das Kältegefühl sofort. Die Tatsache, dass der Priester einen direkten Blickkontakt mit ihm vermied, gestattete ihm, sich einzureden, dass er nun weniger befremdlich wirkte. »Ich bin auch gekommen, um Ihnen zu sagen, dass ich den Befehl erhalten habe, die Ermittlungen abzuschließen.«

Dies kam der Wahrheit näher als seine erste Mitteilung, war aber auch nicht der wahre Grund für seinen Besuch oder seine Not. Das fühlte Malecki.

»Wie schade, Herr Hauptmann. Bleibt uns noch etwas Zeit?«

»Zwei Wochen.«

»In der Zwischenzeit hilft uns vielleicht Gott.«

»Vielleicht. Sie kennen Gott besser als ich.«

Malecki faltete die Zeitung zusammen und legte sie zur Seite. »Mir wäre es lieb, wenn Sie einen Moment Platz nähmen. Oder müssen Sie schon wieder davonhetzen?«

Bora ließ sich dem Priester gegenüber nieder, die Lippen aufeinandergepresst und die Mütze auf den Knien.

Was er eigentlich hätte sagen müssen, konnte er nicht sagen. Er durfte es nicht. Es war verboten. Mit der ganzen Besonnenheit und Verdrängungskunst, die ihm anerzogen waren, schluckte er das herzzerreißende Bedürfnis hinunter, Malecki das entgegenzuschreien, was er am Morgen mit eigenen Augen gesehen hatte. In seinem Inneren kämpften Worte wie wild miteinander, bis er seine übliche Selbstbeherrschung zurückgewann und trotz seiner Erschöpfung imstande war, diese Worte niederzuringen. Rasch öffnete er eine kleinere Wunde, um seinen Schmerz ausbluten zu lassen.

»Pater Malecki, mein Mitbewohner ist letzte Woche gestorben. Das geht mir im Kopf herum. Kann ich mit Ihnen darüber sprechen?«

Am anderen Ende der Stadt konnte Ewa nicht verhindern, dass sie auf dieselbe Straßenbahn wartete wie ihre Tochter. Ein paar Schritte von ihr entfernt hielt Helenka das Gesicht in die andere Richtung, obwohl der kalte Wind ihr die Tränen in die Augen trieb.

»Helenka, sieh mich an!«

Die junge Frau schlug nur ihren Kragen hoch.

»Wirst du mich wohl ansehen, Helenka? Ich muss mit dir reden!«

Helenka drehte sich nicht um. Krampfhaft hielt sie ihre Handtasche fest und das Gesicht dem bitterkalten Abendwind entgegen. Ewa griff nach ihrem Arm.

»Ich habe gesagt, dass ich mit dir reden muss.«

Unerwartet drehte sich Helenka um und schüttelte die Hand ab. Da es nicht mehr hell genug war, konnten sich die beiden Frauen nicht deutlich sehen, und so blickten sie, wie hinter Masken versteckt, ge-

genseitig auf ihre verschwommenen Gesichtszüge. Helenka verspürte eine boshafte Lust, die Frau, der sie gegenüberstand, zu verletzen.

»Mutter, du bist alt. Du bist sechsundvierzig! Was kannst du überhaupt zu all dem sagen, was allein mich betrifft? Wenn es um Richard geht, hör auf, mir zu predigen, denn in meinem Alter hast du selbst auch das gemacht, was du wolltest. Du bist nur eifersüchtig, weil Richard sich in mich verliebt hat. Versuch erst gar nicht, über ihn zu reden.«

Unter höchster Anstrengung gelang es Ewa, die Ruhe zu bewahren. »Ich hatte nicht die Absicht, über Richard zu reden. Es geht um deinen Bruder. Er ist wieder in Krakau; ich habe ihn heute früh gesehen.«

»Ja?«

»Er möchte wissen, ob er eine Zeit lang bei dir bleiben könnte.«

»Sag ihm Nein. Ich teile die Wohnung mit jemand anderem. Warum kann er nicht bei dir wohnen? Du hast doch zwei Schlafzimmer.«

Ewa hätte vor Enttäuschung losweinen können. »Du weißt selbst, wie schwierig es ist, bei mir aus und ein zu gehen. Seit vorgestern ist am Ende der Straße auch eine deutsche Patrouille postiert. Bei mir kann er nicht unterkommen.«

»Warum nicht? Es wäre nicht das erste Mal, dass du einen Mann bei dir aufnimmst.«

Die Versuchung, zurückzuschlagen, überwältigte sie fast, aber wieder fing sich Ewa. Sie schluckte ihren Stolz hinunter und sagte: »Er behauptet, jemanden umgebracht zu haben.«

Die Straßenbahn, die rasselnd und zu beiden Seiten einen kleinen Funkenregen versprühend eintraf, verhinderte, dass sie ihre Unterhaltung weiterführen konnten. Helenka stieg zuerst ein. Als Ewa ihr folgte, sah sie, dass ihre Tochter sich den Platz direkt hinter dem Fahrer ausgesucht hatte, sodass ein privates Gespräch praktisch unmöglich war.

In der Karmelicka trippelte Frau Klara auf Zehenspitzen zum Flur am Ende der Treppe, um heimlich zu lauschen; sie wollte nur wissen, ob

Pater Malecki von seinem deutschen Besucher beschimpft wurde. Durch die leicht geöffnete Tür hörte sie den Priester kein Wort sagen. Die Stimme des anderen sprach gleichmäßig auf ihn ein, nicht zornig; sie schien vielmehr ernste Fragen an ihn zu richten.

Malecki war sich inzwischen sicher, dass Bora etwas Schwerwiegenderes vor ihm geheim hielt. Die Festigkeit von Boras Stimme und Haltung war nicht gekünstelt, sondern zu sorgsam aufgebaut, um nicht doch die Anstrengung zu verraten, die ihn dieses Verhalten kostete.

»So«, sagte Malecki, »der Tod Ihres Kameraden beschäftigt Sie also. Aus allem, was Sie mir erzählt haben, entnehme ich nicht, dass Sie seinen Tod betrauern, auch wenn die Art, wie er starb, Sie eigentlich betrüben sollte.«

Bora streckte als erstes Anzeichen dafür, dass er sich entspannte, die Beine aus. »Die Umstände, unter denen es geschah, beunruhigen mich tatsächlich, Pater. Es gibt ein paar Dinge, ein paar Kleinigkeiten – nur Details –, die mich nachts nicht schlafen lassen, auch wenn er selbst mir eigentlich egal war. Ein Handtuch fehlt in der Wohnung, die Klinge war noch in seinem Rasierer, obwohl er die Marotte hatte, sie jedes Mal zu entfernen. Wie Sie eben gehört haben, hatte mein Kamerad gute Gründe, niedergeschlagen zu sein, aber irgendwie geht mir die Sache nicht aus dem Kopf. Es ist ein eindeutiger Fall von Selbstmord, es gab keine Spuren von Gewalteinwirkung an der Leiche, keinen Hinweis auf ein gewaltsames Eindringen in die Wohnung. Alle Frauen, die mit ihm zu tun hatten, haben einwandfreie Alibis. Es beunruhigt mich, das ist alles.«

Malecki hielt die Finger locker ineinander verschränkt. »Vielleicht grollen Sie ihm wegen eines Lebensstils, der Ihnen aufgrund Ihrer Erziehung verwehrt ist.«

»Ja, das stimmt. Ich schäme mich zuzugeben, dass ich ihn in mancher Nacht beneidet habe.«

»Was Sie jetzt beschäftigt, könnte Ihr eigener Groll sein und nicht so sehr der Tod Ihres Kameraden. Moralische Menschen können den Sehnsüchten, deren Erfüllung sie sich selbst versagen, nicht entfliehen.

Ich meinerseits neige dazu, alle möglichen Ursachen von Verbitterung in Erwägung zu ziehen.«

Bora entspannte sich noch mehr und warf jetzt seine Mütze auf Maleckis Bett. Über andere Dinge zu reden, half tatsächlich ein wenig. Es betäubte die Qual, ohne sie zu beseitigen, was bedeutete, dass sie später, wenn er wieder allein war, zurückkehren würde.

»Selbst wenn die Menschen außerstande sind, Tugend und Anmaßung voneinander zu trennen? Pater, Leute ohne moralische Skrupel scheinen von vornherein frei von Stolz zu sein, während mich *gut zu sein* so viel Anstrengung kostet und es mir nicht einmal gefällt.« Die Qual wollte aus ihm heraus, und Bora versuchte immer noch, sie in irgendeine andere Form zu kleiden, damit der Priester keinen Argwohn schöpfte. »Was soll das Ganze, Pater Malecki? Gott schert sich ohnehin einen Dreck um uns.«

Malecki hatte keinen Grund, sich besonders selbstsicher zu fühlen; dennoch ging er um Bora herum, um die Tür des Zimmers hinter ihm zu schließen.

»Wirklich?«

»Wirklich.«

»Wenn Sie in der Stimmung sind, Gott die Schuld zu geben, beschuldigen Sie Ihn jetzt, sagen Sie es mir ins Gesicht. Ich kenne Ihn wahrscheinlich nicht besser, aber auf jeden Fall länger als Sie.«

29. Dezember

Um sieben Uhr morgens stieß Doktor Nowotny die Tür mit dem Fuß zu, da seine Hände mit Zigarette und Feuerzeug beschäftigt waren.

»Schon zum zweiten Mal kommen Sie so früh in dieses Sprechzimmer, Herr Hauptmann. Welchen Floh hat Schenck Ihnen denn dieses Mal ins Ohr gesetzt?« Als Bora ihm einen versiegelten Umschlag überreichte, starrte er darauf: »Und was soll ich damit?«

»Das ist ein Bericht über die Autopsie, die an Major Retz vorgenommen wurde, Herr Oberfeldarzt. Könnten Sie ihn für mich lesen?«

»Retz, Retz ... Ist das der Kerl, der seinen Kopf im Herd gebacken hat? Also, was hat das mit Ihnen zu tun? Ach so, ich verstehe. Mir war nicht klar, dass Sie zusammen untergebracht waren.« Nowotny riss den Umschlag an einer Seite auf. »Mein Kollege hätte das nicht zu versiegeln brauchen; es ist ja kein Staatsgeheimnis. Was wollen Sie wissen?«

»Alles, was Ihnen irgendwie merkwürdig vorkommt.«

Nowotny überflog den Bericht. »Er sieht klar und verständlich aus, aber geben Sie mir etwas Zeit, damit ich ihn ganz durchlesen kann. Ich rufe Sie an, wenn ich etwas zu sagen habe. Ist irgendetwas los?«

»Ich bin nur auf Ihre fachliche Meinung neugierig, Herr Oberfeldarzt.«

»Das meine ich nicht. Ich meine Sie; ist Ihnen irgendetwas passiert?«

Bora wich Nowotnys prüfendem Blick aus, indem er den undurchdringlichen Gesichtsausdruck des Soldaten aufsetzte. »Mir ist nichts passiert.«

Nachdem er das Lazarett verlassen hatte, drohte ihn die schlaflose Nacht einzuholen, und er verbrachte die ersten Minuten bei der Arbeit damit, dass er den Kopf unter den Wasserhahn im Waschraum hielt. Was dem kalten Wasser nicht gelang, schaffte eine Menge schwarzer Kaffee, sodass er, als Schenck ihn zum Rapport rief, wieder so untadelig in Form war wie üblich.

Die Ereignisse in Święty Bór tauchten in seinen Notizen nicht auf, und obwohl er sich deswegen schuldig fühlte, erwähnte er sie dem Oberstleutnant gegenüber nicht. Blaskowitz' Worte hinderten ihn daran. »Jetzt, da Ihre Laufbahn in diesem Umschlag liegt, geben Sie mir etwas Verwertbares in die Hand«, hatte der Generaloberst zu ihm gesagt, bevor er ihn entließ. »Bringen Sie mir Beweise.«

Während Schenck die Notizen durchlas, überlegte Bora, wie er »Beweise« direkt zum Hauptquartier des Generalobersten in Spala bringen könnte.

Angesichts seines Arbeitsprogramms schienen die Chancen eher schlecht zu stehen.

Schenck blickte mit seinem lebenden wie mit seinem toten Auge von den Notizen auf.

»Schon viel besser, Bora. Sie sind dabei, eine selektive Wahrnehmung zu entwickeln.«

Bora dankte ihm. Eine selektive Wahrnehmung? Er fühlte sich, als hätten die letzten vierundzwanzig Stunden ein unbekümmertes, begeistertes Lebensprinzip aus ihm herausgeschabt. Der Eifer, der an seine Stelle getreten war, war ernst und anstrengend, und er sah sich selbst wie einen neuen Menschen. Alles, was er von nun an tat, erschien ihm unerprobt.

»Herr Oberstleutnant«, sagte er. »Könnte ich zwei Tage bekommen, um mich auf einige Recherchen konzentrieren zu können?« Er sagte nicht, auf welche, um nicht schamlos lügen zu müssen. »Der Bericht über den Tod der Äbtissin ist früher fällig, als ich ihn wohl in meiner freien Zeit zusammenstellen könnte.«

Schenck reichte ihm die Notizen zurück. »Das erwarte ich. Das schulden wir dem alten Hofer, nicht wahr? Zwei Tage sind länger, als ich Sie entbehren kann, aber ich gebe Ihnen, von heute Morgen an gerechnet, sechsunddreißig Stunden.«

»Meiner Meinung nach glauben Sie nicht, dass ich in ihn verliebt gewesen bin.«

Helenka trug ihr Haar straff im Nacken zusammengebunden, und ihr Gesicht wirkte jetzt, ohne jede Schminke, geradezu kahl. Die Garderobe war sehr eng und schlecht beleuchtet, bis auf den lichtüberfluteten Spiegel, vor dem sie saß. Wie ein toter schwarzer Vogel lag eine Perücke in einem Pappkarton.

Dickbauchige Flakons, Lippenstifte, Haarnadeln sowie kleine Haarknäuel, die sie nach dem Durchkämmen der Perücke aus dem Kamm gezogen hatte – vielerlei typisch weibliche Gegenstände waren über den Schminktisch verstreut.

An der Wand neben dem Spiegel erkannte Bora die mit Bleistift geschriebene Telefonnummer von Retz.

»Sie sehen, Herr Hauptmann, es war nicht so wie zwischen Ewa und ihm. Mit uns war es etwas anderes. Ich kann es Ihnen nicht erklären.«

Bora stand hinter ihrem Stuhl, die Hände in den Taschen, und folgte mit dem Blick ihren Bewegungen, als sie erst ein Tiegelchen, dann ein anderes öffnete und begann, sich das Gemisch mit zwei Fingern über das Gesicht zu verteilen.

»Ich weiß, was es heißt, verliebt zu sein, Sie brauchen es mir nicht zu erklären.«

Sie warf ihm im Spiegel einen Blick zu. »Aber Sie sind verheiratet. Das ist nicht das Gleiche. Ich weiß, es wird langweilig, wenn man verheiratet ist.«

»Meine Ehe ist nicht langweilig.«

Eine neue Blässe zeigte sich auf Helenkas Gesicht, als sie einen Balsam auftrug. Wenn sie sprach, stach das Innere ihres Mundes hellrosa davon ab. »Was ich Ihnen neulich Abend sagen wollte, ist, dass Richard meiner Meinung nach keinen Grund hatte, sich umzubringen.«

»Vielleicht kennen Sie ihn nur nicht, diesen Grund.«

Sie strich sich Rouge auf die Lippen, zuerst auf die untere, dann auf die obere Lippe. Kleine, fahrige Gebärden, aber immer noch beherrscht. Im Weiß ihrer Haut klaffte ihr Mund jetzt wie eine feuchte rote Wunde quer in ihrem Gesicht. »Sie verstehen nicht. Er hat mich sehr geliebt. Verliebte Männer bringen sich nicht um.«

»Das hängt davon ab, in wen sie verliebt sind.«

»Sie verstehen immer noch nicht! Selbst wenn er tausend Gründe gehabt hätte, Selbstmord zu begehen, hätte Richard mir etwas davon gesagt. Er hat mich am Morgen dieses Tages angerufen, wissen Sie? Er war gerade dabei, sich fertig zu machen, um mich dann nach der Probe zu treffen.« Ihre Hand zitterte jetzt zu stark, als dass sie die Tusche auf ihre Wimpern hätte auftragen können, deshalb wartete sie, noch immer zitternd und das pechschwarze Bürstchen in der Luft haltend. »Er freue sich darauf, hat er gesagt. Er habe mir ein Geschenk gekauft. Spricht so ein Mann, während er das Gas aufdreht, um sich umzubringen?«

»Wir wissen wenig darüber, was in Selbstmördern vorgeht.«

»Aber nicht ich habe ihn angerufen, er hat mich angerufen! Hätte er nicht etwas Besseres zu sagen gehabt, wenn er im Begriff war zu sterben?«

Bora starrte auf die schlaffe Schwärze der Perücke, die Helenka jetzt hochhob und mit einer Hand zurechtzupfte. Bei dem Geschenk, das sie erwähnt hatte, musste es sich um den Verlobungsring in dem Etui gehandelt haben, den er in Retz' Nachttischschublade gefunden hatte. Er hatte beschlossen, ihn der Witwe zu schicken, zumal Retz ja seinen Ehering verschenkt hatte. Inzwischen schob Helenka den blonden Flaum in ihrem Nacken unter die Perücke.

»Ich muss ein paar Fragen an Sie richten«, sagte Bora.

»Deshalb also kommen Sie nach Dienstschluss. Was für Fragen?«

»Einige Fragen sind persönlicher Natur, aber ich stelle sie nicht aus persönlichen Gründen.«

Jetzt wirkte Helenka wie ein anderes Wesen, dem Spiegel entsprungen. Dunkel und weiß, mit diesem blutroten Schlitz quer im Gesicht und mit Augen, die inmitten der Schwärze der bemalten Wimpern und Brauen wie Glassplitter blitzten. Sie war ihm wieder fremd, fast furchterregend.

»Sehr gut. Fragen Sie.«

Eine halbe Stunde später lief ihm im ungemütlich kalten, engen Halbdunkel des Flurs hinter der Bühne Ewa über den Weg, als Bora gerade aus Helenkas Garderobe kam. Er legte die Hand an den Schirm seiner Mütze und salutierte.

»Wie schön, Sie zu sehen, Herr Hauptmann«, sagte sie, während ihr was auch immer durch den Kopf ging. »Bleiben Sie zur Vorstellung?«

»Leider nein, ich habe keine Zeit.«

»Schade.«

Sie blieben stehen und blickten sich an. Auch Ewa war verwandelt. Wie Muster am nächtlichen Himmel fielen ihr die gerafften Falten eines schwarzen Kleides um den Körper und ließen das Weiß ihrer nackten Schultern und das tiefe Dekolleté im Halbdämmer glänzen. Ihr bleiweißes Gesicht erschien Bora so blutleer wie das der toten

Frauen, die er auf den Böden von Tennen und Scheunen ausgestreckt hatte daliegen sehen – eine Assoziation, die ihn zusammenzucken ließ. Mit plötzlicher Scham dachte er an den blutverschmierten und zerfetzten Schlüpfer, der um die Knie des Bauernmädchens hing; ihr Bauch war nicht weniger weiß gewesen und hatte ausgesehen wie zerstampfter Schnee mit hellem Gras darüber. Ein ungutes Bedürfnis, hier herauszukommen, überwältigte ihn.

Der Flur war eng, und als er den ersten Schritt tat, berührten sich ihre Körper beinahe.

»Ich muss gehen.«

»Gute Nacht, Herr Hauptmann.«

Nowotnys Anruf kam zwei Stunden später, um halb elf. Schroff wie immer fragte der Arzt: »Sind Sie allein?«

»Warum? Ja, Herr Oberfeldarzt.«

»Gut. Ich habe den Obduktionsbericht gelesen und komme zu Ihnen ... Nein, ich möchte Sie nicht im Lazarett sprechen. Ich weiß, wo Sie wohnen, ich bin in zehn Minuten bei Ihnen.«

Bora wartete auf dem Treppenabsatz, als Nowotny eintraf. Er hörte ihn von unten rufen: »Warum zum Teufel sind Sie nicht in ein Haus mit Lift gezogen?« Dann erklang nur noch das Stampfen seiner Stiefel auf den Stufen. Sobald er in der Wohnung war, steuerte er schnurstracks auf das Wohnzimmer zu. »Ein Blüthner! Ja, jetzt verstehe ich, warum Sie hier Quartier genommen haben. Werden Sie mir Schumann vorspielen?«

»Wie Sie wünschen.«

»Nicht jetzt. Später.« Nowotny fand einen bequemen Sessel und sah sich ungefähr eine Minute lang um. Seine Augen ruhten immer noch auf den schlichten Möbeln, als er wieder zu sprechen anfing. »Ich habe an der Autopsie nichts Auffälliges finden können. Sie stimmt mit der Todesursache überein; was man gefunden hat, ist für einen Mann in Retz' Alter und für seine Lebensgewohnheiten normal. Deshalb habe ich den Kollegen, der die Obduktion vorgenommen hat, angerufen und ihn direkt nach jedem möglichen Detail befragt, das ihm vielleicht aufgefallen war, das er aber nicht für wichtig genug gehalten hat, um es in seinem Bericht zu erwähnen.«

»Ich weiß das zu schätzen.«

»Warten Sie, bevor Sie mir danken. Er hat mir nichts Sachdienliches mitgeteilt, es sei denn, Sie halten die Tatsache für wichtig, dass Retz' Gesicht nur teilweise rasiert war.« Boras Reaktion verblüffte Nowotny. »Ist das also wichtig?«

»Könnte sein. Was soll das heißen, ›teilweise rasiert‹?«

»Genau das, was ich gesagt habe. Die rechte Backe war glatt rasiert, während auf Kinn und Oberlippe sowie auf der linken Wange noch vierundzwanzig Stunden alte Stoppeln waren. Mein Kollege sagte, er habe es zuerst gar nicht bemerkt, weil Retz' Gesichtsbehaarung blond war.« Nowotny fischte eine Packung Murattis aus seiner Tasche. »Was sagt Ihnen das, und worum geht es hier überhaupt? Ich dachte, Sie würden versuchen herauszufinden, wer die Nonne umgebracht hat.«

»Ich bin nur neugierig, Herr Oberfeldarzt. Major Retz' Tod kam völlig unerwartet.«

»Ach so, was das anbelangt ... Ich hatte einen Klassenkameraden, der sein Medizinstudium mit Bravour absolvierte, im Examen glänzte, am selben Tag noch eine Assistentenstelle angeboten bekam und sich am nächsten Morgen erschossen hat. Zum Überfluss auch noch ein gläubiger Katholik.« Nowotny klopfte die Zigarette gegen die Armlehne seines Sessels. »Wenn Sie Retz' Selbstmord nicht loslässt, warum kommen Sie dann nicht einmal vor Dienstbeginn ins Lazarett und fragen die Sanitäter, die ihn gebracht haben?«

Bora sagte, dass er das tun werde. »Es ist sehr freundlich von Ihnen, dass Sie sich persönlich hierherbemüht haben, um mir das zu sagen, Herr Oberfeldarzt.«

»Ich bin nicht deswegen gekommen.« Mit einer knappen Geste forderte er Bora, der noch immer dastand, auf, sich auf den Klavierhocker zu setzen. »Wie schlau sind Sie eigentlich?«

Auf diese Frage war Bora nicht gefasst. »Schlauheit mag ich nicht besonders.«

»Also, anders gefragt: Verfügen Sie über gesunden Menschenverstand?«

»Das hoffe ich doch.«

»Ein intelligenter Mann ohne Sinn für das Praktische hätte niemals das getan, was Sie gerade angeleiert haben.«

Bora verstand das, was Nowotny soeben gesagt hatte, nicht falsch. Trotz seiner unausgesprochenen Beunruhigung war ihm klar, dass sich seine Worte nicht auf irgendwelche Ermittlungen oder den militärischen Alltag bezogen. Der Gedanke, dass jemand von außerhalb *darüber* Bescheid wusste, trieb Bora in die Defensive.

»Was soll ich angeleiert haben, Herr Oberfeldarzt?«

Nowotny langte nach einem Aschenbecher und balancierte ihn auf seinen Knien. »Spielen Sie mir gegenüber nicht den Schlauen; das ist unnötig, denn ich bin ein altes Preußenschwein, das sich nicht so schnell beeindrucken lässt. Und keine Sorge, ich kann keine Gedanken lesen. Wie Generaloberst Blaskowitz komme ich aus Peterswalde, und wir stehen in Verbindung. Und jetzt spielen Sie mir was von Schumann vor.«

30. Dezember

Pater Malecki drehte Mister Logan vom amerikanischen Konsulat den Rücken zu; der Hauptgrund war, dass er sich nicht über ihn aufregen wollte, seine Geduld aber tatsächlich fast am Ende war.

Logan sprach in einem bürokratischen Singsang. »Ein einzelner amerikanischer Staatsbürger hat, entschuldigen Sie bitte, nicht das Recht, sich in die inneren Angelegenheiten eines fremden Staates einzumischen – egal, wie karitativ der Grund dafür auch sein mag. Als der Konsul erfuhr, dass man Sie festgenommen hatte, bekam er einen Anfall. Ich musste ihn beruhigen, bevor ich ihm überhaupt nahebringen konnte, dass es sich vielleicht um ein Missverständnis handelte. Sie und ich, Pater Malecki, wissen, dass es alles andere als ein Missverständnis war.«

»Ich bin nicht als Amerikaner ›involviert‹ gewesen, sondern als Priester der römisch-katholischen Kirche.«

»Sie betreiben Haarspalterei, Pater. Als wäre das nicht genug, sind Sie an öffentlichen Orten mit einem deutschen Offizier des Nachrichtendienstes namens Bora gesehen worden. Aus welchem Grund haben Sie sich mit ihm getroffen?«

»Das ist einfacher, als Sie denken.«

»Dann erklären Sie es mir. Nur damit ich es dem Konsul berichten kann, bevor er mich zur Schnecke macht.«

Als Malecki seine kurze Erklärung vorgetragen hatte, stöhnte Logan leise auf.

»Sie bürden sich zu viel auf, Pater! Wir wollen unbedingt vermeiden, dass weitere Vorfälle die Regierung der Vereinigten Staaten in Verlegenheit bringen, und bei allem gebührenden Respekt vor Ihrem Habit und der damit verbundenen Loyalität müssen wir Sie bitten, von diesen extraklerikalen Aktivitäten Abstand zu nehmen.«

»Jetzt spricht der Konsul«, sagte Malecki verächtlich.

»Nein, der Konsul wollte Sie eigentlich sofort repatriieren. Im Moment spricht Logan aus Chicago, der die Sonntagsschule von *Holy Name's* besucht hat. Pater, wollen Sie mich nicht wenigstens ansehen?«

»Ich kann Sie ebenso gut hören, wenn ich Sie nicht ansehe. Und außerdem: Ich hoffe, in weniger als zwei Wochen fertig zu sein. Geben Sie mir bis dahin Zeit, und dann werde ich brav sein und nur noch meinen Rosenkranz beten.«

»In zwei Wochen kann viel passieren.«

»Auch in dieser Minute könnte uns eine Bombe auf den Kopf fallen. Kommen Sie, Logan! Wir sind mit Deutschland nicht im Krieg, und wir sind auch mit Polen nicht im Krieg. Solange wir nicht entschieden haben, auf welche Seite wir uns schlagen – wenn überhaupt –, geben Sie mir bitte eine Chance, etwas Gutes zu tun.«

»Bloß keine weiteren Heldentaten, Pater!«

»Versprochen.«

»Gehen Sie bei Ihren Treffen diskret vor. Meiden Sie möglichst jeden Kontakt mit den Besatzungsstreitkräften. Die Leute tratschen und grollen. Halten Sie sich von politischen Diskussionen fern und sagen Sie Bora nichts, was von der deutschen Propaganda irgendwie ausgeschlachtet werden könnte. Verraten Sie ihm nichts, was als persönliche Sympathie für oder gegen das Dritte Reich interpretiert werden könnte. Kein Lob, keine Kritik, kein Kommentar.«

Jetzt endlich drehte sich Malecki um und grinste über das ganze Gesicht.

»Darf ich wenigstens seine Seele retten?«

Als Malecki am späteren Vormittag mit den Nonnen zusammenkam, war die gute Laune, die er Logan gegenüber an den Tag gelegt hatte, verflogen. Die Nonnen hörten zu, ohne ein Wort zu sagen, und begannen dann, lautlos zu weinen, als er ihnen berichtete, dass sein Versuch, Schwester Barbara zu helfen, gescheitert war.

»Ich weiß nicht, warum ich mir überhaupt die Mühe gemacht habe, mich an einen der Deutschen zu wenden.«

Dass er von Bora enttäuscht war, erbitterte ihn, weil er auf diese Weise gezwungen war, sich einzugestehen, wie sehr er mit seiner Hilfe gerechnet hatte. Als hätte Bora ihm jemals Anlass gegeben zu glauben, dass er sich auf ihn verlassen könne!

Bora hielt seinen Wagen am Rand von Święty Bór an, wo die Spuren im Morast eingetrocknet waren, die ein neuer Schneefall aber bald wieder auffüllen würde. Eine leichte Dampfwolke stieg von der Motorhaube auf, als er, den Fotoapparat in der Hand, um das Auto herumging. Er durchschritt den mit Buschwerk bewachsenen Waldrand und betrat eine sich rasch verdichtende Welt von ineinandergreifenden Zweigen und von Bäumen, die gruppenweise zusammenstanden.

Die bläulichen Kiefern, die dem Wald seinen Namen gaben, ragten über das Unterholz empor, umgeben von einem Nadelteppich und kurzen Zapfen mit stacheligen Schuppen. Bora lief dieses Mal an ihnen vorbei und geradeaus durch den Wald, und so gelangte er schon bald zu dem rutschigen Hang, auf dem die Lärchen ihre von der Last der Jahre und der Schneefälle niedergedrückten Äste ausstrecken. Auf der Anhöhe endete die aus Blättern und Nadeln bestehende Bodendecke. Einige der Zweige hier waren abgebrochen oder verbogen. Wenn Bora sie streifte, entströmte ihnen ein Harzgeruch, der ihn an das Innere von Kirchen erinnerte.

Jenseits des Hangs öffnete sich die Landschaft wieder, ihm unbekannt, breiter als eine Lichtung, und was vor ihm lag, erinnerte eher an eine prärieartige Wiese, aus der im feuchten Frühling Blumen sprießen würden. Ausgekämmte gelbe Pfade im toten Gras verrieten das natürliche Netzwerk unterirdischer Wasserläufe, die die Fläche ent- und bewässerten, und obwohl es seit Tagen weder geregnet noch geschneit hatte, gab der Boden unter Boras Füßen nach. Er drückte auf den entriegelten Auslöser seiner Kamera und machte die erste Aufnahme.

Die Grube war dreißig Schritte lang, vier Schritte breit und verlief ungefähr in Ost-West-Richtung quer über das Feld. Die frische Erde, mit der sie zugedeckt war, war stellenweise eingesunken und so weich, dass sie, wenn er nahe der Kante darauf trat, unter seinem Fuß nachgab. Sein Stiefel sank fast bis zur Wade ein, und Bora hatte Mühe, sich zu befreien; als es ihm gelungen war, sah er, dass sich in seinen Sporen lange bräunliche Haarsträhnen verfangen hatten. Mit seiner behandschuhten Hand entfernte er die schwärzliche Grasnarbe in dem Loch, um hineinzusehen. Er stellte die Entfernungsskala auf ein Minimum ein und schoss zwei weitere Fotos. Um die gesamte Grube auf ein Bild zu bringen, musste er fast bis zum südlichen Ende der Lichtung gehen.

Als er wieder am Rand des zugeschütteten Grabens angelangt war, von wo aus er gesehen hatte, wie die SD-Leute das Feuer eröffnet hatten, fand er ganze Handvoll Patronenhülsen von Gewehren und Pistolen, von denen er einige in die Hosentaschen steckte. Er machte noch weitere Aufnahmen.

Als er an der Stelle stand und geradeaus starrte, auf die filigrane Schranke der blattlosen Bäume, die sich skelettartig vom aschfahlen Himmel abhoben, war ihm bewusst, dass er das letzte Bild im Blickfeld hatte, das jene gesehen hatten, die an diesem Graben entlang erschossen worden waren. Bora senkte instinktiv den Blick, weil er sich die Explosion, die sich am Hinterkopf jedes Opfers ereignet hatte, allzu lebhaft vorstellte, ebenso wie die Tatsache, dass es zweifellos mit einer verkrampften, zuckenden Bewegung in die Grube gestürzt war. Das Gefühl durchdrang ihn mit physischer Klarheit und trug ihm zum ersten Mal in diesem Krieg eine unmissverständliche Warnung vor kommendem Leid zu.

Er fotografierte so lange weiter, bis der Film in seiner Kamera aufgebraucht war. Dann ging er zurück in den Wald.

Am Rand der Straße stand neben seinem Auto ein Halbkettenfahrzeug.

Bora erkannte es durch den Vorhang des immer schütterer werdenden Unterholzes, und einen wahnsinnigen Moment lang hatte er das Gefühl, er geriete, wenn er nur einen einzigen weiteren Schritt täte, in kopflose Panik. Er blickte zurück in das Baumgewirr, dachte nach und kontrollierte seine Atemgeschwindigkeit. Hastig nahm er den Lederriemen vom Nacken und legte den Fotoapparat hinter eine aus dem Boden ragende Wurzel.

Es war eine kleine Gruppe Männer, bestehend aus einem rothaarigen Offizier und drei SD-Wachen, die mit Gewehren bewaffnet waren. Die Türen seines Wagens waren weit aufgerissen. Zwei der Wachen suchten gerade das Innere ab.

Als er aus dem Wald heraustrat, sah Bora, dass sie auf dem Vordersitz die leere Filmpackung gefunden hatten.

»Was haben Sie im Wald gemacht, Herr Hauptmann?«

Bora äugte kritisch in sein Auto, bevor er die Türen zuschlug. »Es ist mir neu, dass ich erklären müsste, was ich irgendwo tue. Dies hier ist offenes Land.«

»Das ist keine Antwort. Ich habe Sie gefragt, was Sie im Wald verloren haben.«

»Ich habe einem natürlichen Bedürfnis gehorcht. Sonst noch was?«

Der Offizier hielt die leere Filmpackung in der Hand und zerdrückte sie jetzt in seiner sommersprossigen Faust.

»Ich hätte keine Probleme, Sie zu zwingen, die Hosen herunterzulassen, damit ich feststellen kann, ob das, was Sie sagen, der Wahrheit entspricht. Doch das tue ich lieber nicht.«

Bora fixierte die bewaffneten Männer so lange, bis sie wegsahen.

»Dann müssen Sie mir eben glauben. Warum sollte ich nicht hier sein, wenn Sie doch auch hier sind?«

Auf ein Nicken des Offiziers hin traten die beiden, die den Wagen durchsucht hatten, ins Unterholz und fingen an, mit ihren Gewehren herumzustöbern. Der dritte Mann stellte sich hinter Bora auf.

»Wo ist Ihr Fotoapparat?«

Bora beschloss, nicht zu antworten. In ihm stieg eine ohnmächtige Wut auf, weil man ihn überrumpelt hatte. »Sehen Sie hier …« Er tat einen Schritt nach vorn.

Die Stahlkappe eines Gewehrschafts, die ihm zwischen die Schultern gestoßen wurde, presste ihm die Luft aus den Lungen. Bora verlor das Gleichgewicht und wurde durch einen zweiten gezielten Schlag auf die Knie geworfen. Seine Mütze flog ihm vom Kopf und rollte zwei Schritte weit; der Offizier hob sie auf und las von dem diamantförmigen Schild innen seinen Namen ab.

»Dachte ich doch gleich, dass ich Sie kenne. Sie dienen unter Oberstleutnant Schenck in Krakau.«

Bora versuchte, aufzustehen und mit einer vollkommen unsinnigen Bewegung nach dem Holster an seiner Seite zu tasten. Gewehrschaft und genagelter Stiefel trafen ihn diesmal gleichzeitig. Er landete mit dem Gesicht auf der kalten Erde. Schimmelig schmeckender Lehm knirschte zwischen seinen Zähnen, als ihn das Knie des Wachsoldaten nach unten drückte, während er ihm seine Waffe abnahm.

»Wir haben die Kamera!«, riefen die Männer vom Waldrand und kamen zurück.

Bora bemühte sich, den Kopf anzuheben, und stieß gegen den kalten Druck der Schaftkappe. Er konnte nichts anderes tun, als sich zu krümmen, während der Offizier den Film dem Licht aussetzte.

»Machen Sie immer Schnappschüsse von sich selbst, wenn Sie scheißen gehen?«

Bora stemmte die Ellenbogen in den Boden und versuchte mühsam, sich aufzurichten. Er schüttelte den Fuß des SD-Mannes ab, doch sofort wurde die Gewehrmündung gegen seinen Hinterkopf gestoßen. Der Soldat stellte sich auf seinen Rücken und stocherte mit der Waffe so lange herum, bis sich die Mündung kalt in seine ausrasierte Nackenmulde bohrte. Bei der Berührung zuckte Bora zusammen. Seine Muskeln und Sehnen waren steif vor Anspannung, und plötzlich merkte er, dass er seine Atmung nicht mehr unter Kontrolle hatte. Der Offizier beobachtete ihn genau.

»Erschießt ihn!«, sagte er.

Bora spürte, wie beim Spannen des Verschlusses eine glühende Angst über sein Rückgrat raste, schlagartig die Agonie einsetzte, wie er die Augen schloss und ihn eine absurde, unheimliche sexuelle Erregung packte – alles im selben Augenblick. Die Waffe war schussbereit. Bora presste die Zähne zusammen, um die Erde in seinem Mund zu zermahlen.

Das Gewehr klickte. Nichts.

Sein Herz pumpte einen scheinbar gewaltigen Schwall Blut in ihn hinein, der ihn so betäubte, dass seine Augen zwar wieder offen waren, er aber nichts anderes sehen konnte als einen roten pulsierenden Nebel.

Eine Lektion, dachte er zusammenhanglos. Ihm wurde soeben eine Lektion erteilt. Als wäre eine ganze Welt erschöpft hochgehoben worden, waren Gewicht und Druck von seinem Rücken gewichen. Die Laufmündung wurde zurückgezogen.

Bora richtete sich so weit auf, dass er kniete.

Belustigt ließen ihn die Soldaten, die Gewehre geschultert, so zurück. Der Offizier warf den Fotoapparat in das Halbkettenfahrzeug.

»Denken Sie daran, dass ich weiß, wer Sie sind, Herr *Freiherr* Hauptmann von Bora.«

Es dauerte noch etliche Minuten, bis Bora bemerkte, dass seine Reifen aufgeschlitzt waren.

Er setzte sich in das Auto, beschämt, weil er warten musste, bis die ungewollte schmerzhafte Reaktion seines Körpers nachließ.

Jetzt dachte er, dass Wut ebenso unangebracht war wie die andere Reaktion. Resigniert hob er die Lagekarte vom Boden des Wagens auf und steckte sie in seine Manteltasche. Er schloss das Auto ab, als ob es jetzt noch darauf ankäme, und ging in Richtung Westen.

Malecki rechnete damit, am Nachmittag mit Bora im Kloster zusammenzutreffen.

Er blieb bis fast fünf Uhr dort, dann war klar, dass Bora nicht mehr auftauchen würde. Malecki hatte sich so sehr an Boras Pünktlichkeit gewöhnt, wie er auch schon fast geglaubt hatte, dass von ihm Hilfe kommen würde. Bora war wahrscheinlich zu diesem Zeitpunkt irgendwo in Krakau beim Abendessen und hatte vergessen, dass ihm bis zum Abschluss der Ermittlungen nur noch dreizehn Tage blieben.

Tatsächlich war Bora ein gutes Stück weit von Krakau entfernt und verhandelte gerade über die Bedingungen seiner Rückkehr in die Stadt.

Der polnische Bauer stellte keinerlei Fragen. Er sattelte sein einziges Reitpferd und nahm unbewegt die gekritzelte Quittung in die Hand, die ihm der Deutsche im Austausch reichte.

Bora stieg auf und wickelte sich die Zügel um das Handgelenk. »*Gdzie jest telefon?*« Er zeigte dem Bauern seine Lagekarte.

Der Bauer deutete auf das nächstgelegene größere Dorf, wo kurz vor Einbruch der Nacht der Fahrer, den Oberfeldarzt Nowotny geschickt hatte, Bora auf dem Pferd sitzend antraf – an der Kreuzung, wie ein einsames Denkmal zur Erinnerung an den Polenfeldzug.

Im Lazarett war von Nowotnys rauem Gesicht keinerlei Anzeichen von Belustigung abzulesen.

»Sie müssen den Verstand verloren haben! Was Sie heute gemacht haben – der reine Wahnsinn. Sie haben Ihre Karriere verspielt und haben Glück, dass Sie vorläufig mit dem Leben davongekommen sind!«

Bora schluckte das Getränk, das ihm gereicht wurde, hinunter und sagte nichts.

»Sehen Sie sich Ihre Uniform an! Es ist skandalös, all das klingt nach einer Katastrophe, und so sieht es auch aus. Wie werden Sie auf die Fragen antworten, wenn man sie Ihnen stellt, da Sie doch das, was Sie gesehen haben, überhaupt nicht hätten sehen dürfen?« Nowotny schien sich über Boras Schweigen zu ärgern. Er ging zurück zu seinem Stuhl, schob sich eine Muratti zwischen die Lippen, als könnte er so verhindern, dass weitere Anschuldigungen aus seinem Mund heraussprudelten.

Bora saß mit hängenden Schultern da und schüttelte den Kopf.

Nowotny beobachtete, wie er nach dem Bügel seines rechten Sporns griff.

»Was meinen Sie? ›Nein‹? ›Nein‹ wozu? Wenn Sie die Patronenhülsen meinen, die Sie da aufgelesen haben – die sind wie alle anderen Hülsen überall sonst auch.«

»Ich habe vielleicht keine Fotos als Beleg, aber geträumt habe ich es auch nicht!«

Angewidert blickte Nowotny auf die dünnen Strähnen menschlicher Haare auf seinem Schreibtisch. Er nahm sie zwischen zwei Finger und warf sie in den Papierkorb. »Verschonen Sie mich, Sie Idiot. So viel also zum gesunden Menschenverstand. Was werden Sie Schenck und Salle-Weber erzählen?«

»Wenn die Bescheid wissen, kann ich ihnen sowieso nichts erzählen, was ihre Meinung ändern könnte.«

Nowotny legte einen Block auf den Schreibtisch. »Ich stelle Ihnen ein Attest aus, in dem ich bestätige, dass Ihre Kopfverletzung – Sie hatten immerhin eine Schädelfraktur – möglicherweise Ihr Urteilsvermögen beeinträchtigt hat.«

»Um Gottes willen, Herr Oberfeldarzt! Ich brauche niemanden, der für mich lügt.«

»Nun, dann hätten Sie lieber selbst lernen sollen, wie man lügt.«

Eine Zeit lang schwiegen sie beide. Nowotny sog wütend an seiner Zigarette, während Bora den Kopf gesenkt hielt, die Hände locker zwischen den Knien gefaltet.

»Was ist aus all Ihren Plänen geworden? Ihre Frau wird übermorgen hier sein. Wollen Sie sie nicht noch schwängern?«

»Ich weiß nicht. Ich habe daran gedacht, als sie mir das Gewehr an den Kopf gehalten haben. Genau daran habe ich gedacht, dass ich Dikta bis jetzt nicht geschwängert habe. Und plötzlich kam es mir so unwichtig vor, dass mir das nicht gelungen ist. Als kämen die Toten zuerst. Als hätte die Schuld gegenüber den Toten Vorrang vor den Wünschen der Lebenden.«

»So ein Quatsch!«

»Im Gegenteil. Ich lag mit dem Gesicht auf der Erde, und der Mann vom SD sagte: ›Erschießt ihn.‹ Ich war zwar körperlich versteinert, aber seelisch nicht erschüttert, innerlich nicht wirklich verängstigt. Die Furcht war einzig und allein körperlich, aber die Schuld gegenüber den Toten ist abbezahlt.«

»Genug, genug! Sie reden nur noch Blödsinn. Gehen Sie nach Hause, schlafen Sie sich aus, und sehen Sie zu, dass Sie Swiçty Bór und das, was jenseits davon geschehen ist, vergessen!«

»Ich habe vor, morgen dorthin zurückzukehren.«

Erst als Bora die Eingangshalle des Lazaretts erreicht hatte, musste er zur Kenntnis nehmen, dass er das Lazarett nicht verlassen durfte.

Ein hünenhafter Sanitäter versperrte ihm den Weg.

»Tut mir leid, Herr Hauptmann. Befehl vom Oberfeldarzt. Sie müssen die Nacht unter strikter medizinischer Überwachung verbringen. Bitte keine Einwände! Strikter Befehl vom Herrn Oberfeldarzt.«

II

1. Januar 1940

Die Nachricht war von Hand geschrieben auf einer Karte, auf der ihr Name in blauer Farbe eingeprägt war.

Liebling, du weißt, wie sehr ich mich bemüht habe, mich für das Dressurderby zu qualifizieren, denn du hast mir ja selbst beim Training geholfen. Ich brauche dir nicht zu sagen, wie wichtig es für mich ist, vor allem jetzt, da du weg bist und es für mich in Leipzig so wenig zu tun gibt. Dein Vater hat sein Möglichstes getan, um mich zu überreden, ihn nach Polen zu begleiten. Aber ich habe ihm gesagt, ich sei mir sicher, dass es nicht in deinem Sinne wäre, wenn ich eine Gelegenheit, bei einem so wichtigen Ereignis gut abzuschneiden, versäumte. Alle meine Freunde, die Pferdeliebhaber sind, und die Freunde deiner Familie werden unter den Zuschauern sein. Ich bin inzwischen besonders geschickt bei der Piaffe, auch wenn Ambassador sich immer noch ein bisschen nach vorn bewegt. Doch seine Hinterhand bleibt unten, und sein Hals ist aufgerichtet (ich erinnere mich, welch großen Wert du darauf gelegt hast!). Mutter wird einen Film davon machen, den ich dir später schicken werde.

Familie und Freunde haben gehört, wie gut du dich im Feld bewährt hast, und wir sind alle stolz auf dich. Mutter sagt, du schaust auf dem letzten Foto, das du geschickt hast, den jungen Stauffenbergs, die sie so gut kennt, sehr ähnlich. Das ist zweifellos ein Kompliment, denn sie gelten als sehr gut aussehende Leute.

Es ist schade, dass du dich nicht loseisen und mir zusehen kannst. Ich werde mich mit dem Jubel alter Damen im Pelz begnügen müssen und hin und wieder mit einem Obersten, der einen Arm in der Schlinge und ein

Monokel trägt. Neben der Tochter von Luise von Bohlen (der aus der Trachterstraße) bin ich die Favoritin für den Dressurpreis. Ich glaube, meine Pirouetten sind besser als ihre, wie mein Kanter überhaupt. Lass es dir gut gehen, Martin, und pass auf, dass dein Vater sein unzeitgemäßes Germanentum dir gegenüber nicht so begeistert hervorkehrt, wie er das bei uns zu tun pflegt.
Viele Grüße, Dikta.

Generaloberst von Sickingen stand mit seinem mächtigen Kopf in der frühmorgendlichen Sonne, breitschultrig, ein mächtiger Fels von einem Mann in einem feldgrauen Zivilanzug, der genauso gut eine Uniform hätte sein können. Er beobachtete seinen Stiefsohn, wie er die Nachricht von Dikta, die er ihm persönlich mitgebracht hatte, zusammenfaltete, und achtete gespannt auf jede Regung, die sein Gesicht verraten würde.

Bora steckte die Briefkarte in die Brusttasche. »Ich bin so froh, Sie wiederzusehen, Vater. Ich habe für Sie im *Francuski* reserviert. Dasselbe Zimmer, in dem Sie während des letzten Krieges gewohnt haben, aber Sie werden sehen, dass es inzwischen viel komfortabler ist.«

Als Reaktion darauf bewegte sich Sickingen so weit, wie ein Fels dies eben tut, und das heißt: überhaupt nicht. Gesichtslos gegen das bleiche, diffuse Licht der Sonne sagte er: »Ist das alles, was du dazu zu sagen hast, dass deine Frau nicht kommt?«

»Dikta hat geschrieben, wie wichtig das Derby für sie ist.«

»Wichtiger, als ihren frischgebackenen Ehemann zu sehen? Mein Gott, wenn ich etwas zu sagen hätte, dann hätte ich sie gezwungen, dich anzurufen und dir das persönlich mitzuteilen. Du hättest sie schon überredet zu kommen. Aber deine Mutter hat mir gesagt, dass ich mich aus deiner Ehe heraushalten soll, und das habe ich getan.«

Bora war so entmutigt, dass er keine Mahnungen brauchte. »Ich hoffe, Sie hatten eine angenehme Reise.«

»Du bist zu nachsichtig gegen sie.« Missgelaunt bückte Sickingen seine monumentale Gestalt, um in den Stabswagen einzusteigen. »Von der Reitkunst hättest du einiges lernen können.« Erst nachdem er sich auf den Rücksitz niedergelassen hatte, bemerkte er, dass nur die Selbstbeherrschung Bora vor einer unmilitärischen Bekundung seines Kummers bewahrte; deshalb verkniff er sich alles, was er eigentlich noch hatte hinzufügen wollen, und sagte nur: »Heute Abend gehen wir zusammen essen.«

Sie fuhren die kurze Strecke vom Krakow Glowny zur Nordseite des Parks und bogen nach links in die Pijarska-Straße ein. Das *Francuski* war ein altehrwürdiges Gebäude an der Ecke der Pijarska, gegenüber der gekrümmten Fassade der Piaristenkirche. Am Randstein stand schon ein Auto mit Chauffeur für den Generalobersten zur freien Verfügung.

Bora war so weiß im Gesicht, dass Sickingen ihn nur ansah und sagte: »Du kannst jetzt gehen. Wir treffen uns heute Abend um sieben.«

Kasia löste sich taumelnd aus der Umarmung. »Ja, ja. Dir auch alles Gute zum neuen Jahr, Ewa. Aber darauf lasse ich mich nicht ein.«

»Aber du *musst* es für mich tun, Liebes.«

»Ich muss gar nichts für dich tun.«

Ewa äugte aus der Nische des Haupteingangs des Theaters hinaus, hinüber auf die ausgemergelte männliche Gestalt, die auf der anderen Seite des Platzes an die Hausmauer geklebt zu sein schien. Der Mann wartete mit dem Rücken zum Wind und schaute in ihre Richtung.

»Doch, du musst.« Sanft nahm sie Kasias aufgesprungene Hand zwischen ihre Hände. »Und du wirst, Kasia.«

»Das ist nichts für mich. Du würdest es für mich ja auch nicht tun.«

Ewa umklammerte ihre Hand fester. Nicht unfreundlich, nur so fest, dass Kasia ihre Finger nicht befreien konnte. »Bin nicht ich es gewesen, die dir die Stellung in diesem Ensemble besorgt hat, mein Liebes? Du wärst immer noch im *Tingeltangel*, wenn ich nicht gesagt hätte, du hättest jede Menge Bühnenerfahrung, obwohl du überhaupt keine hattest. Du musst es einfach tun. Du musst.«

Kasia blickte sich um. »Woher soll ich wissen, dass er mich nicht in Schwierigkeiten bringt?«

»Das wird er nicht. Es ist nur für drei oder vier Tage. Er versucht, sich in die Tschechoslowakei abzusetzen.«

»Das wird ihm nicht viel nutzen, die Deutschen sind auch dort.« Kasia wandte sich wieder Ewa zu, und Ewa sah, dass sie gegen eine aufkommende Schwäche ankämpfte. »Nein, nein. Vergiss es. Er ist dein Sohn. Steckt er in der Klemme? Ich wette, dass er in der Klemme steckt. Na gut, dann kümmer du dich doch um ihn! Ich möchte ihn nicht um mich haben. Die Leute werden zu tratschen anfangen.«

Ewa schluckte ihren Stolz so weit hinunter, dass sie sich Helenkas Argument bedienen konnte. »Mein Liebes«, floss es aus ihr heraus, »es ist ja nicht so, dass du nicht schon vorher junge Männer mitgenommen hättest.«

»Freunde, nicht Leute, die ich nicht kenne!«

»Ich bezahle dich dafür. Ich werde dich mit Richards Mitbewohner bekannt machen *und* dich bezahlen.«

»Nein.«

Kasia wandte sich ab. Die hagere Gestalt jenseits des Platzes löste sich für einen Augenblick von der Mauer, voller Hoffnung, und schlich dann zurück. Ewa packte ihre Freundin an beiden Ellenbogen. »Bitte, Kasia! Ich bitte dich, nimm ihn mit zu dir nach Hause!«

»Lass mich los!«

»Wie oft habe ich dich schon um etwas gebeten, Kasia?«

Kasia stöhnte. »Scheiße«, sagte sie, »das werde ich noch bereuen.« Aber sie gab ihren Kampf auf. »Nur für zwei Tage, Ewa. Du gehst jetzt gleich zu ihm hinüber und sagst es ihm. Z-w-e-i Tage und keine Minute länger! Und zu essen bekommt er von mir nichts.«

Ewa küsste sie auf beide Wangen und drückte sie an ihre Pelzjackenbrust.

Pater Malecki feierte die Messe in der Kirche des Klosters. Als er sich umwandte, um die Lesung aus dem Brief des heiligen Paulus an Titus vorzutragen, bemerkte er in der Menge Logans Trenchcoat. Er begann: »*Denn die Gnade Gottes ist erschienen, um alle Menschen zu retten ...*«, und überlegte schon, wie er nachher durch die Sakristei entwischen könnte, ohne dem Angehörigen des Diplomatischen Korps begegnen zu müssen. Logan war vielleicht nur hier, um das Jahr in religiöser Hinsicht zu beginnen, aber Malecki wollte in diesen letzten Tagen der Ermittlungen keinesfalls riskieren, dass jemand von außen dazwischenfunkte.

Seine Augen suchten die Versammlung der Gläubigen ab, um nachzusehen, ob zufällig auch Bora anwesend war. Es war unwahrscheinlich, dass er zum Hochamt kommen würde; er hatte sich seit Tagen nicht mehr blicken lassen.

»*... Sie erzieht uns dazu, uns von der Gottlosigkeit und den irdischen Begierden loszusagen und besonnen, gerecht und fromm in dieser Welt zu leben.*«

Der im zweiten Stock des Hotel Francuski gelegene Speiseraum für private Nutzer hatte ein Teppichmuster mit großen zartgrünen Rosen auf magentarotem Grund. Bora erinnerten sie an bleiche Blumenkohlröschen.

Mit leiser Stimme sprach sein Stiefvater schonungslos auf ihn ein; Sickingen war sich seiner Strenge voll bewusst und sich sicher, dass diese Strenge Bora helfen würde.

»Ich habe dir gesagt, du sollst sie nicht heiraten, aber du hast dich ja von diesem Flittchen hereinlegen lassen. Jawohl, das ist das richtige Wort, genau das richtige Wort. Von ihr hereinlegen lassen, so wie von der Politik auch, und dich hat der Hafer gestochen, und du wolltest unbedingt heiraten, obwohl du andere Lösungen hättest finden können, wenn du gemusst hättest – wozu bist du beim Militär? Und politisch hättest du dich davor hüten sollen, deine Seele dem Teufel zu verkaufen. Natürlich, du hast mit ihr geschlafen. Diese Cönnewitz-Mädchen – alles Flittchen. Genau wie ihre Großmutter. Schon 1899 wussten die Kadetten, dass man, wenn man überall sonst abblitzte, immer noch eine der Cönnewitz-Schwestern haben konnte. Ein guter Katholik lässt sich nicht auf vorehelichen Geschlechtsverkehr ein, und trotzdem hattest du, als du es getan und gemerkt hast, dass sie keine Jungfrau mehr war – unterbrich mich nicht, ich lebe nicht seit fünfzig Jahren in

Leipzig, ohne mitzubekommen, was vor sich geht –, da spätestens hättest du es kapieren müssen. Jetzt möchte dein Bruder auch heiraten, nur weil du es getan hast! Ich war vierzig, als ich das erste Mal heiratete, und es gibt Tage, an denen ich denke, dass ich selbst damals noch zu jung war.«

Sickingen hielt so lange inne, bis der Kellner die Speisekarte gebracht und sich nach einer Verbeugung zurückgezogen hatte. »Wenigstens hatte ich so viel Verstand, eine Frau zu heiraten, die kein anderer zuvor besessen hat. Was deine Mutter anbelangt, so war sie verwitwet, doch vor mir hatte sie nur ein einziger anderer Mann besessen. Ihr wart beide nicht reif genug für eine Ehe, vor allem du nicht. Jetzt sitzt du in der Falle. Du sitzt in der Falle, weil du sie liebst, du dummer Kerl. Dikta ist flatterhaft und in Sachen Politik fanatisch – und das ist noch das Beste, was ich zu ihrer Rechtfertigung sagen kann. Sie hat Geld, aber du hast auch Geld. Deine Familie ist älter als ihre und hat bessere Beziehungen – ein Bora, der in eine Nazi-Familie einheiratet! Ihr Vater mag ja einen Botschafterposten ergattert haben, aber dafür muss er jetzt den Speichel von jedem Berliner Gegeifer auflecken.«

Bora spürte, dass er vom Hals aufwärts errötete, als näherte er sich der Quelle einer großen Hitze. Von der Augenfälligkeit seiner Reaktion peinlich berührt, sagte er: »Ich glaube, es beleidigt Sie, dass sie sich geweigert hat zu kommen. Mich schmerzt es, aber Sie beleidigt es.«

»Kein Mann aus Fleisch und Blut sollte zulassen, dass eine Frau ihn verletzt – egal, was sie tut. Du brauchst dich nicht verletzt zu fühlen. Empört – ja, wütend – ja. Aber nicht verletzt.«

»Wir übertreiben die schlichte Tatsache, dass Dikta nicht kommen konnte.«

Sickingen griff rasch nach der Serviette auf dem Tisch und faltete sie mit einem Ruck auf. »Nicht konnte?« Er warf das Tuch in seinen Schoß. »Nicht wollte!«

Bora tat der ganze Körper weh vor Schmerzen, deren Vorhandensein ihm gar nicht bewusst war. Ohne Überzeugungskraft sagte er: »Nun ja, ich habe anderes zu tun. Anderes, worüber ich mir Gedanken machen muss. Es wäre gut gewesen, Dikta zu sehen, aber auch so habe ich genug zu tun.«

»Im Auto warst du den Tränen nahe. Wen willst du hier eigentlich zum Narren halten? Machst du das, weil ich dich aufgezogen habe, als wärst du mein eigen Fleisch und Blut, du, den ich sogar meinem leiblichen Sohn gegenüber bevorzuge? Zusehen zu müssen, dass dich eine der Connewitz-Damen so verletzt? Du solltest dich von ihr trennen!«

»Trennen? So schnell schießen die Preußen nicht. Dikta hat nichts getan, außer mir mitzuteilen, dass sie mich jetzt nicht besuchen kann.«

Sickingen brachte einen Kehllaut hervor, der einem Knurren nahekam. »Es gibt nichts Undeutscheres als Mangel an Loyalität – ausgenommen fehlgeleitete Loyalität.«

»Benedikta liebt mich. Das sollte ich doch besser wissen als alle anderen. Sie werden sie auch lieben, wenn Sie erst einmal Enkel haben.«

»Wenn sie zwischen ihren *Steeplechases* genug Zeit zum Kindermachen findet. Ich sehe, dass es keinen Sinn hat zu versuchen, sie dir auszureden. Es ist, als versuchte man, jemanden vom Schießen abzuhalten, wenn sein Artilleriegeschütz klemmt: Es feuert eben so lange weiter, bis seine ganze verdammte Munition aufgebraucht ist. Mach, was du willst. Bleib verheiratet. Irgendwann wirst du schon merken, dass ich recht hatte.«

»Können wir uns nicht über etwas anderes unterhalten?«

Sickingen verzog das Gesicht. Im Nebenraum hatte sich jemand soeben eine Zigarre angezündet, und für das Rauchen hatte er nur Verachtung übrig. Als eine Schwade des beißenden Geruchs hereinschwebte und er immer noch missbilligend zur Tür blickte, ging Bora hin und schloss sie.

»Nein.«

Das Bestellte wurde serviert, und Sickingen zeigte sich ihm gegenüber ebenso ungnädig wie gegenüber allem anderen an diesem Abend auch. »Ich habe deine Erziehung anderen überlassen, Martin, aber die altmodischen Grundsätze männlichen Verhaltens haben sich seit den Tagen, als mein Vater sie mir vor fünfzig Jahren beigebracht hat, nicht verändert. Ein Mann weint nicht, lügt nicht und schläft mit keinem anderen Mann; ein Mann weiß, wie er einer Frau, mit der er geschlafen hat, Danke sagt, und wenn nötig, setzt ein Mann im Kampf für eine lohnenswerte Sache sein Leben aufs Spiel, ohne lang zu fragen. Das sind die Prinzipien. Alles andere, was du sonst noch gelernt hast, steht dir im Weg, bis auf die Liebe zu Gott.« Der alte Mann wiegte seinen mächtigen Kopf missbilligend hin und her. »Wie wirst du diese Nacht hinter dich bringen?«

»Ich weiß nicht.« Bora betrachtete die Blumenkohlrosen auf dem Boden. »Ich bin morgen früh im Feld. Vielleicht gehe ich überhaupt nicht ins Bett.«

Sie aßen in einem fast ununterbrochenen Schweigen wie in einer Kriegsschule. Sickingen, der Vegetarier war und nur sehr wenig trank, war, trotz der langen Reise, nach dem Essen hellwach und wäre auf das Thema »Dikta« zurückgekommen, hätte Bora die Sprache nicht sofort auf die Politik gebracht. Der Themenwechsel gelang ihm, aber er kam damit nur vom Regen in die Traufe.

Sickingen war sogar noch unverblümter als beim letzten Mal, als Bora ihn gesehen hatte und er einen Streit mit Dikta vom Zaun gebrochen hatte.

»Diese politische Travestie, die durchschaue ich genau. Du hast dich genauso darauf eingelassen wie die anderen. Von Anfang an hast du an ihr Gefallen gefunden wie ein Pferd am Sattel, und seither machst du deine Sprünge. Diese ›neue Armee‹. Warum, glaubst du, habe ich 1935 meinen Abschied genommen? Du hast jetzt *diesem Mann* – nicht deinem Vaterland, sondern *diesem Mann* – Treue geschworen, und jetzt bist du an deinen Eid gebunden, und Gott steh dir bei, wenn du dich einmal zwischen deiner Ehre und all dem anderen entscheiden musst, was man heute in Deutschland darunter versteht. Ich frage dich: Wie lange wird es dauern, bis sie dir befehlen, etwas zu tun, was dein Gewissen als Soldat dir zu tun verbietet?«

Bora dachte an die Akten und daran, wie sie in Schencks Ofen von den Flammen verschlungen wurden.

»Ich habe gute Kommandeure«, sagte er trotzdem.

»Ha! Und wer befehligt die? Du wirst entweder ein schlechter Soldat sein oder ein schlechter Christ. Beides geht nicht. Versuch, beides unter einen Hut zu bringen, und du bist ein toter Mann«, erwiderte Sickingen gelassen und wusste, dass er ins Schwarze getroffen hatte. »Entscheide dich, Martin. Jetzt, auf der Stelle. Denn dein Leben kannst du so oder so verlieren, aber deine unsterbliche Seele verlierst du hundertprozentig, wenn du die falsche Wahl triffst.«

Bora empfand den Raum als unerträglich heiß. Aus Respekt vor seinem Stiefvater hörte er zu, aber dessen Vortrag trieb ihn zur Verzweiflung, und seine Gedanken wühlten sich zurück in das Loch, das Dikta mit ihrer Weigerung, zu kommen, aufgerissen hatte. Ausdruckslos sagte er, er würde, wenn die Zeit reif war, klug entscheiden – als hätte er das nicht schon getan.

Es war erst acht Uhr, und die Nacht, die vor ihm lag, erschien ihm unüberwindlich lang.

Die hinteren Räume des Theaters waren kalt und klamm und verströmten weibliche Gerüche.

Bora wusste, dass es eine schlechte Idee war, hierherzukommen. Vielleicht die schlechteste Idee, der er an diesem Abend folgen konnte. Und dann dieser Geruch nach Frauenschweiß und Parfüm im Halbdunkel … Dass er sich einredete, er müsse mit Ewa Kowalska sprechen, war unsinnig und entsprach letzten Endes auch nicht den Tatsachen. Er musste mit einer Frau reden, und nach Helenka zu suchen, war zu riskant, denn zu Helenka fühlte er sich hingezogen.

Zu Ewa nicht. Ewa war genauso alt wie seine Mutter. Gedankenfetzen schossen ihm durch den Kopf, während er die Stufen zu dem schmalen Korridor hinunterstieg. Der schummerige, feuchte und riechende Korridor umschloss ihn wie ein Darm.

So alt wie seine Mutter. Genauso alt.

Er würde Ewa über das verloren gegangene Handtuch befragen, fragen, ob sie einen Schlüssel zur Wohnung bekommen habe; er würde sie über ihren Besuch bei Retz ausfragen in der Nacht vor seinem Tod. Er würde sich ihre Antworten anhören und wieder gehen.

Seine Stiefel erzeugten auf dem betonierten Boden kein Geräusch, nur seine Sporen klirrten, wenn er die Wand streifte. Am Abend dieses Feiertags schien niemand da zu sein. Vielleicht war Ewa gar nicht hier.

Ihre Garderobe lag am Ende des Korridors, wo eine weitere schlecht beleuchtete, triste Treppe zu der dahinter gelegenen Bühne führte. Aus dem hellgelben Streifen, der auf den Boden fiel, schloss Bora, dass drinnen Licht brannte.

»Herein.«

Ewa war vielleicht überrascht, ließ es sich aber nicht anmerken. Nachdem sie auf sein Klopfen gegen die einen Spaltbreit geöffnete Tür geantwortet hatte, richtete sie nur im Spiegel den Blick auf ihn.

»Guten Abend.« Sie blickte wieder nach unten. Sie trug kein Make-up, und ihre Blässe war echt, ungeschminkt. Alt, dachte Bora erleichtert.

»Kann ich etwas für Sie tun, Herr Hauptmann?«

Die ganze Zeit über kramte sie in einer Stofftasche mit Reißverschluss nach Haarnadeln. Die Haarnadeln ähnelten den kurzen Tannennadeln in Swięty Bór. Sie legte sie auf den Schminktisch, der ähnlich aussah wie der von Helenka, nur ordentlicher. Über dem Tisch steckten, zwischen dem Spiegel und der Wand, eine handkolorierte Postkarte, die Tosca zeigte, wie sie sich von der Plattform der Engelsburg stürzt, und ein Schnappschuss von Richard Retz. Retz vor zwanzig Jahren, als er und Ewa so alt waren wie Bora jetzt. Inzwischen war sie, wie ihm wieder einfiel, genauso alt wie seine Mutter. Die Haarnadeln wurden neben die anderen in eine Reihe gelegt.

»Was kann ich für Sie tun?«, wiederholte sie.

Hier war es zu kalt, um wie sie nur in einem Schlüpfer herumzusitzen. Es dämmerte Bora, dass sie die Bluse, die zerknüllt über der Stuhllehne hing, bis vor wenigen Momenten noch getragen hatte, bis zu dem Augenblick, als er an die Tür klopfte, aber das war jetzt nicht so wichtig. Er empfand ein elementares, unerwartet schuldfreies Vergnügen daran, auf ihre Brüste zu starren, die in der Kälte aufrecht standen, üppig wie die von Dikta, an die er eigentlich hätte denken sollen.

»Ich habe ein paar Fragen.«

Da sie immer noch mit ihren Haarnadeln zugange war, sah Bora sie weiter unverwandt an.
»Zu Richard, nehme ich an.«
»Ja.«
Ewa drehte sich ihm zu, während sie die letzte Haarnadel auf den Schminktisch legte. Dabei fiel ihr das Stofftäschchen vom Schoß.
»Ach, du meine Güte.«
Perlen einer zerrissenen Kette und Knöpfe kullerten klimpernd in einem Wettlauf, den sie nicht verhindern konnte, aus der Tasche, aber sie bückte sich und versuchte, sie zu stoppen. Bora hielt eine rollende Perle mit dem Fuß an. Er hob sie auf, diese und noch eine zweite, die ihm entgegenkreiselte. Er griff nach zwei weiteren, beinahe unter der Kante des Schminktisches, kauerte sich nieder, um sie einzufangen.
Als er sich erhob, um ihr die Perlen in die Hand zu legen, sagte Ewa: »Ich danke Ihnen.« Es waren große Perlen, schimmernd und rot von ihrer Handfläche abstechend wie Äpfel aus einem winzig kleinen Gärtchen Eden. Sie schloss die Faust um sie, und das Rot war verschwunden. Bora lehnte sich zurück, um wieder auf die Füße zu kommen, doch er war weder schnell noch vorsichtig genug. Er sagte: »Nein«, als sie ihn am Nacken festhielt, um ihn zu küssen.
Entsetzen packte ihn, als er feststellte, dass Ewa besser küsste als Dikta, besser als die Frauen, die er in Spanien kennengelernt hatte. Ihre Zunge war wie Seide, die nach seinem feuchten Gaumen suchte, hineintauchte und sich wieder zurückrollte, um ihre eigene Nässe einzuziehen, um den glatten Rand seiner Zunge gegen sich zu drücken. Die Haare stellten sich ihm auf, und er wurde ganz steif, ohne zurückzuküssen; er schmeckte sie und ließ sie, wenn auch nur kurz, in seinen Mund, denn er wollte körperlich begehrt werden, obwohl er Nein sagen musste. Er kniete neben ihrem Stuhl und sah und fühlte sich mit Dikta im Bett oder sich selbst mit Ewa oder mit Helenka, aber es war Diktas muskulöser Bauch, nach dem er sich sehnte, die enge Spalte in ihrem blonden Vlies und Diktas Mund. Es dauerte Sekunden, bis er sich gewaltsam von Ewa losriss und sein knochiges, angespanntes Gesicht zur Seite wandte.

Draußen, außerhalb des Theaters, konnte er sich nicht mehr erinnern, wie er zum Auto gegangen war und den Motor angelassen hatte. Er wusste weder die Uhrzeit, noch kannte er die Straßen, sodass er nur ziellos eine kurze Strecke zurücklegte bis zum dunklen Rand des Parks, und dann musste er anhalten und versuchen, sich zu beruhigen, aber dafür war es zu spät. Das Blut flutete ihm pochend durch die Adern. Er wagte nicht, irgendeinen Teil seines Körpers zu berühren, aus Angst, vorschnell einen Orgasmus auszulösen. Wie Feuer, mit einem aufwogenden Schmerz, brachte ihn die Not ins Schwitzen trotz der Kälte im Wagen, bis er patschnass war unter seinem Hemd, während er versuchte, ein- und auszuatmen, obwohl seine Lungen die Luft in seiner Kehle festhalten wollten.

Mit geschlossenen Augen lehnte er sich im Sitz zurück. Vorsichtig, wie er meinte, aber gleichzeitig mit der Bewegung rieb der Stoff seiner Hose gegen Knie und Schenkel bis hinauf zu seinem schmerzhaft angeschwollenen Glied. Das Atmen wurde kurz und mühsam. Bora hielt die Hände verkrampft auf dem Lenkrad. Dennoch, Arme und Schultern begannen, sich so anzuspannen und alle Muskeln und Gelenke so fest anzuziehen, dass er zu zittern anfing und schließlich zulassen musste, dass das große brennende Verlangen durch ihn hindurchfuhr. Er kämpfte dagegen an, laut zu schreien, als es seine Lenden durchflutete, als klaffte der Damm des Lebens weit auf, damit es in Stößen aus ihm heraussprudelte, und nachdem es sich ergossen hatte, würde er kein Leben mehr in sich haben – ein süßes, süßes Sterben.

Es schien ewig weiterzugehen, dieses zähe ausgiebige Fließen in seine Kleidung. Bora hatte den Kopf gegen die Lehne seines Sitzes gepresst, er konnte sich stöhnen hören und merkte, wie er wieder steif wurde und wieder losließ, losließ und sich in schuldbewussten Schauern entspannte.

Seine Kehle lockerte sich so weit, dass er schlucken und wieder atmen konnte. Die kalte Nachtluft füllte seine Brust, aber er wollte seine Augen nicht öffnen und die Nacht rings um den Wagen sehen.

Seine Hose, aus Leinen und mit Lederbordüren versehen, fühlte sich warm, feucht und klebrig an. Rücken und Schultern waren taub.

Die Taubheit fuhr auch in seine gelockerten Finger, Handflächen und Handgelenke. Bald würde Bora von einem Gefühl der Erleichterung übergehen zu einem Gefühl, beschmutzt zu sein, und das wahnsinnige Bedürfnis, nach Dikta zu weinen, füllte die Zwischenzeit mit unerträglicher Einsamkeit und Trauer. Er liebte sie, er liebte sie. Sein Bauch und seine Sehnen und seine Seele liebten sie. Aber ob sie ihn noch liebte, darüber war er sich nicht mehr sicher.

Mit ausgeschalteten Scheinwerfern und abgestelltem Motor stand ein Auto mit SS-Schild am verschneiten Randstein vor der Tür seines Hauses.

Bora bremste hinter ihm, in plötzlicher aufgeschreckter Eile, und machte sich auf Schwierigkeiten gefasst.

Noch bevor er die Autotür öffnete, sah er Salle-Webers unverkennbare Silhouette aus dem SS-Fahrzeug steigen. Die Straße war zwischen den einzelnen Laternenpfosten dunkel, und so war seine breitschultrige Gestalt von einer Unheil verheißenden Schwärze umgeben. Auch Bora stieg aus.

»Nur auf ein Wort, Hauptmann Bora.«

»Ja.« Bora schloss sein Auto ab und hielt seine fünf Sinne beisammen. »Sollen wir hineingehen?«

»Nein. Gehen wir ein paar Schritte.«

Bora blickte Salle-Weber an, doch es war nicht so hell, dass er den Ausdruck auf dessen Gesicht hätte lesen können.

»Gehen? Wohin?«

»Gehen Sie einfach los.«

Die Podzamcze war lang und in diesem Abschnitt gerade; vom Schnee war genug zur Seite gepflügt worden, sodass ein langsames, wenn auch vorsichtiges Vorwärtskommen möglich war. Weiter unten warf die nächste Laterne einen Lichtkreis auf den Boden, der an einen schwach scheinenden Mond erinnerte, und Bora machte einen Schritt in diese Richtung. Salle-Weber folgte ihm.

»Wo sind Sie gerade gewesen?«

Bora beschloss, wahrheitsgemäß zu antworten, zumal man ihn beim

Verlassen des Theaters beobachtet haben könnte. Er war entsetzlich befangen und nur dankbar, dass er die schwere Uniform und den Mantel trug. Die Feuchtigkeit begann jetzt einzutrocknen und sich an der Innenseite seiner Schenkel unangenehm klebrig anzufühlen. Das Leinen haftete inzwischen an ihm, weil er nicht nach unten fassen wollte – nicht einmal, um seine Kleidung zu ordnen. Die beißende Reinheit der Nacht sorgte dafür, dass ihm das Gefühl, beschmutzt zu sein, sehr real vorkam.

Es musste Anzeichen geben, die ein anderer Mann ahnen könnte, davon war er überzeugt, aber Salle-Weber sah ihn nicht an. Er passte seinen Schritt dem Boras an, wie es Soldaten eben zu tun pflegen, und Salle-Weber spaltete den vereisten Schnee mit den gewichsten Stiefeln, das grobknochige Gesicht nach vorn gerichtet, dem gedämpften Licht entgegen.

»Ihr Verhalten ist für einen deutschen Offizier äußerst ungebührlich, Hauptmann Bora.«

»Weil ich mich mit einer Schauspielerin getroffen habe?«

»Nein. Weil Sie die Neigung der Schweine haben, mit der Nase im Dreck herumzuwühlen.«

»Ich weiß nicht genau, was Sie meinen.«

»Vergessen Sie bloß nicht, dass dies die Jahreszeit ist, in der die Schweine geschlachtet und aufgehängt werden.«

Bora spürte einen leichten Schmerz über seine Schultern jagen, als er versuchte, sie wieder zu straffen. Seine Muskeln taten ihm weh. Er musste sich waschen und schlafen, und möglicherweise fand dies alles ja gar nicht wirklich statt.

Gereizt sagte er: »Leider scheint meine Arbeit mich jeden Tag in Schweineställe zu führen.«

Mit einem brüsken Griff nach seinem Arm drehte Salle-Weber ihn herum. »Sehen Sie sich vor, Bora! Ich habe keinen Sinn für Humor.«

»Und ich verstehe Ihre Metapher nicht. Sagen Sie es mir direkt ins Gesicht.«

Der Schnee gab unter ihren Tritten leise quäkende Laute von sich, auf die ein Knacken folgte, wenn eine überfrorene Pfütze oder eine Eisplatte einbrach.

Als sie den Kreis blassgelben Lichts erreichten, den die Laterne auf den schmutzigen Schnee warf, blieb Salle-Weber stehen und Bora mit ihm. Es fing wieder an zu schneien. Wie erfrorene Motten oder vom Wind aufgewirbelte Asche schwebten die Flocken in müden Spiralen hinein in den Lichtkreis. Salle-Weber wischte einen nicht vorhandenen Fleck von Boras Mantel.

»Wissen Sie, Bora, ich kann riechen, was für eine Sorte Mensch Sie sind, und nur wegen Ihrer Tatkraft und der vielversprechenden Leistungen, die Sie bis jetzt gezeigt haben, mache ich mir überhaupt die Mühe, mit Ihnen zu reden. Passen Sie auf. *Wenn Sie überleben,* liegt immer noch eine hoffnungsvolle Laufbahn vor Ihnen, mit vielen Kampfsituationen, in denen Sie es uns beweisen können. Sie haben keine Erfahrung, also bilden Sie sich nichts ein! Setzen Sie diese vielversprechende Karriere nicht aufs Spiel. Begraben Sie Ihre Anmaßung, oder Sie werden mit ihr zusammen begraben. Lassen Sie sich das gesagt sein.«

»Sie wollen mir drohen?«

»Drohungen setzen eine Wahlmöglichkeit voraus. Ich warne Sie nur.«

Die Worte rauschten an Bora vorbei, und vielleicht hatte das mit Diktas Schreiben zu tun, vielleicht auch nicht. Er stellte sich Salle-Weber gegenüber so auf, dass der nur einen Schritt entfernte SS-Mann ihn im Licht gut sehen konnte.

»Bitte, Hauptsturmführer, die Straße ist leer. Wir sind allein. Meiner Meinung nach wäre das für Sie ein idealer Zeitpunkt, Ihr Problem zu lösen.«

Salle-Weber hatte vielleicht selbst daran gedacht, denn der Vorschlag brachte ihn einen Augenblick aus dem Konzept.

»Noch nicht«, sagte er dann und setzte sich, mit einem Schritt aus dem Lichtkreis heraus, wieder in Bewegung. »Wenn es so weit ist, Bora, dann wird dieser Moment nicht so einfach daherkommen. Und in jedem Fall nicht dann, wenn Sie darauf gefasst sind.«

2. Januar

Ein feiner scharfer Lichtspeer durchbohrte den Raum und ließ die Dunkelheit ringsum noch dichter erscheinen, wie eine zähe Flüssigkeit, die sich um einen Golddraht zusammendrängt.

Pater Malecki lag im Bett und tauchte gerade aus einem traumlosen, wohltuenden Schlaf auf, wie er ihn schon seit Monaten nicht mehr genossen hatte. Durch seine halb geschlossenen Lider bewunderte er den Lichtspeer, der von einer Ritze im Fensterladen ins Herz der Finsternis vorstieß.

Mutter Kazimierzas Lieblingsworte fielen ihm ein: »... *Wenn nun das Licht in dir Finsternis ist, wie groß muss dann die Finsternis sein ...*«

Bei dem Geheimnis, das die Bedeutung des Wortes Lumen in sich barg, konnte es sich durchaus auch um ein Licht handeln, das durch die Finsternis unaufgeklärter Verbrechen und unausgesprochener Feindseligkeit hindurchschien. Malecki dachte, dass er, selbst wenn es nie zur Aufklärung käme, inzwischen viel über Nonnen, Heilige, Patrioten und deutsche Offiziere dazugelernt hatte.

Nun, da weniger als neun Tage bis zum Ablauf der Frist blieben, erwog die Kurie, Schwester Irenka zur neuen Äbtissin von Unserer Lieben Frau von den Sieben Schmerzen einzusetzen. Der Sekretär des Erzbischofs hatte zu Malecki gesagt, dass das Kloster jetzt alles andere als eine Mystikerin bräuchte.

Aber der Fall Mutter Kazimierza war damit nicht erledigt, noch nicht ganz jedenfalls: Der Erzbischof wollte von ihm, Malecki, Empfehlungen bezüglich ihrer Person haben. In der polnischen Kirche würde der Druck, ihre Seligsprechung in die Wege zu leiten, bald zunehmen, und dann würde man nachweisliche Wunder brauchen. Ob ihre Stigmata und ihre in Erfüllung gegangenen Prophezeiungen diesen Anspruch rechtfertigten, würde Malecki nun schriftlich formulieren müssen.

Während die Morgensonne höher stieg, änderte der Lichtspeer seinen Winkel und wurde allmählich breiter, flacher und blasser. Malecki setzte sich auf, kratzte sich am Hals und gähnte träge, um dann das Fenster zu öffnen und sein Gewichthebeprogramm zu absolvieren.

Als er zum Frühstücken nach unten ging, klagte Frau Klara zunächst entschuldigend darüber, dass es keine Milch gab und das Brot altbacken war, und lenkte dann seine Aufmerksamkeit auf einen versiegelten Umschlag, der auf der Spitzendecke lag.

»Eine deutsche Ordonnanz hat ihn vor einer Stunde hier abgegeben. Sie haben so tief geschlafen, Pater, da habe ich geglaubt, dass ich Sie deswegen nicht aufwecken sollte.«

Die Nachricht war mit der Hand geschrieben und kam von Bora.

»*Wir müssen die Ermittlungen fortsetzen. Wir treffen uns am Donnerstag im Kloster, Punkt 18.00 Uhr.*«

3. Januar

Die Gruppe versprengter polnischer Soldaten war im Raum nebenan versammelt. Bora hatte schlecht geschlafen und rauchte, während er sich auf ihre Vernehmung vorbereitete, eine Zigarette nach der anderen. Salle-Webers Worte waren ihm keinen Augenblick lang aus dem Kopf gegangen, aber ihre Wirkung reichte offensichtlich doch nicht aus, um jetzt ein Gefühl der Schläfrigkeit in ihm zu unterdrücken.

Deshalb rauchte er, und in dem Raum verbreitete sich der gleiche Geruch wie in der Wohnung, nachdem Retz und Ewa die Nacht dort verbracht hatten – ein Geruch von abgestandenem Zigarettenrauch. Bora öffnete das Fenster, um die verqualmte Luft aus dem Büro hinauszulassen.

Als hätte es nicht ausgereicht, schlecht zu schlafen, hatte er gegen Morgen auch noch von Retz geträumt. Die *Art, wie er starb*, hatte Pater Malecki gesagt. Bora war mit dem grässlichen Verdacht aufgewacht, dass Retz' Tod ihn einfach nur deswegen beschäftigte, weil er ihn nicht verstand. Er wollte Malecki mehr davon erzählen, und wenn bis Donnerstagabend alles glattging, würde er eine Chance haben, davor noch einmal mit der Putzfrau und auch mit einem der Sanitäter zu reden, die Retz' Leiche weggetragen hatten.

Sein Stiefvater fuhr am späten Nachmittag ab. Der Form halber bestand er darauf, vom *Francuski* zu Fuß zum Bahnhof zu gehen, und so kamen er und Bora zwangsläufig am Florianstor vorbei, in dessen Mauer ein Nebenaltar gemeißelt war, der von jetzt offen stehenden Läden geschützt wurde. Vor ihm betete eine Nonne.

»Was soll ich deiner Frau sagen?«

Bora blickte auf die triste Front der Regierungsgebäude, die die andere Straßenseite hinter dem roten Ziegelring der Barbakane-Mauer säumten. »Ich habe ihr einen Brief geschrieben.«

»Hast du ihn mit der Post geschickt, oder soll ich ihn mitnehmen?«

»Ich wäre Ihnen sehr dankbar, wenn Sie ihn ihr selbst übergeben könnten.«

Zusammen mit dem Kuvert kam ein kleines Päckchen aus Boras Tasche zum Vorschein.

»Ich würde ihr garantiert keine Geschenke schicken«, entfuhr es Sickingen. »Du solltest lieber deiner Mutter etwas schenken.«

»Für sie habe ich auch etwas. Hier.«

Sickingen ging an dem Platz vorbei, auf dem das Denkmal zur Erinnerung an den Sieg über den Deutschen Orden bei Tannenberg gestanden hatte, das gesprengt worden war und jetzt nur noch als Trümmerhaufen dalag. »Ich möchte, dass du es fotografierst und mir die Aufnahme schickst«, sagte er zu Bora. »Es wird mir als Erinnerung daran dienen, wie idiotisch deine Entscheidung in Sachen Politik war. Du hast doch einen Fotoapparat, oder?«

Bora antwortete nur, dass er ihm das Foto schicken werde.

Nachdem er den Generalobersten zum Zug gebracht hatte, fuhr er ins Lazarett. Dr. Nowotny war nicht da, aber in der Notaufnahme traf er einen der Sanitäter an, die Retz' Leiche abgeholt hatten.

Dem Sanitäter machte es nichts aus, darüber zu reden. »Ich erinnere mich genau – mein erster Fall von Selbstmord. Der Major kniete, nach vorn gesackt, auf dem Küchenboden, den Kopf im Gasherd. Was er anhatte? Seine Uniformhose, Stiefel und Hemd. Keinen Rock. Hätte irgendein Handtuch in der Küche herumgelegen, hätte ich es benutzt, denn ich hatte mir die Hand im Inneren des Herdes schmutzig gemacht. Es waren keine Handtücher da, und deshalb habe ich schließlich ein Küchentuch benutzt.«

»War irgendetwas in der Küche nicht so, wie es sein sollte? Können Sie das sagen?«

»Ich weiß nicht, wie ordentlich sie normalerweise war, Herr Hauptmann. Es stand nichts Ess- oder Trinkbares herum, wenn Sie das meinen. Keine Getränke, nichts. Es hat ausgesehen, als sei er aufgestanden und habe gleich den Kopf in den Herd gesteckt.«

4. Januar

Am Morgen rief Schenck Bora in sein Büro.

Auf seinem Ledergesicht lag ein Ausdruck unglaublicher Verachtung, und einen angespannten Augenblick lang glaubte Bora, er sei womöglich von Salle-Weber angesprochen worden.

Schenck sagte: »Setzen Sie sich!«

Bora nahm Platz.

»Ich habe gehört, dass Ihre Frau nicht gekommen ist. Was werden Sie jetzt tun?«

Bora riss sich zusammen. »Da kann ich nicht viel tun, Herr Oberstleutnant.«

»Nun, Sie müssen irgendetwas mit dem Keimplasma anfangen, das sich aufgestaut hat, während Sie auf sie gewartet haben.«

Bora wollte nicht sagen, dass sein Keimplasma gerade aus seiner Kleidung herausgewaschen wurde.

Mit knallharter Miene fuhr Schenck fort: »Es gibt deutsche Frauen in Krakau.«

»Ich glaube nicht, dass sie die geeigneten Empfängerinnen wären.«

»Und warum nicht?«

»Weil ich sie nicht liebe.«

»Liebe?« Schencks Verachtung war nun so groß, dass er die Mundwinkel zu einer Grimasse nach unten zog. »Ich habe geglaubt, wir hätten uns darauf geeinigt, dass Liebe ein bürgerlicher Begriff ist und nichts zu tun hat mit der Fortpflanzung der Rasse. Da ich von Natur aus etwas gegen die Verschwendung habe, die eine Masturbation bedeutet, kann ich mir für einen deutschen Mann in Ihrer Situation nichts anderes vorstellen, als eine rassisch geeignete weibliche Person zu suchen. Ganz eindeutig hat Ihre Frau keinen Sinn für die demografischen Erfordernisse des Vaterlands.« Schenck nahm ein getipptes Blatt von seinem Schreibtisch, das er Bora überreichte. »Hier sind die Namen von rassisch zertifizierten Frauen aus Krakau. Ich empfehle Ihnen, sich aus dieser Liste möglichst bald eine auszusuchen. Als unvoreingenommene Männer können wir doch wohl zwischen Lasterhaftigkeit und sexueller Gesundheit unterscheiden, oder?«

Bora überflog die Liste. Bevor er abreiste, hatte sein Stiefvater ihm einen Schlag versetzt, von dem er immer noch wie betäubt war. »Man munkelt ...« – er hatte sich aus dem Zugfenster gebeugt, um ihn ins Bild zu setzen –, »... dass sie schon eine Abtreibung hinter sich hatte, als sie dich kennenlernte.«

In diesem Moment hatte sich vor Boras Augen eine verschleierte Röte ausgedehnt, so wie unlängst, als er von der SS fast erschossen worden wäre. Er erinnerte sich, dass er »Das ist eine gemeine Lüge!« ausgerufen und mit seiner behandschuhten Faust gegen die Seite des Zuges geschlagen hatte. »Nehmen Sie das zurück, bitte! Sofort! Es ist eine gemeine Lüge!«

»Reg dich nicht so auf«, hatte sein Stiefvater nur hinzugesetzt. »Was die Cönnewitz-Mädchen anbelangt, so würde *mich* gar nichts wundern.«

Boras Benommenheit war jetzt das Einzige, was ihn davon abhielt, auf Schencks Empfehlung überzureagieren. Schuldbewusst ertappte er sich dabei, dass er nach Ewas und Helenkas Namen auf der Liste suchte, aber natürlich standen sie nicht darauf.

Pater Malecki, der neben Boras Militärmütze auf der Bank im Warteraum saß, machte ein enttäuschtes Gesicht. »Das war alles, was Frau Hofer Ihnen zu sagen hatte?«

»Ja.« Obwohl Bora unruhig war, begriff er, wie irritierend es war, jemandem zusehen zu müssen, der auf und ab geht, und zwang sich deshalb, stillzustehen. »Die Telefonverbindung war schlecht. Sie sagte, ihr Sohn sei gestorben und sie wolle ihren Mann zum jetzigen Zeitpunkt nicht an Polen erinnern. Er sei sehr krank gewesen und befinde sich gerade in einem Genesungsheim. Sie erwarte ihn in einer Woche zurück, und dann würde sie ihn über meinen Anruf informieren. Ich werde es also nächste Woche wieder probieren. Unterdessen werden wir hier in Krakau nach unserem untergetauchten Arbeiter suchen. Der Unternehmer hat uns eine so genaue Beschreibung von ihm geliefert, dass ich in dieser Hinsicht sehr zuversichtlich bin.«

»Aber was passiert, wenn der Oberst nichts Neues hinzuzufügen hat und Sie den verschollenen Arbeiter nicht finden?«

»Wunder fallen nicht in mein Ressort, Pater. Sie wissen ganz genau, dass ich nicht einmal eine Patronenhülse habe, die mir weiterhelfen könnte. Sie und ich waren nicht im Kloster, als die Äbtissin starb, deswegen waren weder Sie noch ich der Täter. Alles andere sind Träume und halb fertige Prophezeiungen.«

»Kaum Dinge, über die Sie Ihrem Kommandeur berichten können.«

»Es sei denn, uns kommt noch rechtzeitig eine Erleuchtung. Das genau werde ich dann berichten.« Bora griff nach seiner Mütze auf der Bank. »Haben Sie heute Abend Zeit für ein Essen im *Wierzynek*?« Als Malecki mit der Antwort zögerte, konnte er sich nicht mehr zurückhalten. »Das heißt, wenn das amerikanische Konsulat Sie lässt.«

Da lachte Malecki und sagte: »Ich komme.«

Als Bora zu Hause anlangte, um sich vor dem Abendessen frisch zu machen, war die Putzfrau gerade dabei, die Böden aufzuwischen.

Sie sah ihn an, und er wusste, was ihr im Kopf herumging. »Vergessen Sie die Sache mit dem Handtuch«, kam er ihr zuvor. »Ich habe gesagt, dass ich es bezahle. Sagen Sie mir lieber etwas anderes.« Er machte ihr ein Zeichen, ihren Mopp stehen zu lassen und mitzukommen. »Setzen Sie sich.« Er zeigte auf einen pompösen Sessel und brachte sie damit noch mehr in Verlegenheit. »Sagen Sie mir nur, in welchem Zustand die Wohnung war, als Sie nach dem Tod des Majors zum Putzen bestellt wurden. Ja, natürlich hat es nach Gas gerochen. Was sonst noch? War irgendetwas dort, wo es nicht hingehörte, oder war es wie immer? Denken Sie gut nach.«

Die Putzfrau saß mit sichtlichem Unbehagen da und streckte den Kopf nach vorn. »Es war wie immer, Herr Hauptmann.«

»Gut. Was war mit dem Bett? War das Bett … hat das Bett so ausgesehen, als hätten zwei darin miteinander geschlafen?«

Die Beunruhigung der Frau wuchs und ließ erst unter Boras gleichmütigem Blick etwas nach. »Nein, Herr Hauptmann.«

»Wie war es mit dem Badezimmer? Könnten Sie sagen, ob der Major sich rasiert hatte?«

»Er hatte gebadet. Das Badetuch war noch nass.«

»War das Waschbecken sauber, oder waren noch Reste von Rasierseife drin?«

»Es war sauber gespült.«

»Jetzt verraten Sie mir noch etwas über die Küche. War dort irgendetwas anders als üblich?«

»Nein, Herr Hauptmann. Das Einzige … zwei Gläser waren abgespült. Der Herr Major hat Teller und Gläser sonst immer im Spülbecken stehen lassen.«

Retz hatte wahrscheinlich am Abend zuvor mit Ewa etwas getrunken, und sie hatte die Gläser dann abgewaschen. Bora konnte mit keiner der Aussagen etwas anfangen. Er verabschiedete die Putzfrau. In aller Ruhe rasierte er sich, zog sich um, und obwohl es immer noch zu früh war, fuhr Hannes ihn zu dem schönen alten Restaurant am Marktplatz, wo er sich mit Pater Malecki zum Abendessen treffen wollte. Hannes war gesprächig, denn er war gerade einem anderen Veteranen des Spanischen Bürgerkriegs über den Weg gelaufen. Er plapperte auf dem ganzen Weg zum Lokal und bat dann darum, den Abend freizubekommen. *Was für ein schönes Land Spanien doch war und was für ein Abenteuer! Wie jung wir alle waren! Wer weiß, wie viele schöne Erinnerungen der Herr Hauptmann mitgebracht hat, hm?* Bora war bei der Erinnerung nachdenklich geworden und musste zweimal gefragt werden, bevor er Hannes entließ.

Am Tisch ließ Malecki ihn in aller Ausführlichkeit über Retz erzählen. Es ging so weit, dass Bora sich schließlich selbst ertappte und unbeholfen fragte: »Ich langweile Sie doch nicht etwa, Pater?«

»Nein, nein. Erzählen Sie ruhig weiter.«

Hinter Boras Kopf wirkte das große Gemälde mit einer sonnenüberfluteten Berglandschaft wie ein Fenster zu einer fernen Welt. Malecki, der an seinem Wein nippte, lauschte aufmerksam allem, was Bora zu sagen hatte: Wie er Helenka gefragt hatte, ob sie glaube, von Retz schwanger zu sein (was glücklicherweise nicht der Fall war); dass er aber nicht die Zeit gehabt hatte, von Ewa alle Auskünfte zu verlangen, die sie ihm seiner Meinung nach hätte geben können; dass er nicht imstande war, Retz' Tod auf sich beruhen zu lassen.

Schließlich bemerkte Malecki: »Es ist merkwürdig.«

»Was ist merkwürdig?«

»Dass Sie die Einzelheiten mit solchem Scharfblick erkennen und trotzdem einen blinden Fleck haben.«

Bora sagte, er verstehe nicht.

»Nun, Sie sagen, eines der Handtücher sei an dem Tag verschwunden, an dem Ihr Mitbewohner starb. Woher wissen Sie, dass es nicht von den Sanitätern mitgenommen wurde?«

»Ich habe bei einem der Sanitäter nachgefragt. Er hat mir gesagt, dass in der Küche kein Tuch gewesen sei und dass sie auch keines benutzt haben. Und außerdem, warum sollte jemand ein Handtuch aus dem Badezimmerschrank stehlen, wenn doch eines über der Stange hing?« Bora legte ungeduldig Messer und Gabel ab. »Warum behaupten Sie, bei mir gebe es einen blinden Fleck?«

»Weil Sie in Ihrem Innersten nicht glauben, dass Retz Selbstmord begangen hat. Trotzdem hält etwas Sie davon ab, so viel Abstand zu gewinnen, dass Sie sich endgültig Ihre Vermutung eingestehen, er könnte ermordet worden sein.«

Bora spürte, wie ihm das Blut ins Gesicht stieg, genau wie an dem Abend, als er seinem Stiefvater gegenübergesessen und dieser ihn durchschaut hatte.

»Schließlich hat Retz schon vor Jahren einmal in Krakau Quartier bezogen, Herr Hauptmann, und er könnte alte Feinde gehabt haben. Ist das so unwahrscheinlich?«

Bora überlegte, wo sich Ewas Ex-Ehemann jetzt aufhalten könnte. Er erwiderte, nur um den Gedanken weiterzuspinnen: »Die einzigen Leute, die ich mit einiger Sicherheit mit ihm in Verbindung bringen kann, waren an dem Morgen, als er starb, mit etwas anderem beschäftigt.«

»Sie meinen seine Freundin und deren Tochter.«

»Ja. Sie waren gerade bei den Proben.«

»Ach so«, sagte Malecki freundlich. »Und für welches Stück?«

»Aischylos' *Eumeniden*. Nicht dass das irgendwie von Bedeutung wäre.«

»Und, haben Sie es sich angeschaut?«

»Nein.«

»Haben Sie es einmal gelesen?«

»Nein.«

Malecki nickte dem Kellner zu, der gekommen war, um sein Glas nachzufüllen. »Das sollten Sie aber tun.«

Nach dem Abendessen war Bora erleichtert, dass Malecki gesagt hatte, er gehe zu Fuß nach Hause, und dass Hannes nicht mehr da war. Er wollte allein sein.

Obwohl sie nun wirklich nicht an seinem Weg lag, fuhr er zur nördlich der Altstadt gelegenen Sw. Krzyza, wo sich Ewas beleuchtetes Fenster in der grau verputzten Hausmauer dadurch von den anderen unterschied, dass es mit Spitzenvorhängen dekoriert war.

An der Ecke hielt er den Wagen an. Zu ihrer Haustür zu gehen und dem Pförtner zu sagen, dass er Frau Kowalska sprechen wolle, würde weniger als eine Minute in Anspruch nehmen. Sie würde ihn empfangen, natürlich.

Seine Sorge rührte von einem fast unbezwingbaren Verlangen her, Ewa zu bitten, ihn zu küssen und mit ihm zu schlafen. Obwohl er sich schämte, begehrte er sie nicht weniger heiß. Inwiefern würde ihr Körper sich in der gefühllosen Dunkelheit von dem Diktas unterscheiden – außer dass Dikta jünger war?

Er erinnerte sich, wie er sich in ihrer Hochzeitsnacht am Fuß des Hotelbetts die Uniform vom Leib gerissen hatte und jeder Knopf und jeder Haken ein Feind seiner Eile gewesen war. Sie hatten den Zeitverlust dadurch wettgemacht, dass sie sich am folgenden Tag gar nicht erst die Mühe machten aufzustehen. An dessen Ende aber hatte er seinen Eltern telefonisch mitteilen müssen, dass er geheiratet hatte. Jetzt würde Ewa das Gleiche mit ihm tun – Ewa, blond wie Dikta, aber klüger und dankbarer für den Schatz, den ein junger Mann bedeutete, dafür, dass der Mann, den sie im Theater geküsst hatte, nun mit einer »rassisch unbedenklichen weiblichen Person« schlafen würde.

Die Erinnerung an Schencks borniertes Gerede wirkte wie eine ernüchternde Dusche. Bora fluchte und war gleichzeitig froh über diese politischen Vorstellungen von »geschlechtlicher Gesundheit«, die alle schönen Bilder so zersplitterten, als drehte man ein Kaleidoskop. Lustlos saß er fast eine Stunde da und versuchte, sie neu zu ordnen, obwohl sich alle längst in ein bloßes Geglitzer aufgelöst hatten. Aber es nützte nichts. *Es nützt nichts, Bora!* In kalter Wut ließ er den Motor an, legte mit einem Ruck den Rückwärtsgang ein und fuhr durch die schmalen Straßen zu seinem Haus unterhalb des Wawel.

5. Januar

Der junge Pole streckte die Hand nach der unangebrochenen Zigarettenpackung aus, die Bora auf den Tisch gelegt hatte. Auf dem Gesicht des Mannes waren neue Blutergüsse zu sehen, und seine vorderen Zähne fehlten. Bora beobachtete ihn, während er die Zigarette in die blutumrandete Lücke steckte und den Oberkörper erwartungsvoll der Flamme des Feuerzeugs entgegenstreckte.

»Ich hoffe, sie bekommen etwas aus Ihnen heraus«, sagte er.
»Nichts.«
»Wenn Sie so weitermachen, werden sie Sie demnächst erschießen.«
»Ich weiß.«

»Solange Ihnen das klar ist ...«

Gierig sog der Gefangene den Rauch ein. »Das sind gute Zigaretten.«

Bora hatte seine Handschuhe unbewusst abgestreift, zog sie jetzt aber wieder an. Er hatte sich dabei ertappt, dass er in letzter Zeit nervös an dem goldenen Ring an seiner linken Hand herumfingerte, und beschlossen, die Gewohnheit abzulegen, bevor noch jemand eine Bemerkung dazu fallen ließ. Er sagte: »Sie sollten vielleicht doch reden. Sie würden uns eine Menge Ärger ersparen.«

Mit sichtlicher Mühe versuchte der Gefangene zu lachen. Dabei quoll etwas Rauch aus der Lücke zwischen seinen Zähnen hervor. »Es ist nicht so, dass ich versuche, Ihnen irgendeinen Ärger zu ersparen.«

Ob ihn das Angebot der Zigarette kühn gemacht hatte oder ob er sich seiner hoffnungslosen Situation bewusster war, er war jedenfalls fröhlich frech. »Wenn ich Sie gefangen halten würde, Herr Hauptmann, würden Sie dann etwa reden?«

»Sie würden mich nicht gefangen halten.« Bora griff nach der Packung und nahm sie an sich. Unter dem erschrockenen Blick des Polen hielt er sie in der behandschuhten Hand, als überlegte er, was er damit tun solle: sie zusammendrücken oder nicht. »Neulich haben Sie mir gesagt, Sie hätten die Nonne im Garten gesehen. Hat sie gesessen, ist sie gegangen, hat sie still dagestanden?«

»Sie hat auf dem Boden gelegen.«

»Nachdem man sie erschossen hatte, ja, natürlich.«

»Nein, nein. Sie hat einen guten Teil des Vormittags so dagelegen.« Auf der Stuhlkante sitzend, achtete der Gefangene auf jedes Anzeichen der Gefahr, dass die Zigarettenpackung zusammengedrückt werden könnte. »Ich habe Ihnen schon gesagt, dass sie ausgestreckt dalag.«

»Woher wussten Sie dann, dass sie noch lebte?«

»Ich habe ihr bei dieser Nummer an anderen Tagen zugeschaut. Ich habe gar nicht mehr darauf geachtet, nur dass ich später das Blut gesehen habe. Ich habe mich bloß herumgedreht, nachdem ich die Straße mit dem Feldstecher abgesucht hatte: Zufällig sah ich das Blut, und das war's. Ich kann nicht sagen, ob sie in dem Moment, als sie erschossen wurde, auch dalag, weil ich nicht gesehen habe, wie es passiert ist.«

Bora schob sich eine Zigarette in den Mund und warf das Päckchen wieder auf den Tisch. Bevor er hinausging, sagte er: »Wir stehen kurz davor, einen von Ihren Leuten zu schnappen. Für euch ist sowieso alles zu Ende. Also befolgen Sie meinen Rat und reden Sie.«

Kasia überquerte den Marktplatz, den Blick auf den niedrigen langen Bau des alten Tuchhauses gerichtet. Autos der Wehrmacht parkten an ihm entlang hinter den Bäumen, und unter dem Bogengang waren uniformierte Männer zu sehen. Unter einem unermesslich weiten, bedeckten Himmel ging Kasia mit beschleunigten Schritten auf das Theater zu.

Ewa wartete auf sie in einer Tür an der Ecke der Sw. Anny, wo sie vor dem schneidenden Wind geschützt war. Sie schien etwas sagen zu wollen, aber Kasia ließ ihr keine Zeit.

»Er ist noch nicht weg!«, entfuhr es ihr. »Du hast gesagt, er würde bis zum Morgen weg sein, aber dein Sohn ist immer noch da.«

Ewas Schultern hoben und senkten sich unter dem alten Pelz. »Er wird gehen, ganz bestimmt. Er ist ein umsichtiger junger Mann.«

»Klar doch! Es ist eine Woche! Wenn er so umsichtig ist, wie kommt es dann, dass er sich vor den Deutschen verstecken muss, und warum wohnt er dann nicht bei dir?«

»Das haben wir doch alles längst besprochen, Kasia, meine Liebe. Bei mir im Haus würde er auffallen, und wie rappelvoll Helenkas Haus ist, weißt du ja selbst. Wenn er gesagt hat, dass er geht, dann geht er. Es ist erst neun Uhr.«

»Also, jetzt stehst du tief in meiner Schuld. Wenn er weg ist, dann will ich Geld sehen. Du bezahlst mich und stellst mich Richards Mitbewohner vor. Versprochen?«

»Vertraust du mir nicht?«

»Versprich es mir.« Auf Kasias sommersprossigem Gesicht, das vor Kälte aschfahl war, lag ein unfreundlicher, schmollender Ausdruck. »Dein Sohn ist immer noch in meinem Haus, während es den ganzen

Rynek Główny herum nur so von deutschen Autos wimmelt. Du stehst in meiner Schuld. Tief in meiner Schuld. Wenn er bei meiner Rückkehr weg ist, erwarte ich, dass du heute Abend noch Richards Freund anrufst und mich ihm vorstellst. Warum? Weil ich es will. Nur deswegen.«

Ewa verdrehte die Augen. »Einverstanden. Hast du irgendwelche Nachrichten für mich?«

»Nein. Er hat die meiste Zeit geschlafen, und zweimal musste ich ihn aufrütteln, weil er so geschnarcht hat.«

Kasia wandte sich von der Tür ab, als ein deutsches Auto langsam vorüberfuhr, von dessen Reifen Schneematsch aufspritzte. »Da ich dich kenne, ist es besser, wenn ich nicht weiß, in was für einer Patsche dein Sohn tatsächlich sitzt, sonst mach ich mir vor lauter Angst noch in die Hosen.«

Bora verstand aus dem, was Frau Klara sagte, dass Pater Malecki wieder in der Kurie war, und überlegte sich eine andere Lösung, statt dort auf ihn zu warten.

»*Arkusz papieru, proszę*«, bat er. Nachdem die Vermieterin nach einigem Kramen ein leeres Blatt Papier gefunden hatte, schrieb er Folgendes darauf: »*Heute bin ich daraufgekommen, dass wir im Hinblick auf den Tod der Äbtissin vielleicht eine Sache nicht berücksichtigt haben. Bitte sehen Sie mir nach, dass ich darüber hier nichts schreibe. Ich muss Sie unbedingt heute Abend oder spätestens morgen früh sehen.*« Bora unterschrieb und fügte dann noch ein Postskriptum an: »*Ich glaube, Mutter Kazimierza hatte recht, als sie sagte, das Licht in uns könne Finsternis sein.*«

Die Matinee würde in einer halben Stunde beginnen, aber Kasia war nicht in der Lage, aufzutreten. »Ich bin zu nervös«, flüsterte sie ihrer Ersatzfrau zu. »Ich glaube, es liegt an meiner Periode. Ich fühle mich einfach nicht wohl. Es geht mir nicht gut, ich muss nach Hause. Kannst du für mich einspringen, ja? Nur heute. Ich muss nach Hause. Sag Ewa nicht, dass ich gegangen bin. Nur wenn sie fragt.«

Draußen fiel Eisregen, als sie das Theater verließ und in Richtung Süden ging, weil sie um den Marktplatz einen Bogen machen wollte. Sie war immer noch böse auf Ewa und so aufgebracht, dass sie nicht zwischen ihrer Angst und einer schlimmen Vorahnung unterscheiden konnte. Wozu es gut sein sollte, nach Hause zu kommen, wenn dort irgendetwas schiefgegangen wäre, hätte sie selbst gar nicht sagen können. Alles, was sie wusste, war, dass das Theater ihr an diesem Morgen zuwider war und dass sie nach Hause gehen musste.

Sie dehnte ihren Heimweg so lange aus, dass ihre Schuhe, als sie in Sichtweite des Hauses anlangte, völlig durchweicht waren. Niemand war auf dem Gehsteig, keine Autos parkten am Randstein. Ihre Haustür war angelehnt wie immer.

Kasia überquerte schnell die Straße, betrat den dunklen Raum am Fuße des Treppenhausschachts und blickte geradeaus in den Innenhof. Durch den niederen Torbogen sah dieser leer und verlassen aus.

Sie stieg die abgetretenen Betonplatten hinauf, die die Stufen bildeten, eine Hand auf dem wackligen eisernen Geländer. Alles war still. Die übliche Stille, die üblichen Gerüche. Als sie die Wohnungstür öffnete, stellte sie mit Erleichterung fest, dass sich der Schlüssel zweimal umdrehte – also alles so, wie sie abgeschlossen hatte. In der feuchten kleinen Küche war alles in Ordnung, und das, was sie für Ewas Sohn an Brot und Milch herausgestellt hatte, stand noch unangetastet da.

Etwas ernüchtert erinnerte sie sich daran, dass er immer noch im anderen Zimmer sein und dort schlafen könnte. Vorsichtig, um nicht auf eine quietschende Diele zu treten, spähte sie ins Wohnzimmer, wo das Sofa in ein Bett umfunktioniert worden war. Das Sofa war leer, und die Bettdecke lag ordentlich zusammengefaltet an dem einen Ende. Erleichtert atmete Kasia tief durch.

Weg. Er war gegangen. Gott sei Dank, und das noch ohne großes Tamtam!

Sie schaltete das Licht ein und kickte sich die nassen Schuhe von den Füßen. In Hausschuhen ging sie hinüber in die Küche, um die Milch auf das Fensterbrett hinauszustellen, damit sie kalt blieb.

Als sie wieder im Wohnzimmer war, drehte sie das Radio an und ließ es, obwohl in deutscher Sprache gesendet wurde, weiterlaufen, nur um irgendwelche Laute zu hören.

Gut, Ewas Sohn war weg. Gott sei Lob und Dank dafür. Sie würde sich später eine bessere Ausrede einfallen lassen, warum sie vor der Aufführung abgehauen war. Es bestand keine Eile. Plötzlich waren all ihre Sorgen auf die einzige Frage zusammengeschrumpft, was sie am Abend anziehen könnte, wenn sie Richards Mitbewohner treffen würde. Sie lächelte. Der Schlüssel zu seiner Wohnung klimperte in ihrer Tasche. Ewa hatte sich dagegen gesträubt, ihn ihr zu geben, aber schließlich hatte sie ihr den Schlüssel doch ausgehändigt. Ob sie ihn benutzen würde oder nicht – sie hatte jedenfalls über Ewa triumphiert. Wie leicht war doch der Übergang vom Schmerz zur Wonne!

Kasia füllte einen Topf mit Wasser und stellte ihn auf den Gasherd, um es aufzuwärmen, weil sie sich damit die Haare waschen wollte. Ein bekannter Schlager kam im Radio, und dazu summend ging sie ins Schlafzimmer, um sich ein Kleid auszusuchen. »*Ich weiß – es wird einmal ein Wunder gescheh'n ...*«

Im Schlafzimmer war es dunkel. »*... dass wir uns wiederse ...*« Kasia blieb auf der Schwelle stehen, und das Lied erstarb ihr in der Kehle. Sie konnte sich nicht erinnern, die Läden so fest geschlossen zu haben. Die blanke Wut packte sie bei dem Gedanken, dass Ewas Sohn die Wohnung gar nicht verlassen hatte, sondern aus Bequemlichkeit einfach in ihr Schlafzimmer umgezogen war.

»Das ist doch die Höhe!« Sie marschierte durch das Zimmer, um die Fensterläden aufzustoßen.

»Raus hier! Und zwar ein bisschen plötzlich! Na, wird's bald!« Sie drehte sich herum, und die Worte gefroren ihr im Hals.

Links und rechts von ihrem Bett stand je ein deutscher Soldat, die Waffe in der Hand.

12

5. Januar 1940

Im Warteraum des Klosters rang Pater Malecki nach Luft. Er lehnte den Rücken gegen die Wand hinter der Bank und bemühte sich, weniger verdutzt auszusehen, als er tatsächlich war.

»Das, glauben Sie, ist passiert?«

»Ja, das glaube ich«, sagte Bora. »Ich war schon bereit, die Sache aufzugeben; und um Ihnen zu beweisen, wie sehr ich dazu bereit war: Ich hätte mich auch mit der Behauptung begnügt, dass Gott der Täter war. Selbst damit, dass angesichts der Schießereien, die im Oktober noch gelegentlich stattfanden, irgendeine in die Luft geschossene verirrte Kugel ihren Weg hinunter in den Kreuzgang gefunden und die in ihrer Trance daliegende Äbtissin getötet haben könnte. Aber jetzt weiß ich es besser. Es kann nicht anders gewesen sein, und ich habe mich lange genug mit der ganzen Sache beschäftigt. Aber solange ich von meinem Kommandeur keine Genehmigung für eine Kurzreise nach Deutschland erhalte, bleibt alles im Bereich der Spekulation.«

»Entschuldigen Sie, aber das ist eine erschreckende Perspektive!«

»Ja, und solange ich der Waffe nicht habhaft werden kann, habe ich keinen unumstößlichen Beweis in der Hand. Sie haben ja gehört, dass mich erst die Worte meines Dolmetschers auf diesen Gedanken gebracht haben; ich habe also meinerseits keinen besonderen Scharfsinn an den Tag gelegt. Ob es mir gefällt oder nicht, die Pistolen, die auf dem Dach des Klosters gefunden wurden – egal, wie sie dorthin gelangt sind –, haben wirklich nichts damit zu tun.« Jetzt blickte Bora Malecki direkt in die Augen. »Wir haben den untergetauchten Bauarbeiter verhaftet, Pater.«

Malecki hielt dem Blick einigermaßen gelassen stand. »Ach ja? Hat er ...?«

»Alles, was ich Ihnen sage, ist, dass wir wissen, wer er ist und was er getan hat, was Sie alles nicht zu interessieren braucht. Es stimmt, er hat sich dem Bautrupp angeschlossen. Und richtig ist ebenfalls, dass er sich um Viertel nach vier entfernt hat, um die Waffen vom Dach herunterzuholen. Aber auf die Äbtissin hat er nicht geschossen. Hätte er das getan, hätte man den Knall von der Kapelle oder der Kirche oder der Küche aus gehört, vor allem wenn der Schuss an einem Ort abgefeuert worden wäre, in dem es so stark widerhallt wie in einem Kreuzgang. Der Mord fand zehn oder fünfzehn Minuten später statt, als die Schwestern in der Kirche sangen, die Arbeiter wieder bei der Arbeit waren und die Panzer gleich hinter der Mauer ein Riesengetöse machten. Und wenn *nur ihr Name* die Äbtissin tötete – wie sie in Schwester Barbaras Traum sagte –, dann wissen wir jetzt, dass sie den Namen meinte, den sie in ihrer Akte hatte, denn wie Sie gerade gehört haben, steht *Lumen* auf eine vertrackte Weise damit in Zusammenhang.«

Malecki, der zur Seite sah, bemerkte aus dem Augenwinkel, dass Bora auf eine für ihn untypische Art erschlaffte. »Und wenn Sie recht haben?«, fragte er.

»Wenn ich recht habe, kommt die Wahrheit ans Licht.«

Es war schon spät am Abend, und Bora klang müde. Malecki ahnte die Gründe für diese Erschöpfung, die herzlich wenig zu tun hatten mit dem Thema, um das es gerade ging. Persönliche Gründe, vermutete er, die intimer waren, als dass Bora sie anderen mitteilen oder auch nur sich selbst gegenüber eingestehen wollte.

»Wenn das wahr ist, Herr Hauptmann, dann bezweifle ich, dass der Skandal nicht über den Kreis der Schwestern oder des Kurienpersonals hinausdringt.«

»Das soll nicht meine Sorge sein, schon gar nicht heute Abend. Vergessen Sie nicht: Vorläufig habe ich keinen Beweis, und in den nächsten paar Tagen werde ich Sie auch nicht sehen können. Hoffen wir, dass wir diese Lösung des Falls dann, wenn wir uns das nächste Mal treffen, besser verstehen können.« Bora schlug den Kragen seines Mantels hoch und wandte sich zum Gehen. »Kann ich Sie nach Hause bringen?«

»Da sage ich nicht Nein.«

Draußen hatte der Wind abgeflaut, und die Kälte war erträglicher. Bora ließ den Priester einsteigen und startete den Motor. Während er abwartete, bis er warm gelaufen war, sagte er: »Zurück zu Ihrer Bemerkung über meinen ›blinden Fleck‹, Pater Malecki: Ich kann nicht leugnen, dass es einen solchen gegeben hat. Ich hatte geglaubt, er komme daher, dass ich meinen Mitbewohner nicht mochte, aber vielleicht gab es andere Gründe. Unbequemere, weniger ehrbare Gründe. Mir ist klar, dass ich diesen Punkt überwinden muss.«

In der Dunkelheit huschte ein Lächeln über Maleckis Gesicht. »Sie gehen aber hart mit sich ins Gericht, Herr Hauptmann.«

»Wirklich? Ja, vielleicht. Aus mir wäre ein guter Priester geworden, wenn ich mich nicht dafür entschieden hätte, ein guter Soldat zu werden.«

Das Auto bewegte sich langsam über die vereiste Straße. »Natürlich erlaubt das Soldatendasein eine gewisse Schwäche des Fleisches, was für meine Wahl wohl mitentscheidend war.«

»Wir alle sind schwach und zerbrechlich. Nur die Bruchstelle variiert. Das ist alles.«

Während Bora den Priester zur Karmelicka fuhr, lief Ewa völlig außer sich von Kasias Haus zum Theater. Es war fast wie ausgestorben. Helenka und ihre Näherin hörten Ewa im Flur rufen und gingen ihr entgegen.

»Was ist passiert?«

»Sie haben Kasia abgeholt – die Deutschen haben Kasia abgeholt!«

Helenka begriff sofort, was das außerdem noch bedeutete. »Wann?«

»Irgendwann, nachdem sie heute Morgen weggegangen ist. Die Leute haben beobachtet, wie Soldaten sie weggebracht haben.«

Helenka schickte die Näherin mit der Bitte weg, ein Glas Wasser zu

holen, und zog ihre Mutter in den Umkleideraum. Sie schloss die Tür.
»Und was ist mit *ihm*?«

»Ich weiß nicht, ich weiß es nicht. Kein Wort über ihn, aber ich bin mir sicher, dass die Deutschen auch ihn mitgenommen haben.« Ewa legte eine kurze Verschnaufpause ein und strich sich mit beiden Händen das zerzauste Haar aus dem Gesicht. »Im Augenblick müssen wir an uns selbst denken, Helenka.«

Helenka sah sie verdutzt an. »Das kann doch nicht dein Ernst sein! Dein Sohn ist soeben verhaftet worden, und …«

»Wir können nichts für ihn tun. Für Kasia auch nicht.«

»Nein? Ja, das sieht dir ähnlich! Du hast dich nie um ihn gekümmert, und selbst jetzt ist er dir egal!«

Ewa gewann im gleichen Maße die Beherrschung wieder, wie Helenka die ihre verlor. »Und was ist mit dir selbst? Du wolltest ihn genauso wenig bei dir verstecken wie ich. Wir wollen offen zueinander sein: Dein Bruder hat sich drei Jahre lang nicht gemeldet, und wir haben erst wieder von ihm gehört, als er in der Klemme saß und Hilfe brauchte. Ich habe getan, was ich konnte, und ihm einen Unterschlupf besorgt.«

»Ja, und jetzt muss Kasia dafür büßen! Wie kannst du nur so egoistisch sein!«

Als geübte Schauspielerin zwang sich Ewa, gleichmäßig zu atmen, und war wieder ganz gefasst. »Es ist eine praktische Frage, Helenka. Glaubst du wirklich, dass ich, wenn ich zu den Deutschen gehe, deinem Bruder oder Kasia helfen könnte? Ja, wenn Richard noch lebte …«

»Lass Richard aus dem Spiel! Ich möchte nicht, dass du auch nur seinen Namen erwähnst!«

»Wenn Richard noch lebte, so würde er vielleicht einer von uns beiden zuhören. Sonst gibt es niemanden, an den wir uns wenden könnten.«

»Na ja, Hauptmann Bora zum Beispiel, der hat dich doch schon einmal besucht.«

»Und dich auch.« Einen Moment lang starrten sie sich an und warteten, dass die andere den Blick senken würde, aber keine tat es.

Schließlich sagte Ewa: »Hauptmann Bora interessiert sich nicht für mich.«

»Du könntest es wenigstens versuchen!«

»Ich gehe nicht zu den Deutschen, Helenka. Frag nicht, ich werde es nicht tun. Nicht für deinen Bruder, nicht für Kasia.«

Händeringend ging Helenka rückwärts auf ihren Schminktisch zu. »Ich kann nicht glauben, was du sagst. Du bist nicht einmal bereit, einen Versuch zu unternehmen?«

»Es ist zwecklos.«

»Dann werde ich es versuchen.«

Instinktiv streckte Ewa die Hand nach ihr aus, und obwohl Helenka zurückwich, zeigte Ewa keinen Groll. »Sei nicht dumm. Die Deutschen wissen vielleicht nicht einmal, dass er dein Bruder beziehungsweise mein Sohn ist oder dass wir Kasia kennen.«

»Und du glaubst nicht, dass Kasia auspacken wird, zumal du es warst, die sie überredet und in diese Sache hineingezogen hat? Ich gehe gleich am Morgen zu ihnen, bevor die Deutschen kommen und auch mich abholen.«

Bora schloss die Tür des Bibliothekszimmers, als könnte ihn irgendjemand in dem leeren Haus stören. Er ging zu dem Regal, in dem die Klassiker standen, und suchte nach Dramen in deutscher Sprache. Aus einer Reihe zweisprachiger Tragödientexte, griechisch und deutsch, zog er ein Buch aus dem Schuber. *Die Eumeniden* bildeten mit ihren siebzig Seiten den letzten Teil des Bandes. Er begann zu lesen, erst in der einen Sprache, dann in der anderen, um die Bedeutung der Worte voll zu erfassen.

> Denn Schlaf im Auge, bleibt der
> Sinn euch hell und wach,
> doch über Tag ist Menschenjagen euer Los!

Je weiter er in dem Stück las, umso trauriger fühlte er sich, und zwar nicht nur wegen des Inhalts. Diese Seiten lösten Schmerz und Bedauern in ihm aus – ob die Geschichte nun irgendeine Trauer und Anteilnahme an Retz' Tod aufrührte oder ob sie ihm Schuldgefühle über seinen Tod oder darüber entlockte, dass er Ewas Kuss zugelassen hatte.

… des Weibes, das den Gatten umgebracht?

Und:

Es macht die Zeit mitalternd uns von allem rein.

Danach saß er, das Buch im Schoß, da und betrachtete die makabren Reihen der getrockneten Insekten in dem Glaskasten, deren glatte Hüllen glänzten. Die mitalternde Zeit, das war gut. Vielleicht. Die Dinge waren tatsächlich nicht mehr so einfach. Der September war der letzte einfache Monat seines Lebens gewesen. Er fühlte sich in einer Falle gefangen und war böse auf sich selbst, weil er sich zu viele Verpflichtungen aufgehalst und zu viele Entscheidungen getroffen hatte, bei denen er schlecht beraten gewesen war, obwohl er auch so schon genug Sorgen gehabt hätte. Warum sollte er sich über die Art, wie Retz gestorben war, den Kopf zerbrechen? Retz war eben so gestorben, wie er gelebt hatte.

Es war doch egal. »Nein, ich muss …«, sagte er vor sich hin und stand auf, um das Buch an seinen Platz zurückzustellen. »Ich muss mir Gedanken machen.«

Pater Malecki hatte recht, er ging hart mit sich ins Gericht, aber nur weil er sich davor fürchtete, irgendwann irgendeine Schwäche zu zeigen. Daran war nichts Großartiges. So hatte er sich gezwungen, sich über die Art, wie Retz zu Tode kam, Gedanken zu machen, und ebenso hatte er sich auch gezwungen, Dikta zu schreiben und ihr zu ihren Reitkünsten zu gratulieren und ihr für das bevorstehende Derby alles Gute zu wünschen, statt ihr mitzuteilen, dass er sie brauchte.

Er verließ das Bibliothekszimmer, ließ sich ein Bad ein, und während er darauf wartete, dass die Wanne sich füllte, legte er eine neue Klinge in Retz' Rasierer und rasierte sich damit, als müsste sich durch Kontaktmagie eine Lösung ergeben, weil er eine Nacht lang so dachte wie Richard Retz.

Nach dem Bad steuerte er direkt auf sein Zimmer zu, doch im Flur überlegte er es sich anders, ging in Retz' Zimmer und legte sich, ohne das Licht anzumachen, auf Retz' Bett, zunächst auf die Steppdecke und dann darunter. Im Dunkeln gab es keine blinden Flecken, und Vorurteile verloren an Schärfe. Einzig der Verdacht war lebendig genug, um in seiner Vorstellung Gestalt anzunehmen.

Bora wusste, dass er in diesem Bett niemals würde einschlafen können, und gab sich bereitwillig dem Spiel der Logik hin, das vor seinem geistigen Auge – von einem Gedanken zum anderen, von einer Möglichkeit zur anderen – wie in einer Laterna magica die diversen Konfigurationen des Verdachts abspulen ließ.

6. Januar

Bora hatte noch nicht einmal von der Tasse heißen Kaffees genippt, die auf seinem Schreibtisch stand. Er hatte seinen Stuhl so weit nach hinten gekippt, dass er auf den hinteren Beinen balancierte, und hörte zu. Die Radiergummispitze eines Bleistifts in seiner rechten Hand tippte einen tonlosen Rhythmus auf das Holz des Tisches.

»Warum ist Ihre Mutter nicht selbst gekommen?«

Helenka hatte bisher vermieden, ihn direkt anzuschauen, aber schließlich musste sie ihm in die Augen sehen. Boras Erscheinung war weniger arrogant als der Ton, mit dem er seine Worte sprach, und hinter dem Satz konnten sich zu viele Motive verbergen, als dass sie sie jetzt gleich hätte entwirren können. Bora griff nach der Tasse und führte sie an die Lippen.

»Ich weiß nicht«, sagte sie. »Ich bin aus eigenem Entschluss hergekommen.«

Bora nickte einer Ordonnanz zu, die hereingetreten war und ihm eine Akte überreichte, die er zur Seite legte, wo andere Akten bereits zu einem ordentlichen Stapel aufgetürmt waren.

»Es ist interessant, dass Sie hier sind, um sich für Ihren Bruder einzusetzen, während aus unseren Berichten hervorgeht, dass Sie und Ihre Mutter sich weigerten, ihn aufzunehmen. Stehen Sie ihm denn nicht nahe?«

Weil Helenka darauf nichts sagen wollte, trank Bora noch mal von dem Kaffee und umfasste dann die Tasse mit beiden Händen. »Es war natürlich richtig, dass Sie sich geweigert haben. Aber merkwürdig ist es schon.« Er nahm die letzte Akte, die er soeben erhalten hatte, blätterte sie durch und legte sie zurück. »Hätten wir geglaubt, dass Sie und Ihre Mutter versucht hätten, ihn vor unseren Behörden zu verstecken, dann müssten Sie jetzt sehr heikle Fragen beantworten. Diese Kasia, diese Freundin Ihrer Mutter, hat ausgesagt, sie habe aus eigenem Antrieb gehandelt. Ich bezweifle das, obwohl meine Zweifel zum jetzigen Zeitpunkt nicht viel zu sagen haben. Trotzdem möchte ich wissen, warum Ihre Mutter nicht selbst gekommen ist.«

»Würde es etwas nutzen, wenn sie käme?« Bora fixierte sie, und Helenka fühlte sich von seinem Starren irritiert. »Vielleicht hat sie geglaubt, Sie wären nicht geneigt, ihr zuzuhören.«

»Ich höre Ihnen doch auch zu, oder nicht?«

»Aber Sie sagen nicht, ob Sie irgendetwas unternehmen können.«

Bora stellte die Tasse weg, obwohl er sie nicht ausgetrunken hatte. »Ich müsste Gott der Allmächtige sein, um für Ihren Bruder etwas unternehmen zu können. Er ist tot.«

Wie erwartet, dauerte es eine Weile, bis Helenka ihre Tränen hinuntergeschluckt hatte. Dass diese ihn verunsicherten, wollte er sich nicht anmerken lassen. Er gab ihr sein Taschentuch und stand auf, um ihr zu signalisieren, dass das Gespräch beendet war. »Auch für das Mädchen kann ich nichts tun.« Er senkte die Stimme: »Sagen Sie Ihrer Mutter, dass ich sie sehen möchte.«

Wenige Minuten, nachdem er Helenka entlassen hatte, fuhr Bora für zwei Tage ins Feld, in deren Verlauf er auch Generaloberst Blaskowitz aufsuchen wollte. Er hatte keine Notizen für den Generaloberst. Daten und ganze Berichte hatte er sich in sein Gedächtnis eingeprägt, in dem er immer mehr zu speichern lernte, weil es nur dort vor Zugriffen und Vernichtung sicher war.

Entsprechendes hätte man von Pater Malecki nicht behaupten können, denn er brachte zum Fall der Äbtissin umfangreiche Notizen in die Kurie. Und obwohl er sich an Boras jüngste Theorie hielt, erwähnte er die Möglichkeit, dass der Fall in den nächsten paar Tagen gelöst werden könnte.

»Wenn der Beweis gefunden wird«, fügte er hinzu.

Der Erzbischof blätterte durch den Papierstapel, ohne nur eine Zeile zu lesen, und hörte nur mit halbem Ohr zu. »Ja, ja. Das ist alles gut und schön, Pater. An ihren Früchten sollen wir sie erkennen – das ist es, was ich denke.«

Malecki hatte mit dieser Reaktion gerechnet und empfand sie trotzdem als ungerecht. »Falls Sie auf Hauptmann Bora anspielen, Eminenz, so tut er unter schwersten Bedingungen sein Bestes.«

»›Sein Bestes‹ ändert kaum etwas an der Tatsache, dass weiterhin Berichte aus ländlichen Gemeinden eintreffen, in denen es um die Träume und Visionen der Äbtissin geht sowie um wundersame Heilungen, die durch ihre Fürbitte bewirkt wurden. Ob sie nun eine Märtyrerin ist oder nicht – ich sehe schon bald eine neue Heilige für Polen. Und das heißt, Pater: Es wird allmählich Zeit, dass Sie Ihre Beobachtungen beim Heiligen Stuhl einreichen, meinen Sie nicht auch?«

Malecki senkte den Kopf. »Ich glaube, Eure Eminenz möchte, dass ich so bald wie möglich nach Chicago zurückkehre.«

»Oder dass Sie nach Rom gehen, Pater Malecki. Wären Sie denn nicht gern eine Zeit lang in Rom?«

Helenka traf ihre Mutter weder zu Hause noch im Theater an. Nur die Näherin saß in Ewas Garderobe und nähte den Saum des langen Gewandes hoch, das Ewa auf der Bühne trug. Der schwarze Satin auf ihrem Schoß erinnerte an einen düsteren Wasserfall.

»Heilige Mutter Gottes, *Panienka,* was ist denn mit Ihnen los? Sie sind ja bleich wie ein Gespenst!«

Helenka schluckte. Sie war zu wütend, um zu weinen. Sie war auch zu wütend, um etwas zu sagen, und die Worte lagen ihr zusammengeschnürt und ineinander verheddert im Mund. Sie trat an Ewas Schminktisch und blickte auf die Unmengen von Gegenständen darauf. Kosmetika und Döschen, Wattebäusche, Kuverts, Karten, Bilder, Münzen, Haarnadeln, Tosca und Richard, rote Perlen von einer Halskette, bestickte Zierdeckchen. Helenkas Körper bebte und wankte, als würde sie umkippen, bevor sie sich auf den Hocker ihrer Mutter setzen konnte.

Aber sie kippte nicht um, und sie setzte sich auch nicht hin. Mit angewinkeltem rechten Arm fegte sie die unzähligen Gegenstände vom Tisch, die herunterflogen, zerbrachen, davonrollten, während sie mit der geöffneten Hand so lange heftig hin- und herwedelte, bis alles am Boden gelandet war. Die Näherin sah ihr zu, mit offenem Mund, die Nadel in den Stoff gepikst.

Auf Helenkas Zittern folgten Tränen. »Sagen Sie Pana Kowalska, dass ihr Sohn tot ist. Sagen Sie ihr, dass Kasia so gut wie tot ist.« Sie griff an den Spiegelrahmen, schnappte sich das alte Foto von Retz, und während sie es zusammenknüllte, stürmte sie schon blindlings aus der Garderobe.

8. Januar

Generaloberst Blaskowitz stand mit dem Gesicht zum Fenster und hielt die auseinandergefaltete Lagekarte vor sich. Gedämpftes Licht fiel in den Raum, das Boras Gestalt aus dem Wintertag herausschnitt. Er war mit seinem Vortrag beinahe fertig.

»Gestern – erst da hatte ich Gelegenheit, nach Swiçty Bór zurückzukehren –, gestern habe ich gesehen, dass das gesamte Areal durch Minenfelder abgeriegelt und mittlerweile der strikten Kontrolle durch den SD unterstellt worden ist.«

Frustriert wollte Blaskowitz die Karte auf den Schreibtisch werfen. Als sie danebenfiel, hinderte er Bora mit einer scharfen Zurückweisung daran, sie vom Boden aufzuheben. Bora trat einen Schritt zurück.

Mehrere Minuten lang schwieg der Generaloberst, sodass nur das Summen der elektrischen Uhr die Stille des Büros erfüllte.

Schließlich sagte er: »Unter den gegebenen Umständen konnten Sie nicht mehr tun, Hauptmann Bora, und Oberfeldarzt Nowotny hat klug gehandelt. Inzwischen begreifen Sie wohl, was es heißt, seine Laufbahn in einen braunen Umschlag zu legen. Haben Sie Angst gehabt?«

»Am Waldrand? Körperlich war ich sehr verängstigt, Herr Generaloberst.«

»Dann hat die Lektion gewirkt.«

»Körperlich hat sie gewirkt, aber ich werde nicht von meinem Körper beherrscht.«

Blaskowitz bewegte den Zeigefinger langsam hin und her als Zeichen dafür, dass er mit Boras Worten nicht einverstanden war.

»Geist und Seele vom Körper zu trennen, wird Ihnen nicht viel nützen, deshalb müssen Sie sich wie wir anderen auch an das Fleisch halten. ›Nicht vom Körper beherrscht ...‹ Sie müssen sich von Geist, Seele und Körper beherrschen lassen, um das zu tun, wofür Sie sich entschieden haben, und dürfen nicht eines über die anderen stellen! Und jetzt fahren Sie zurück nach Krakau! Erfüllen Sie Ihre Pflichten, beobachten Sie die Dinge, machen Sie sich im Geiste Notizen. Vor allem, machen Sie sich Notizen in Ihrem Herzen, weil sie dorthin gehören. Was die praktischen Ziele anbelangt, so ist dieser Abschnitt des Polenfeldzugs vorbei. Früh genug kommt der Zeitpunkt, an dem man demjenigen, den selbst Ihr gestrenger Kommandeur als ›vielversprechenden Offizier‹ bezeichnet, einen neuen Posten zuteilen wird – eine ausgezeichnete Interimslösung.«

Es war nur Glück, dass Blaskowitz nicht das wiederholte, was er eine Woche zuvor Nowotny unter vier Augen mitgeteilt hatte: dass er sich nämlich frage, wie lange er selbst seine hohe Stellung in Polen noch behalten würde.

9. Januar

Das Erste, was Schenck zu Bora sagte, als dieser an seinen Arbeitsplatz zurückkehrte, war: »Eine Polin war hier und hat nach Ihnen gefragt. Ich dachte, ich hätte Sie gewarnt.«

Bora erriet, dass es sich um Ewa Kowalska handelte, versuchte aber gar nicht erst, ihm das zu erklären. »Sie ist rassisch unbedenklich, Herr Oberstleutnant.«

»Tatsächlich? Aber sie ist zu alt für Sie.«

»Es geht nicht darum. Sie ist die Mutter des Untergetauchten, den wir verhaftet haben, weil er in Kattowitz einen Unteroffizier umgebracht hat.«

Schencks Verachtung ließ ein wenig nach. »Ich verstehe. Sie wird wahrscheinlich heute Nachmittag wiederkommen. Auch Ihr Priester ist hier gewesen. Er hat mir gesagt, Sie hätten eine einfallsreiche Theorie über den Tod der Nonne entwickelt. Zu dumm nur, dass Sie keinen Beweis haben!«

»Hat Pater Malecki eine Nachricht hinterlassen, Herr Oberstleutnant?«

»Fragen Sie die Ordonnanz. Es sieht so aus, als würde er Ende der Woche Polen verlassen.« Schenck ignorierte den Anflug von Enttäuschung, der über Boras Gesicht huschte. »Ich sehe, dass Sie beantragt haben, die Frau verhören zu können, die den Untergetauchten beherbergt hat. Um die kümmert sich die SS. Wir haben nur das Personal gestellt, das sie festgenommen hat. Warum interessieren Sie sich eigentlich für sie?«

Bora knöpfte seinen Mantel auf. »Es hat nichts mit der Wehrmacht zu tun. Ich habe nur noch nicht aufgegeben, eine Erklärung dafür zu finden, was mit Major Retz passiert ist.«

In der Mittagsstunde fuhr Bora zur SS-Kommandostelle, wo Salle-Weber ihn misstrauisch musterte, aber gegen eine Befragung von Kasia keine Einwände erhob.

Im Kloster war Pater Malecki unterdessen Ehrengast der bescheidenen Feier, die anlässlich der Wahl von Schwester Irenka zur neuen Äbtissin veranstaltet wurde.

»Jetzt müssen wir Sie alle Matka nennen, Schwester Irenka«, sagte er im Spaß zu ihr. »Auf einen Schlag sind Sie unser aller Mutter geworden.«

Die Nonne rümpfte die Nase. »Die Gründe für meine Berufung in dieses Amt sind derart, dass kein ungerechtfertigter Stolz aufkommen kann, Pater Malecki. Ich bin sicher, wir alle hätten lieber Matka Kazimierza bei uns behalten. Jetzt, da auch Sie uns verlassen, werden wir vielleicht niemals herausfinden, was der Besten von uns tatsächlich zugestoßen ist.«

»Hauptmann Bora wird bestimmt noch weiter ermitteln.«

»Nicht, wenn Seine Eminenz mit seinem Ersuchen Erfolg hat und militärisches Personal künftig keinen Zugriff mehr auf Kircheneigentum haben wird. Bedenkt man, was wir dadurch alles zu gewinnen haben, wenn wir die Deutschen fernhalten, wird selbst der Kummer darüber, dass dieser traurige Mord unaufgeklärt bleibt, erträglich. Es wird geschehen, wie der liebe Gott es will.«

Malecki wusste nicht, was der liebe Gott wollte, doch was ihn selbst anbelangte, so war ihm klar, dass er unbedingt versuchen musste, Bora so bald wie möglich zu treffen.

In diesem Augenblick verließ Bora gerade die SS-Kommandostelle, um in sein Büro auf der anderen Seite der Altstadt zurückzukehren.

Dort wartete Ewa Kowalska schon auf ihn.

Sie wurde von einer Ordonnanz hereingeführt; sie trug Schwarz, und als sie ihren Umhang ablegte, sah er, dass das Kleid darunter sehr figurbetont war. Bora fiel auf, wie die Ordonnanz sie anstarrte, und schickte den Mann missgelaunt hinaus.

Ewa setzte sich. Wenn sie in den letzten Tagen geweint hatte, war ihr das äußerlich nicht anzumerken; sie wirkte gefasst. Bora bot ihr eine Zigarette an, die sie jedoch ausschlug. Er legte die Packung und das Feuerzeug weg.

»Ich war gestern in der Vorstellung. Sie waren sehr gut.«
»Danke.«
»Haben Sie mich im Publikum gesehen?«

»Nein.« In scharfem Kontrast zu dem Schwarz ihres Kleides hatte sie ein leuchtend blaues Tuch um den Hals geschlungen, das sie jetzt lockerte. »Ich habe leider dem Publikum keine besondere Aufmerksamkeit geschenkt.«

»Auch Ihre Tochter war sehr gut.«

»Ja, sie war glänzend.«

»Besonders, wenn man bedenkt, wie anspruchsvoll die Rolle ist.«

Ewa streifte sich die Handschuhe ab, mit wohlüberlegten langsamen Gesten, und Bora folgte aufmerksam jeder Bewegung ihrer Handgelenke und Finger. Er lehnte sich zurück wie an dem Tag, als sie sich im Café getroffen hatten, und streckte die Beine unter seinem Schreibtisch aus. Endlich waren die Handschuhe ausgezogen.

»Darf ich fragen, warum Sie mich kommen ließen, Herr Hauptmann?«

»Ja.« Bora setzte sich wieder auf und fuhr dabei mit dem Sporn unabsichtlich so über den Boden, dass ein kurzes scharfes Quietschen zu hören war. »Ich möchte gern wissen, wo sich Ihr Ex-Mann aufhält.«

»Warum?«

»Das kann Ihnen egal sein. Lebt er in Krakau?«

»Nein. Als ich das letzte Mal von ihm gehört habe, wohnte er in Poznan. Wir haben seit Langem keinen Kontakt mehr.«

»Dann wäre es denkbar, dass er in Krakau ist?«

Ewa blickte Bora lange an, der mit ernster Miene dasaß. Mehr als nur ein bisschen bewundernd, dachte sie.

»Na ja, alles ist möglich. Es wäre denkbar, warum nicht. Nachdem sich unsere Wege getrennt haben, war er noch eine ganze Zeit lang eifersüchtig und hat mir nachgestellt.«

Bora drehte sein Notizbuch zu ihr um. Er reichte ihr einen Füllfederhalter. »Bitte, schreiben Sie seinen vollen Namen und seine letzte bekannte Anschrift hier auf.«

Nachdem sie alles notiert hatte, ließ Ewa, von Bora genau beobachtet, den leuchtend blauen Schal von ihren Schultern gleiten. Da er nichts weiter sagte, brach sie das Schweigen mit einer Frage. »Warum haben Sie neulich Abend meine Garderobe so überstürzt verlassen?«

Bora schraubte den Füller zu, legte ihn jedoch nicht sofort weg. »Ich glaube, Sie wissen, warum. Oder möchten Sie, dass ich es Ihnen sage?«

»Ich bitte darum.«

»Weil Frauen wie Sie dafür sorgen, dass Männer wie ich einen blinden Fleck entwickeln, und ich kann es mir nicht leisten, nicht klar zu sehen. Ich habe eine Frau. Ich bin ihr treu.«

»Auch wenn sie nicht hier ist?«

In einer instinktiven Geste schlug sich Bora gegen die linke Brustseite. »Sie ist aber hier drinnen, Frau Kowalska.«

»Aber geküsst werden wollten Sie schon ...?«

»Vermutlich, ja.«

Als die Tür einen Spaltbreit aufging und Oberstleutnant Schencks drahtiger Oberkörper darin erschien, stand Bora von seinem Schreibtisch auf und ging bis zur Schwelle auf ihn zu. Schenck überreichte ihm eine Akte zum Lesen. Sein vorwurfsvoller Blick in das Büro veranlasste Bora, jedem möglichen Kommentar zuvorzukommen. »Ich bin schon auf mein Keimplasma bedacht, Herr Oberstleutnant.«

10. Januar

Pater Malecki hätte die Geduld verloren, hätte er einen besseren Grund dafür gehabt. »Wir haben so wenig Zeit, und Sie fordern mich auf, mich auf etwas einzulassen, was für die vorliegende Problematik völlig belanglos ist?«

Wie so viele Male, seit sie sich kennengelernt hatten, ging Bora im Wartezimmer des Klosters auf und ab. »Ich will nur, dass Sie mir zuhören. Ich bin verwirrt, ich muss etwas klären. Wie ich Ihnen schon gesagt habe, handelt es sich bei dem Stück um *Die Eumeniden* des Aischylos, das dritte Werk seiner *Oresteia*-Trilogie. In der Schule habe ich nur den ersten der drei Teile gelesen, deshalb habe ich jetzt die ganze Tragödie nachlesen müssen.«

Ein Lächeln huschte über Maleckis Gesicht. »So ist es mir auch ergangen. Die Geschichte kreist im Wesentlichen um die Frage, ob es schwerwiegender ist, ein Verbrechen an der eigenen Mutter oder am Ehemann zu begehen.«

»Ja, genauer gesagt, ob man die ewige Strafe verdient, wenn man die eigene Mutter umbringt, die ihrerseits ihren untreuen Gatten ermordet hat. Nun, in diesem Stück gibt es sechs wichtige weibliche Rollen: die drei Erinnyen, die sich am Ende in wohlwollende Geister verwandeln; die Seherin des Gottes Apollon, die den Monolog am Anfang spricht; Athene, die weibliche Hauptrolle, und den Geist der Klytaimnestra, also der Gattenmörderin, die aus Rache von ihrem Sohn getötet wird.«

»Und welche Rollen haben die beiden Damen Kowalska gespielt?«

Bora nickte dem Priester zu, weil dieser sofort kombiniert hatte. »Helenka hat den Part der Athene bekommen – ihre erste bedeutende klassische Rolle –, und Ewa, die in den beiden vorangegangenen Inszenierungen die Klytaimnestra gespielt hatte, musste sich hier mit der kleinen Rolle ihres Geistes abfinden.«

»Haben Sie sich die Aufführung angesehen?«

»Nachdem ich den Text gelesen hatte, wäre es nicht mehr nötig gewesen, aber ich bin hingegangen. Da die Vorstellung auf Polnisch war, habe ich so gut wie nichts verstanden, aber der Geist der Klytaimnestra erscheint am Anfang, um die Erinnyen gegen ihren Sohn aufzuhetzen, und muss erst gegen Ende der Tragödie wieder auf der Bühne sein – bei dieser Inszenierung also ganze anderthalb Stunden später.«

»Sie glauben also, dass jemand …«

»Nicht irgendjemand, Pater Malecki. Der Geist der Klytaimnestra! Sehen Sie, die einzige Schauspielerin, die ihre Abwesenheit bemerkt haben könnte, war die Frau, die die Seherin spielt, aber die tritt auch als eine der Erinnyen auf. Sie hat sehr wenig Zeit, denn sie muss nach ihrem letzten Satz davoneilen, sich rasch eine Maske aufsetzen und sich mit ihren beiden Schwestern niederlegen, denn die Tempeltore stehen offen. Die Erinnyen verlassen die Bühne bis zum Ende nicht mehr. Selbst zu Fuß dauert es vom Theater bis zu unserem Haus nicht länger als eine Viertelstunde.«

Malecki wirkte nicht überzeugt. »Trotzdem – ich weiß nicht, wie groß der Major war, aber es kann nicht einfach gewesen sein, ihn zu *überreden*, den Kopf in den Herd zu stecken.«

»Das ist mir klar.«

»Und Sie sind sich sicher, dass sich an seinem Körper keine Anzeichen von Gewaltanwendung befunden haben?«

»Es gab keine. Das ist ja der Punkt, an dem die Sache unerklärlich wird.« Einen Augenblick lang lehnte sich Bora beim Kruzifix gegen die Wand, dann begann er wieder, auf und ab zu gehen. »Kann es sein, dass Major Retz gezwungen wurde? Ich habe mir hundertmal Klytaimnestras Appell ins Gedächtnis gerufen: ›Hindörr in Glut ihn, in der Eingeweide Brand ... hetz ihn tot!‹«

»Sie haben Ihre Vermutungen natürlich nicht laut geäußert?«

»Ihr gegenüber? Nein. Ich habe nur angedeutet, dass ich mich für ihren Ex-Mann interessiere. Aber er befindet sich zufällig seit der ersten Septemberwoche in Kriegsgefangenschaft; er kann hier also gar keine Rolle gespielt haben.«

»Dann muss das Opfer bereits bewusstlos gewesen sein.«

Bora blieb abrupt stehen. Malecki schien mit seinen hellen blauen Augen durch ihn hindurchzusehen. »Warum nicht, Herr Hauptmann? Bei der Obduktion hat man wahrscheinlich nur nach Spuren der Asphyxie gesucht.«

»Ich bin mir sicher, dass sie in seinem Blut nach Spuren von Drogen gesucht haben.«

»Dann würde ich sagen, dass Sie nach irgendetwas suchen sollten, was keine Spuren hinterlässt.«

Als Bora im Lazarett eintraf, war es schon spätabends. Doktor Nowotny kam gerade aus seinem Sprechzimmer; deshalb sagte Bora ihm, worum es ging, während sie den nach Phenol riechenden Korridor entlanggingen.

Nowotny reagierte grob. »Was führen Sie diesmal im Schilde? Haben Sie nicht schon genug Schwierigkeiten, dass Sie sich jetzt auch noch nach Giften erkundigen müssen?« Trotzdem machte er kehrt, führte Bora in sein Sprechzimmer und deutete auf einen Metallstuhl gegenüber von seinem Schreibtisch. »Setzen Sie sich, verdammt noch mal!«

»Herr Oberfeldarzt, bitte, korrigieren Sie mich, wenn ich mich irre. Aber wenn jemand durch Kohlenmonoxid getötet wird, lässt sich bei der Autopsie eine helle Färbung der Schleimhaut sowie ein rotes Blutsediment feststellen.«

Nowotny legte die massigen verschränkten Arme auf der Schreibtischplatte ab. »Na, wenigstens geht es nicht um Politik! Ja, es gibt eine langsame Trübung der Lösung, die dann eine rosa Farbe annimmt und schließlich ein rötliches Sediment bildet.«

»Und was sonst noch?«

»Was sonst? Was im Labor nachzuweisen ist, meinen Sie? Es kann einen Anstieg der Anzahl von Leukozyten im Blut und ein vermehrtes Auftreten von Albumin im Urin geben.« Nowotny musterte ihn eingehend. »Grübeln Sie immer noch über die Art und Weise nach, wie Ihr Mitbewohner gestorben ist?«

»Ich grübele, *weil* er gestorben ist, Punktum. Hätte ihn irgendjemand bewusstlos gemacht, ohne dass man diesem Jemand auf die Schliche kommt – hätte er oder sie dann ... sagen wir einmal: Akonitin verwenden können?«

»Das würde ich nicht tun. Akonitin verursacht kleine Striemen auf den Lippen.«

»Dann also Antimon?«

»Nein, das ist wie Arsen zu auffällig.«

»Wie wäre Atropin?«

»Im Urin nachweisbar.« Nowotny löste die Verschränkung der Arme und beugte sich freundschaftlich nach vorn. »Warten Sie, warten Sie! Bevor Sie das ganze Alphabet der Gifte herunterleiern, stoppen wir mal bei den Barbituraten. Wie Kohlenmonoxid bewirken sie eine leichte Miosis, eine Verengung der Pupillen, ja, richtig. Es können auch Leukozytose und Albuminurie auftreten.« Er konnte erkennen, dass Boras Aufmerksamkeit in Erregtheit umschlug, und lachte. »Nur nicht so selbstgefällig! Es ist schwer, Barbiturate in Blut und Urin nachzuweisen. Wenn irgendjemand das, was Sie jetzt meinen, getan hat, dann war er genauso schlau wie Sie.«

»Und man kommt so einfach an sie heran?«

»Für Leute, die wissen, an wen man sich wenden muss, sind Drogen immer erhältlich – ob über oder unter der Ladentheke. Sehr weit verbreitet ist *Veronal*. Bedenken Sie, dass durch die gleichzeitige Einnahme mit Alkohol sowohl die Wirkung als auch die Toxizität gesteigert werden. Auf dem Markt gibt es alle möglichen Arten von starken Produkten. Auch *Luminal* gehört dazu.«

»*Luminal?*«

»Ja. Was ist damit? Glauben Sie, Retz hat etwas davon geschluckt, bevor er sich umgebracht hat?«

»Das weiß ich noch nicht. Der Name hat mich nur an etwas anderes erinnert, was ich Sie fragen wollte: Hat in der Medizin das Wort Lumen eigentlich irgendeine besondere Bedeutung?«

Nowotny tippte mit einem vom Nikotin verfärbten Finger gegen seine ergrauende Schläfe. »Ich glaube allmählich, dass der Stein in Ihrem Kopf mehr Schaden angerichtet hat, als ich vermutet hätte. Im Allgemeinen bezeichnen wir die Höhle eines Körperorgans oder den engen Kanal eines Blutgefäßes als *Lumen*. Wieso?«

»Ich überprüfe nur eine Theorie, die ich aufgestellt habe. Das hat aber nichts mit Retz zu tun, es geht um den Tod der Äbtissin. Ich glaube, ich weiß jetzt, wer sie umgebracht hat.«

»Halt, halt! Eins nach dem anderen, Bora. Zurück zum vorzeitigen Ende Ihres Mitbewohners: Hatte ich Ihnen denn nicht *Veronal* verschrieben, als Sie die Schädelfraktur hatten?«

Plötzlich erinnerte sich Bora, dass dem tatsächlich so gewesen war.

Das Arzneifläschchen stand immer noch auf dem unteren Brett seines Nachttisches. Bora hielt es gegen das elektrische Licht, hätte aber nicht sagen können, ob der Flüssigkeitsspiegel deutlich niedriger lag als zu der Zeit, als er es zum letzten Mal benutzt hatte. Er hatte nur in den ersten drei Nächten etwas davon eingenommen, als die Schmerzen stark waren, und einmal hatte er versehentlich ein wenig verschüttet.

Er war sich nicht sicher, aber immerhin war das Veronal in der Wohnung, ordnungsgemäß beschriftet und frei zugänglich.

O du gütiger Himmel!

Bora setzte sich auf das Bett. Als er die Augen schloss, konnte er im Geiste bruchstückhafte Bilder sehen, die wie Funken durch ihn hindurchsprangen, unzusammenhängende Bilder, die scheinbar nichts weiter bedeuteten. Am deutlichsten sah er die Gesichter der Frauen; die kleinen Bewegungen ihrer Hände und Lippen hatten sich mit so etwas wie zeitloser Vollkommenheit in sein Gedächtnis eingeprägt. Die Art, wie Dikta die Augen schloss, bevor sie ihn küsste, und wie das Licht ihre Wimpern zum Glitzern brachte. Wie Ewa in Zeitlupe ihre Handschuhe abstreifte und die Hände entblößte. Die Verwandlung, die Helenka vor dem Spiegel bewirkt hatte, von einer schönen jungen Frau in eine weibliche Gottheit.

Im Vergleich zu ihnen kam er sich langweilig und unerfahren vor. Fast verängstigt von den Dingen, die Frauen wussten und verstanden. Leicht einzuschüchtern, leicht zugrunde zu richten. Helenka hatte gesagt: »Männer sind nicht schlau genug und zu wenig tiefgründig.«

Wie recht sie hatte.

11. Januar

Auch ich habe einen neuen Posten zugewiesen bekommen, Pater, und werde Polen bald verlassen.«

»Um etwas Besseres zu machen, hoffe ich?«

»Jedenfalls etwas anderes.«

Im Hof des Kreuzgangs war der Schnee fast kniehoch. Auf den Büschen und Blumenkübeln und auf dem Brunnenrand lag eine hohe weiße Borte, mit Spitzen an den Rändern, die im Sonnenschein makellos glänzten. Bora trat auf dem Weg zum Brunnen eine gerade Diagonale in den Schnee, und Malecki folgte ihm in der getretenen Spur. Bora blickte nach oben und nahm ein Stück vom strahlend blauen Winterhimmel in sich auf, so rein und tief, als wäre der wirkliche Brunnen dort oben, in die unermesslichen Weiten hineingegraben.

»Ich glaube, auf die Äbtissin wurde geschossen, als sie hier stand.« Er deutete auf den tiefen Schatten des Kreuzgangs. »Bei der Tür wahrscheinlich oder gleich daneben. Nachdem sie von der Kugel getroffen wurde, ist sie den ganzen Weg bis hierher getaumelt, wo ich sie dann liegen gesehen habe. Zuerst hatte ich vermutet, dass sie hier draußen erschossen wurde, weil ein Gefangener mir gesagt hat, er habe sie an diesem Tag schon früher an dieser Stelle liegen sehen. Aber nein, es wurde aus nächster Nähe auf sie geschossen, und sie blickte ihrem Mörder ins Gesicht. In ihrer weiten Kutte wurde das Blut zunächst von dem Stoff aufgesogen und hinterließ, während sie auf den Brunnen zuwankte, keine Spuren. Nicht dass es einen großen Unterschied machen würde, wo genau im Kreuzgang sie erschossen wurde. Dennoch: Hätte die Krakauer Polizei ermitteln dürfen, hätten wir längst alle Details beisammengehabt, die wir brauchen, um diesen Fall zu lösen. Doch dadurch, dass der Leichnam der Äbtissin selbst für unseren Wehrmachtschirurgen tabu war und wir uns nur auf die Beobachtungen von Nichtfachleuten stützen konnten, haben wir nicht einmal den genauen Zeitpunkt ihres Todes feststellen können.«

Inzwischen war Malecki Bora bis zur Mitte des Kreuzganghofes gefolgt, wo der Schnee, in dem seine Beine fast stecken blieben, ihn schnell mit Neid auf die Stiefel des Deutschen blicken ließ. »Also, wenn wir schon einmal hier sind, beschreiben Sie mir doch bitte den Hergang der Ereignisse.«

»Das ist schnell gemacht: Am Nachmittag des 23. Oktober habe ich Oberst Hofer zum Kloster gefahren. Ob er die Äbtissin schon am Morgen getroffen hatte oder nicht, er bat jedenfalls um ein Gespräch und wurde kurz nach halb fünf eingelassen. Ich brauche Sie nicht an den Zustand zu erinnern, in dem sich der Oberst in jenen Tagen befand. Ein schrecklicher Zustand. Jede Kleinigkeit hätte ihn vollkommen aus der Bahn werfen können. Seine Zurechnungsfähigkeit hing von dem bisschen Hoffnung ab, das die Äbtissin ihm in Bezug auf seinen Sohn machen konnte, und ich vermute, sie hat ihm diesmal direkt gesagt, dass er bald sterben würde.«

»Was ja auch so eintraf.«

»Ja. Der Oberst – und da bin ich mir sicher, weil ich ja so eng mit ihm zusammengearbeitet habe – konnte nicht ertragen, dass seine letzte Hoffnung zerschlagen wurde. Gewiss hätte er sie niemals gezielt getötet. Er verehrte die Äbtissin und fürchtete sich wahrscheinlich gleichzeitig vor ihr.« Bora schirmte seine Augen mit der behandschuhten Hand ab und blickte über das blendende schneebedeckte Viereck. »Als er ihre Worte hörte, rastete er aus. Er zog seine Waffe und hielt sie sich entweder an die Schläfe oder steckte sie sich in den Mund, eindeutig in der Absicht, abzudrücken.«

»Und da griff Mutter Kazimierza ein.«

»Ich weiß nicht. Wie ich sie einschätze, war es nicht ihre Art, einem anderen in den Arm zu fallen, der eine Waffe gegen sich richtet. Sicher reagierte sie irgendwie, gestikulierte, herrisch vielleicht, und da ging die Waffe los. Alles, was ich mir vorstellen kann, Pater Malecki, ist, dass Hofer beim Anblick dessen, was er angerichtet hatte, wie versteinert war.« Bora betrachtete die steilen Dachvorsprünge rund um den Kreuzgang, wo die Eiszapfen das Sonnenlicht einfingen und wie Diamanten funkelten. Auf der Seite, die nach Süden blickte, waren ganze Schneebretter die Dachschräge hinuntergerutscht und an der Kante hängen geblieben. Andere waren heruntergebrochen, und vom Dach stiegen dampfende Schleier auf.

Malecki hauchte in seine kalten Hände. »Das hat sich also alles innerhalb von Minuten abgespielt. Von Sekunden vielleicht. Und zusätzlich rasselten draußen noch die Panzer die Straße hinunter.«

»Ja. Der erste Panzer hatte Schwierigkeiten, um die Ecke zu biegen, deshalb hat er zurückgesetzt, und der Motor heulte auf, während die anderen in den Leerlauf geschaltet waren. Ich hätte nicht einmal gehört, wenn hinter mir eine Bombe hochgegangen wäre, und das Gleiche gilt für die Nonne, die in der Pforte Dienst tat. In meinen Ohren hat es noch gedröhnt, als die Straße wieder frei war und der Oberst, von Panik gepackt, aus dem Kloster gelaufen kam.«

»Warum haben Sie ihn dann nicht sofort verdächtigt?«

Bora schüttelte unsicher den Kopf. »Weil ich bis zu dem Zeitpunkt, als ich zufällig mit Hannes auf dieses Thema zu sprechen kam, angenommen hatte, dass Oberst Hofer keine Waffe trug. Wie Sie sicherlich bemerkt haben, gehen wir alle demonstrativ bewaffnet herum. Er nicht. Ich hatte geglaubt, er habe beschlossen, so ›Respekt‹ gegenüber einem besetzten Land oder großes Selbstvertrauen zu signalisieren.«

»Ach ja.« Maleckis Blick wanderte hinunter zu Boras Holster. »Aber was war mit der Kugel? Sie selbst haben mir doch gesagt, dass die Patrone des Mörders zu einer polnischen Pistole gehörte.«

»Das stimmt. Sie wurde für die halbautomatische Pistole VIS-35 Radom angefertigt, von denen einige in diesem Kloster versteckt waren. Deshalb war ich ja auch so wütend, als ich sie hier entdeckte. Nur dass diese Waffen noch dick eingefettet und offensichtlich niemals benutzt worden waren.«

»Wollen Sie damit sagen, dass Ihr Kommandeur eine Waffe des Feindes trug?«

»Nein. Ich will damit sagen, dass er Patronen des Feindes verwendete.« Schnell öffnete Bora sein Holster und zeigte Malecki auf der behandschuhten Handinnenfläche seine blanke Walther. »Das ist keine so empfindliche Pistole wie die Luger, die wir bis zum letzten Jahr hatten, aber trotzdem passt nicht jede Patrone hinein.« Er zog das Magazin heraus, das mit schlanken Patronen mit Messingspitzen gefüllt war. »Darin würde ich keine Radom-Patronen verwenden: Die sind nämlich länger, dicker und plumper als diese hier.«

»Wie war es dann?«

»Oberst Hofer hat – wie Oberstleutnant Schenck und ich – einige Jahre in Spanien als Freiwilliger gedient. Aufseiten der Kirche, was für Sie ein Trost sein sollte. An dem Abend, an dem Sie und ich zusammen in dem Restaurant am Marktplatz waren, haben mein Fahrer und ich auf dem Weg dorthin über unsere Zeit in Spanien geplaudert; dabei erwähnte er, dass Hofer immer noch dieselbe Pistole benutzte, die er in Cádiz erhalten hatte. Ich glaubte, mich verhört zu haben. Ich fragte Hannes direkt, ob er wisse, was für eine Pistole es war, und er antwortete: ›Eine Astra‹, und fügte noch hinzu, dass Hofer sie in einem Schulterholster trug, weil sie ein Format hat, das offensichtlich nicht dem Standard entspricht.«

»Und in die Astra passen Radom-Patronen.«

»Nicht nur das. Die Astra 400 ist eine hässliche Pistole mit einem simplen Masseverschluss, aber ich habe sie mit allen Arten von 9-mm-Patronen benutzt, von Parabellum bis Steyr und Browning und Colt. Erst durch Hannes wurde mir klar, dass der tödliche Schuss letztendlich aus Hofers Pistole abgefeuert worden sein könnte. *Astra* ist, und das brauche ich Ihnen ja nicht zu erklären, Latein für ›Sterne‹ und ›Sternenlicht‹ und stellt so schließlich doch noch eine Verbindung zu *Lumen* her.«

»Oberst Hofer hat also, gewollt oder nicht, dafür gesorgt, dass das, was ein Unglück war, so aussah wie der absichtliche Mord durch die Hand eines Polen.«

»Genau. Hätte der Oberst die Äbtissin wirklich in ihrem Blut liegend vorgefunden, wäre sein erster Reflex als Soldat gewesen, seine Waffe zu ziehen, weil der Mörder theoretisch noch in der Nähe hätte sein können. Ich hatte mit Sicherheit meine Waffe in der Hand, als ich zu der Stelle lief. Nach meinem Schwatz mit Hannes musste ich mich fragen, warum Oberst Hofer an diesem Tag seine Waffe so trug, dass sie nicht zu sehen war.« Nachdem Bora die Pistole zurück in das Holster gesteckt hatte, warf er Malecki einen seltsam milden Blick zu. »Er hatte keine Wahl. Er hatte einfach keine Wahl. Egal, wie verzweifelt er war, er musste sich so weit zusammenreißen, dass er hinausrennen und mich holen konnte.«

»Sie werden also für eine strafrechtliche Verfolgung sorgen.«

»Nein.«

»Sie haben versprochen, das zu tun, Herr Hauptmann!«

»Ich *kann* nicht. Als ich meinte, so klug zu sein, und letzte Woche seine Frau anrief, löste ich genau das aus, was mich von einer strafrechtlichen Verfolgung abhalten sollte. Auch wenn ich zu diesem Zeitpunkt nur Vermutungen angestellt hatte, ging Oberst Hofer davon aus, dass ich ihm auf die Spur gekommen wäre. Gestern, als er auf Urlaub nach Hause kam, informierte ihn seine Frau über meinen

Anruf und teilte ihm mit, dass ich mich noch einmal telefonisch melden würde. Er antwortete nicht, sondern ging in sein Zimmer, schloss sich ein und schoss sich zehn Minuten später eine Kugel in den Mund. Und jetzt sehen Sie selbst, wie klug ich bin, Pater Malecki.«

»Gott steh uns bei.«

»Ja. Und dieses Mal war keine Äbtissin da, die ihn hätte stoppen können.«

Malecki musste den Abscheu verbergen, den er bei einer derart nüchternen Schilderung von Mord und Selbstmord empfand. Trotzdem sagte er: »Hat Hofer eine Nachricht hinterlassen?«

»Nur ein paar Zeilen. Irgendetwas über Gottes Vergebung für das, was er ›unbeabsichtigt getan‹ hat. Die deutschen Behörden meinten, dass damit sein Versagen als Kommandeur hier in Polen gemeint wäre, aber wir wissen es besser. Ich habe auch die Bestätigung erhalten, dass in der Pistole des Herrn Oberst Radom-Patronen waren und dass er sich auch mit einer solchen erschossen hat.«

Malecki kam zu dem Schluss, dass Bora für seine Haltung zu bewundern sei. »Nun«, sagte er, »ich bin der Letzte, der dies gern zugibt, aber wenn die Dinge so abliefen, wie Sie sagen, dann hat Ihr Kommandeur die Äbtissin nicht mit Absicht oder aus Bosheit umgebracht. Aber hätte er dann nicht versuchen können, die Zusammenhänge allen zu erklären, die mit der Sache befasst waren?«

Bora war, wie Malecki sehen konnte, versucht, loszulachen. Er war nicht wirklich amüsiert, aber die Vorstellung allein schien ihm ein Lachen abzunötigen. »Pater Malecki, die Wehrmacht geht mit Offizieren, die einen Selbstmordversuch unternehmen, nicht gerade zimperlich um. Noch weniger mit solchen, die die deutsche Armee dadurch blamieren, dass sie jemanden aus Versehen umbringen. Nein, der Oberst hatte keine andere Wahl, zumal er ja auch sein Kind noch einmal wiedersehen wollte. Dieser Kummer hat ihm genug Qualen bereitet, da bin ich mir sicher. Aber dadurch, dass er selbst ausgerechnet mich beauftragte, die Angelegenheit zu untersuchen, stellte er praktisch sicher, dass sich mein Verdacht nicht gegen ihn richten würde.«

»Was wird also passieren, wenn Sie Ihre Ermittlungen einstellen?«

»Ich weiß, warum Sie das fragen. Es ist niemand mehr da, der die Sache verfolgt, und das bedeutet, dass ein den deutschen Interessen in Polen abträglicher Skandal mit Sicherheit vermieden werden kann und vermieden werden wird. Unter vier Augen ...«

»Unter vier Augen werden Sie dem Erzbischof die Wahrheit sagen.«

»Mit der Erlaubnis meiner Vorgesetzten, ja.«

»Und der Erzbischof seinerseits?«

»Er weiß, was für die Kirche in Polen das Richtige ist. Ich vertraue darauf, dass Sie ihn entsprechend beraten werden, Pater Malecki.«

»Und den Schwestern? Was werden Sie denen sagen?«

»Für die ist es besser, wenn sie glauben, dass ich nicht imstande war, das Geheimnis um den Tod der Äbtissin zu lüften. Vielleicht wird der Erzbischof beschließen, Schwester Irenka zu informieren – streng vertraulich.«

Sichtlich bewegt, trottete Malecki durch den Schnee zurück ins Kloster. Bora blieb noch draußen. Er beugte sich vor, um in den Brunnen zu schauen, wo – tief unten – ein bläulicher Schimmer die Eisdecke über dem Wasser anzeigte.

Er überlegte, was er am Nachmittag Oberstleutnant Schenck sonst noch zu sagen hatte.

Als es so weit war, hatte Schenck seine übliche steife Haltung angenommen, auch wenn ihn Boras Bericht völlig unerwartet traf. Tatsächlich unterbrach er ihn nicht und beschränkte sich nur hie und da auf ein unwillkürliches Blinzeln seines gesunden Auges.

»Also, dieser Scheißkerl!«, sagte er. »Hat doch diese Heulsuse, dieser hysterische Kerl es geschafft, uns alle zum Narren zu halten. Und jetzt ist er tot und hat uns damit endgültig blamiert.«

»Wir müssen noch die Waffe sicherstellen und von seiner Witwe erfahren, was er ihr womöglich über die Sache anvertraut hat.«

Schenck holte ein Blatt Papier aus dem Schreibtisch und schraubte seinen Füllfederhalter auf. »Wie viel Zeit brauchen Sie?«

»Ich glaube, drei Tage reichen, wenn ich den ersten Zug nach Deutschland nehme. Mit dem Flugzeug weniger.«

Bora erhielt eine knapp formulierte Genehmigung für einen Sonderurlaub. »Hier. Dabei hatte ich allmählich schon geglaubt, Sie hätten aufgegeben! Aber ich sehe, Sie wühlen tatsächlich so lange, bis Sie Ihren Knochen finden! Dem Generalgouverneur wird es die Sprache verschlagen. Wenn sich das alles als wahr erweist, wird allerhand ins Rollen kommen. Und warten Sie erst mal ab, bis ich diesem Trottel von Salle-Weber Bescheid gebe!«

Bora holte tief Luft und stieß sie wieder aus.

»Und ich habe noch eine andere Mitteilung für Sie, Herr Oberstleutnant.«

Unerwartet grinste Schenck. »Lassen Sie mich mal raten: Sie haben meinen Rat befolgt und eine Volksdeutsche geschwängert.«

»Nicht ganz. Es geht um meinen Mitbewohner.«

Wenig später war das Grinsen aus Schencks Ledergesicht verschwunden.

Bora sagte: »Ich bin mir sicher. Von ihrer Freundin Kasia habe ich erfahren, dass sie einen Schlüssel zur Wohnung besaß, den Major Retz ihr besorgt hatte; ein Verstoß gegen die Sicherheitsvorschriften, um das Mindeste zu sagen. Egal, ob ihr Entschluss, ihn umzubringen, darauf zurückgeht, dass er in ihre Tochter vernarrt war oder nicht – ich glaube, dass Eifersucht das Hauptmotiv war. Jedenfalls habe ich keinen Zweifel, dass Ewa Kowalska das Alte Theater kurz nach neun Uhr am Samstagmorgen verließ, zu unserem Haus lief und es betrat. Sie konnte nicht wissen, dass der Major soeben Helenka angerufen hatte, um mit ihr ein Rendezvous zu vereinbaren.« Bora entspannte sich so weit, dass er, die Hände in den Hosentaschen, in Schencks Büro auf und ab gehen konnte, und Schenck ließ ihn gewähren. »Herr Oberstleutnant, Sie und ich wissen, dass der Major am Wochenende gern trank. Ich habe erlebt, dass er ganze Flaschen von Cognac oder Wodka pur hinunterkippte und sich schon vor dem Frühstück ein paar Gläschen genehmigte. Am Samstagmorgen hatte er entweder schon ein Glas getrunken, oder Ewa hatte für sie beide ein alkoholisches Getränk vorbereitet und dem etwas hinzugefügt, was ich mangels genauerer Identifizierung vorläufig einfach einmal als Barbiturat bezeichnen muss.

Es handelte sich möglicherweise um mein eigenes *Veronal,* das sie bei ihren früheren Besuchen in unserer Wohnung mit Sicherheit bemerkt hatte. Der Major stürzte diese Sachen immer hinunter, ohne sie auch nur zu kosten. An diesem Morgen muss Retz jedenfalls genau das gemacht haben, unabhängig davon, worüber er und Ewa sich unterhalten haben. Im Moment kann ich nur spekulieren: Beschuldigungen? Inständiges Flehen? Wer weiß? Wenn Ewa tatsächlich Helenka zur Sprache brachte, hat Major Retz in Bezug auf den Inzest möglicherweise nicht genügend Reue oder sogar eine gewisse Unbekümmertheit gezeigt. Da er an diesem Tag noch Dienst gehabt hätte, begann er, sich in ihrer Anwesenheit zu rasieren, aber es blieb ihm nicht die Zeit, dies zu Ende zu bringen. Als die Droge wirkte – je nach Menge könnte es, Oberfeldarzt Nowotny zufolge, ziemlich schnell gegangen sein –, brauchte Ewa nur den taumelnden oder bereits bewusstlosen Mann bis zum Herd zu ziehen. Dann hat sie seinen Kopf in den Ofen geschoben, das Gas aufgedreht, die Gläser abgewaschen, das Becken sauber gespült und den Rasierer unter den Wasserhahn gehalten und dabei gedankenlos die Klinge darin gelassen. Damit sein nur teilweise rasiertes Gesicht nicht zu sehr auffiel, hat sie es mit einem der Handtücher abgewischt, die im Badezimmerschrank aufbewahrt werden, und das Tuch mitgenommen. Dann ist sie ins Theater zurückgekehrt – rechtzeitig genug, um am Ende der Vorstellung auf der Bühne zu erscheinen.«

Schenck machte eine kaum merkliche Bewegung, die als selbstgefälliges Nicken interpretiert werden konnte. »Hätte der Pförtner denn nicht bemerken müssen, dass jemand gekommen war, der zu Major Retz wollte?«

»Nicht unbedingt. Es ist wahrscheinlich, dass Ewa auch den Schlüssel zur vorderen Tür erhalten hat. Ich selbst bin auf diese Weise mehr als einmal hineingekommen, ohne dass der Pförtner mich gesehen hat.«

»Und diese ganze Geschichte haben Sie auf das unglaubliche Fundament einer nicht entfernten Rasierklinge aufgebaut?«

Bora blieb stehen. »Nicht allein darauf. Von Bedeutung war auch, dass ich ein griechisches Drama gelesen habe, von einer älteren Frau in Versuchung geführt wurde und dass zum Glück ein blinder Fleck erhellt wurde, was ich dem amerikanischen Priester zu verdanken habe. Mir ist buchstäblich ein Licht aufgegangen, Herr Oberstleutnant! Auch Lumen hat, wenn Sie so wollen, dabei eine Rolle gespielt.«

»Ja, ja.« Schenck grinste so kurz, dass er gerade einmal seine Zähne entblößte. »Und was werden Sie jetzt tun? Auf dieser Grundlage die Kowalska verhaften?«

»Ich glaube, daran führt kein Weg vorbei.«

»Bestimmt nicht diesem Halunken Retz zuliebe.«

»Dann also der Gerechtigkeit zuliebe.«

»Da haben wir's schon wieder – Sie immer mit Ihrer Gesetzestreue! Nehmen Sie zwei Mann mit.«

Bora zögerte. »Ich denke, es wäre besser, wenn ich erst einmal allein ginge.«

»Nein.«

Die Straße schien von der tief stehenden Wintersonne in zwei Teile zerlegt zu werden, und ein azurblauer Streifen fiel über die schneebedeckten Dachflächen der Häuser gegenüber von Ewas Wohnung. Über dem Sims ihres Fensters war eine blaue Steppdecke zum Lüften ausgebreitet.

Das Wehrmachtsauto hielt am Ende der Sw. Krzyza, dort, wo sie in die Sw. Marka mündet. Ein bewaffneter Soldat postierte sich an der Ecke. Der andere war bereits auf dem Gehsteig am anderen Ende der Straße abgesetzt worden. Bora stieg als Letzter aus und hatte schon bald die Türstufe des Hauses überschritten.

Es dauerte nicht lange, und es war auch nicht so schwierig, wie Bora erwartet hatte.

Ewa tat ein Nachthemd in das kleine Köfferchen, das sie schloss, vom Toilettentisch herunternahm und neben die Schlafzimmertür stellte. Sie machte das Fenster zu, faltete die Steppdecke zusammen, hob sie über ihren Kopf, um sie oben auf den Schrank zu legen. Da sie nicht ganz so weit hinaufreichte, nahm Bora sie ihr ab.

»Danke«, sagte sie. »Habe ich noch die Zeit, um mich ein bisschen zu schminken?«

»Nein.«

»Dann bin ich bereit.«

Bora sah sie an und dann an ihr vorbei auf die eingerahmte Fotografie einer jüngeren Ewa, die Helenka in den Armen hielt.

Ihr Blick folgte dem seinen. »Sie haben mich nie gemocht, oder?«

»Ganz im Gegenteil.«

»Das hat man Ihnen aber nicht angemerkt.« An diesem Tag wirkte sie wirklich alt, viel älter als seine Mutter. »Aber ich vergesse, dass Sie ein verheirateter Mann sind.« Sie band sich das blaue Tuch um den Hals. »Obwohl ich wette, dass Sie nicht annähernd so glücklich verheiratet sind, wie Sie behaupten.«

Bora ergriff ihr Köfferchen. »Gehen wir.«

Nachdem sie die Sw. Krzyza hinter sich gelassen hatten, stellten sie fest, dass einige der anderen Straßen blockiert waren. Panzerkolonnen durchquerten gerade die Stadt, sodass Boras Wagen umgeleitet wurde, an der Weichsel entlang in Richtung der Brücke. Während sie sich der Biegung des Flusses näherten, schien sich das Massiv des mit Schloss und Kathedrale gekrönten Wawel zu ihrer Linken zu drehen.

Ewa schaute nicht aus dem Fenster, wohl aber Bora. Ihr Profil, das sich gegen den Hügel abzeichnete, verriet keine Emotionen, nur eine gewisse Erschöpfung. Er fühlte sich sehr einsam.

Sie hatten beinahe die Fluss-Schleife erreicht, als der Fahrer verlangsamen und schließlich anhalten musste. Unter den Blicken deutscher Pioniere luden Arbeiter schweres Gerät von einem Lastkahn, und zwei Lastwagen versperrten die Straße. Einer der Lastwagen wurde gerade mit Straßenbaumaschinen beladen.

Ewa legte sich unterdessen etwas Rouge auf die Lippen, den kleinen runden Spiegel fest in der Hand.

Boras Fahrer stellte den Motor ab. »Im Augenblick kommen wir nicht weiter, Herr Hauptmann.«

»Das sehe ich.« Bora wartete einige Minuten, dann stieg er aus dem Auto, um mit den Pionieren zu reden, die den Vorgang beaufsichtigten.

Sie sagten ihm, dass die ganze Schlepperei fertig sein müsse, bevor der Fluss zufror. »Es wird noch ein Weilchen dauern, Herr Hauptmann.« Aber sie sahen, dass er ungeduldig war und dort bleiben würde, um sie unter Druck zu setzen. »Wir machen so schnell, wie wir können, Herr Hauptmann.«

Bora rührte sich nicht von der Stelle. Ein brutaler Wind erhob sich vom Fluss, wehte über das Ufer, trieb den Männern die Tränen in die Augen und ließ ihre Muskeln steif werden. Sosehr Bora sich auch bemühte, dem Wind den Rücken zuzukehren – er musste den Versuch, sich im Freien eine Zigarette anzuzünden, aufgeben.

In Abdeckplanen gepackte Kisten landeten nach den Straßenbaugeräten auf den Lastwagen. Mit Gelenken versehene stählerne Körper, an gigantische Insekten erinnernd, mächtige Keilriementriebe, Zahnketten.

Bora zog gerade die Alternative in Betracht, durch die hohen vereisten Schneeberge am Straßenrand zu fahren, als ihn eher die Reaktion der Pioniere vor ihm als das Stimmengewirr hinter ihm veranlasste, sich blitzschnell umzudrehen.

Ewa war aus dem Auto geflohen und rannte auf die Erhebung zu, die das südliche Ende der Altstadt und den Wawel säumte. Die beiden begleitenden Soldaten waren auch schon aus dem Wagen gesprungen. Sie hatten ihre Gewehre im Anschlag, brüllten ihr nach, stehen zu bleiben, und zielten bereits auf sie.

»Nicht schießen!« Bora entfernte sich eilends von dem Trupp der irritierten Arbeiter. Mit langen Schritten hastete er in die Richtung, die Ewa durch den hohen Schnee genommen hatte, auf den Wawelhügel zu. Hinter ihm trotteten die Soldaten noch ein bisschen weiter, bis sie auf seinen Befehl hin stehen blieben.

Ewa rannte mit verzweifelter Geschwindigkeit, mit der Fähigkeit des erschrockenen Tieres, einfach davonzuhuschen. Hände und Knie wirkten zusammen, während sie sich durch den Schnee vorankämpfte; ihre Flucht war unbedacht, aber sie kam gut vorwärts, und durch ihren kurzen Pelzmantel unbehindert, warf sie in einer beinahe geraden Linie weiße Klümpchen hinter sich auf.

Bora dagegen rutschte mit seinen metallbeschlagenen Stiefeln auf der unter dem Schnee liegenden Eisschicht aus. Seine Größe und das Körpergewicht eines Mannes waren bei dem Wettlauf von Nachteil. Außerdem war sein Militärmantel schwer und lang und machte es ihm unmöglich, sich frei zu bewegen. Er kam aus dem Gleichgewicht und verlor wertvolle Zeit, während Ewa schon bei der Anhöhe angelangt war, die fast das ganze Jahr über üppig mit Gras bewachsen war, nun aber kahl und beinahe eine einzige zusammenhängende weiße Fläche war.

Inzwischen waren die Wachen auf den Befestigungsanlagen des Wawel auf die Flucht aufmerksam geworden und schrien ihrerseits von oben ihre kehlig klingenden Warnungen hinunter.

»Nicht schießen!«, rief Bora ihnen zu, auch wenn der Wind seine Stimme anderswohin wehte und sie ihn womöglich gar nicht hörten.

Ewas Halstuch flog davon und wurde wie ein rebellischer blauer Vogel von der Luftströmung erfasst und hinter ihr nach oben getragen.

Von dieser Stelle aus konnte sie nur hoffen, zu der gut bewachten Rampe zu gelangen, die zum Schlosstor hinaufführte. Bora wusste, dass sie sich in Wirklichkeit gar nicht in Sicherheit bringen wollte. Sein Zorn steigerte sich in rasende Wut, weil er sie unbedingt daran hindern wollte, sich umzubringen – erfüllt von Trotz und Widerwillen, ihr diese Wahl zu lassen und damit in ihren Tod verstrickt zu werden.

»Geben Sie auf!«, schrie er sie an. »Ich befehle Ihnen aufzugeben!«

Ewa sah sich um; sie hatte bereits die Hälfte des Aufstiegs hinter sich. Das Gelände war an dieser Stelle sehr steil. Der Schnee war auf dieser Seite des Hügels aufgetürmt, wo der Wind ihn angesammelt hatte, und sie stand fast bis zu den Schenkeln in den Schneemassen. Ihr Gesicht war aus der Entfernung gesehen klein und bläulich grau. Sie schien ihren Lauf wieder aufnehmen zu wollen, ließ dann aber plötzlich beide Arme sinken und rührte sich nicht mehr vom Fleck.

Bora kämpfte sich zu ihr vor, schaffte das nun aber mit seinen längeren Beinen in den Stiefeln rasch. Ewa war außer Atem, Bora auch. Vor ihnen schwebten Wolken dichten Dampfes.

»Ich will nicht ins Gefängnis, Herr Hauptmann.«

»Sie haben keine Wahl.« Bora behielt die dunklen, puppenähnlichen Gestalten der Wachen oben auf der Anhöhe im Auge, die mit Maschinengewehren bewaffnet waren. »Wenn Sie dem Richter das mit Retz und Helenka erzählen, bekommen Sie vielleicht mildernde Umstände.«

Ewas bemalte Lippen waren das Einzige, was in ihrer Blässe leuchtete. »Als ob ich vor irgendeinem Gericht von dem Inzest meines Liebhabers mit seiner eigenen Tochter reden werde. Wie perfekt deutsch gedacht. Nein, danke.«

»Dann kommen Sie mit!« Bora streckte ihr den Arm hin. Ein klein wenig geschmeichelt, bemerkte sie, dass er sein Holster nicht einmal geöffnet hatte.

»Mein Sohn ist tot, mein Geliebter ist tot. Sie könnten mich Ihnen eine Ohrfeige geben lassen, dann müssen Ihre Männer mich töten.«

»Nein.«

»Es wäre leichter.«

»Frau Kowalska, Sie sind weder Tosca noch Klytaimnestra. Wir sind nicht auf der Bühne!«

Boras Hand erwischte ihren Ellenbogen und hielt ihn fest. Bis auf den Kuss war dies das erste Mal, dass er sie berührte. Er führte sie durch den aufgeworfenen Schnee zurück, ohne sie anzusehen, die jungenhafte Seite seines Gesichts genauso von ihr abgewandt wie neulich, an dem Abend in ihrer Garderobe.

Der Wagen unten beim trägen eisigen Band der Weichsel wirkte sehr klein. Dort war inzwischen das Gerät ausgeladen worden, und die Straße war wieder frei.

12. Januar

Am Morgen hatte Bora auf seinem Weg zum Bahnhof gerade einen Brief von zu Hause gelesen und zunächst gar nicht bemerkt, dass das Auto langsamer fuhr.

»Was ist los, Hannes?«, fragte er automatisch, ohne aufzublicken.
»Die Straße vor uns ist gesperrt, Herr Hauptmann.«

Bora orientierte sich rasch und sah, dass sie schon ziemlich nah am Bahnhof waren, weil sie durch das Arbeiterviertel gefahren waren, das die Altstadt vom Hauptquartier der Wehrmacht trennte. Ein paar Meter vor dem Wagen stand ein SS-Mann mit Helm und Handschuhen und erhobenem rechten Arm, und Hannes verlangsamte noch mehr.

Schon von hier aus konnte Bora sehen, dass Leichen den Gehsteig säumten: Körper von Zivilisten in blutüberströmten Nachtgewändern, und die SS-Männer hatten Stacheldraht, Autos und Hunde dabei. Ein Lastwagen parkte auf der Straße; der Schnee dort war zu Matsch zertrampelt. Leute drängten sich bereits unter der Plane zusammen, eine doppelte Reihe verhärmter bleicher Gesichter spähte heraus. Ganze Familien wurden, so schien es, aus den Häusern getrieben.

Der SS-Mann mit dem Helm hielt das Auto mit vorsätzlicher, gebieterischer Langsamkeit an, und Hannes bremste und kam zum Stillstand.

Bora kurbelte sein Fenster nach unten.

Direkt vor ihnen wurden Möbel und Kleider von den Balkonen der oberen Stockwerke der Mietshäuser geworfen. Eine Nähmaschine an ihrem schmächtigen Tisch krachte herunter, zusammen mit herumfliegenden Metallstücken. Papiere segelten durch die Luft und trudelten wie vom Himmel geschossene Vögel herab. Am Rande eines unsäglichen Durcheinanders von Gegenständen und Personen lief Boras Wagen im Leerlauf.

In den Häusern waren Schießereien im Gange. Bora erkannte den starken Widerhall von Schüssen, die innerhalb von vier Wänden abgefeuert werden. Ebenfalls nachhallende Schreie und gellende Befehle folgten. Mehr Schüsse.

»Was geht da vor sich?«

Auch er musste brüllen, um gehört zu werden. Der SS-Mann antwortete von der Stelle, an der er stand, nahe dem Gehsteig, wo die Leichen lagen, ohne Anstalten zu machen, näher zu treten, obwohl er sich mit Sicherheit bewusst war, dass ihn ein Offizier angesprochen hatte.

»Haben Sie es nicht gehört? Wir haben die erwischt, die die Nonne umgelegt haben.«

»*Was?*«

»Es waren diese polnischen Schweine, die sich auf den Dächern nahe dem Kloster versteckt hatten. Die Wehrmacht hat versucht, die Sache zu vertuschen, aber *wir* haben sie erwischt. Jetzt geht es nur noch darum, ihre Komplizen herauszuscheuchen. Übrigens sind sämtliche Züge gestrichen worden, Sie müssen also zurückfahren.«

Bora starrte vor sich hin, faltete den Brief seiner Mutter zusammen und steckte ihn in den Ärmelaufschlag.

Der SS-Mann hatte sich vom Auto abgewandt. Das Blut, in dem die Körper schwammen, floss vom Gehsteig. Als es die Schneekruste erreichte, die die Straße säumte, blühten dort, wo es in sie einsickerte, rote Blumen auf, eine kurz auflodernde Blüte, die im Nu nicht mehr war als die Vermischung von Blut und eisigem Wasser zu einem rosafarbenen Matsch.

»Fahren Sie los und biegen Sie ab«, befahl der SS-Mann mit einer raschen Drehung in Boras Richtung.

Hannes fuhr im Schneckentempo wieder los und steuerte den Wagen mitten durch den herunterregnenden Müll. Glasscherben flogen herab, weitere Trümmer folgten.

Die die Nonne umgelegt haben … Die Wehrmacht hat versucht, die Sache zu vertuschen … Bora wusste, was das bedeutete, was das alles bedeutete, und doch sorgte eine Taubheit von Körper und Seele dafür, dass er ohne jede sichtbare Reaktion zusah.

Hannes fuhr, über das Lenkrad gekrümmt, und seine großen Ohren waren im kalten Morgenlicht durchscheinend wie die eines feinnervigen, stummen Tiers.

Eine zweite Straßensperre, errichtet von SS-Leuten in langen Mänteln, stand ihnen im Weg.

»Biegen Sie an der Ecke nach links«, sagte Bora zu Hannes. Und in dem Augenblick, da der Wagen sich anschickte, den Lärm und das

Chaos der verbarrikadierten Straße hinter sich zu lassen, landete ein Tropfen Blut – Von woher? Wie hatte er bis hierher spritzen können? – auf der Windschutzscheibe. Und zwar oben, dort, wo das Eis, das das Glas außerhalb der Reichweite der Scheibenwischer bedeckte, dieses Rot daran hinderte, herunterzurinnen, sodass das Blut wie ein Brandmal oder eine Anklage an dieser Stelle versiegelt blieb.

Die ganze Strecke, von dem Ort des Grauens bis zur Rakowicka, waren die Straßen menschenleer. Dort rollte die tief stehende Sonne einen frostig kalten Eisteppich aus. An der Ziegelsteinmauer, die an dem Garten der Alten Akademie entlanglief, hingen meterhohe Plakate mit einer zweispaltigen Bekanntmachung der SS, auf Deutsch und auf Polnisch. Schwarz gedruckt stand auf der blassgelben dünnen Papierfläche: »Die Ermittlungen über den Tod der Maria Zapolyaia, einer katholischen Nonne, endeten mit der Festnahme polnischer krimineller Elemente. Den Tätern (dann folgte eine Liste mit Namen, unter denen zweifellos auch der des gefolterten Gefangenen war, den Bora verhört hatte) ist der Prozess gemacht worden; sie wurden für schuldig befunden und zum Tode verurteilt. Das Urteil ist bereits vollstreckt.«

Die Wehrmacht hat versucht, die Sache zu vertuschen … Für schuldig befunden … Das Urteil ist bereits vollstreckt …

Bora stellte fest, dass er dies alles sehen, dies alles hören, dies alles miterleben konnte und überhaupt nichts dazu zu sagen hatte.

13. Januar

Die letzte Person, die zur Beichte kam, sprach englisch. Durch das Gitterfenster erkannte Pater Malecki, wer es war, obwohl sonst nichts die Identität des Mannes verriet.

»*In nomine Patris, et Filii et Spiritus Sancti.*«
»*Amen.* Vergib mir, Vater, denn ich habe gesündigt.«
»Wann haben Sie das letzte Mal gebeichtet?«

Malecki lehnte sich in der Nische des überladenen Holzgehäuses zurück, die ihn von der Welt trennte, und lauschte den Worten, die ernst und leise durch das zu ihm drangen, was das Metallgitter dem anderen als Privatsphäre gönnte.

»Alles ist jetzt anders, Pater. Gut und böse, ehrenhaft und unehrenhaft – das sind Worte, und sie bleiben für mich verschwommen, bis ich wieder klarsehe. Niemand kann das für mich tun, und es macht mir Angst, es macht mir Angst, dass ich wählen muss. Ich muss zwischen Gegensätzen entscheiden, obwohl das eine und sein Gegenteil ineinander verschwimmen, und am Ende weiß ich nicht, ob ich das Richtige getan habe, ob die Entscheidung weise war, da ich doch nicht einmal mehr die Ränder der Weisheit sehe. Sie hat sich vor mir geleert, diese große Schale voller Weisheit, nach der ich immer gestrebt habe. Und ich hatte mir schon eingebildet, sie in Reichweite zu haben oder sie sogar schon zu einem kleinen Teil erlangt zu haben. Es ist nichts darin. *Es ist nichts darin.*«

»Aber das ist keine Sünde.«

Bora lehnte die Stirn gegen das Gitter. »Die Maske ist von der Welt heruntergefallen, Pater Malecki, und es ist kein Gesicht dahinter. Ich bin zutiefst niedergeschlagen.«

»Wirklich? Das ist der Abschied von Eden: den beiden ›Gegensätzen‹, wie Sie sie nennen, zu begegnen. Einzusehen, dass es sich, im Kontrast zu Ihrer Sicht aus dem Garten heraus, wirklich um Gut und Böse handelt und dass die Entscheidung bei Ihnen liegt, weil Sie ein vergängliches Geschöpf mit einer unsterblichen Seele sind, deren Heil von dem abhängt, was Sie *hier* tun, was Sie *hier* entscheiden.« Malecki war bewegt, weil es ihm so vorkam, als kämpfe Bora still mit den Tränen. »An diese Entscheidung werden Sie, das sage ich Ihnen – wie auch immer Ihre Entscheidung ausfällt –, gekreuzigt und genagelt sein, und sie wird Sie ausbluten lassen. Um ihretwegen werden Sie leben oder sterben, so sicher, wie ich jetzt zu Ihnen spreche. Mehr noch: Andere werden ihretwegen leben oder sterben.«

Der Schatten hinter dem Gitter wich zurück. »Ich will das nicht hören.« Aber auf diese Reaktion war Malecki gefasst. Er trat aus dem

Beichtstuhl heraus und hinderte Bora unsanft daran, davonzulaufen. Im Dunkel der leeren Kirche schob er ihn in die Nische zwischen dem Beichtstuhl und der Wand.

»Sagen Sie mal – glauben Sie etwa, dass die Äbtissin eine Heilige war? Ist so eine Heilige? Wie jemand, der in seine egozentrische Gottesliebe versponnen ist, jeden anderen davon ausklammert und sich hinter verschlossenen Türen an Gott weidet? Heilige sind nicht so in sich gekehrt, Hauptmann Bora! Sie sind an die unspektakulären Kreuze ihrer täglichen Liebe für andere geschlagen, an die Kreuze ihres Zorns und ihrer Empörung und ihres Strebens danach, für andere Hoffnung zu wecken. Sie tragen manchmal Talare, manchmal Zivilkleider – oder manchmal sogar Stiefel mit Sporen daran. Und sie müssen so klug sein und so arglos, wie Gott es ihnen empfehlen wird – Schlangen und Tauben in der Hand der Menschen. *Verstehen Sie?* Ich mache mir Sorgen um Sie – ich, der ich Ihr Feind sein sollte und der Feind dessen, was Sie repräsentieren!«

15. Januar, Abend

Sie haben wirklich großes Talent! Wer könnte Ihnen das je nehmen?«
Doktor Nowotny hatte, als er von Boras Versetzung erfahren hatte, sich selbst zum Abendessen und zu einem privaten Abend mit Klaviermusik von Schumann eingeladen. »Also, eine Spezialausbildung für den Nachrichtendienst und dann die Kriegsschule! Da werden Sie also bis mindestens Januar 1941 Ihre Ruhe haben. Werden Sie genug Zeit haben, um sich zwischen Ihren Unterrichtsstunden davonzustehlen und Ihre Frau zu Hause mit etwas *Keimplasma* zu beglücken?«

»Das hoffe ich.« Bora hatte sich erst am Nachmittag von Pater Malecki verabschiedet, und seit der Trennung fühlte er sich irgendwie allein gelassen. Er setzte sich ans Klavier, sorgsam darauf bedacht, diese Gefühle ebenso zu verbergen wie seinen Kummer darüber, dass Dikta sich über die Feiertage ausgeschwiegen hatte. »Sie fehlt mir schrecklich.«

Nowotny sank in den Sessel, die Hand um ein dickbauchiges Glas mit Cognac geschmiegt. »Wie schön für Sie, wirklich schön für Sie! Schicken Sie Schenck ein Telegramm, sobald Sie sie geschwängert haben, damit er Sie nicht noch schriftlich an Ihre ehelichen Pflichten erinnert.« Er lachte. »Leicht gesagt. Wer weiß, wo wir alle sein werden in zwei, drei Jahren.« Er hörte Bora eine Weile zu, von der Musik in eine sentimentale Stimmung versetzt. »Das eine kann ich Ihnen sagen, Bora. Sie werden das Lösen von Kriminalfällen aufgeben und sich auf Ihre militärische Laufbahn konzentrieren. Da ich weiß, dass es zu meinem Besten ist, werde ich früher oder später mit dieser Pafferei aufhören. Und unser unvergleichlicher Schenck wird sich weiter wie ein Karnickel vermehren. Und was sonst noch?«

Was Nowotny anbetraf, so war das wenig mehr als Wunschdenken.

In drei Jahren sollte er mehr denn je rauchen. Schenck sollte vor den Toren von Stalingrad fallen, ohne die Geburt seines sechsten Sohnes zu erleben, und Boras linke Hand sollte in Norditalien bei einem Partisanenangriff durch eine Granate abgerissen werden. Seine Frau Dikta sollte kurz danach die Annullierung ihrer Ehe durchsetzen. Sie alle, sie alle sollten einen Krieg auf katastrophalere Weise verlieren, als jeder Einzelne von ihnen es hätte befürchten können. Talente können genommen werden, und sie werden auch genommen.

An diesem Abend jedoch gab es Schumann, eine milde Erwartung und die Gnade des Nichtwissens.

15. Januar, Nachmittag

Es gibt etwas, worum ich die Schwestern gern bitten würde, und das ist der Farbdruck, der über der Tür von Matka Kazimierzas altem Zimmer hängt.«

Schwester Irenka verzog das Gesicht. »Dieses grässliche kleine Bild von Adam und Eva?«

»Genau das.«

»Das können Sie ganz bestimmt haben. Schwester Jadwiga, holen Sie das Bild für den Herrn Hauptmann! Darf man fragen, warum Sie sich zur Erinnerung an uns ausgerechnet dieses Bild ausgesucht haben?«

»Ja, aber es soll mich nicht unbedingt an Sie erinnern, Mutter Oberin. Es soll mich an mich selbst erinnern.« Bora spürte, wie er errötete, und dieses eine Mal kämpfte er nicht gegen seine Reaktion an. »Schließlich habe ich bei meinen Ermittlungen versagt und brauche etwas, was mich vor dem Hochmut des Menschen warnt.«

Pater Malecki wartete vor dem Kloster und rauchte eine polnische Zigarette. Er sah, wie Bora den Druck im Kofferraum verstaute, und war versucht zu lächeln.

Stattdessen fragte er: »Haben Sie sie davon überzeugt, dass Sie keine Lösung finden konnten?«

»Ich weiß nicht. Sie scheinen sich mit allem abzufinden – egal, was auch kommt.«

»Und ich hörte, dass die SS die blutbefleckte Kutte der Äbtissin in einem der Säle des Wawel ausgestellt hat, zusammen mit der Radom-Patrone als Beweis dafür, dass es die Tat von Polen war. Nun, was haben wir aus alldem gelernt?«

Bora forderte den Priester auf, ins Auto zu steigen.

»Ich kann nur für mich selbst sprechen, Pater Malecki, und das fällt in den Bereich der elementaren Philosophie. Die Dinge sind nicht so, wie sie vorgeben. Gewissheiten sind nicht das, was sie zu sein scheinen. Vielleicht gibt es überhaupt keine Gewissheiten.«

»Aha. Aber es gibt immerhin Mutter Kazimierzas Glauben an ein inneres Licht.«

»Ja. *Lumen Christi, Adiuva Nos.* Das werden wir brauchen.«

»Und wie!«

Sie fuhren schweigend durch die Gassen der Krakauer Altstadt, unter einem bewölkten Himmel, der noch mehr Schnee verhieß.

»Sie haben mir noch immer nicht gesagt, wer Pater Moczygemba war.« Bora versuchte zu lächeln.

»Pater Leopold Moczygemba? Ein Pionier der polnischen Einwanderer in Amerika. Er gründete die Saints Cyril and Methodius Parish in Bucktown, Chicagos Polenviertel.«

»Und dann?«

»Und dann wurde er der geistige Hirte der Polen in Texas, aber seine Herde vertrieb ihn, als sie merkte, dass die Neue Welt nicht das Gelobte Land war.«

»Die gibt es ja gar nicht. Die Gelobten Länder, meine ich.«

»Richtig. Vertrauen Sie auf das einzige Gelobte Land, Hauptmann Bora.«

Sie wussten, dass sie sich nicht wiedersehen würden, und dieses Gefühl war für beide mit einem scharfen und bitteren Geschmack verbunden. Aber darüber verloren sie kein Wort.

Bald schon, am Ende der Karmelicka, trennten sich ihre Wege.

Epilog

Betrifft: *Akte Skylight* (Fall: HOFER/ZAPOLYAIA).
Abschließende Mitteilung und Erläuterungen zu den Anlagen.
An: *U. S. War Department, Intelligence Division, Washington, D. C.*
z. H.: *Lt. Colonel William C. Dickson, US Army – Office G2*
Einstufung: *Vertraulich*

(Auslassungen) ... Wie vom *Central Office G2* mit Datum vom 20. Januar 1940 angefordert, kann unsere Dienststelle in Krakau auf Grundlage der bislang jeweils vor Ort von den Informanten »Pedro«, »Thomas« und »Karol« eingeholten Auskünfte (s. Anlagen AZ: S. D. 1., S. D. 1.2., S. D. 1.3.) den wesentlichen Wahrheitsgehalt der Punkte 1, 2 und 3 der vorliegenden Mitteilung bestätigen.

1. Die einzige Abschrift des Abschlussberichts des Hauptmanns der Wehrmacht BORA (MARTIN-HEINZ DOUGLAS), betr.: s. o. (Fall: HOFER/ZAPOLYAIA, sieben maschinengeschriebene Seiten, Type 11, zweizeilig, auf Briefpapier der Wehrmacht) wurde an die Führung des Amtes Ausland/Abwehr in Berlin weitergeleitet. Eine erste Analyse des Inhalts (s. Anlage Mikrofilm – AZ: »Pedro«/S. D.1.) lässt darauf schließen, dass sie von diesem Amt unter der Rubrik »militärische Geheimnisse, Kategorie II/vertraulich« zu den Akten gelegt wird, bis gegenteilige Anweisungen erteilt werden. Dass solche Anweisungen erfolgen, ist, den von Informant »Pedro« eingeholten Auskünften zufolge, unwahrscheinlich.

2. Es wird erwartet, dass auch der Bericht »Pro veritate«, abgefasst von *Reverend Father* MALECKI (JOHN XAVIER), SJ, für das Staats-

sekretariat des Vatikans zu den Akten gelegt wird. Bezug nehmend auf diesen Bericht, bestätigt Informant »Thomas« (s. Anlage Funktelegramm – AZ: »Thomas«/S. D. 1.2.), dass das Staatssekretariat des Vatikans den betreffenden Ordensmann angewiesen hat, im Hinblick auf den Gegenstand strikteste Vertraulichkeit zu wahren. Was die Einzelheiten des Seligsprechungsprozesses von *Mother Kazimierza* anbelangt, so geht dieses Thema über den Zweck der vorliegenden Mitteilung hinaus.

3. SS Hauptsturmführer (entsprechender militärischer Rang: Hauptmann) SALLE-WEBER hat eine »dringende und vertrauliche« Nachricht zu Händen von Reichsführer SS HEINRICH HIMMLER geschickt, mit Abschrift an Generalgouverneur HANS FRANK. Darin berichtet er über Hauptmann BORAs »politische Unzuverlässigkeit« und ersucht im Hinblick auf diesen Offizier um die Einleitung »geeigneter Strafmaßnahmen«. Informant »Karol« zufolge beschloss Reichsführer HIMMLER in Anbetracht der freundschaftlichen Beziehungen, deren sich der fragliche Offizier innerhalb des Oberkommandos der Wehrmacht erfreut, Hauptmann BORAs Namen in die Liste jener Wehrmachtsoffiziere aufzunehmen, die unter dem »dringenden Verdacht« antinationalsozialistischer Gesinnung und Aktivitäten stehen (s. Anlage S. D. 1.3./ Betr.: *»Kreisau Counts«)*. Für den Fall, dass Hauptsturmführer SALLE-WEBERs Einschätzung sich in der Zukunft als wahr erweisen sollte, behält sich HIMMLER persönlich die Entscheidung vor, drastische Maßnahmen zu ergreifen. Ob und inwiefern die Unstimmigkeiten zwischen Hauptmann BORA und der politisch-militärischen Kommandoführung der *Schutzstaffeln* (SS) akuter werden könnten und es sogar zum Bruch kommen könnte, wird sich in Zukunft erweisen. Gegenwärtig bestehen in dieser Hinsicht keine objektiven Hinweise, obwohl unsere Dienststelle in Krakau nach genauer Überprüfung der bislang gesammelten Unterlagen zu der Annahme neigt, dass in absehbarer Zukunft ... *(Auslassungen)*

Die vorliegende Mitteilung wurde am 22. Januar 1940 erstellt und vor ihrer Verschlüsselung vom Generalkonsul der Vereinigten Staaten genehmigt.

In Erwartung Ihrer Empfangsbestätigung,
hochachtungsvoll

KEVIN J. LOGAN

US Consulate General
Cracow, Poland

Ben Pastor im Unionsverlag

Stürzende Feuer
Im Juli 1944 kehrt Oberstleutnant Martin Bora von der italienischen Front zurück in ein demoralisiertes Berlin. Die ganze Stadt steht unter Anspannung, Kontrollstellen registrieren jede Bewegung, im Hotel Adlon geht die Nazi-Elite ein und aus. Bora wird zur Kripo beordert und erhält einen ungewöhnlichen Auftrag: Er soll den Mord an einem illustren Hellseher aufklären, eine Legende der Zwanzigerjahre. Doch in der Stadt lauert noch weit mehr unter der Oberfläche: Gerüchte einer Verschwörung machen die Runde – eine Verschwörung um Graf von Stauffenberg, gerichtet gegen die höchsten Kreise des NS-Regimes. Bora muss sich entscheiden, auf welcher Seite er steht. Ben Pastor entwirft einen vielschichtigen Kriminalroman um die Tage vor dem Attentat des 20. Juli, in einer Stadt, die am Abgrund taumelt.

Der Tod der Äbtissin
Sie sieht aus wie eine riesige Schwalbe, die vom Himmel gefallen ist: Das Gesicht nach unten, die Arme seitwärts ausgestreckt, liegt die Äbtissin im Klostergarten. Erschossen. Ein Mordfall, der im zweiten Kriegsmonat im Jahr 1939 ganz Krakau entsetzt, verehrte doch das Volk die Frau wegen ihrer prophetischen Fähigkeiten wie eine Heilige. Der junge Wehrmachtsoffizier Martin Bora ist überrascht und völlig unvorbereitet, als er beauftragt wird, den Mordfall aufzuklären. Und das im Sinne der deutschen Besatzer – die Äbtissin darf nicht zur Märtyrerin für den Widerstand werden. In einem explosiven Polen, wo aufsässige Bauern und deren Vieh niedergemetzelt werden, gerät Bora bald selbst in das Labyrinth teuflischer Machenschaften.

»Martin Bora, kontrolliert, selbstquälerisch, katholisch, zugleich durch und durch Soldat, ist in seiner Zerrissenheit literarisch hochinteressant. Pastor versteht sich auf Atmosphäre und Psychologie.« *Frankfurter Allgemeine Zeitung*

Mehr über Autorin und Werk auf *www.unionsverlag.com*

Jürgen Heimbach im Unionsverlag

Die Rote Hand
Der ehemalige Fremdenlegionär Streich verbringt seine Tage als Wachmann schäbiger Garagen. Was darin geschieht, interessiert ihn nicht. Als aber ein Waffenhändler, der die algerische Befreiungsfront beliefert, ermordet wird, kann er die Machenschaften nicht mehr ignorieren und stößt auf Vorgänge, die besser im Verborgenen geblieben wären.

Vorboten
Wieland Göth kehrt nach dem Ersten Weltkrieg in sein Heimatdorf zurück. In den schlammigen Straßen patrouillieren französische Soldaten, ein Mord an einem Separatisten sät Unruhe. In Hinterzimmern fordern nationale Kräfte die Freiheit des deutschen Volkes. Wieland gerät zwischen die Fronten und muss bald nicht nur sein eigenes Leben schützen.

Waldeck
Als Silvia in den Unterlagen ihres Vaters eine erschütternde Entdeckung macht, flieht sie auf das Waldeck-Festival, in das Aufbegehren einer neuen Generation gegen den Starrsinn der Nachkriegszeit. Gleichzeitig heftet sich der Journalist Ferdinand Broich auf die Fersen eines ehemaligen SS-Arztes. Eine gefährliche Suche nach der Wahrheit beginnt.

»Ein feiner Beobachter und ein Fachmann des literarischen Kriminalromans.« *We Want Media*

Mehr über Autor und Werk auf *www.unionsverlag.com*

Spannung im Unionsverlag

ATTICA LOCKE *Bluebird, Bluebird*
In der gespaltenen Kleinstadt Lark abseits des Highway 59 schwelen die Konflikte. Als im nahe gelegenen Bayou die Leiche eines schwarzen Mannes und einer weißen Frau gefunden werden, vermutet Texas Ranger Darren Mathews ein Hassverbrechen. Und mit jedem Tag, den das Verbrechen ungeklärt bleibt, wird die Stimmung gefährlicher.

STEPH CHA *Brandsätze*
Als die Polizei einen schwarzen Teenager erschießt, brechen in L.A. Unruhen aus, die Erinnerungen an den Fall Rodney King wachrufen. Inmitten der aufgeheizten Atmosphäre müssen sich zwei junge Menschen den Schatten ihrer Vergangenheit stellen. Ein auf wahren Begebenheiten beruhender Roman um Polizeigewalt, Rassismus und den Amerikanischen Albtraum.

CARL NIXON *Kerbholz*
Eine britische Familie stürzt an der einsamen Westküste Neuseelands mit dem Auto über eine Klippe. Allein unter moosbehangenen Felswänden schlagen sich die Kinder durch, als sie von zwei Outlaws gefunden werden – denen günstige Arbeitskräfte sehr gelegen kommen. Bald führt jedes der Kinder seinen ganz eigenen Kampf um Freiheit und ums Überleben.

CLAUDIA PIÑEIRO *Die Zeit der Fliegen*
Vor fünfzehn Jahren brachte Inés die Geliebte ihres Mannes um, jetzt ist sie frisch aus dem Gefängnis raus und gründet ein Unternehmen: *FFF, Frauen, Fliegen, Finale* – ökologische Schädlingsbekämpfung und Privatdetektei, von Frauen für Frauen. Doch eine reiche Kundin will mehr loswerden als nur Ungeziefer – denn auch ihr Mann hat eine Geliebte.

Mehr über alle Autorinnen und Autoren auf
www.unionsverlag.com

Spannung im Unionsverlag

LEONARDO PADURA *Anständige Leute*
Havanna im Ausnahmezustand: Nicht nur Obama, auch die Rolling Stones sind in der Stadt. Conde aber wird ein unliebsamer Fall übertragen: Ein verhasster Kunst-Zensor wurde ermordet. Gleichzeitig vertieft sich Conde in einen legendären Rotlichtmord von 1909. In einem Havanna zwischen Rausch und Verzweiflung entfaltet sich ein epischer Kriminalfall.

CHERIE JONES
Wie die einarmige Schwester das Haus fegt
In Baxter's Beach träumt Lala von einem anderen Leben, weit weg von ihrem undichten Haus, weit weg von Adan, ihrem brutalen Mann. Doch ein Schuss, den niemand hätte hören sollen, verändert alles und führt Lala an einen Wendepunkt. Eindringlich und lyrisch erzählt Cherie Jones, wie Liebe und Verbrechen ein Leben auf dramatische Weise verändern.

PETRA IVANOV *KRYO – Die Verheißung*
Blutplasma-Verjüngungskuren oder die Konservierung des Körpers für ein Leben nach dem Tod: Das Geschäft mit der Optimierung des Menschen boomt. Als der junge Chirurg Michael Wild beginnt, Fragen zu stellen, verschwindet er spurlos. Seine Mutter Julia ist fest entschlossen, ihn zu finden – doch ihre Gegner sind weitaus mächtiger, als sie denkt.

TONY HILLERMAN *Tanzplatz der Toten*
Lieutenant Joe Leaphorn von der Navajo-Police hält sich aus den Angelegenheiten der Zuñi eigentlich raus. Dann aber verschwindet dort ein Navajo-Junge, der fasziniert war von den rachsüchtigen Göttern der Zuñi. Und die zeigen sich der Legende nach nur jenen, auf die der Tod wartet. Der Auftakt zu einer einzigartigen, stimmungsvollen Krimireihe.

Mehr über alle Autorinnen und Autoren auf
www.unionsverlag.com